MARIUS SCHAEFERS

IN DEN BUNTESTEN FARBEN

LAGO

Bibliografische Information der Deutschen Nationalbibliothek
Die Deutsche Nationalbibliothek verzeichnet diese Publikation in der Deutschen Nationalbibliografie. Detaillierte bibliografische Daten sind im Internet über http://d-nb.de abrufbar.

Für Fragen und Anregungen
info@lago-verlag.de

Originalausgabe
1. Auflage 2022

Türkenstraße 89
80799 München
Tel.: 089 651285-0
Fax: 089 652096

Redaktion: Nina Krönes
Umschlaggestaltung: Karina Braun
Umschlagabbildung: Katharina Borgs
Satz: Helmut Schaffer
Druck: CPI
Printed in the EU

ISBN Print 978-3-95761-215-1
ISBN E-Book (PDF) 978-3-95762-313-3
ISBN E-Book (EPUB, Mobi) 978-3-95762-314-0

Wir produzieren nachhaltig
www.m-vg.de

Weitere Informationen zum Verlag finden Sie unter
www.lago-verlag.de
Beachten Sie auch unsere weiteren Verlage unter www.m-vg.de

TRIGGERWARNUNG

(Achtung: Spoiler für das gesamte Buch!)

Liebe Leser*innen,

in dieser Geschichte kommen folgende Themen vor, die triggernd sein können. Diese sind:

Transfeindlichkeit, Homofeindlichkeit (auch internalisiert)

Gewalt an queeren Menschen

Deadnaming (nicht ausgeschrieben), Misgendering, Dysphorie

Trauer, Verlust, Tod eines geliebten Menschen

Ermordung eines Menschen

Depressionen, Trauma, Erwähnung von (möglichem) Suizid

Alkoholmissbrauch, Drogenkonsum

Rassismus

Fat-Shaming

Bitte passt beim Lesen gut auf euch auf.

PROLOG

PHILIPP

SECHS JAHRE ZUVOR

Ich sitze im Zug. Immer wieder zupfe ich am Saum meines Jeansrocks, unfähig, die Aufregung im Zaum zu halten. Am liebsten würde ich aufstehen und im Abteil auf und ab laufen, um die überschüssige Energie loszuwerden. Mein Mund ist wie ausgetrocknet. Schnell greife ich nach meiner Trinkflasche. Während das Wasser meine Kehle hinunterrinnt, kreisen meine Gedanken nur um eines: Gleich, in nicht mal fünf Minuten, werde ich ihm begegnen. Zum allerersten Mal im Real Life. Ali, diesem einen Menschen, wie ich sonst keinen kenne, und der mich auf eine Weise versteht, die geradezu unheimlich ist. Endlich – nach zwei Jahren – werde ich seine ausgefallenen Ideen und Gedanken nicht mehr nur auf einem Bildschirm lesen, sondern dazu seine Stimme hören und ihn in seiner selbstbewussten, frechen Art erleben dürfen. Ich werde ihn sehen.

Ich freue mich so!

Die S-Bahn, die ich eben von Dresden aus genommen habe, drosselt ihr Tempo. Wie in Trance erhebe ich mich, schultere meine Umhängetasche und schiebe meinen Trolley auf den Gang und in Richtung Tür.

Ich kann meinen Herzschlag bis in die Zehenspitzen spüren.

Passiert das hier wirklich?

Als wir in Pirna in den Bahnhof einfahren, spähe ich aus dem Fenster. Auf die Schnelle entdecke ich niemanden, auf den die Beschreibung, die mein Freund mir gegeben hat, zutreffen würde: schwarze Haare, rostrotes T-Shirt, graue Cargohose. Wir haben nie Fotos ausgetauscht, was nichts an meiner Verbindung zu ihm ändern konnte. Seine Handynummer gab Ali mir erst, als wir beschlossen, uns zu treffen. Weil er sich bislang bedeckt gehalten hat, habe ich nicht damit gerechnet, dass er meinem Besuch zustimmen würde. Als ich für den Sommer aus dem Internat nach Hause gekommen war, sich die nächsten freien Wochen vor mir erstreckten und ich meinen Mut zusammennahm, ihn danach zu fragen, sagte er überraschenderweise Ja.

Total gern!, hatte er erwidert. *Passt super. Über die Ferien bin ich bei meinen Verwandten in Pirna, also sparen wir uns den Stress mit meinen Eltern. Wann wäre es dir denn am liebsten?*

Selbst jetzt beginnt in Erinnerung an seine Antwort alles in mir zu kribbeln.

Der Zug hält an. Mit meinem Gepäck steige ich aus und schiebe mich durch das Getümmel, bis ich etwas abseits stehe. So sollte Ali mich leichter finden können. Ich habe ihm ebenfalls beschrieben, was ich heute trage. Mein Blick huscht über die fremden Gesichter auf der Suche nach einem Jungen in meinem Alter, der sich wie ich nach jemandem umsieht. Nach und nach lichtet sich der Trubel – bis ich die einzige Person am Bahnsteig bin.

Mir wird flau, auf eine unangenehme Art und Weise.

Ali ist nicht hier. Verspätet er sich?

Ich schaue auf mein Handy. Er hat mir nichts dergleichen geschrieben.

Hey, ich bin da. Wo bist du?, tippe ich und klicke auf *Senden.*

Eine Lesebestätigung kriege ich nicht.

Ich rufe ihn an. Er nimmt nicht ab.

Je länger ich warte und keine Reaktion auf meine Nachricht erhalte, desto fester wird der Knoten in meinem Bauch, bis ich mir eingestehe, dass er nicht auftauchen wird. Die Enttäuschung sickert in mich und plötzlich kämpfe ich mit den Tränen. Die Umgebung verschwimmt vor meinen Augen.

Ali wird nicht kommen.

KAPITEL 1

PHILIPP

»Autsch!« Vinita verpasst mir einen heftigen Boxhieb gegen die Schulter, so dass ich nicht nur zusammenzucke, sondern mein Smartphone vor lauter Schreck fallen lasse. Mit dieser Attacke hat sie mich überrumpelt. Ich bin schon mal in besserer Verfassung gewesen und sollte nicht zu viel von mir erwarten. Immerhin setze ich das erste Mal seit Wochen und nach der Sache mit Hannes einen Fuß vor die Tür beziehungsweise in ein Auto. Meine Auffassungsgabe und Kommunikationsfähigkeit sind mangels sozialer Interaktion in dieser Zeit etwas eingerostet.

»Was soll das?«, verlange ich von meiner besten Freundin zu erfahren.

Ich hatte geglaubt, sie wäre als Fahrerin hinreichend abgelenkt und auf die Straße fokussiert, so dass sie nicht mitbekommen würde, wenn ich mein Handy aus der Hosentasche ziehe. Das war offensichtlich eine Fehlannahme. Bevor ich mich weit genug vorbeugen und das Gerät aus dem Fußraum fischen kann, befördert ihr abruptes Bremsmanöver es in der nächsten Sekunde unter den Sitz und damit vollständig aus meiner Reichweite. Na super.

»Sorry!«, trällert Vinita und lacht dabei, was ihrer Entschuldigung jede Ernsthaftigkeit nimmt.

Ich verdrehe die Augen.

Das war garantiert Absicht! Vorsichtig richte ich mich wieder auf, wobei ich mich am Handschuhfach abstütze. Beinahe wäre ich mit dem Kopf dagegen geknallt – und habe ich jetzt versehentlich irgendwas gelöscht, gelikt oder gepostet? Das ist schon die fünfte rote Ampel, an der wir halten. Alles hat mit einer Straßensperrung begonnen, weshalb wir einen Umweg nehmen müssen. Fast als wollte mir jemand sagen, dass ich lieber im Bett hätte bleiben sollen.

Ich versuche gar nicht erst, mein Smartphone dort, wo es liegen mag, zu erreichen. Stattdessen lehne ich mich zurück und beschränke mich auf ein resigniertes Seufzen. »Solltest du dich nicht aufs Fahren konzentrieren?«, motze ich.

»Und du unseren Trip mal für eine Handypause nutzen?«, kontert Vinita.

»Wir sind immer noch in Dortmund«, wehre ich mich. Der Trip hat also noch nicht wirklich begonnen.

»Umso schlimmer!« Ihre Empörung ist nicht gespielt.

Nun sacke ich ein wenig schuldbewusst zusammen und schenke ihr und unserer Umgebung meine Aufmerksamkeit. Wir stehen nach wie vor an der Ampel. Ich sehe zu, wie eine Gruppe von Schüler*innen, eine ältere Dame und ein Postbote vor uns die Straße überqueren.

Die nächsten fünf Stunden werden wir zu zweit in dem Opel meines Vaters eingepfercht sein, von daher sollte ich mich gut mit Vinita stellen.

Das Auto hat Papa uns netterweise für unsere Reise geliehen. Im Grunde hat er es uns aufgeschwatzt, weil er so begeistert war, dass ich wieder etwas unternehme. Meinen Protest und das Plädoyer für die umweltfreundlichere Alternative der öffentlichen Verkehrsmittel wischte er mit einem »Papperlapapp!« beiseite. Da mein Vater von zu Hause aus arbeitet, braucht er das Auto sowieso kaum. Wieso meine Eltern dann überhaupt beide eins haben, ist wiederum eine andere Frage.

»Wie viele Minuten hast du durchgehalten?«, fragt Vinita vorwurfsvoll. »Wolltest du diese Dating-App nicht löschen?«

»Ich war auf Instagram.«

Das stimmt. Dass die besagte Dating-App trotzdem noch auf meinem Handy installiert ist, verschweige ich wohlweislich.

»Also hast du nicht zum hundertsten Mal euren Chatverlauf gelesen und überlegt, auf Hannes' Bettelei zu reagieren und ihm zu verzeihen?«

Ich begegne Vinitas funkelndem Blick. Meine Ohren beginnen zu glühen. Jetzt gerade, als sie mich am Handy erwischt hat, war das zwar nicht der Fall, aber es ist schon häufiger vorgekommen.

Dass ich nach wie vor angeschlagen bin, ist nicht von der Hand zu weisen. Während sie sich wie üblich schick gemacht hat, fehlte mir die Motivation dafür, obwohl ich mich normalerweise genauso gern bei meinem Styling ins Zeug lege und unter anderen Umständen vermutlich niemals in Jogginghose rausgegangen wäre. Vinita dagegen hat sich selbst für die mehrstündige Autofahrt geschminkt und ihre langen glatten schwarzen Haare mit einem gelben Scrunchie zu einem hohen Pferdeschwanz zusammengebunden. Das Kleid, das sie über einer weißen spitzenbesetzten Leggings trägt, hat dieselbe Farbe wie das Haarband.

Als sie heute Morgen in meinem Zimmer aufgetaucht ist und mich ohne Gnade aus den Federn geschmissen hat, habe ich sie noch verflucht. Manchmal hat eine WG auch Nachteile. Wobei ich im Grunde froh darüber bin, dass sie es getan hat. Das hier ist allemal besser, als weiter die Decke anzustarren und mich in negativen Gedankenspiralen zu verlieren, obwohl ich keine Ahnung habe, wie es enden wird.

Ein Lächeln stiehlt sich auf meine Lippen beim Gedanken daran, dass ich eine so wunderbare Freundin habe, die immer für mich da ist, und manchmal besser weiß, was ich brauche als ich selbst. Wie oft hat sie in der Vergangenheit verhindert, dass ich zu spät zum Unterricht erschienen bin? Häufig. Seit wir in der fünften Klasse im Bismarck-Internat in der Eifel zu Mitbewohner*innen auserkoren worden sind, sind wir unzertrennlich. Eine Welle aus Dankbarkeit überrollt mich. Auch weil sie das Fahren übernimmt und ich Autofahren hasse.

Die Ampel springt auf Grün. Es geht weiter.

Weil ich nicht geantwortet habe, ist eine Pause entstanden. Als ich merke, wie Vinita dazu ansetzt, nachzuhaken und mich dabei mit Namen anzusprechen, halte ich unwillkürlich die Luft an.

»Philipp?«

Ich atme weiter. Sie hat sich nicht versprochen.

»Was hast du zu deiner Verteidigung zu sagen?«

Ich schaue wieder aus dem Fenster. Endlich kommen wir etwas zügiger voran und nehmen an Fahrt auf. Turmhohe Bürogebäude, der Glasbau der Stadt- und Landesbibliothek sowie der Hauptbahnhof ziehen draußen an uns vorbei.

Selbst drei Jahre nach meinem Outing fürchte ich in solchen Momenten noch immer kurz, den Leuten, die mich am längsten kennen, könnte versehentlich mein Deadname herausrutschen. Jener von mir abgelegte alte Name, den mir meine Eltern gegeben haben, weil ich aufgrund der anatomischen Gegebenheiten, mit denen ich geboren wurde, in der Kategorie *Mädchen* gelandet bin.

»Ich bin nervös wegen der Reise und dem, was uns am Ziel erwarten mag.« Ich reibe mir über den unbedeckten Unterarm, auf dem sich wie zum Beweis für meine Nervosität eine Gänsehaut bildet. Wobei die laufende Klimaanlage ebenfalls ihren Teil dazu beitragen könnte. »Da hilft es ein bisschen, mich abzulenken, indem ich durch den News-Feed scrolle.«

Genau wie die Beschäftigung mit Instagram löst auch der Anblick der dichten dunklen Härchen auf meinen Armen und wie sie sich aufstellen, nun so etwas wie Frieden in mir aus und erleichtert mich zusätzlich. Es ist immer wieder schön, die Veränderung derart bildlich vor Augen geführt zu bekommen. Denn das bin *ich*, so sehe ich jetzt aus. Wie euphorisch mich das macht, weil das nicht immer so war, ist unglaublich. Der falsche Name, die falschen Pronomen, das Gefühl des Fremdseins in meinem eigenen Körper sind so gut wie vergangen. Schon seit einer Weile und dank der Hormonersatztherapie mit Testosteron, durch die sich mein Erscheinungsbild vermännlicht, redet mich inzwischen niemand mehr mit »Frau Neuhoefer« an.

»Okay, dann keine Entzugserscheinungen wegen Hannes, sondern wegen Insta«, resümiert Vinita. »Ich bin mir nicht sicher, ob das weniger bedenklich ist.«

Ja, Social Media ist für mich die perfekte Möglichkeit, um emotionalen Ballast abzulassen. Und das auf konstruktive Weise und zur Unterhaltung meiner Follower*innen. Seit ich begonnen habe, über meine Transition und mein Leben als trans* Mann zu bloggen, hat sich das Ganze rasant verselbstständigt. Mittlerweile rede ich dort nicht mehr nur über mich, sondern setze mich außerdem für generelle Belange und die Rechte der LGBTQIAP+ Community ein. Abgesehen von Vinita und eher kurzlebigen Chats mit meiner Lieblingsschwester und meinem Vater, ist Instagram in letzter Zeit zugegebenermaßen meine einzige Verbindung zur Außenwelt gewesen. Mag sein, dass ich Abstand von dem sozialen Netzwerk nehmen sollte. Vorübergehender digitaler Detox soll immerhin das Wohlbefinden steigern. Einen Augenblick später beschließe ich, diese Tatsache hartnäckig ignorierend, in meinem nächsten Post über das Thema Gender-Euphorie zu schreiben. Jenes Gefühl, das trans* und nicht-binäre Personen empfinden, wenn ihre Geschlechtsidentität von außen bestätigt wird. So wie ich es gerade erlebt habe.

»Ich kann mich nicht vollständig ausklinken«, erkläre ich. »Instagram ist gewissermaßen so was wie mein Nebenjob.« Dem ich zuletzt sogar den Vorzug zu meinem Studium in Kultur- und Sozialwissenschaften gegeben habe, weil mich dieses nicht richtig begeistert. Das ist Vinita selbstredend ebenso wenig entgangen.

»Und jetzt machst du Urlaub. Möglicherweise gibt es gesündere Arten, mit Liebeskummer klarzukommen, als darüber im Internet zu quatschen.«

Ich räuspere mich und bin ein bisschen beleidigt, dass sie damit auch meine Aufklärungs- und Sensibilisierungsarbeit kleinredet. »Die Leute lieben persönliche Einblicke und wie offen und ehrlich ich immer über meine Gefühle spreche.«

Vinita schneidet eine Grimasse und ordnet sich auf Anweisung des Navis an der nächsten Ampel auf der Linksabbiegerspur ein. Diesmal werden wir nicht ausgebremst. »Pass nur auf, ja? Vergiss nicht, dass du dich damit angreifbar machst.«

Ihre Besorgnis kann ich nachvollziehen und sie rührt mich, weil es mir zeigt, wie wichtig ich ihr bin. Leider ist es mir nicht fremd, Hassnachrichten zu erhalten, aber darum geht es mir: Diskriminierung zu bekämpfen und sich den Raum dennoch zu nehmen. Mit anonymen Trollen im Netz komme ich zurecht, weil deren Kommentare in ihrer Trans- und Queerfeindlichkeit meist derart offensichtlich daneben sind, dass ich sie kaum ernstnehmen kann. Allzu häufig geschieht das auf meinem Account zum Glück sowieso nicht. Andere berichten deutlich öfter von solchen Vorfällen. Offline ist das etwas anderes, obwohl ich mich da bisher hauptsächlich mit Mikroaggressionen auseinandersetzen musste. Nicht berauschend, logisch, nur nichts im Vergleich dazu, beschimpft oder gar körperlich attackiert zu werden.

Ich beschließe, das Thema zu wechseln und sage etwas, das mir schon länger im Kopf umherschwirrt. »Was, wenn ich Hannes unrecht tue?«

Kaum habe ich die Worte ausgesprochen, realisiere ich, wie verzweifelt ich mich nach wie vor an das Gute in ihm, an ein *Wir*, klammere. Es fing so vielversprechend an, jetzt tut es nur noch weh. Mein Inneres zieht sich schmerzhaft zusammen.

Vinitas Gesichtsausdruck wird weich und sie tätschelt mein Knie. »Das tust du nicht. Du verdienst jemanden, der dich zu schätzen weiß. Ich habe es satt, dich am Boden zu sehen. Immer wieder behauptet er, dass er dich mag. In Wirklichkeit genießt er es bloß, wie du ihm aus der Hand frisst. Ständig versetzt er dich oder vergisst dir zu antworten. Es ist ein Geben und Nehmen und du hast eindeutig mehr gegeben als bekommen. Schreib ihm nicht zurück. Dieses Comeback hätte er sich echt sparen sollen. Wahrscheinlich ist er nur woanders abgeblitzt.«

Nicht gerade glücklich lache ich, weil das vermutlich stimmt. Das Alternativprogramm zu *Hannes eine weitere Chance geben*, das Vinita sich überlegt hat, ist allerdings mindestens genauso eine Schnapsidee, wie sich noch mal auf ihn einzulassen. Das Navigationssystem wird uns in den Osten von Deutschland führen – nach Pirna, eine malerische Stadt im Elbtal in Sachsen. Dort hat sie uns spontan für die nächsten sieben Tage in einer Ferienwohnung einquartiert. Gleich nach ihrer letzten Klausur für dieses Semester und im Anschluss an die Feierlichkeiten des islamischen Opferfests, welches sie bei ihrer Familie verbracht hat, wurde ich von ihr damit überfallen.

»Okay. Du hast mich überzeugt«, witzele ich, um die Enge in meinem Brustkorb wieder zu vertreiben. »Suchen wir lieber den Typen, der deiner Meinung nach dafür verantwortlich ist, dass ich ständig an so miese Kerle gerate. Ergibt total Sinn, dass ich mich bei der Partnerwahl unbewusst selbst sabotiere. Immerhin bin ich in Wahrheit noch in meinen Internet-Freund aus Teenagerzeiten verschossen, auch wenn wir uns nie persönlich getroffen haben.«

»Ich finde, das ist eine stichhaltige Theorie. Man muss das Problem an der Wurzel packen. Wenn du erkennst, dass er nicht der Eine ist, wirst du dich auf wen anders einlassen können und potenziell vielversprechendere Kandidaten auswählen. Ein Stolperstein weniger.«

Es ist lieb von ihr, das so zu formulieren. Trans* zu sein und Dating ist eine vertrackte Sache. Möglicherweise fällt es mir deshalb so schwer, Hannes als das, was er ist, abzuhaken: ein Arschloch. Ein Teil von mir, auf den ich nicht stolz bin, denkt, dass ich froh sein muss, dass Hannes Interesse an mir gezeigt hat. Unabhängig davon, dass sich das nicht als konstant erwiesen hat. *Immerhin wollte er sich überhaupt mit mir treffen und hatte schon mal eine Beziehung mit einer transmaskulinen, wenn auch nicht-binären Person. Vielleicht kann ich irgendetwas tun, damit es noch klappt*, sagt mir eine kleine Stimme im Inneren. Dass das falsch ist, weiß ich, aber es ist die Sehnsucht nach jemandem an meiner Seite, die mir solche Gedanken ins Hirn pflanzt. Man muss dagegen ankämpfen und Einsicht ist der erste Schritt zur Besserung, vielleicht sogar zu mehr Selbstachtung, nicht wahr?

»Deine Argumentation hat nur einen Schwachpunkt«, korrigiere ich meine Freundin. »Das zwischen Ali und mir war nie etwas anderes als Freundschaft.«

Vinita verdreht die Augen. »Sicher. Die Aussicht auf einen Besuch in deiner Lieblingspizzeria oder einen Spaziergang zum Phönixsee hat dich im Gegensatz zu einer möglichen Begegnung mit einem gewissen Typen nicht aus deiner Lethargie gerissen. Noch dazu haben wir das schönste Sommerwetter! Da sollte man nicht in seinem Zimmer versauern.«

»Ich dachte, du wärst auch Team Couchpotato«, grummle ich leise.

»Wie war das?«

Ich schlage einen ernsteren Tonfall an. »Ich bezweifle, dass wir Ali wirklich finden. Es ist sechs Jahre her, dass wir Kontakt hatten. Die Spuren sind veraltet und erkaltet, gaben selbst damals nicht viel her.

Plötzlich war er wie vom Erdboden verschwunden und ich habe nie wieder etwas von ihm gesehen oder gehört. Egal, wie oft ich versucht habe, ihn zu erreichen oder ihn online zu erwischen. Wahrscheinlich wohnt er nicht mal mehr in Dresden, geschweige denn haben wir seine exakte Anschrift von früher. Und falls wir ihn doch finden, habe ich keine Ahnung, wie er reagieren wird. Wir waren quasi Kinder.«

Obwohl ich mich heute mit zweiundzwanzig nach wie vor häufig unbedarft, weltfremd und schlichtweg überfordert mit dem Leben fühle. Auf gewisse Weise ist das fast schlimmer. Zu wissen, dass man langsam schlauer sein und begriffen haben müsste, wie es funktioniert.

»Wer weiß«, widerspricht mir Vinita. »Vielleicht findet er es auch toll, dich zu sehen. Und wenn wir ihn nicht finden, dann bist du wenigstens mal rausgekommen und checkst ein für alle Mal, dass es sich bei dem Mann um ein Phantom handelt. Unser Trip ist also in keinem Fall umsonst.«

Seufzend gebe ich mich geschlagen. Vinita hat recht. Es fällt nur manchmal schwer, wieder aufzustehen.

Wir fahren auf die Autobahn auf und die Hoffnung auf das, was uns am Ende unserer Route erwarten könnte, von der die A44 nur der Anfang ist, lässt entgegen meiner Vorbehalte echte Vorfreude in mir aufsteigen. Dazu einen Hauch von Abenteuerlust. Im Radio spielen sie *I Love You Always Forever* von Betty Who und für die Dauer des Songs wage ich es, an so etwas wie Schicksal und Happy Ends zu glauben. Dabei denke ich nicht mehr an Hannes, obwohl der mir erst kürzlich das Herz gebrochen hat. Nein, ich denke an diesen anderen Jungen zu einer anderen Zeit. Jenen Jungen, von dem ich einmal glaubte, dass er mein Seelenverwandter sein müsste.

KAPITEL 2

PHILIPP

Vinita und ich sind perfekt aufeinander eingespielt. Während sie die Snacks und Softdrinks für die Fahrt sorgfältig zusammengestellt und eingepackt hat, halte ich ihr in regelmäßigen Abständen wahlweise eine Tüte mit Studentenfutter oder eine Cola Light-Flasche samt Strohhalm hin. Dazwischen bediene ich mich an den Gummibärchen, wobei ich ihr die roten übriglasse, falls sie später noch etwas Süßes möchte. Sobald wir übereinstimmend zu dem Schluss gelangen, die Musik aus dem Radio satt zu haben, scrolle ich durch unsere gemeinsamen Playlists. Wir haben eine fürs Lernen, Kochen, Aufräumen und Entspannen. Am passendsten erscheint mir jetzt der etwas wildere, abwechslungsreiche Mix für die Hausarbeit, wobei mir auffällt, dass meine Freundin schon wieder einige neue Songs hinzugefügt hat. Ich bin gespannt! Ich mag es, in Verschiedenes reinzuhören, bloß manchmal haben wir einen sehr unterschiedlichen Geschmack. Mein Handy durfte ich während einer Pause unter dem Sitz hervorholen, nachdem ich Vinita versprochen hatte, mich zumindest von Hannes fernzuhalten. Wir scherzen über witzige Ortsnamen auf den Autobahnschildern und nehmen, als es darauf ankommt, natürlich die falsche Ausfahrt, weil wir beide keine Karten lesen können und das Navi uns im falschen Moment im Stich lässt. Die Raststätten wählen wir nach den Toiletten aus, denn in punkto Hygiene sind wir gleichermaßen pingelig. Aus diesem Grund und unseren auch in anderer Hinsicht ähnlich hohen Ansprüchen hege ich keinerlei Zweifel daran, dass Vinita uns eine fantastische Unterkunft ausgesucht hat. Wobei das großzügige Taschengeld, das sie von ihren Eltern erhält, unsere Auswahlmöglichkeiten sicher verbessert hat. Über die Finanzen soll ich mir laut meiner besten Freundin keine Gedanken machen. Selbstverständlich habe ich ihr freiwillig etwas dazugegeben.

Im Anschluss an einen etwas längeren Zwischenstopp, bei dem Vinita sich einen Kaffee genehmigt, döse ich immer wieder weg. Dabei ist es mitten am Tag und wir haben uns auf dem Parkplatz sogar ein wenig die Beine vertreten. Irgendwann gebe ich es auf und kämpfe nicht weiter gegen die Müdigkeit an. Mir fallen endgültig die Augen zu.

Plötzlich warte ich wieder am Bahnsteig und halte Ausschau nach meinem Freund, wie ich es damals in Wirklichkeit getan habe. Um mich herum sind lauter Menschen, doch ihre Gesichter und Körper wirken verschwommen.

»Ali?«, frage ich sie, einen nach dem anderen.

Nur entweder nehmen sie mich nicht wahr oder ich werde ignoriert. Ich versuche, nach ihnen zu greifen, bekomme niemanden zu fassen.

Ein Wimmern entfährt mir und – mein Kopf stößt gegen das Fenster.

Ich schrecke auf. Für einen Moment bin ich orientierungslos. Ali – er ist nicht gekommen. Mein Nacken protestiert schmerzend von der gekrümmten Haltung, in der ich mich in den Sicherheitsgurt im Auto gelehnt hatte. Ich fühle mich gerädert und mein Hals tut weh, als hätte ich nicht nur im Traum geweint.

Stöhnend reibe ich mir den Schlaf aus den Augen. Vinita begrüßt mich nach meinem Nickerchen. »Schön geträumt, Dornröschen?«

»Nicht wirklich«, murmele ich mehr zu mir selbst als zu ihr und greife nach einer Limo im Seitenfach der Beifahrertür, trinke hastig ein paar Schlucke, um den schalen Geschmack in meinem Mund loszuwerden. »Wie weit ist es noch?«

»Wir sind in fünf Minuten da.«

Mein Herz schlägt sofort schneller. Damit hatte ich nicht gerechnet.

Die Hauptverkehrsstraße, auf der wir uns befinden, an der sich große Auto- neben Möbelhäuser, einen Bau- und Supermarkt, ein Zoogeschäft sowie eine Tankstelle reihen, passt nicht so recht zu meiner Vorstellung des idyllischen Örtchens, das ich auf den Fotos im Netz gesehen habe. Andererseits war auf denen vor allem die Altstadt abgebildet.

Auf einmal fürchte ich, wir könnten gleich an Pirnas Bahnhof vorbeifahren. Jenem Bahnhof, an dem Ali mich vor all dieser Zeit abholen sollte. Am Vorabend hatte er mir geschrieben, wie sehr er sich darauf freue, mich am nächsten Tag zu sehen. Das war die letzte Nachricht von ihm gewesen. Zuerst hatte ich mir nichts dabei gedacht, dass ich am Tag meiner Anreise nichts mehr von ihm gehört hatte und es auf die Uhrzeit geschoben. Er schlief für sein Leben gerne aus, ich hingegen war früh morgens in den ICE gestiegen. Meine Anrufe blieben von da an wie meine Textnachrichten unbeantwortet. Irgendwann hieß es, seine Nummer sei nicht mehr vergeben.

Anfangs hatte ich mich gefragt, ob ihm etwas zugestoßen war und es gleichzeitig lieber nicht wissen wollen. Da ich nicht sicher war, ob Ali mit anderen Menschen aus seinem Umfeld über mich gesprochen hatte, hätte es mich eher verwundert, wenn jemand sich bei mir gemeldet hätte, um mir in so einem Fall Bescheid zu sagen. Die Vorstellung, Ali könnte in einen Unfall geraten oder Opfer eines schrecklichen Verbrechens geworden sein, überforderte mich. Da war mir sogar die

Variante lieber, dass er von einer Sekunde auf die nächste nichts mehr mit mir zu tun haben wollte. Auch wenn mich die Möglichkeit, er könnte sich so unvermittelt von mir zurückgezogen haben, sehr verletzte. Vielleicht hatte ich alles falsch interpretiert und wir waren uns nie so nah gewesen, wie es sich für mich angefühlt hatte. Oder hatte ich irgendetwas getan, um ihn vor dem Treffen doch noch zu verschrecken?

Zum Glück biegt Vinita im nächsten Moment in eine Wohnsiedlung ein und kurze Zeit später auf einen Hinterhof ab. Die Ablenkung begrüßend nehme ich unsere Umgebung in mich auf. Die Häuser mit den roten Dächern und Fassaden in unterschiedlichen Farben, die um den Hof herum aufragen, entsprechen meiner Vorstellung der Stadt Pirna deutlich mehr. Das gelbe Haus ist dazu von grünen Weinreben bewachsen und in der Mitte des Hofes befindet sich ein Brunnen, der auch aus dem Mittelalter stammen könnte.

Jetzt sind wir wirklich hier.

Bei dieser Erkenntnis schreit plötzlich alles in mir: *Hilfe, ich will wieder weg!* Für eine Konfrontation mit der Vergangenheit bin ich definitiv nicht bereit. Ich ringe mit der aufsteigenden Panik, die mir die Luft abschnüren möchte. Was habe ich mir dabei gedacht, hierherzukommen? Ich hätte nicht geglaubt, dass mir die Erinnerung so unter die Haut gehen würde. In einer Sache hat Vinita den Nagel auf den Kopf getroffen: Ich bin nicht über Ali hinweg. Nun frage ich mich, ob ich das jemals sein werde, denn es fühlt sich momentan wie das Stochern in nie gänzlich verheilten Wunden an. Dass er mir viel bedeutet hat, ist nicht von der Hand zu weisen.

Der Kies knirscht unter den Autorädern beim Rangieren und reißt mich aus meinen Gedanken. Wir parken neben einem silbernen Citroën. Sobald wir stehen, fährt Vinita die Fenster hoch. Keine Ahnung, wann sie sie heruntergelassen und die Klimaanlage dafür ausgeschaltet hat. Vermutlich irgendwann, während ich geschlafen habe. Ohne Fahrtwind wird es schnell warm im Inneren des Wagens und das ist nur ein Vorgeschmack auf das, was uns außerhalb des Autos erwartet.

Sie schnallt sich ab und wischt kurz mit einem Taschentuch über die Gläser ihrer Brille. »Da wären wir.«

Ich schlucke. »Ja«, ist alles, was ich gegenwärtig hervorbringe.

»Wollen wir?« Sie setzt sich das goldene Gestell wieder auf die Nase.

Obwohl ich sie am liebsten darum gebeten hätte, auf der Stelle umzukehren und wieder heimzufahren, nicke ich. Alles hier macht einen freundlichen ersten Eindruck, der zum Verweilen einlädt und Erholung verspricht. Ein netter Kontrast zu der grauen rauen Ruhrgebiets-Romantik mit ihrer Industrie und den Zechen, die ich gewohnt bin.

»Gut!« Voller Tatendrang öffnet Vinita die Autotür und springt aus dem Wagen. Wie ist es möglich, dass sie nach dieser Fahrt so viel Energie übrighat?

Deutlich zögerlicher tue ich es ihr nach, schwinge erst ein Bein, dann das andere hinaus, lasse mir Zeit dabei, mich zu strecken und meine Jogginghose und das zerknitterte T-Shirt zurechtzuziehen. Bis ich das Auto umrundet habe, ist meine beste Freundin nicht mehr allein.

»Hi!« Plötzlich steht da ein Typ mit blasslila Haaren und streckt ihr seine Hand entgegen. Vermutlich handelt es sich bei ihm um unser Empfangskomitee.

Sein Auftauchen wirft mich noch mehr aus der Bahn. Unschlüssig bleibe ich stehen, mein Magen rumort. Jetzt müssen wir erst mal einchecken. Ein sofortiger Rückzieher ist damit ausgeschlossen. Jedenfalls, wenn ich vor dem Kerl nicht wie ein Volltrottel rüberkommen möchte.

Dass er in etwa unser Alter hat, verstärkt mein Unwohlsein, und ich kann nicht verhindern, mich mit ihm zu vergleichen. Zu lange habe ich mich angestrengt, eine maskuline Wirkung zu erzielen, um von meiner Außenwelt nicht mehr als Mädchen wahrgenommen zu werden. Um meinen männlichen Mitmenschen möglichst gekonnt nachzueifern, war eine Analyse ihres Auftretens und Verhaltens unerlässlich. Dabei ist, was wir als maskulin und feminin verstehen, letztendlich nur eine soziale Konstruktion.

»Ich bin Timon«, stellt mein aktuelles Studienobjekt, als das ich ihn gar nicht betrachten möchte, sich vor. Er hat eine angenehme Stimme, eine Nuance höher als meine. »Du bist sicher Vinita? Wir haben miteinander geschrieben.«

»Die bin ich.« Vinita strahlt ihn an, und nimmt beim Händeschütteln seine Hand in ihre beiden. Geschickt befreit sie die Situation dadurch direkt von jeder Förmlichkeit.

Ich wette darauf, dass Timon ihr gerade verfallen ist, so niedlich, wie er sich daraufhin durch den bunten Haarschopf fährt. Ich betrachte ihn genauer. Das glatte Haar reicht ihm bis knapp über die Ohren, hinten ist es etwas kürzer. *Messy* ist ein passender Ausdruck für seine Frisur. Allgemein sieht sein Aufzug nicht aus, als würde er damit bei konservativeren Menschen punkten. Seine Skinny Jeans ist schwarz und hat zerrissene Knie. Über einem ebenso schwarzen Shirt trägt er ein aufgeknöpftes Hemd mit schwarz-gelben Karos.

»Freut mich, dich persönlich kennenzulernen«, fügt Vinita hinzu.

»Dito.« Unvermittelt wendet Timon sich mir zu, dabei war ich sicher, dass er mich gar nicht bemerkt hat.

Hui, er hat echt große und tolle Augen! Ein wohliger Schauder durchläuft mich.

»Phil«, sage ich schnell und klopfe mir dabei auf die Brust, als ob das nicht offensichtlich wäre, spüre, wie meine Wangen heiß werden. »Ich meine, Philipp.«

Timon überrascht mich ein weiteres Mal innerhalb von wenigen Sekunden, indem er einen Schritt auf mich zumacht. Kurz bevor er mich ohne jede Scheu in eine halbseitige Umarmung zieht, erkenne ich noch, dass seine Iris braun ist. »Hey, Philipp.«

Zuerst versteife ich mich, weil ich damit nicht gerechnet habe. So unter Jungs hätte ich erfahrungsgemäß einen Handschlag für angemessener befunden. Ich dachte nicht, dass wir schon beim Bro-Hug angelangt wären, wobei das hier intimer ist als ein freundschaftlicher Klopfer auf den Rücken. Nicht nur spüre ich für einen Moment Timons Körperwärme, sondern werde auch in eine Duftwolke seines herben Deos gehüllt. Darunter mischt sich etwas, das ich mit *See* und *Sonnenschein* assoziiere. Es erinnert mich daran, wie schön Zuneigungsbekundungen und Berührungen sind. Nett ist außerdem, dass er kaum größer ist als ich. Die meisten Leute – einschließlich Vinita – überragen mich deutlich.

»Hattet ihr eine angenehme Fahrt?«, erkundigt Timon sich und lässt mich wieder los.

Einen Augenblick blinzele ich ihn nur an, bin nicht imstande, ihm eine Antwort zu geben. Sollte ihm aufgefallen sein, was er in mir ausgelöst hat, so merkt man ihm nichts an.

»Habt ihr problemlos hergefunden?«, schiebt er hinterher.

»Da fragst du den Richtigen«, sagt meine Freundin jetzt und lacht. »Philipp hat die letzten anderthalb Stunden verpennt.« Wie üblich klinkt sie sich mit Leichtigkeit wieder ins Gespräch ein. Ich will nicht sagen, sie *reißt es an sich*, aber einen Augenblick fühlt es sich so an. »Ich habe die komplette Strecke allein bewältigt.«

»Ich fahre nicht gern«, ergänze ich als Erklärung und erdolche meine beste Freundin mit Blicken. Muss sie mich so in die Pfanne hauen? Eine leichte Falte bildet sich zwischen ihren Brauen und ihr Blick scheint mir still ein *Was denn?* zu bedeuten.

Timon nickt. »Geht mir ähnlich. Jedes Mal, wenn jemand mit mir im Auto sitzt, gibt's erst mal einen Disclaimer. So kann nachher niemand behaupten, er oder sie wäre nicht gewarnt worden: *Ja, ich habe einen Führerschein. Das merkt man nur nicht.* Nur damit du dir meinen Fahrstil vorstellen kannst.«

»Haha«, mache ich. »Oh Mann.«

Ja, das trifft es. Warum fällt mir keine lustigere Erwiderung ein?

»Auf jeden Fall cool, dass ihr jetzt hier seid«, findet Timon. »Wollt ihr dann einchecken und ich zeig euch eben die Wohnung?«

»Unbedingt!«, bekräftigt Vinita und dreht sich im Kreis, wie um die Umgebung noch einmal in ihrer Gänze und Idylle zu erfassen. Spätestens jetzt macht sich bezahlbar, dass sie sich heute Morgen im Gegensatz zu mir vernünftig zurechtgemacht hat. Ihre Euphorie ist dazu charmant und einnehmend. »Ist es das gelbe Haus?«, fragt sie Timon. »Sag, dass wir im gelben Haus einquartiert sind! Das sieht so hübsch aus mit den Weinreben.«

Timons Augenbrauen wandern in die Höhe. Er wirkt amüsiert. »Es ist das gelbe Haus.«

Meine beste Freundin jubiliert und geht ihm rückwärts voraus, wobei sie ihn keine Sekunde aus ihrem Bann entlässt. Würde ich sie nicht kennen, hätte ich vermutlich angenommen, dass sie mit ihm flirtet, aber so ist sie zu jedem Menschen, der ihren Weg kreuzt. Ich laufe den beiden hinterher auf das gelbe Haus zu.

Nach ihnen trete ich ein. Im Hausflur empfangen uns schwarzweiße Fliesen. Als Vinita Timon auf seinen »Rockstar-Look« anspricht, horche ich auf.

Flirtet sie nun doch mit ihm?

Wir steigen die knarzende Holztreppe hinauf und meine Augen wandern, ohne dass ich etwas dagegen tun kann, erneut zu ihm, der wiederum Vinita unverwandt anschaut. Bei Timons Kleidungsstil kann ich verstehen, wie sie auf diese Verbindung kommt, nur versprüht er auf mich sonst eher süße, etwas emo-hafte Vibes statt rockige.

Sein Hüsteln bestätigt mich in diesem Eindruck. »Diesmal muss ich dich leider enttäuschen. Ich spiele nicht mal Gitarre und singen kann ich überhaupt nicht.«

Vinita gibt sich betrübt. »Zu schade.«

Nun gut.

»Ohne Musikhören könnte ich mir mein Leben aber nicht vorstellen«, denkt Timon laut nach. »Da mag ich ganz gern mal härteres Zeug.«

»Heißt das, keine kitschigen Liebeslieder?«

Meine Hände ballen sich zu Fäusten. Zwar gönne ich ihr den Spaß, nur muss das ausgerechnet jetzt sein? Schließlich habe ich Herzschmerz zu verkraften. Dabei ist es unsinnig, eifersüchtig auf Vinita zu sein, weil Timon wahrscheinlich eh nicht auf Männer – und somit mich – steht. Zumal ich mich besser im Griff haben sollte, als gleich den Nächstbesten anzuschmachten und schon wieder nach Bestätigung von außen zu lechzen.

»Eher selten.« Timon macht eine abwägende Handbewegung. »Ab und zu geht's.«

Ich bleibe weiter dabei, ihnen stumm zuzuhören und mich im Hintergrund zu halten.

Im zweiten Stock steuern wir auf eine Wohnungstür zu, an der ein kleiner Kranz aus getrockneten Wildblumen hängt. Timon schließt sie auf und vor meinem inneren Auge sehe ich, wie er auf Vinitas Avancen eingeht und diese Vorlage nutzt, um ihr mit einem »Ladies first« den Vortritt zu lassen. Das fehlt mir noch. Tatsächlich geht er voran und warnt uns über die Schulter mit einem »Vorsicht, Stufe!«, was ich angesichts meines Kopfkinos unnormal komisch finde.

Ohne es zu wollen, fällt mir die Handlung von *Naomi and Ely's No Kiss List* ein, einer RomCom, in der sich Naomi und Ely um denselben Typen streiten, obwohl sie so gut befreundet sind. Ja, so kann's gehen, wenn man eine beste Freundin hat, die hetero ist. Sollten wir auch über eine *No Kiss*-List nachdenken?

Vinita, der mein schlecht unterdrücktes Auflachen nicht entgeht, mustert mich irritiert. Timon ist es Gott sei Dank entgangen. Eilig folge ich ihr über die Türschwelle in den hellen Raum, wo wir von einem Essbereich mit einem Tisch und drei zusammengewürfelten Stühlen willkommen geheißen werden. Rechterhand befindet sich eine kleine Küchenzeile, dazwischen ein Durchgang ins Schlafzimmer.

Ich bemühe mich darum, mich auf das Appartement zu konzentrieren, statt auf die Interaktion zwischen Vinita und Timon.

Er öffnet ein paar Schränke, um uns die Ausstattung zu zeigen, lässt uns einen Blick ins Bad erhaschen und präsentiert uns selbstzufrieden den Fernseher, den er erst kürzlich über den zwei Einzelbetten angebracht hat. Dass wir diese Variante gewählt haben, dürfte ihm schon vor unserem Kommen verraten haben, dass Vinita und ich lediglich befreundet sind und demnach kein Grund besteht, sich in Zurückhaltung zu üben, sollte er ihr Interesse erwidern. Erwidert er es? Auf der Kommode unter dem Fernseher steht eine abstrakte Skulptur. Durch das Fenster schauen wir auf eine Wiese hinter dem Haus, mit Apfelbaum, an dessen einem Ast eine Schaukel hängt.

»Also.« Zurück im Eingangsbereich stützt unser Gastgeber die Hände in die Hüften. »Hausregeln, WLAN-Passwort, Bedienungsanleitung der Waschmaschine, ein paar Sightseeing-Tipps und der übliche Kram steht alles in dem Hefter.« Er deutet zum Tisch, wo dieser gut sichtbar platziert wurde. »Ist noch irgendetwas unklar?«

»Vorerst nicht«, antwortet Vinita, was mich verwundert. Nach ihrem bisherigen Verhalten hätte ich damit gerechnet, dass sie jede Gelegenheit, weiter mit Timon zu reden, ergreifen würde.

»Super.« Er blickt zwischen uns hin und her. »Ansonsten gern anrufen oder bei *Eichert* klingeln. Meine Familie und ich wohnen in dem rosa Haus. Ach, und«, er seufzt voller Bedauern, »einen Swimmingpool gibt es leider nicht. Seit Jahren gebe ich mein Bestes, Oma und Opa zu bequatschen. Keine Chance. Dafür könnt ihr den Gemeinschaftsgarten benutzen.«

»Der sieht so oder so verlockend aus.« Vinita unterzeichnet ein paar Dokumente, ehe sie die Schlüssel entgegennimmt. »Danke!« Ein letzter langer Augenaufschlag von ihrer Seite. »Die Telefonnummern sind auch im Hefter vermerkt?«

»Ich kann dir meine noch mal aufschreiben«, schlägt Timon mit einem Grinsen vor. Aha! Jetzt kommt er also in die Gänge. Und verdammt, wieso störe ich mich so daran? »Ich bin hier sowieso der Junge für alles.« Er zieht einen Block aus seiner hinteren Hosentasche und reißt das Blatt mit der dahingekritzelten Zahlenfolge anschließend heraus.

Es macht mich sprachlos, wie Vinita das hingekriegt hat.

Schließlich verabschiedet Timon sich mit einer zum Gruß erhobenen Hand. »Wir sehen uns bestimmt die Tage wieder.«

»Joh«, brumme ich. Nicht als neuen Versuch, etwas zur Unterhaltung beizutragen, sondern mehr, um seinen Abgang zu beschleunigen.

Als sein Blick flüchtig auf meinen trifft, hätte ich mich am liebsten in Luft aufgelöst, weil in seinem nicht mal ein Anflug von Unsicherheit zu erkennen ist. »Mit dem Gepäck kommt ihr zurecht?«

»Jap«, schlage ich seine Hilfe viel defensiver aus als beabsichtigt. Zwar bin ich alles andere als ein Hulk, aber unter seinem Hemd verbergen sich bestimmt auch keine Muskelberge. Was mag sich darunter verbergen? Ich verpasse mir einen gedanklichen Rüffel und erinnere mich an unsere Koffer und Taschen. Wenn Vinita und ich mehrmals gehen, sollten wir das locker schaffen. So viel haben wir gar nicht dabei.

»Alles klar.« Ich kann nicht sagen, ob Timon die Zurückweisung stört. Vielleicht wollte er nur höflich sein, statt sich nach der vertanen Chance, ihr die Tür aufzuhalten, zum Abschluss doch noch ein bisschen vor meiner besten Freundin aufzuplustern.

Kaum sind wir unter uns und seine Schritte im Treppenhaus verklungen, nimmt Vinita mich ins Visier.

»Was war das denn?«, verlangt sie zu erfahren.

»Was meinst du?«, gebe ich verwirrt zurück. Immerhin habe *ich* kaum etwas gesagt, geschweige denn gemacht.

»Gefällt er dir?«, bringt sie ihre Vermutung auf den Punkt.

Ich spüre, wie ich rot werde. Wie hat sie das bemerkt? Für einen Moment schaue ich zu Boden. »Sollte ich das nicht eher dich fragen?«

»Timon ist süß«, räumt sie ein, zuckt mit den Schultern. Dabei mustert sie mich aufmerksam, wie um nichts von meiner Reaktion zu verpassen.

Das kann ich nicht abstreiten.

»Ja. Du könntest recht haben.« Ich setze eine leidende Miene auf. »Wie hast du mich durchschaut?«

»Na ja«, erläutert Vinita und bedenkt mich mit einem Zwinkern. »Du hast mal wieder den Unnahbaren raushängen lassen. Wie immer, wenn da ein Typ auftaucht, den du wirklich mögen könntest. Bei den Arschlöchern stellst du dich dagegen nur halb so unbeholfen an.«

Mir klappt der Mund auf.

Ist das wahr? Wieso bin ich so? Ahhh!

Bevor ich über mein nicht vorhandenes Flirttalent verzweifeln kann, wird Vinita gleich wieder ernst. »Okay, du weißt, wie unser Vorhaben lautet. Vergiss nicht, du sollst dich mit der Vergangenheit auseinandersetzen. Aber ich möchte dich von nichts abhalten oder behaupten, du wärst nicht multitaskingfähig.«

Vor Verlegenheit und Empörung verschlucke ich mich. Abwehrend hebe ich die Hände. »Oha! Nicht so hastig.«

Meine beste Freundin schnalzt mit der Zunge. »Philipp. Ich kenne dich. Du bist im Kopf immer schon fünf Schritte weiter und dezent romantisch veranlagt.«

»Gar nicht wahr!«, behaupte ich.

Vinita drückt mir den Zettel mit Timons Nummer in die Hand. In meiner Überraschung nehme ich ihn automatisch an mich. »Vielleicht mag er dich ja auch. Am Anfang hat er dich sogar umarmt und immer wieder versucht, dich in Gespräche miteinzubeziehen, obwohl ich ihm schöne Augen gemacht habe.«

»Danke«, stottere ich. Mir wird warm, als ich die Situation aus dieser Perspektive betrachte.

»Jaja.« Vinita verdreht die Augen. »Dafür bestehe ich darauf, dass ich nachher das Restaurant aussuchen darf.«

Da habe ich nichts dagegen, lasse es mir aber nicht nehmen, es zumindest mal mit einem neutraleren Blick zu probieren. »Ich denke nur, letztendlich war Timon nett zu uns beiden.«

Und *ich* nicht gerade ein Sonnenschein.

»Was für ihn spricht, oder?«, befindet Vinita.

Ich nicke.

Wäre ich freundlicher gewesen und hätte ich so etwas wie queere Schwingungen versprüht, hätte er dann mit *mir* geflirtet? Leider strenge ich mich offline meist an, diesbezüglich unter dem Radar zu bleiben. Das tue ich, weil es mir den Alltag erleichtert und Anfeindungen reduziert. Mal abgesehen davon, kann man niemandem sicher die sexuelle Orientierung von der Nasenspitze ablesen. Letztendlich basieren solche Annahmen auf Klischees.

Ich falte den Zettel mit Timons Handynummer zusammen und verstaue ihn in meinem Portmonee. Vinita beobachtet mich dabei.

Im Grunde spielt es keine Rolle. Timon hat seine Nummer meiner besten Freundin überlassen, nicht mir. Und abgesehen davon sind wir – wie sie gesagt hat – hier, um Ali zu suchen. Nicht damit ich mich nach Hannes gleich ins nächste Liebesdrama stürze.

»Und jetzt? Trägst du unser Zeug nach oben?«, will Vinita da wissen. »Immerhin hast du den Zimmerservice ausgeschlagen.«

KAPITEL 3

PHILIPP

Nie hätte ich nach Alis Kontaktabbruch erwartet, eines Tages jenen Ort zu durchstreifen, welchen er in der Vergangenheit in seinen unzähligen Textnachrichten an mich zum Leben erweckt hat. Die kopfsteingepflasterten Gassen mit den Fachwerkhäusern geben mir das Gefühl, direkt in einer von seinen Erzählungen gelandet zu sein.

Ali fand, er könne nicht gut mit Worten umgehen, sei eher der tatkräftige Typ. Sein Innerstes gab er nur widerwillig preis. Trotzdem weiß ich, dass er sich bei seinen Eltern in der Großstadt nie besonders wohlgefühlt hatte, in Pirna dafür stets aufatmen konnte. Auf einmal fühle ich mich ihm merkwürdig nahe. So nah, wie man sich jemandem eben fühlen kann, den man noch nie gesehen und von dem man jahrelang kein Lebenszeichen erhalten hat. Wie wäre es, ihn anstelle von Vinita an meiner Seite zu haben? Je mehr ich darüber nachdenke, desto stärker werden meine Kopfschmerzen.

Vinita drückt sich an jedem Schaufenster die Nase platt und auch auf mich wirken die kleinen Krimskrams- und Klamottenläden und schnuckeligen Cafés an jeder Ecke richtig heimelig. Wären wir nicht auf der Suche nach einem Lokal fürs Abendessen und ich inzwischen halb verhungert, hätte ich gern das eine oder andere Geschäft betreten. Vor allem die Eisdiele zieht mich magnetisch an. Vor unserem Fußmarsch in die Altstadt auf leeren Magen in den Supermarkt zu gehen, war bereits eine echte Herausforderung. Dafür sind wir jetzt für die nächsten Tage mit Lebensmitteln versorgt.

Jedes Mal, wenn Vinita mich an einem Restaurant vorbeizieht, statt es zu unserem Ziel zu ernennen, appelliert sie angesichts meiner zunehmenden Frustration an meine Vernunft. Dabei lässt sie sich selbst von einem diffusen Gefühl leiten, welches sie mir nicht mal näher erläutern kann – außer mit: »Ein Start mit schlechtem Essen hieße, dass unsere Zeit hier unter keinem guten Stern stünde. Wir müssen eine wohlbedachte Wahl treffen.«

»Mhm.« Ich spähe über den Rand meiner Sonnenbrille in ihre Richtung, um meinen nächsten Worten Nachdruck zu verleihen. »Was sind das denn für esoterische Anwandlungen?«

»Komm mir nicht mit so was! Ich bin Wissenschaftlerin.«

»Du hast damit angefangen«, bemerke ich unschuldig. »Was sonst habe ich da bezeugen dürfen? Dass du einen sechsten Sinn entwickelt hast?«

Dafür kassiere ich ein Schnauben. »Ich weiß schon, wieso ich Geologin werde. Steine geben weit weniger dummes Zeug von sich als Menschen.«

Obwohl wir gerade nur scherzen, ist da eine gehörige Portion Wahrheit in ihren Worten, deswegen entgegne ich nichts.

Wobei ich nicht verstehe, wieso es ihr immer so wichtig ist, auf ihren akademischen Background zu pochen.

Am historischen Marktplatz finden wir endlich eine Tapas Bar, die

Vinita zusagt und ihren Ansprüchen genügt, um unseren »Urlaub« offiziell einzuläuten. Wir setzen uns an einen Tisch mit Sicht auf den Glockenturm, dessen Zeiger in diesem Moment die volle Stunde anzeigen und ein wunderschönes Glockenspiel einläuten. Hinter den Hausdächern ragt nicht weit entfernt ein Schloss auf einem Hügel in den Himmel. Mittlerweile hat sich die Hitze etwas abgekühlt, wodurch es draußen wieder angenehmer ist und es nichts ausmacht, dass wir keinen Platz mehr unter der Markise ergattern.

Nachdem wir unsere Bestellung aufgegeben haben, strecke ich die Beine nach der langen Fahrt von mir und entspanne mich zum ersten Mal seit unserer Ankunft deutlich. Während ich die Menschen um mich herum betrachte, wird mir bewusst, wie unwahrscheinlich es ist, Ali hier irgendwo über den Weg zu laufen. Erkennen würde ich ihn ohnehin nicht. Und er mich ebenso wenig. Fotos haben wir nie ausgetauscht. Sogar vor unserem geplanten Treffen hatten wir uns lediglich gegenseitig unsere Handynummern gegeben und unsere Klamotten und Frisuren beschrieben, um einander am Bahnhof zu identifizieren.

Rückblickend finde ich es ziemlich naiv von mir, vor dem geplanten Treffen nicht wenigstens mal mit ihm telefoniert zu haben. Im Grunde hätte jeder und jede sich als Ali ausgeben können. Die Gefahren, die mit dieser Situation einhergegangen sind, scheinen mir damals nicht bewusst oder schlicht egal gewesen zu sein, jung und verliebt, wie ich war. Und ja, okay, ich gebe es zu. Zumindest von meiner Seite aus waren da romantische Gefühle im Spiel.

Jetzt packen mich Aufregung und Entschlossenheit. Mein Puls beschleunigt sich und ich balle die Hände zu Fäusten.

Sollten wir einander jemals gegenüberstehen, dann weil Vinita und ich es geschafft haben werden, Ali allen Ernstes aufzuspüren. Was, wenn ich nach all den Jahren, nach allem, was war, doch noch ein Bild von ihm bekäme? Zwar habe ich Angst und er hat mich zu der Zeit wie mein komplettes Umfeld – einschließlich mir selbst – noch für ein Mädchen gehalten. Das ändert nur nichts daran, dass ich ihn finden will. Letzteres könnte es zuerst etwas seltsam machen, aber an sich bin ich davon überzeugt, dass er kein Problem mit meiner Transidentität haben würde. Ich muss zumindest versuchen, Ali ausfindig zu machen. Das wird mir unumstößlich klar.

»Woran denkst du?«, möchte Vinita erfahren und tippt mich unter dem Tisch mit ihrem Fuß an. Sie lässt ihr Handy in ihrer Handtasche verschwinden, und ich muss grinsen wegen dieses Rollentauschs. Normalerweise wäre ich es, der mit dem Smartphone in der Hand dasitzt und auf Insta rumhängt. Sie diejenige, die vollkommen da, in der Gegenwart lebt. Ich sollte gleich eine Story vom Essen posten. Heute habe ich mich dort bisher gar nicht gezeigt.

»Ich hab daran gedacht, wie das mit Ali und mir angefangen hat.«

Vinita schneidet eine Grimasse. »Ich werde nie darüber hinwegkommen, dass du ihn mir so lange verheimlicht hast. Das hat mich in meinem Status als BFF mächtig gekränkt.«

Ganz unüblich hatte ich sie nicht sofort eingeweiht. Möglicherweise war mir das Drumherum peinlich. Wie zahlreiche vierzehn- bis sechzehnjährigen Teenager hatten Ali und ich damals die Mystery-Serie *Dark Whisper* durchgesuchtet und uns online in ein Fan-Forum verirrt, wo wir zwei der Figuren miteinander shippten. Unser One True Pairing bestand aus Alistair und Lennox. Ohne Zweifel flogen Funken zwischen dem verschlossenen, pflichtbewussten Krieger und dem tollpatschigen, lustigen Halbhexer, der von Regisseurin und Regisseur leider nur als dessen Sidekick auserwählt worden war. Auf der Leinwand blieb Alistair bis zum Schluss mit der Feenprinzessin Ava zusammen. Für uns würden es dagegen immer er und Lennox sein. Bis dahin hatte ich nie jemanden so selbstverständlich über die Liebe zwischen zwei Jungen oder zwei Mädchen reden hören. Es war eine Offenbarung. Zu schade, dass das Forum und somit unser Nachrichtenaustausch heute nicht mehr existiert.

Ich zucke mit den Schultern. »Ich wollte ihn eben für mich.«

Was ich verschweige: dass ich mich vor Vinitas Reaktion auf das Thema Queerness gefürchtet habe. Bestimmt erinnert sie sich nicht mehr daran, wie sie mal mit einer unserer Mitschülerinnen nach dem Matheunterricht über einen Promi getuschelt hat, nachdem dieser sich als bi geoutet hatte. Zwar wusste ich da noch nicht genau, was das bedeutet, und auch nicht, dass ich selbst nicht hetero bin. Vinitas eher abfällige Äußerung hatte sich mir als Jugendlicher trotzdem eingebrannt. Aus diesem Grund hatte ich auch mein Outing ihr gegenüber hinausgezögert. Als ich es hinter mich gebracht hatte, verwunderte sie mich mit ihrer Bestürzung, ob es mir wegen ihres Glaubens so schwer gefallen sei, ihr anzuvertrauen, dass ich trans* sei. So etwas hätte ich niemals über sie gedacht. Auf einmal wurde mir bewusst, dass wir uns in dieser Hinsicht ähneln. Vinita wird für ihre Religion vorverurteilt und ich für meine von meinem Geburtsgeschlecht abweichende Genderidentität und in wen ich mich verliebe.

Wobei mir mein Coming-out mit neunzehn – egal bei wem –, nicht leichtgefallen ist. Ich hatte nur endlich die Gewissheit, was mich ungemein bestärkte, und Worte für etwas, das ich früher nicht einordnen konnte.

Vinita zieht die Augenbrauen hoch. »Und ich dachte, ihr wäret nur befreundet gewesen?«

Bevor ich zu einem Gegenschlag ausholen kann, kommt die Kellnerin und serviert uns unsere Auswahl an vegetarischen Tapas. Frittierte Oliven mit Aioli, Datteln mit einer Ziegenkäse-Walnuss-Füllung im Zucchinimantel, Bratkartoffeln mit Guacamole, eine weitere Kartoffel-Variante und grüne, in Öl eingelegte, Paprika.

»Halt!«, stoppe ich meine beste Freundin und springe auf, bevor sie das Essen anrühren kann. Dabei läuft mir schon das Wasser im Munde zusammen. »Ich muss erst ein Foto machen.«

»Hast du sonst keine Hobbys?«, beschwert sie sich, wartet aber. Dass das irgendwie stimmt, schiebe ich gleich wieder von mir.

Fix wähle ich einen Filter, schieße ein Bild von den hübsch angerichteten Speisen, füge ein paar Herzchen in Regenbogenfarben und eine Uhrzeit hinzu. Danach lade ich die Story hoch und halte Vinita mein Handy hin, das sie wortlos nimmt, um weitere Schnappschüsse – nun von mir – für meinen Instagram-Feed zu machen. Ich weiß, wie ich am besten pose, um den gewünschten Effekt zu erzielen, und sie, worauf ich Wert lege und welche Perspektiven ich mag. Was mich anfangs jedes Mal Überwindung gekostet hat, ist mit der Zeit zur Routine geworden.

Rasch scrolle ich anschließend durch die Aufnahmen, um sie auf Tauglichkeit zu überprüfen. Dabei ertappe ich mich bei der Frage, ob wir Timon nachher wohl noch mal zufällig begegnen werden. Denn abgesehen davon, dass meine Haut mangels Sonneneinstrahlung in den letzten Wochen nahezu bettlakenweiß ist, gefalle ich mir in dem kurzärmeligen Hemd mit den senkrechten dreifarbigen Streifen. Der Schnitt ist typisch 90er. Sogar meine hellbraunen Locken liegen und gebärden sich ausnahmsweise friedfertig. Allein für solche Momente, in denen ich derart im Reinen mit mir bin, hat sich das, was ich durchgestanden habe, mehr als ausgezahlt.

»Vielen Dank«, sage ich zu Vinita, um das Essen zu eröffnen, nur hat sie in der Zwischenzeit ohnehin damit begonnen, sich den Teller vollzuladen.

»Sorry«, nuschelt sie und steckt sich eine Olive in den Mund. »Ich hatte Hunger.«

Kurzerhand tue ich es ihr nach. Sie hat das perfekte Restaurant für den Auftakt unserer Reise ausgewählt. Das Essen ist köstlich, die Datteln schmecken mir am besten. In dieser Bar mit ihrem südländischen

Flair fühle ich mich wohl, bin auf wundervolle Weise satt und erfüllt und glücklich.

Bei unserer Rückkehr in die Ferienwohnung treffen wir Timon leider nicht erneut an, aber meine Enttäuschung hält sich in Grenzen. Der Tagesausklang war unabhängig davon denkwürdig. Im Bett lade ich noch eines der Bilder hoch, die Vinita von mir gemacht hat. Als Bildunterschrift verwende ich *#lifeisgood*. Dazu ist es cool, dass wir uns für die Urlaubswoche ein Zimmer teilen werden, was mir jetzt erst so richtig bewusst wird. Wie in unseren Schulzeiten, als wir uns bis spät in die Nacht hinein in der Dunkelheit Geheimnisse anvertrauten und miteinander über Gott und die Welt flüsterten. Mal ging es darum, wie inbrünstig wir den Sportunterricht hassten und den Ausdauerlauf schwänzen wollten. Dann um den Chorauftritt, bei dem Vinita ein Solo singen würde und mächtig Lampenfieber hatte. Stundenlang redete ich ihr gut zu und letztendlich lief alles glatt. Lebhaft erinnere ich mich auch daran, wie wir planten, meinem ersten Schwarm einen Zettel zuzustecken, auf dem stand, dass ich ihn mochte. Daraufhin waren wir ungefähr drei Tage zusammen.

Mit diesen Gedanken im Kopf und einem Grinsen im Gesicht schlafe ich ein, sobald ich unter die blumig duftende Decke geschlüpft bin. Heute gibt es kein nächtliches Gespräch mehr. Wie meine beste Freundin nach ihren Gebeten zu mir ins Zimmer kommt, kriege ich gar nicht mehr mit.

KAPITEL 4

TIMON

Nachdem das Fenster im zweiten Stock des gelben Hauses dunkel geworden ist, sind die Sterne die einzige Lichtquelle im Garten. Ich schwinge mit den Beinen vor und zurück, um die Schaukel am Ast des Apfelbaumes in Bewegung zu versetzen. Je höher ich schaukele, desto weniger abwegig erscheint es mir, dass ich einfach davonfliegen oder abhauen könnte, wenn ich denn will. Sogar ohne Flügel oder Schiff, mit dem ich aufs Meer hinausfahren würde, bis der Himmel ohne jegliche Grenzen wäre. In meinen Ohren dröhnt ein Song von Simple Plan. *Lucky One*. Die Häuser und die Stadt blende ich aus, so gut es geht. Denn auch hier spannt sich das Firmament schier endlos über meinem Kopf und unzählige Möglichkeiten spiegeln sich in ihm. Was könnte die Welt nicht alles für mich bereithalten, wenn ich nur zulange?

Ein Ziehen entsteht in meiner Brust.

Der Anblick des jetzt dunklen Fensters, das zu einer unserer Ferienwohnungen gehört, erinnert mich daran, dass der Empfang der neuen

Gäste heute für mich mit das Spannendste war, das in letzter Zeit geschehen ist. Und damit meine ich konkret etwas Schönes. Etwas, das eine positive Veränderung verheißt und mich davor bewahren könnte, morgen denselben öden Trott wie immer durchzuspielen.

Unwillkürlich lächele ich und lockere den Griff meiner Finger um die Seile der Schaukel. Das ist eine weitaus hoffnungsvollere Zukunftsprognose als die, an die ich gestern noch geglaubt habe. Ich bin den immer gleichen Abläufen, den immer gleichen Orten, den immer gleichen Menschen so überdrüssig.

Bei dem Gedanken an Vinita und Philipp schnellt mein Puls in die Höhe und ich gebe mehr Schwung. Letzterer schien leider nicht allzu angetan von mir zu sein. Meine Begeisterung für ihn schmälert das nicht im Geringsten. Er hatte irgendetwas an sich, das mich gleich eingenommen hat. Ich mag es, den Leuten auf den Zahn zu fühlen und bin sicher, dass ich einiges aus ihm herauskitzeln kann. Obwohl er so steif rübergekommen ist. Das ist eine Challenge nach meinem Geschmack. Das Herumgeplänkel mit Vinita hat mir ebenfalls Spaß gemacht. Nur verliere ich schnell das Interesse, wenn mich jemand nicht tiefer bewegt und mehr als alles andere frage ich mich, getreu dem Motto *Stille Wasser sind tief*, was sich hinter Philipps hübscher Fassade verbergen mag.

Ich kann es nicht erwarten, das herauszufinden.

Vorfreude packt mich und meine Haut prickelt.

Vorausgesetzt, die beiden sind nicht doch ein Paar und Philipp ganz und gar hetero. Wie langweilig wäre das?

Ich verziehe das Gesicht, höre auf, weiter Schwung zu geben und nehme die Kopfhörer ab, so dass sie mir um den Hals hängen.

Nur weil mir das Geschlecht beim Verlieben egal ist, fahre ich nicht auf jede*n ab. Das hier passiert selten, was es umso aufregender macht. Sowohl Gender als auch Genitalien haben für mich keine Bedeutung, was mich dagegen packt und ausschlaggebend ist, sind der Vibe und die

Persönlichkeit eines Menschen. Deshalb labele ich mich als *pan* statt als *bi*. Das heißt allerdings nicht, dass ich körperlichen Reizen gegenüber unempfänglich wäre, wenn ich erst einmal auf dieser anderen Ebene gecatcht wurde.

Als die Schaukel das nächste Mal nach vorne schwingt, lasse ich die Seile los und lande im Gras.

Von einer plötzlichen Müdigkeit befallen, betrete ich unser Haus durch den Hintereingang und schleppe mich in den ersten Stock, in der Hoffnung, dass Opa noch wach sein möge. War ich eben froh darüber, für mich zu sein, kann ich es allein auf einmal schwer aushalten. Ich will nicht in meine eigenen vier Wände. Mama möchte ich trotzdem nicht begegnen, weshalb ich die Zeit im Flur auf ein Minimum zu reduzieren versuche.

Nach einem Blick nach links und rechts betätige ich den Türklopfer an der Tür vor der Wohnung meiner Großeltern. Dadurch weiß Opa gleich, dass ich es bin, und ich reiße ihn nicht allzu unsanft aus dem Schlaf, falls er schon zu Bett gegangen sein sollte.

Meine kleine Einzimmerwohnung liegt im dritten Stock direkt unter dem Dach. Meine Mutter wohnt in der Wohnung unter meiner, in die wir nach ihrer Trennung von Papa zuerst gemeinsam gezogen waren. Hoffentlich nimmt Mama es mir nicht übel, dass ich heute Abend nicht noch mal bei ihr vorbeischaue. Das kann ich gerade nicht, weil sich von ihr loszueisen immer schwierig ist. Und das ist mein Leben ohnehin schon.

Jetzt verdrehe ich von mir selbst genervt die Augen. Lächerliche Anstellerei. Schließlich geht es mir und uns viel besser, als es lange Zeit der Fall war.

Ich lausche. War das ein Schlurfen von Pantoffeln hinter der Tür? Sobald Opa die Wohnung öffnet, fällt mir ein Stein vom Herzen. Unter dem Alt-Herren-Bademantel schaut seine Schlafanzughose hervor und der Anblick ist mir so vertraut, dass alles wieder etwas heller wird. Meinen Großvater in diesem Aufzug verbinde ich nur mit guten Erinnerungen. Verregnete Spielenachmittage mit heißem Kakao und Kastanientiere bauen, Malbücher füllen und das erste Mal *Der Herr der Ringe* schauen.

»Huch, Junge.« Opa reibt sich die Augen. Das schwarze Brillengestell sitzt ihm schief auf der Adlernase. »Was machst du so spät hier?«

»Kann nicht schlafen«, sage ich, obwohl ich es nicht mal probiert habe. »Tut mir leid. Habe ich dich geweckt?«

Opa macht eine beschwichtigende Handbewegung. »Nein, nein. Komm rein.«

Anders als bei mir unter dem Dach ist es bei meinen Großeltern nicht brüllend heiß.

Es gäbe vieles, das ich sagen könnte. Trotz der unleugbaren Verbundenheit zwischen Opa und mir schweige ich. Unsere Kommunikation beschränkt sich meist eher auf wenige Worte. Wenn wir Zeit zusammen verbringen – ob bei der Arbeit oder in der Freizeit – sind wir in der Regel mit irgendetwas beschäftigt oder wir suchen uns etwas zu tun. Die ausführlichsten Gespräche, die wir je geführt haben, waren jene, als ich mich vor ihm und meiner Großmutter geoutet habe. Zuerst als lesbisch, später als trans* Junge und dann noch mal als pansexuell. Wenn ich bei einem das große Los gezogen habe, dann mit meinen Großeltern. Sie sind verständnisvoll und tolerant. Und sie lieben mich.

Mein Blick wandert durch die urige Küche und bleibt am Kühlschrank hängen. Neben einem Einkaufszettel, der von meiner Oma in ihrer winzigen Handschrift verfasst wurde, klebt ein buntes Origamipapierboot, das vermutlich aus meiner Kindergartenzeit stammt. Dazu ein Foto von Fasching, auf dem mein Bruder André und ich als Asterix und Obelix verkleidet sind und mit Zahnlücken in die Kamera grinsen. Weil mich der Anblick angesichts dessen, was später passiert ist, schmerzt, versuche ich, unsere Gesichter auszublenden.

»Für dich auch ein Radeberger?«, erkundige ich mich bei meinem Großvater.

Opa winkt abermals ab. »Na, ich werde leider nicht jünger.«

Also hole ich nur eine Bierflasche für mich aus dem Kühlschrank, versuche, mir bei solchen Bemerkungen nicht gleich in die Hose zu machen. Es ist keine Woche her, dass wir gemeinsam die ausrangierten Möbel aus einer der Ferienwohnungen die Treppe runter und zur Straße für den Sperrmüll getragen haben. Für seine achtundsechzig Jahre ist mein Großvater fit wie ein Turnschuh.

»Spielen wir Mau-Mau?«

Mir ist nicht danach zu quatschen, ich muss aktiv, im Handlungsmodus bleiben. Ich bin mir darüber im Klaren, dass Opa mir zuhören würde, nur kann ich mich in dieser Sache niemandem anvertrauen. Ihm oder Oma zu sagen, was mich belastet, hieße, sie alle zu verletzen, und ich habe es ihnen schon schwer genug gemacht. Mir wird ein bisschen übel. Es erscheint mir wie das Mindeste, bei meiner Familie in Pirna zu bleiben, um die Schuld, die ich auf mich geladen habe, abzutragen. Außerdem schätzen meine Großeltern meine Hilfe in der Pension und Mama würde es das Herz brechen, wenn ich sie verlasse. Ich werde hier gebraucht.

Auf meinen Vorschlag mit dem Spiel steigt Opa zu meiner Erleichterung gleich ein und holt die Karten aus der Schublade. Im Schneidersitz lasse ich mich auf einem der Küchenstühle nieder, öffne die Bierflasche an der Tischkante und nehme den ersten wohltuenden Schluck, während ich ihm dabei zuschaue, wie er die Karten mischt und schließlich austeilt.

Nach einigen Runden und ebenso vielen Bieren werde ich ruhiger und entspannter. Irgendwann fühle ich mich gewappnet, mich ins Bett zu verziehen, da ich nun hoffentlich schneller einschlafen kann. Länger sollte ich Opa sowieso nicht wachhalten. Es ist bereits Mitternacht, was uns die Küchenuhr kundtut. Als ich die leeren Flaschen wegräume, sagt Opa nichts. Er hat mich gewähren lassen. Vermutlich weil er geahnt hat, dass ich das brauche. Oma hätte sich nicht kommentarlos angesehen, wie ich mich betrinke, doch sie ist momentan mit einer Freundin in Kroatien im Urlaub, weshalb ich Philipp und Vinita überhaupt nur willkommen geheißen habe. Sie hat mich gebeten, für die Woche während ihrer Abwesenheit diesen Part zu übernehmen.

Mein Großvater bringt mich noch zur Tür.

»Nacht«, verabschiede ich mich von ihm. Ich schwanke. Mit einem Mal ist mir das schrecklich peinlich. Immerhin hat er gar nichts getrunken und bedenkt mich jetzt mit einem kritischen Blick unter seinen buschigen Augenbrauen hervor.

Abrupt wende ich mich ab. Seinen Gesichtsausdruck kann ich nicht ertragen, weil er recht hat. Mich zu betrinken war eine blöde Idee. Alkohol löst niemals Probleme. Meist verstärkt es sie nur.

Als ich die halbe Treppe auf dieser Etage hoch bin, höre ich Opa erneut in meinem Rücken. »Wenn du mit mir nicht reden möchtest, könntest du es mit Brunhilde, sobald sie wieder da ist.«

Ich dachte, er hätte die Tür bereits hinter mir geschlossen. Den Kopf wendend, mein benebeltes Gehirn zu träge, verfehle ich fast die nächste Stufe.

Heiße Schamesröte steigt mir in die Wangen.

»Ja«, lüge ich. »Vielleicht.« Dabei weiß ich ja, dass auch das ausgeschlossen ist.

Den Schlüssel kriege ich, oben am Ende der Treppe angekommen, immerhin komplikationslos ins Schloss meiner Wohnungstür gesteckt. Na bitte!

Drinnen öffne ich ein Fenster, ohne Licht einzuschalten, um zumindest etwas für Abkühlung zu sorgen. Umso mehr genieße ich es nach dem Zähneputzen, mich ganz frei von Unwohlsein nur in Boxershorts auf die Matratze zu werfen. Die Decke schiebe ich so weit wie möglich von mir weg und strenge mich an, gleichmäßig zu atmen.

Na dann mal los: Schlafen!

Mein Kommando bringt rein gar nichts. War ja klar.

Ich wälze mich herum, starre in die Schwärze, fühle mich, als würde ich von der Stille verschluckt werden. Alles, was ich noch von dem Bier merke, ist das Gluckern in meinem Magen. Was für ein Reinfall.

Es gab eine Zeit, da habe ich den Sommer geliebt, weil er eine Auszeit von dem Stress zu Hause und in der Schule bedeutet hat. Seit André nicht mehr da ist, bin ich jedes Mal erleichtert, wenn er endet. Ich kneife die Augen fest zusammen, um die Gedanken an meinen großen Bruder loszuwerden, und taste schließlich unabhängig von den unsäglichen Temperaturen nach meinem Plüsch-Oktopus. Das Tier hat eine fröhliche und eine traurige Seite. Je nachdem, in welcher Stimmung man ist, kann die gerade passende nach außen gestülpt werden. Das ist nicht nur praktisch, um wortlos meine Laune zu kommunizieren, sondern auch zum Kuscheln möchte ich Patrick nicht mehr missen.

An sich macht es mir nichts aus, meinen Großeltern bei der Instandhaltung und dem Unterhalt der Ferienunterkünfte zur Seite zu stehen. Für den Job bin ich dankbar, nur lieber täte ich etwas anderes. Doch meine Gewissensbisse und die Sorge, ob Oma, Opa und meine Mutter ohne mich zurechtkämen, erlauben das nicht.

Umso stärker klammere ich mich an dieses Mantra, mit dem im Ohr und meinem Oktopus im Arm ich irgendwann später Ruhe finde: *Morgen ist ein neuer Tag. Es muss nicht so weitergehen wie bisher.*

Vielleicht gehöre ich demnächst mal zu den Glücklichen. Und wenn ich – Philipp und Vinita sei Dank – nur ein wenig Abwechslung zu meinem eintönigen Alltag erhalte.

KAPITEL 5

PHILIPP

So früh wie an diesem Freitag bin ich seit Ewigkeiten nicht mehr aufgewacht. Jedenfalls nicht ohne Wecker. Das Licht, welches durch einen Spalt zwischen den Vorhängen fällt, ist grau. Trotzdem fühle ich mich nicht bedrückt wie zuletzt ständig wegen Hannes, sondern motiviert, in den Tag zu starten. Es ist erst zwanzig nach sieben, das kann ich kaum glauben. Diesen Schwung, den ich im Inneren verspüre, nutzend, rolle ich mich aus dem Bett und tapse leise ins Bad, um meine beste Freundin nicht zu wecken. Nach dem Morgengebet scheint sie sich noch einmal hingelegt zu haben.

Den Blick in den Spiegel hätte ich mir besser gespart. Urgh. Ich blinzele. So taufrisch, wie ich mich fühle, schaue ich doch nicht aus. Zum Glück kann ich das ändern. Man weiß nie, was das Leben für einen bereithält und die Begegnung mit Timon gestern und der schöne Start in unseren Aufenthalt hier, haben mir Hoffnung auf weitere solcher Momente gegeben.

Nachdem ich mich frisch gemacht und wie jeden Morgen das Testosteron-Gel auf Oberarmen und Bauch verteilt habe, ziehe ich mich an, wozu auch die Ausstattung mit meinem Packer gehört. Meistens fühle ich mich besser, wenn ich etwas in der Hose habe.

Zurück im Wohnraum durchsuche ich die Küche nach einem Kaffeefilter. Der Muntermacher gehört immerhin zum Konzept eines erfolgreichen Starts in den Tag dazu! Rein aus Prinzip. Möglichst lautlos schiebe ich Tassen und Gläser, Teller und Schälchen in den Hängeschränken hin und her, nur um dann die Tür unter der Spüle aufzuklappen. Töpfe, Pfannen und Deckel … Das sieht nicht gut aus. Aufgrund der Dose mit dem Kaffeepulver waren wir davon ausgegangen, die entsprechenden Utensilien für die Zubereitung seien ebenfalls vorhanden, wenn schon keine Kaffeemaschine. Vinita wird darüber noch weniger begeistert sein als ich.

Ernüchtert lehne ich mich gegen die Küchenzeile und verirre mich auf Instagram, wie es mir oft in einer Art Ruhelosigkeit passiert. Likes, Kommentare und Markierungen springen mich geradezu an. Dort ist alles wie immer. In dieser Umgebung weiß ich, wie die Dinge laufen. Dennoch spüre ich, wie sich meine Stirn runzelt.

Es ist okay, sage ich mir, *dass es in deinem letzten Posting lediglich darum ging, eine gute Zeit zu haben.*

Dass einer meiner Posts zum Pride Month über die historischen Ursprünge der LGBT-Bewegung nach wie vor außergewöhnlich trendet, obwohl wir inzwischen Mitte Juli haben, nimmt mir zum Glück den Druck, neuen queeren Content zu produzieren. In meiner Bubble auf Insta fühle ich mich wohl. Nur jedes Mal, wenn ich etwas aus meinem Leben teile, das nichts mit Queerness zu tun hat, komme ich mir vor, als ob ich das Thema verfehlte. Es ist ironisch. Während mich dieser Teil meiner Identität im Internet »berühmt« macht, verberge ich ihn im realen Leben, so gut es geht. Und andersrum genauso.

Die Nachricht meiner ältesten und liebsten Schwester – eine Antwort auf meine Story von gestern mit den Tapas – ist die erste, die ich öffne: *Wo ist das?*

Meine Mundwinkel zucken. Wahrscheinlich, weil Jule es war, die sich nach meinem gescheiterten Treffen mit Ali sofort ins Auto gesetzt und mich persönlich in Pirna abgeholt hatte. Dabei wusste sie vorher nicht mal von ihm und meinem Vorhaben, mich mit einer Internetbekanntschaft zu verabreden. Abgesehen von Vinita, die mich decken sollte, hatte ich niemanden eingeweiht. Als ich meine Schwester anrief, war ich nach wie vor in Tränen aufgelöst. Völlig gerechtfertigt hatte Jule mir für meine Geheimniskrämerei in dieser Sache die Hölle heißgemacht, verpetzt hatte sie mich deswegen aber nicht, wofür ich ihr unendlich dankbar war. Ich kann mich glücklich schätzen, dass wir so ein gutes Geschwisterverhältnis haben. Insgesamt sind wir zu sechst: Jule, Katrina und Max, die schon vor mir da waren, und Antonia und Raffi, die noch nach mir kamen.

Du wirst es nicht glauben, tippe ich an Jule, um sie auf den neuesten Stand zu bringen. *Vinita und ich ziehen das jetzt echt durch. Wir sind seit gestern in Pirna, um auf Alis Spuren zu wandeln!*

Erst als ich die Lesebestätigung für die Nachricht erhalte, merke ich, dass es sich bei unserem Unterfangen zwar um eine Art Abenteuer handelt, aber die Suche wird sich dazu aufwühlend gestalten. Wer weiß, was wir herausfinden, wenn wir den wenigen Anhaltspunkten, die ich zu Ali habe, nachgehen. Und sei es nur, dass wir hinter jeden das Wort *Sackgasse* setzen können. Anders als mit sechzehn werde ich nicht mehr die Augen vor einer womöglich schmerzhaften Wahrheit verschließen. Ich werde mich dem, was geschehen sein mag, oder der unumstößlichen Tatsache, dass ich es nie erfahren werde, nun stellen. Um endlich damit abzuschließen.

Ist es mit Hannes nicht gut ausgegangen?, bohrt meine Schwester zu meiner Überraschung noch mal nach. Dass sie erneut den Bogen zu meiner letzten wenig glamourösen Datingerfahrung spannt, erwischt mich unvorbereitet. Weil ich nicht gleich reagiere, folgt ein: *Das tut mir so leid, Süßer :(*

»Ist okay«, entgegne ich und nehme extra eine kurze Sprachnachricht auf, damit Jule am Unterton in meiner Stimme checkt, dass ich nicht weiter darüber sprechen möchte.

Ein ungutes Gefühl breitet sich zeitgleich mit einer Befürchtung in mir aus. Hannes hat mich in eine Krise gestürzt. Das ist aber kein Grund, zu übertreiben. So was ist doch normal, wenn man jemanden mochte und dann enttäuscht wird.

Der Punkt ist, würde Jule sich im selben Ausmaß sorgen, wenn ich cis wäre?

So dankbar ich für die Unterstützung in meinem Umfeld bin, kann ich es nicht ausstehen, wenn ich mit Samthandschuhen angefasst werde. Selbstverständlich stimmt es, dass wir queeren Menschen in unserer Gesellschaft mit mehr Schwierigkeiten konfrontiert werden. Nichtsdestotrotz würde ich mich deshalb nicht per se als »vom Schicksal gebeutelt« betrachten. Auf jeden Fall *sollte* das nicht Hand in Hand gehen, und ich komme mir stets sonderbar vor, wenn ich deshalb verhätschelt werde. Im Übrigen halte ich queere Menschen für ausgesprochen stark, gerade wegen dieser Schwierigkeiten, mit denen wir uns herumschlagen müssen.

Ich schaue auf mein Display, das ein *Jule schreibt …* anzeigt, kaue auf meiner Unterlippe und schiele zu der leeren Tasse, die ich in freudiger Erwartung auf den Kaffee bereitgestellt hatte. Mit einer Hand kratze ich mich im Nacken, während ich auf ihre Antwort warte.

Wieder denke ich daran, was für ein Glück die Menschen in meinem Leben bedeuten. Vermutlich sollte ich das mehr schätzen. Hin und wieder macht mich das Wissen krank, wie schlecht es andere im Gegensatz zu mir getroffen haben. Deswegen will ich meine Position unbedingt nutzen und mit meinem Instagram-Aktivismus einen kleinen Teil zu mehr Toleranz beitragen. Das mit der romantischen Liebe wird sich schon finden. Das glaube ich jedenfalls in meinen optimistischeren Momenten. Ein Grund für Selbstmitleid ist das wahrlich nicht.

Toll! Jetzt haben meine düsteren Überlegungen mir die Laune verdorben und auf das belebende braune Elixier muss ich auch verzichten. So schnell ist die Euphorie des Morgens vergangen.

Gerade als ich noch mal nach einem Filter suchen will, zieht ein gedämpftes Klirren meine Aufmerksamkeit auf sich. Ich hebe den Blick vom Bildschirm und trete neugierig ans Fenster, um besser in den Hof gucken zu können. Das Geräusch muss von dort gekommen sein.

Die Szene, die sich mir bietet, irritiert mich zuerst.

Jule und die Frage nach dem Sinn meines Daseins sind vergessen, als Timon in mein Blickfeld tritt. Er hält eine getigerte Katze auf dem Arm. Auf dem Boden liegt ein zerbrochener Tontopf, den das Tier bestimmt umgestoßen hat. Statt mit ihr zu schimpfen, schmust Timon das Fellknäuel. Ein Lächeln stiehlt sich auf meine Lippen. Der Anblick ist zum Dahinschmelzen und Timon in seinem schwarzen Hemd mit den weißen comicartigen Bildern ein ganz schöner Hingucker. In meinem Bauch steigen Schmetterlinge auf, es kribbelt und zwickt auf eine angenehme Weise. Ein leises schwärmerisches Seufzen entwischt mir, als Timons Nasenspitze und die der Katze aneinander stupsen. Sobald er sie wieder absetzt, huscht sie davon. Im nächsten Augenblick schaut er zu mir hoch.

Mein Kopf beginnt zu glühen.

Verdammt! Was soll ich jetzt machen? Mich auf den Boden werfen und verstecken? Nein, er hat mich schon gesehen und ich starre immer noch! Oh Gott, ist das peinlich. Also … winke ich.

Das ist das Erste, was mir einfällt, um die Situation zu entschärfen. Er winkt zurück, lächelt sogar, wodurch mir noch wärmer wird. Es ist ein breites und ehrliches Lächeln. Erneut verpasse ich die Gelegenheit, um mich problemlos abzuwenden, und Timon bedeutet mir mit einer Geste, das Fenster aufzumachen.

Dachte ich wirklich, ich hätte Ahnung von zwischenmenschlicher Interaktion? Dabei bin ich generell nicht unbedingt schüchtern. Das passiert vor allem, wenn ich jemanden gut finde.

Mit pochendem Herzen komme ich Timons Aufforderung nach.

»Guten Morgen!«, rufe ich, nur nicht zu laut wegen Vinita und anderer etwaiger Mithörender, die noch in den Federn liegen mögen. Dabei bemühe ich mich um eine neutrale Betonung. Das hier ist nicht meine Community, bei der ich bedenkenlos ich selbst sein darf. Das hier ist die Realität, in der ich aufpassen muss, wie ich mich gebe. Trotz oder gerade wegen Timons göttlichem Lächeln.

»Du bist früh auf«, entgegnet Timon anstelle einer Begrüßung. »Habt ihr heute was Großes vor?«

»Nicht, dass ich wüsste«, bleibe ich bei der Wahrheit. Wieso sollte ich lügen? Um mich interessanter zu machen? Gerade rechtzeitig merke ich, dass ich ihm so oder so mehr Input liefern könnte, wenn ich möchte, dass unsere Unterhaltung nicht nach zwei Sätzen endet. »Meine Freundin hat das Programm zusammengestellt. Sie schläft noch und hat mich mit alldem hier überrumpelt.«

Timon legt den Kopf schief. »Positiv oder negativ?«

»Ähm. Schwer zu sagen.«

»Bist du kein Fan von spontanen Aktionen?«

Ich räuspere mich, witzele, um meine Nervosität zu überspielen: »Hey! Soll das hier jetzt ein Persönlichkeitstest werden?«

»Klingt spannend und nach einer guten Idee«, befindet Timon. Er hebt die dunklen Brauen, als erwartete er etwas – oder würde schon an der nächsten Frage eines ebensolchen tüfteln. »In diesem Sinne: Hast du Lust, mit nach Sonnenstein zu fahren?«

»Jetzt?«, entschlüpft es mir dann doch komplett ungefiltert, obwohl ich auf der Hut sein wollte. Mir wird erst heiß, dann kalt und wieder heiß. Ich bin nicht mal sicher, ihn richtig verstanden zu haben. Die Frage scheint meiner Wunschvorstellung entsprungen.

Dieser supersüße Kerl, den ich gestern erst kennengelernt habe, will Zeit mit mir verbringen?

Meine Gedanken überschlagen sich. Das geht nicht! Hiernach besteht kein Zweifel, wie unfähig ich bin, in Timons Gegenwart länger als fünf Minuten bei der Sache zu bleiben. Außerdem weiß ich gar nicht, wo Sonnenstein liegt oder was das ist.

»Sonnenstein?«, hake ich daher erst mal nach, um Zeit zu schinden.

»Ein Stadtteil von Pirna. Ich muss ein paar Besorgungen für die Pension erledigen«, klärt Timon mich leichthin auf. Sollte es ihn verlegen machen, dass ich nicht gleich zusage, ihn zu begleiten, überspielt er es perfekt. »Die meisten meiner Leute wohnen nicht hier und ich freue mich von daher immer über Gesellschaft. Mit dem Rad sind wir in zehn Minuten da. Du kannst dir eins von uns leihen. Wir haben jede Menge.«

Seine Argumentation klingt schlüssig. Natürlich könnte ich immer noch ablehnen und behaupten, keine Zeit zu haben. Andererseits möchte ich ihm gern Gesellschaft leisten, weshalb ich es furchtbar fände, dass er glaubt, ich würde seine Einladung ausschlagen wollen. Es ist auf jeden Fall toll, mal mit einem anderen Kerl abzuhängen. Ob romantisch oder nicht – das tue ich im Grunde nie. Witzigerweise wollten Jungs früher, als sie ein Mädchen in mir sahen, nie mit mir befreundet sein, weil sie immer gleich dachten, ich würde mehr von ihnen wollen. So viel zur Unsinnigkeit so einer Annahme.

»Okay«, höre ich mich sagen. »Gib mir fünf Minuten.«

»Nice.« Timon lächelt wieder, diesmal verschmitzt. Himmel! »Ich werde dich nachher wissen lassen, wie du in Sachen Spontanität abgeschnitten hast. Dafür gibt's schon mal den ersten Pluspunkt.«

»Oh, danke«, stammele ich und wende mich vom Fenster ab, schließe es genauso hastig, bevor er sieht, wie ich schon wieder rot werde. Ich kann es genau fühlen.

Prüfend schaue ich an mir hinab. Gut, dass ich vorhin eine lange Jeans gewählt habe. Das sollte gehen. Nur für den peinlichen Fall, dass ich auf die Schnauze fliege. Meine letzte Radtour ist etwas her. Rasch sprinte ich ins Bad, um erneut Deo aufzutragen, und schreibe einen Zettel für Vinita, damit sie weiß, wo ich bin, wenn sie aufwacht, und sich keine Sorgen machen muss. Dann schnappe ich mir die Schlüssel vom Esstisch, schlüpfe in meine Sneaker. Die Nachricht an meine Schwester vergesse ich völlig und eile nach draußen.

Als ich unten ankomme, steht Timon exakt dort, wo er eben gestanden hat. Kaum dass ich aus der Haustür trete, empfängt er mich mit einem simplen »Hallo«.

»Hi.« Seinem Blick ausweichend schaue ich auf die Scherben des Tontopfes. Erde liegt vor der gusseisernen Bank vor dem rosa Haus auf dem Boden verteilt. In meinen Adern pulsiert Nervosität und ich möchte nicht, dass Timon das bemerkt, daher beäuge ich nun die anderen zwei Blumentöpfe. Sie stehen am Ende der Bank und sind intakt. Die Blüten der darin gepflanzten Blumen leuchten in intensiven Violett- und Blautönen. Neben der Bank lehnt ein schwarzes Fahrrad mit hellen Reifen an der Wand, das wahrscheinlich Timon gehört, wie ich kombiniere.

»Bernd, der Racker«, murmelt er, was meine Aufmerksamkeit auf ihn lenkt. Er zeigt auf die Scherben. »Macht seinem Namensvetter keine Ehre.« Timon lacht. »Ich fege das kurz weg, dann können wir los.«

Während wir den Hof überqueren und auf die Garage zusteuern, welche an das weiße Haus angrenzt und in der laut meines Begleiters sowohl die Räder als auch Besen und Kehrblech verstaut sind, frage ich: »Nach wem ist der Kater denn benannt?«

Will ich die kommende halbe Stunde überstehen – oder im Optimalfall gar genießen –, sollte ich versuchen, Small Talk zu machen, damit kein unangenehmes Schweigen entsteht.

»Oh.« Timon schließt das Garagentor auf und klappt es hoch. Das Quietschen der Scharniere verursacht mir eine Gänsehaut. »Nach *Bernd, das Brot*. Das ist eine Kinderserie über ein lebendiges Kastenbrot, das dauergenervt ist von allem und jedem. Vor allem, wenn Leute nur Unfug im Kopf haben. Aus irgendeinem Grund ist Bernd gezwungen, die Zuschauenden einer Show zu unterhalten, obwohl er diesen Job offensichtlich hasst. Kennst du sicher?«

»Klar!«, rufe ich. »Wobei ich das als Kind gar nicht gesehen hab. Erst in den letzten Jahren bin ich mal darauf gestoßen und fand's ganz lustig.«

Timon nickt anerkennend und zieht an einer von der Decke baumelnden Kordel, um die Garage zu erhellen. »Dann hast du bestimmt das angesagte Zeug gucken dürfen. Für mich war der KIKA jahrelang das einzige Fernsehprogramm, weil meine Eltern nichts anderes erlaubt haben.«

Diese Info sauge ich förmlich in mich auf, denn sie erscheint mir privater. Es freut mich, dass er vor mir ins Plaudern gerät.

Zwischen Gartenmöbeln, einem Sonnenschirm, einem luftleeren Schwimmreifen und ausrangierten Einrichtungsgegenständen, von denen manche antik wirken, schieben wir uns hintereinander ins kühle Innere der Garage, das viel größer ist, als es von außen den Anschein hatte.

»Mein Beileid«, sage ich, probiere es mit einem Scherz, um das Gespräch am Laufen zu halten und weil das vorhin gut angekommen ist. »Obwohl du da sicher einiges gelernt hast.«

»Na klar.« Er guckt mich über die Schulter ernst an, geht auf meinen ironischen Tonfall ein, was mein Herz einen kleinen Salto schlagen lässt.

»Ich wüsste nicht, wo ich heute stünde ohne *Die Sendung mit der Maus*. All meine Weisheit hat dort ihren Ursprung.«

Ich lache kurz auf. »Also hast du den Namen ausgewählt?«, frage ich.

»Bernd?« Timons Augen gleiten weiter über das Gerümpel, weniger suchend, sondern vielmehr, als wüsste er genau, wo sich was in dem Durcheinander befindet. Zielsicher schleust er uns hindurch, und da entdecke ich die Fahrradständer, auf die wir zuhalten. »Nein, das war mein Bruder.«

»Ach so.« Weil diese Antwort so einsilbig ausfällt, weiß ich nicht recht, was ich darauf erwidern soll. Dabei dachte ich, wir würden uns nett unterhalten. Meine Aufregung nimmt wieder zu, meine Handflächen werden feucht.

Wir erreichen die Räder und jetzt bin ich es, der von Timon gemustert wird. »Wie groß bist du?«

Die Frage bringt mich in Verlegenheit, ich hüstele. Erst als mir aufgeht, dass er das wegen der Wahl meines Fahrrads wissen will, antworte ich zögerlich. Statt meine Größe auf unangenehme Weise zu kommentieren, weil ich für einen Mann winzig bin, sucht Timon mir darauf lediglich treffsicher eines aus, wuchtet es aus der Wandhalterung und stellt es mit einem »Das sollte funktionieren« vor mir ab. Aufgrund der Tatsache, dass sein Hemd heute kurzärmelig ist, fällt mir dabei unwillkürlich auf, dass seine Arme kräftiger aussehen, als ich angenommen hatte. Mir gefällt, was ich geboten bekomme. Dass ich mir auf die Lippe beiße, bemerke ich erst, als der Schmerz einsetzt. Als Nächstes greift er nach einem Helm in einem der Stahlträgerregale und hängt ihn über den Lenker.

»Safety first«, erklärt er, weil er mir meine Verblüffung wohl angesehen hat.

Ehrlicherweise bin ich erstaunt, dass er darauf nicht verzichten mag.

So hätte ich ihn nicht eingeschätzt. Dass er sich über so etwas Gedanken macht, finde ich super.

»Du hast natürlich recht«, räume ich ein und fühle mich ertappt. Denn dafür, dass ich fürchte, Timon könnte mich auf irgendeine Weise verurteilen, bin ich selbst vorne mit dabei, ihn in Schubladen zu packen. Auch ich bin nicht frei von solchen Gedanken. Das ist niemand. Das Wichtige ist, sich dessen bewusst zu werden und zu reflektieren.

Wie wenig Ahnung ich vom Radfahren habe, geht mir erst auf, als Timon sich hin hockt, um den Reifendruck zu überprüfen. Er schraubt die Kappe vom Ventil ab, beäugt es und wählt die passende Pumpe aus dem Regalbrett darunter.

Ich hänge an seinen Bewegungen und den schwarzen Schriftzügen in Schreibmaschinenschrift, von denen zwei seine linke Hand zieren. Oh, spannend! Ein Prickeln durchläuft mich. Die bemerke ich jetzt erst, weil sie sehr unauffällig sind. Timon hat ausgesprochen schöne Hände. Eines der Tattoos befindet sich an der Innenseite seines Zeigefingers, das andere an der äußeren Handkante. Und dann entdecke ich ein drittes, an seinem linken Handgelenk. Ich versuche, die drei Wörter zu entziffern, leider vergeblich.

»Schieb das Rad schon mal nach draußen«, weist er mich an. Jetzt habe ich erst recht keine Zeit mehr, herauszufinden, was seine Tattoos bedeuten. Zackig salutiere ich.

Bevor ich seiner Aufforderung nachkomme, schaue ich Timon jedoch einen Augenblick hinterher, wie er in den hinteren Teil der Garage verschwindet, der augenscheinlich eine Werkstatt beherbergt. So viel Zeit muss sein. Seine Kehrseite in der engen Hose ist ebenfalls alles andere als unansehnlich. Puh. *Nun gut.* Ruckartig reiße ich mich von seinem Anblick los und nehme noch Werkbank, Bretter und eine Wand mit Werkzeugen wahr, ehe ich mich daran mache, das Rad vorsichtig rückwärts nach draußen zu manövrieren. Zum Glück gelingt es mir, nirgendwo gegenzustoßen. Dafür brauche ich ein bisschen. In meiner tollpatschigen Art, die meist zum Vorschein kommt, wenn ich nervös bin und nicht klar denken kann, bleibe ich schon mal irgendwo hängen, stolpere oder laufe in etwas hinein. Erleichtert atme ich aus, als ich aus der Garage raus bin. Mit Besen und Kehrblech schließt Timon zu mir auf.

Während er sich um die Scherben und die Erde kümmert, stelle ich auf dem Hof den Fahrradsitz und den Riemen des Helmes passend ein. Meine Locken werden mir das nachher heimzahlen. Für meine Frisur ist die Kopfbedeckung eher semigut. Seufzend stülpe ich sie mir über, als Timon sein Rad auf mich zuschiebt. *Sicherheit vor Coolness*, erinnere ich mich. *Seiner* Attraktivität tut der Helm keinerlei Abbruch.

»Brav«, lobt er mich, als er bei mir ankommt und zeigt auf meinen Kopf.

Plötzlich realisiere ich, wie abenteuerlich und actionreich das hier für meine Verhältnisse ist. Ich bin kurz davor, mit einem Fremden und auf einem Fahrrad die Gegend zu erforschen!

Bisher war Ali mein größtes Abenteuer. Ali, der nie genug Action kriegen konnte.

Mir wird flau. Wo kommt das denn jetzt her?

Aber es stimmt. Wie oft war ich nahezu fasziniert von seinen Erzählungen, die sich eins zu eins nach einem dieser Teenie-Filme anhörten, in denen auf Partys literweise Alkohol getrunken und andere Drogen konsumiert werden? Wobei Ali persönlich von letzteren strikt die Finger gelassen hatte. Da folgte er seinen eigenen Ansichten, was ich umso beachtlicher fand. Für mich war etwas Derartiges Fantasie geblieben und es hatte mich sowieso abgeschreckt. Zumal ich gar nicht den Freundeskreis dafür hatte und habe.

Etwas in mir verhärtet sich und ich spüre, wie auch meine Gesichtszüge streng werden.

Möglicherweise ist es Ali wie Schuppen von den Augen gefallen, und er hat erkannt, wie schlecht wir zusammenpassen, dass ich für ihn zu langweilig bin mit meinen Kaffeekränzchen und der Zukunft als Nobelpreisträger, wie sie mir meine Klassenkamerad*innen in unserer Abizeitung prophezeiten. Wie sie darauf kamen? Könnte daran gelegen haben, dass ich ein Streberimage hatte und immer versucht habe, alle Erwartungen zu erfüllen.

Timon schwingt ein Bein über den Sattel, rollt auf seinem Rad neben mich und rempelt mich leicht, aber nicht unangenehm, eher ermutigend, in die Seite.

»Geht's los?«, will er wissen.

Ich schlucke und begegne seinem erwartungsvollen Gesicht. Wieso kann ich nicht einer von diesen Menschen sein, die in solchen Situationen freudestrahlend *Ja* brüllen? Vielleicht bin ich das sogar, habe es bisher nur nie bemerkt? Wenn ich mir heute ein Bild vor Augen halte, wie ich damals war, finde ich mich unscharf und blass. Ich bin der totale Mitläufer gewesen. Daran ändert nichts, dass ich mich bei meinen Freund*innen grundsätzlich gut aufgehoben gefühlt habe. In den letzten Jahren war ich dann vor allem eines: trans*. Grund dafür war der Transitionsprozess, der sich nicht nur zeitraubend, sondern dazu mental und emotional auslaugend gestaltet.

Was macht mich eigentlich aus, und mag ich, wer ich bin?

Vehement dränge ich die Selbstzweifel zurück, bevor sie noch lauter werden können.

»Los geht's«, stimme ich Timon zu, was ein bisschen trotzig herauskommt, steige auf mein Rad und fahre ihm hinterher.

KAPITEL 6

PHILIPP

Ich bin froh, dass man Fahrradfahren nicht verlernt. Die ersten Minuten durch die Siedlung, die friedlich daliegt, sind herrlich. Dazu kommt die erfrischende Brise zu dieser morgendlichen Stunde und ein spezieller Geruch, den ich mit den Sommern meiner Kindheit verbinde. Weil ich meine Konzentration fürs Fahren brauche, droht keine Gefahr, dass ich gedanklich abschweife. Wir halten uns nebeneinander, da kaum Autos unterwegs sind und wir uns abseits der Hauptverkehrsadern bewegen. Dadurch ist nicht nur die Umgebung schöner mit ihren von der Straße zurückgesetzten Einfamilienhäusern samt Vorgärten, sondern wir können uns zudem leichter unterhalten. Es dauert nicht lange, bis Timon das Schweigen bricht.

»Was hat euch ausgerechnet nach Pirna verschlagen?«, fragt er, was unter gewöhnlichen Umständen ein guter Gesprächseinstieg gewesen wäre.

Wer würde nicht gern über den eben erst begonnenen Urlaub plaudern?

Nur habe *ich* darüber hinaus eine Mission zu erledigen. So gerate ich etwas aus dem Tritt. Um nicht gleich mit der traurigen alten Geschichte rund um Ali herauszuplatzen, die die Stimmung runterziehen würde und auf Außenstehende dazu womöglich albern wirkt, stelle ich eine Gegenfrage. »Ist die Stadt als Reiseziel so unüblich?«

»Na ja«, überlegt Timon. »Es gibt hier und in der Region schon was zu sehen. Jede Menge Schlösser, üppige Park- und Gartenanlagen, wenn man auf so was steht. Dann hätten wir da die eindrucksvolle Festung Königstein oder die berühmte Basteibrücke in der Sächsischen Schweiz, was zum Beispiel mehr mein Fall ist. Man ist von hier aus auch ruckzuck in Dresden oder gar in Prag. Die wenigsten Leute, die hier Urlaub machen und bei uns unterkommen, haben jedoch unser Alter.«

»Verstehe ich gar nicht.« Meine Verwunderung ist echt. »Klingt ganz nett, finde ich.« Obwohl er lediglich die üblichen Touristenhotspots aufgezählt hat, die mir so ähnlich vom Internet ausgespuckt wurden.

In Alis Nachrichten an mich spielten die kaum eine Rolle. Ich habe meine eigene Liste mit Plätzen, die dieser mir damals als Appetizer im Vorfeld meines Besuchs geschickt hatte. Plätze, die er mir zeigen wollte. Nur dazu kam es ja nie. Die Liste habe ich heute noch. Sie klebt in meinem Tagebuch, mit einem selbst gemalten Rahmen aus Herzen.

Ich merke, wie sich mein Kiefer verspannt und lockere ihn wieder.

»Wenn du das allerdings jeden Tag hast, in greifbarer Nähe …«, brummt Timon.

»Ist es weniger interessant«, ergänze ich seinen Satz. Dabei bin ich mir sicher, dass er hier trotzdem den einen oder anderen Lieblingsort hat. Welche gehören zu Timons Top Ten? »Ich würde mich auch nicht vor Enthusiasmus überschlagen, dem Bergbaumuseum in unserer Nachbarstadt Bochum einen Besuch abzustatten«, sage ich und zeige damit mein Verständnis.

»Siehst du.« Er fährt eine Schlangenlinie. So als wäre er losgelöst und vollkommen im Einklang mit sich und der Welt. Beneidenswert. »Lass es mich anders formulieren«, schwenkt er daraufhin um. »Wieso seid ihr nicht zum Beispiel nach Mallorca in den Urlaub gefahren?«

Über seine Hartnäckigkeit, eine Antwort aus mir herauszubekommen, muss ich schmunzeln. »Feiern gehen ist nicht so unser Ding.«

»Ich meinte vom Prinzip her. Mal was anderes sehen. Wie wäre es mit London, Paris, Italien, der Türkei, Griechenland?«

An der nächsten Kreuzung biegen wir rechts ab und der Weg vor uns beginnt anzusteigen, was das Treten in die Pedale etwas erschwert. Offenbar sollte ich unbedingt etwas für meine Ausdauer tun.

»Wir wollten ein bisschen raus in die Natur«, gebe ich nach, bin entschlossen, mir die Anstrengung nicht anmerken zu lassen. Angesichts der grünen Allee, der wir nun folgen, passt das dazu hervorragend. »Was Ruhiges, Kleinstadtmäßigeres zum Runterkommen. Dafür muss man ja nicht gleich wer weiß wohin reisen.«

»Heimatverbunden?«, hakt Timon ehrlich interessiert nach.

Ob er das spießig findet? Und wenn schon.

Ich zucke mit den Achseln, so gut das beim Fahren möglich ist. »Unpopular opinion, mag sein. Mehr brauche ich nicht. Außerdem ist es besser für die Umwelt und praktisch, wenn man knapp bei Kasse ist.«

Im Grunde hatte ich nie krasse Komplexe damit, nicht »cool« genug zu sein und will damit jetzt nicht anfangen. Weil in unserer Runde aus Nerds und Stubenhockern alle so tickten wie ich, hatte ich mich zumindest wegen so etwas nie anders gefühlt. Mir war im Grunde schnell klar, dass Menschen verschieden sind. Wenn nur alle das kapieren und so hinnehmen würden. Dann könnte ich es mir sparen, mir ständig den Kopf darüber zu zerbrechen, wie ich meine Sexualität und Geschlechtsidentität ausdrücke. Dazu hat plötzlich jede*r eine Meinung, als ob es sie irgendetwas anginge, wie ich herumlaufe und wen ich küsse.

Timon stimmt mir zu. »Das ist wahr. Man muss nicht die ganze Welt umrunden. Wenn du nicht das Bedürfnis danach hast, ist das okay. Ich für meinen Teil würde nur echt gern mehr rauskommen.«

»Aber die Arbeit in der Pension gefällt dir?«, frage ich, weil ich das Gefühl habe, da schwingt noch etwas anderes mit. Auf einmal wirkt er deutlich weniger entspannt.

Timon wiegt den Kopf hin und her, als könnte er sich nicht für eine klare Antwort entscheiden.

»An sich ja«, sinniert er. »Ich kümmere mich um alles, was anfällt, sodass ich immer was zu tun habe. Es ist auch schön, für meine Familie zu arbeiten. Es hängt mir nur zum Hals raus, tagein, tagaus dasselbe zu sehen. Ich wollte immer schon Schiffsmechaniker werden und zur See fahren. Da wäre das Rumkommen quasi inbegriffen.«

In seinen letzten Worten liegt so viel Sehnsucht und Überzeugung, dass es mir die Sprache verschlägt. Schließlich habe *ich* gar keinen Plan, weiß nur, dass das, was ich aktuell tue – mein Studium – mich nicht erfüllt.

Das *Was hält dich dann hier, wenn du unbedingt weg willst?* liegt mir schon auf der Zunge.

Da lacht er. »Also nachdem ich akzeptiert hatte, dass ich kein Pirat werden konnte.«

Ich falle in sein Lachen mit ein und entscheide mich dagegen nachzubohren. Es ist zu schön, ihn lachen zu hören. »Ich mag Piraten. *Fluch der Karibik.* Großes Kino.«

Womit ich konkreter Orlando Bloom meine, der erste Schauspieler, für den ich einen Crush hatte. Nichts Außergewöhnliches, solange man mich als Mädchen las. Nachdem ich begonnen hatte, als Mann zu leben, war ich vorsichtig mit dem Schwärmen über irgendwelche Typen geworden. Ich musste mir auch abgewöhnen, wie selbstverständlich meinen Ex-Freund Fabian zu erwähnen, mit dem ich zusammen gewesen war, als ich noch als Frau gelebt habe. Denn auch so würde ich mich von nun an automatisch als homosexuell zu erkennen geben.

»Sag mir«, feixt Timon, »dass du als Kind ähnliche Träume hattest.«

Selbstverständlich meint er nicht solche Träume wie die, denen sich mein Gehirn gerade zuwendet.

Das Brennen in meinen Waden und die Tatsache, dass ich nur mühsam gegen das Keuchen ankomme, verstärken das unangenehme Gefühl nur noch, welches seine Aufforderung in mir auslöst. Wie so häufig in solchen Momenten komme ich mir in meinem Mannsein furchtbar unbedarft vor. Denn ich wollte nie wie er Pirat, Astronaut, Feuerwehrmann oder sonst so was stereotyp Jungenhaftes werden. Im Klartext hieß das, in jedem unserer Kinderspiele das Burgfräulein zu mimen und auf meinen Ritter in strahlender Rüstung zu warten. In der Welt, in der wir aufgewachsen waren, stellte dies nämlich die einzig mögliche Variante von Partnerschaft dar.

Hätte Timon mich mal gewarnt, dass die Strecke so steil bergauf führen würde! Diese verdammte Steigung will gar nicht mehr enden. Die Zähne zusammenbeißend falle ich immer weiter hinter ihm zurück. Nicht klein beigeben!

»Immerhin existiert für deinen Berufswunsch eine realistische Alternative«, presse ich hervor, als die Straße glücklicherweise wieder ebener wird. Er fährt nun, da wir oben sind, ebenfalls langsamer und passt sich wortlos meinem deutlich gesunkenen Tempo an. »Ich hätte es ja gern mal als Drachenkämpfer versucht.« Was zumindest meine Vorliebe für Fantasy einschließt.

»Eine Kämpfernatur bist du allemal«, sagt Timon, ohne dass es sich im Geringsten wie Kritik anhört, beinah wie ein Lob. »Nur bitte kipp mir nicht um, ja?«

Mir ist zu heiß und ich bin sicher, dass mein Kopf leuchtet wie eine Tomate. Er lässt das Rad ausrollen und springt während der Fahrt leichtfüßig ab. Abrupt bremse ich vor dem Bordstein und verhindere in letzter Sekunde eine Kollision mit einer Laterne. Mein Herz rast, wie es ewig nicht gerast ist, und meine Glieder scheinen sich in Wackelpudding verwandelt zu haben, obwohl ich wieder mit beiden Füßen auf dem Boden stehe.

Nicht umkippen, mit dieser Aussage bin ich voll bei ihm!

Die Ladenfronten einer Bäckerei und eines für mich nicht näher definierbaren Geschäfts verschwimmen vor meinen Augen. Dabei fällt mir ein, dass ich vor unserem Aufbruch gar nichts mehr gefrühstückt habe. Wollten wir hierhin oder hat Timon nur mir zuliebe Halt gemacht? Ich nehme den Helm ab, streiche mir die Locken aus den Augen und zupfe an meinem verschwitzten T-Shirt, gehe vorsichtig drei Schritte.

Saublöde Idee, den harten Macker zu markieren. Saublöde Idee, nichts zu essen. Saublöde Idee, meine Komfortzone zu verlassen.

Ich hätte bei Vinita bleiben und mich ihrer morgendlichen Yoga-Session anschließen sollen. Was soll's, dass ich ungefähr so gelenkig bin wie ein Besenstil. Oder ich hätte Timon früher um eine Pause bitten können. Stolz hin oder her.

»Geht's?« Er legt mir eine Hand auf die Schulter.

Benommen wende ich den Kopf in Richtung seiner Stimme. Seine Stirn ist inzwischen vor Besorgnis gefurcht und sein Gesicht unerwartet nah vor meinem. Mir fehlt die Kapazität, um diesen Umstand gebührend zu würdigen. In meinen Ohren rauscht es jetzt zu allem Überfluss.

Bevor ich etwas erwidern und die Situation mit einem »Nur einen Augenblick noch« herunterspielen kann, schließen sich seine Finger um mein Handgelenk. Sie sind unwahrscheinlich kalt, sodass ich zusammenzucke. Vermutlich, weil ich so glühe.

Ehe ich mich versehe, zieht Timon mich hinter sich her auf die Bäckerei zu und hinein. So weit ich es mitbekomme, guckt uns die Verkäuferin nicht komisch an, obwohl wir quasi Händchen halten. Nun, bestimmt sieht man mir an, dass mein Kreislauf abkratzt.

»Guten Morgen. Was darf's sein?«, höre ich sie fragen.

»Magst du Donuts?«, fragt Timon mich.

»Timon, nein«, protestiere ich. »Du brauchst nicht …«

»Ja oder nein?«

»Ja, aber –«

Er übergeht mich. »Einen Donut bitte. Und eine Flasche stilles Mineralwasser.«

Mit der freien Hand macht er eine Bewegung. Mit der anderen lässt er mich erst los, um zu bezahlen. Dabei wendet er maximal drei Sekunden den Blick von mir ab. Seine Fürsorge ist rührend. Auf der anderen Seite schäme ich mich in Grund und Boden für meinen Schwächeanfall. Es ist mir unendlich peinlich.

Sobald wir die Bäckerei wieder verlassen haben, schraubt er die Wasserflasche auf und drückt sie mir in die Hand. »Trink.«

Ich tue, was er sagt. Augenblicklich geht es mir besser. Ich wehre mich nicht mehr und lasse mich von Timon zur Bordsteinkante dirigieren, wo wir nebeneinander niedersinken.

Gott sei Dank. Sitzen ist eine Wohltat.

»Du bist mir einer.« Timon teilt den Donut mit dem weißen Zuckerguss und den bunten Streuseln in zwei Hälften und reicht mir eine. Sein Tonfall ist schwer zu deuten.

Ich hätte meinen pochenden Schädel gern irgendwo angelehnt, an seine Schulter zum Beispiel, nehme stattdessen meine Donuthälfte zaghaft lächelnd entgegen. »Danke.«

Das hier ist eine Katastrophe. Mir ist schlecht. Am liebsten möchte ich mein Gesicht in meiner Armbeuge verbergen. Dementgegen beiße ich ab, kaue, schlucke. Als mein Magen nicht rebelliert, sondern sich die Übelkeit verflüchtigt, verputze ich mechanisch den Rest des Donuts.

»Es tut mir so leid. Bereust du schon, dass du mich mitgenommen hast?«, murmele ich drei Bissen später.

Ohne Zweifel sind deutlich mehr als die von Timon vorausgesagten zehn Minuten Fahrtzeit vergangen. Nicht nur, dass ich mich heillos vor ihm zum Affen gemacht habe und meiner Vergangenheit als holde Maid entsprechend fast in Ohnmacht gefallen wäre. Darüber hinaus habe ich ihn von der Arbeit abgehalten! Noch mal wird er mir bestimmt nicht anbieten, Zeit mit ihm zu verbringen.

»Ich weiß auch nicht, was das gerade war«, ergänze ich pflichtschuldig. »Ich bin nicht so der sportlichste Typ.«

Timon winkt ab. »Ist nicht schlimm. Das liegt am Wetter. Es soll ein Jahrhundertsommer werden.«

»Schon wieder?« Bisher ist es gar nicht so warm, obwohl es bereits etwas aufgeheizt hat. Es ist nett von Timon, meine Blamage auf die Temperaturen zu schieben. » Hatten wir den nicht erst 2018?«

»Klimaerwärmung«, erinnert er mich. »Eventuell solltet ihr es heute ruhiger angehen.«

Ich schneide eine Grimasse. »Danke, Doktor.«

»Uh«, wischt Timon das sogleich ebenfalls beiseite, »das wäre gar nichts für mich.«

»Schiffsarzt, nein?«

»Auf keinen Fall!« Er schüttelt den Kopf. »Die ganze soziale Interaktion – viel zu anstrengend. Mal abgesehen davon schreckt mich die Lernerei ab. Nach der elften Klasse habe ich die Schule abgebrochen, eine Lehre zum Zimmerer gemacht und das keinen Tag bereut, auch wenn es nicht meine Traumstelle war.«

Da es mir selbst an Grundwissen in Sachen Handwerk mangelt, nicke ich nur, statt das Thema zu vertiefen und erneut aufzulaufen. Nachdem ich diesmal erst in mich hineingehorcht habe und mich wieder fitter fühle, wage ich, zu verkünden: »Ich glaube, wir können weiter.«

»Yay!« Timon springt voller Eifer auf, knüllt die leere Papiertüte zusammen und zielt mit der Kugel nach einem *Wetten, dass …?*-Augenbrauenwackeln auf den zwei Meter entfernten Mülleimer. Die Tüte prallt vom Rand ab und landet daneben. Missbilligend schnalzt er mit der Zunge und entsorgt sie schließlich.

»Das war nur der Vorführeffekt«, tröste ich ihn. Obwohl es kurz wirkt, als wollte er zurückkommen und mir die Hand reichen, erhebe ich mich ohne seine Hilfe.

Unsere Blicke treffen aufeinander. Schon steht wieder ein ansteckendes Funkeln in seinen braunen Augen, bei dem mich ein Kribbeln durchfährt. »Willst du eine grandiose Aussicht sehen, Drachenkämpfer?«

»Was ist mit deinen Besorgungen?«, merke ich an.

»Die paar Minuten machen keinen Unterschied.« Er klingt nicht, als würde er weitere Widerworte dulden und zeigt auf den Laden neben der Bäckerei. »Wir sind ja schon da, und außerdem muss es sich schließlich für dich gelohnt haben, diesen Berg zu erklimmen. Mich um die Gäste zu kümmern, gehört genauso zu meinen Aufgaben. Und ich wollte euch … dir den Aufenthalt mit meinem eigenen Fernweh nicht vermiesen.«

Innerlich atme ich vor Erleichterung auf, weil Timon noch nicht die Nase voll von mir hat. Und wie hat er das so hindrehen können, als wäre er es, der mir etwas schuldig ist? Die Mühe, die er sich gibt, um die Stimmung aufzulockern, wärmt mir das Herz. Für so was bin ich anfällig, ich kann nichts dagegen machen.

»Also los?«

»Ich bin gespannt«, gebe ich nach.

Nachdem wir die Fahrräder an den Laternenpfahl gekettet haben, umrunden wir die Ladenzeile. Dahinter verbirgt sich ein Trampelpfad, den wir entlanggehen. Er endet in einer parkähnlichen Gartenanlage.

Ein steinerner Kelch voller farbenfrohem Blumenwerk nimmt die Mitte eines Platzes ein, um den herum konzentrische Rasenkreise angelegt wurden. Dahinter entdecke ich das Schloss, welches Vinita und ich gestern bereits von der Altstadt aus hoch über unseren Köpfen bewundern konnten. Die beige Fassade mit den unzähligen Fenstern, die dunkelroten Schindeln und spitzen Zinnen haben etwas Märchenhaftes an sich.

»Park, Garten, Palais – ich sag ja, das sieht hier überall so aus«, zählt Timon flachsend auf und untermalt die Darbietung mit ausladenden Gesten. »Pirna ist da keine Ausnahme. Hörst du die Vögel singen?«

Das tue ich in der Tat. Ihr Zwitschern ist hell und klar, und ich muss grinsen, teils weil Timon das als Scherz gemeint hat, teils weil ich es wirklich feiere. Ich vernehme auch das Summen von Bienen und rieche die Süße und Schwere der Blumen.

»Wieso nicht gleich so?«, ermuntere ich ihn fortzufahren, selbstredend auch nicht ganz ernst gemeint.

Dennoch tut er mir den Gefallen.

»Auf der anderen Seite gibt's einen modernen Anbau mit Café und Burgruine. Das Anwesen selbst beherbergt ein Hotel und dienst als Verwaltungssitz.«

Wir gehen am Schloss vorbei und tiefer in den Park hinein, über die gepflegten Rasenflächen, weil das laut Timon eine Abkürzung ist.

»Keine Sorge«, beschwichtigt er mich, »es wird niemand auftauchen, um uns deswegen einen Pitbull auf den Hals zu hetzen.« Das glaube ich ihm mal und bestaune die kunstvoll angelegten Hecken und Beete.

»Aber womit wir uns hier wirklich brüsten …«, schließt er ab, sobald wir das Ende des Geländes erreichen. »Das sind die Terrassengärten am Schlossberghang. Vom Besten nur das Beste!«

Ich trete neben Timon an die Sandsteinmauer heran, vor der er mit dem Rücken zu mir stehen geblieben ist. Dahinter geht es steil bergab. Vom Felsplateau schauen wir in das Tal hinein, auf das blaue Band des

Flusses, den historischen Stadtkern und in die Ferne. Direkt unter uns schlängeln sich die über Treppen und schmale Wege miteinander verbundenen Gartenterrassen auf verschiedenen Ebenen den Berg hinunter.

Er stützt die Ellbogen auf die Mauer. In meiner Brust regt sich ein Flattern. Der Szenerie wohnt ein ganz eigener Zauber inne. Hier zu sein – mit ihm – ist schlichtweg traumhaft.

Ich bin verloren.

KAPITEL 7

TIMON

In einem Anflug von Nervosität, wie ich sie in diesem Ausmaß länger nicht verspürt habe, kommt mir das Schweigen auf einmal zu ausgedehnt vor. Kein Plan, wo ich hingucken soll, ob zu Philipp oder über das Tal, daher setze ich zu einem Räuspern an. »Falls du noch Fragen hast, möchte ich dich an Google verweisen. Das ist alles, was ich über diesen Ort zusammenkriege. Geschichte ist nicht so meins.«

Damit stoße ich mich von der Mauer ab, warte aber noch, bis der zierliche junge Mann an meiner Seite ein paar Fotos geschossen hat.

»Das sieht echt aus wie bei den Gebrüdern Grimm«, murmelt er und tippt auf dem Display seines Handys herum. Offensichtlich hat er etwas für schöne Landschaften und Anblicke übrig, was mich zum Schmunzeln bringt, weil ich das vermutet habe und jetzt meine Bestätigung bekomme. Es passt zu seiner sanften, ruhigen Art.

Ich beobachte, wie Philipp fachmännisch ran zoomt und scharf stellt. Er muss eine exakte Vorstellung davon haben, wie die Bilder aussehen sollen. Dabei fällt ihm nicht zum ersten Mal eine widerspenstige hellbraune Locke in die Augen. Nur jetzt gerade gäbe es, anders als eben vor der Bäckerei, keinen Grund, ihm wieder näher zu kommen und sie ihm aus der Stirn zu streichen. So ungern ich das einsehe, muss ich meine Hände im Zaum halten.

Kurz schaut er zu mir herüber. Bei seinem Strahlen heizt mein Körper auf.

Zum Glück geht es Philipp wieder besser. Fast wäre mein Plan, uns eine gute Zeit zu machen, nach hinten losgegangen. So was wie seinen Kreislaufzusammenbruch eben hatte ich nicht mit *ihn aus der Reserve locken* gemeint. Abgesehen davon kann ich mich nicht beschweren. Es ist unheimlich, wie herausragend sich dieser Morgen entwickelt hat. Als wären meine Gebete erhört worden.

»Findest du etwa nicht? Wirkt doch total märchenhaft«, beharrt er.

»Mag sein«, finde ich zu einem witzelnden Tonfall zurück.

Philipp schüttelt den Kopf, nimmt mir die Zustimmung nicht ab.

Als er fertig ist, schlagen wir wieder den Weg zur Straße mit den Geschäften ein. Ein bisschen sollten wir uns inzwischen doch sputen.

»Danke für den Abstecher«, sagt Philipp, während er im Gehen schnell durch die Aufnahmen blättert, bevor er das Handy wegpackt. Als wollte er die Zeit mit mir lieber voll auskosten? Mein Herz gerät etwas außer Kontrolle. »Vinita wird auch hin und weg sein.«

Die Erwähnung seiner Freundin verpasst meinem Hochgefühl einen Dämpfer. Abwechslung und Adrenalinrausch hin oder her, am besten ich kläre das, bevor ich mich in was verrenne. Das hier soll Spaß machen. Je direkter, desto schneller gelangt man oft ans Ziel oder verschwendet zumindest keine Mühe auf etwas, das von vornherein zum Scheitern verurteilt war. Früh zu wissen, woran ich bin, ist etwas, womit ich bisher gut gefahren bin.

»Kein Ding.« Ich vergrabe die Hände in den Hosentaschen meiner zerschlissenen schwarzen Jeans und zwinge die Worte über die Lippen. »Freut mich, dass es dir gefallen hat. Wie lange seid ihr zwei schon zusammen?«

»Wir sind kein Paar!«, antwortet Philipp prompt.

Mit so viel Entsetzen habe ich nicht gerechnet. Als hätte ich etwas vollkommen Unmögliches gesagt. Dann nuschelt Philipp etwas von »Einzelbetten« hinterher.

»Ich war mir nicht ganz sicher«, entschuldige ich mich. »Ich meine, so wie du über euch redest und wie ich euch bisher erlebt habe … Ihr wirkt so vertraut, als würdet ihr euch ohne Worte verstehen. Vinita hat zwar mit mir herumgeschäkert, aber ich wollte sichergehen. Ihr hättet ja auch eine offene Beziehung haben können oder so was.«

»Schon gut.« Er fängt sich. »Ich finde es einfach erstaunlich, wie schnell Menschen diese Schlüsse ziehen, nur weil wir einander nahestehen und nicht dasselbe Geschlecht haben.«

Ich lege den Kopf ein wenig schief, um ihn genauer zu betrachten. Ja, dabei könnte es sich um einen Hinweis in die von mir gewünschte Richtung handeln. Kann er sich deshalb nicht vorstellen, mit Vinita zusammen zu sein, weil er ausschließlich auf Männer steht?

»Wir sind seit Ewigkeiten befreundet«, fährt Philipp fort. »Sie war meine Zimmerpartnerin im Internat und seitdem wohnen wir zusammen. Mittlerweile in einer WG.«

Er stockt, wirkt einen Augenblick ertappt. Ich resümiere, was er gesagt hat. Okay, das ist ungewöhnlich. Ein Mädchen und ein Junge zusammen auf einem Zimmer. Nun, irgendeinen Grund wird es dafür schon gegeben haben.

»Ach, cool«, befinde ich, um nicht weiter auf etwas herumzureiten, das ihm unangenehm zu sein scheint. »Ich meine, dass ihr so zusammengewürfelt wurdet.«

»Ja …«, bestätigt er langsam.

»Solche Freundschaften fürs Leben«, ergänze ich, damit er sich wieder entspannt, »gibt es selten.«

»Da hast du recht.«

Oder mag er sie doch und ist gar unglücklich verliebt?

Sicherheitshalber setze ich eins obendrauf. »Hey, keine Sorge, das hier wird jetzt nicht zu einem *dieser* Männergespräche über das weibliche Geschlecht mutieren. Hab kapiert, dass du sie nicht scharf findest. Akzeptiert.«

»Na ja, ich vermute, dass viele Männer Vinita vergöttern«, sagt Philipp. Was gut möglich ist. »Aber«, gibt er schließlich zu, »sie ist nicht mein Typ.«

Yes! Ich setze einen imaginären Haken und freue mich darauf, nachdem ich die erste Sondierung abgeschlossen habe, einen Schritt weitergehen zu können und etwas offensivere Vorstöße zu wagen.

»Wie gesagt«, beruhige ich ihn. »Ich finde nicht, dass platonische Beziehungen romantischen in ihrer Wertigkeit in irgendwas nachstehen.«

Dadurch sollte hoffentlich klar sein, dass ich ebenfalls nicht an seiner Freundin interessiert bin. Abgesehen davon stimmt es, und nicht jede*r sehnt sich nach dieser Art von Liebe.

»Da ist was dran.«

Herrgott, der Junge ist echt zurückhaltend!

An der Straße betreten wir das Geschäft, dessen Sortiment von Lebensmitteln über Drogeriekram, Handwerksbedarf und Küchengeräte bis hin zu Büchern, Dekoartikeln und Kinderspielzeug reicht. Wir gehen rein. Die Klimaanlage surrt so laut, dass ich Gefahr laufe, davon Kopfschmerzen zu bekommen. Philipp folgt mir durch die Gänge zwischen den Verkaufsständern und Regalen hindurch und es ist ein schönes Gefühl, ihn in meinem Windschatten zu haben. Es rieselt angenehm durch mich hindurch. Zielstrebig peile ich die Baumarktabteilung an. Dort schnappe ich mir Pinsel unterschiedlicher Beschaffenheit und einen Eimer grauer Farbe, Lack und Schleifpapier. Kurz überlege ich, ob ich was vergessen habe, Listen sind nicht so meins.

»Mein Opa und ich renovieren eine der Ferienwohnungen«, erläutere ich auf dem Weg zur Kasse. »Das ist für die Küchenschränke.«

»Macht ihr das immer selbst?«, wundert sich Philipp.

Sein Interesse freut mich. »Ja. Sehr gern sogar.« Automatisch lächele ich bei dem Gedanken daran, wie unsere Bau- und Bastelbegeisterung meinen Großvater und mich zusammenschweißt. »Opa war schon immer ein Heimwerker schlechthin und er ist mein Role Model. Früher hatte er außerdem ein Boot, mit dem wir die Elbe rauf und runter getuckert sind. Einmal haben wir mit ihm und Oma auch eine Kreuzfahrt gemacht. Diese Reise hat mich nachhaltig geprägt. Das erste Mal auf dem offenen Meer … Spätestens da war mir klar, dass ich mich auf Schiffe spezialisieren möchte.«

Als ich merke, wie ich abschweife, unterbreche ich meine Erzählung. Zudem fesselt da etwas anderes meine Aufmerksamkeit. Ich trete auf das Regal mit dem Lego zu, spüre wie ein triumphierendes Grinsen meine Mundwinkel erfasst. Den Farbeimer stelle ich zu meinen Füßen in den abgetragenen Vans ab und nehme eine Packung in die Hand. »Ich wette, dass Leonie dafür verantwortlich ist.«

»Ist das ein Bonsai?«, vergewissert Philipp sich.

Ich nicke. Mir geht auf, dass ihm jeglicher Kontext fehlt. »Ein Lego-Bonsai mit pinken Fröschen als Blüten. Genial, oder?«

Er hebt die Brauen.

»Abgesehen davon, dass es hübsch ist, hat man beim Zusammenbauen was zu tun«, ergänze ich, suche seinen Blick. Wundervollstes helles elektrisierendes Blau. Auf einmal möchte ich unbedingt, dass er meinen Gedankengängen folgen kann, obwohl ich gleichzeitig den Faden verliere. »Und anders als echte Blumen hält es ewig.« Ich halte ihm die Packung hin. »Schau!«

Er nimmt sie und wendet den Karton hin und her, um das Produktbild im Detail zu betrachten. »Wieso«, er schürzt die Lippen, »ausgerechnet Frösche? Wer kommt auf so eine Idee? Das ist …«

»Abgefahren, ja«, bestätige ich. »Das macht es so klasse!«

Kurz sieht es aus, als ob Philipp ungläubig auflachen will, meine Faszination nicht nachempfinden kann. War das too much? Er stellt den Lego-Bonsai wieder an seinen Platz und reibt sich übers Kinn. »Und was hat Leonie damit zu tun?«

Innerlich atme ich auf, nehme den Farbeimer wieder an mich und wir gehen weiter. »Ihren Eltern gehört der Laden. Sie jobbt hier am Wochenende, wenn sie nicht zum Studieren in Dresden ist. Scheint, als hätte ich sie lange genug bequatscht, damit sie den Bonsai mit den Blütenfröschen endlich anbieten. Sie hält mich ohnehin für einen kompletten Kindskopf. Von daher, so what.«

Unter anderem war das einer der Gründe, aus denen es mit uns als Pärchen nicht geklappt hat. Sie fand mich zu unreif. Letztendlich funktionieren wir als Kumpel sowieso besser.

»Und bist du einer?«, möchte Philipp erfahren.

Ich zögere mit meiner Antwort. Nach einem »Hi« an den Kassierer lege ich rasch ein paar dieser Brausetüten, deren Inhalt nur aus Zucker besteht, sich in Wasser auflöst und im Mund prickelt, zu meinen restlichen Einkäufen aufs Band dazu. Erst dann reagiere ich auf seine Frage. »Ein Kindskopf?«

»Ja.«

Ich wappne mich und schenke Philipp als Nächstes in voller Absicht ein zweideutiges Lächeln. »Ab und zu. Wenn du es genau wissen willst, musst du das selbst herausfinden.«

Das entlockt ihm ein Hüsteln. »Okay.«

Mein Lächeln wird breiter, weil er meinen Flirt als solchen erkannt und offenkundig nichts dagegen hat.

Beim Hinausgehen aus dem Laden lasse ich ihm den Vortritt. Vor dem Geschäft hänge ich die Eimer mit der Farbe und dem Lack an den Lenker meines Fahrrads und werfe das restliche Zeug in den Korb auf dem Gepäckträger. Anschließend setzen wir unsere Helme auf und begeben uns auf die Rückfahrt.

Weil es jetzt bergab geht, flattert mir das Hemd durch den zusätzlichen Wind locker um den Oberkörper. Das berauschende Gefühl, dass ich darunter nichts trage – keinen Binder oder BH — ist drei Jahre nach der Operation noch immer nicht vollständig verflogen. Ich hoffe wirklich, dass es das nie tut. Ich liebe es! Zuvor habe ich mir zwei Jahre fast täglich die Brüste abgebunden. *Perks of being a trans* guy* oder so ähnlich. Ohne zu zögern, stoße ich einen Jubelschrei aus. Keine Ahnung, was Philipp jetzt denkt. Er scheint wie ich ziemlich glücklich zu sein, als ich zu ihm rüber schaue, wodurch ich mich ihm merkwürdig verbunden fühle.

Das letzte Stück fahren wir hintereinander, weil die Straßen nun voller sind und wir sie leider nicht mehr für uns haben. Ausgiebig beklage ich mich darüber und betone, wie ich die frühen Morgenstunden schätze, weil die Welt in diesen Augenblicken mir allein gehört und voller Hoffnung zu sein scheint.

»Wow«, kommentiert Philipp das. »Eine beneidenswerte Einstellung. Ehrlich gesagt, macht es mir eher Angst, wenn ich weiß, dass der ganze Tag mit seinen Hürden und Ereignissen, die ich nicht vorhersehen kann, noch vor mir liegt.«

Dass er auf einmal wieder so offen ist, ist interessant. Als wäre er permanent hin und her gerissen oder könnte sich nicht entscheiden, wie er sich am besten verhalten soll. Bleibt die Frage: Am besten für wen? Für sich oder die anderen? Ich bin auch nicht der größte Fan davon, meine Schwachpunkte und echte schmerzhafte Emotionen zu zeigen, nur immerhin verfolge ich eine einheitliche Strategie dabei: Sarkasmus.

Flüchtig drehe ich mich zu Philipp um, kann ihm im Fahren allerdings nicht lange ins Gesicht blicken. Dabei würde mich der Ausdruck, der darin steht, zu seinen Aussagen tierisch interessieren. Leider befinde ich mich vor ihm und möchte keinen Unfall bauen. Erst als ich wieder wegschaue, spricht er weiter. Fies!

»Ich bin jedes Mal froh, wenn der Abend anbricht, ich ihn überstanden habe und gegebenenfalls zufrieden auf das, was ich geschafft habe, zurückblicken darf.«

Praktischerweise erreichen wir keine Minute später Omas und Opas Pension, weshalb ich gleich noch mal in Ruhe auf Philipps Eingeständnis zurückkommen werde. Unabhängig davon, wie ich diesen Ort in den verschiedenen Phasen meines Lebens bezeichnet habe, war er seit jeher mein Schutzraum und zu Hause. Hier habe ich mich nie falsch oder ungewollt gefühlt, weshalb es mir umso widersprüchlicher vorkommt, wie dringend ich ihn auf der anderen Seite verlassen will. Aber Schutz und Risikominimierung bedeuten immer auch den Verzicht auf Freiheit, nehme ich an.

Unsere Räder rollen auf dem Hof aus. Ich steige zuerst ab, Philipp stoppt gleich nach mir. Wir schieben die Bikes in den Schatten der Häuser, wo ich meines gegen die Hauswand lehne.

»Lass das Rad ruhig bei euch im Flur stehen«, sage ich zu ihm. »Kann ja sein, dass du es wieder brauchst.«

Er klappt erst mal den Ständer aus und stellt es an Ort und Stelle ab. Obwohl er die Rückfahrt gut weggesteckt hat und ihm ein bisschen Farbe im Gesicht steht, wirkt er erschöpft.

»Wovor fürchtest du dich denn?«, greife ich nach einem Moment der Stille seine vorherige Andeutung erneut auf.

Rasch blickt Philipp sich um, wie um zu checken, ob sich jemand in Hörweite befindet. Ich tue es ihm nach. Die Eingangstür des weißen Hauses steht offen und ich registriere einen Van, der gestern noch nicht da war. Etwas regt sich in einer der hinteren Ecken meines Oberstübchens.

Oh. Oh! Ein gefühlter Stromschlag durchfährt mich. Heute sollten weitere neue Gäste kommen, bloß dachte ich, sie wären erst für nachmittags angekündigt. Habe ich da etwa was durcheinandergebracht? Oma wird mich roasten, wenn ich mich vertan habe und sie es erfährt. Gott sei Dank scheint jemand anders eingesprungen zu sein, sonst wäre die Tür des weißen Hauses verschlossen und uns hätten ein paar verärgerte Menschen erwartet.

Philipp löst den Verschluss des Helms, nimmt ihn ab und ordnet seine hübschen Locken, was mich völlig gefangen nimmt. Nur keine Eile. Gleich ist noch reichlich Zeit, um mich um mein Versäumnis zu kümmern.

»Ich habe Angst davor, nicht genug zu erreichen, nicht genug zu tun«, sagt er. »Nicht genug zu sein. Das Übliche eben. Was einem die Gesellschaft halt so einredet mit ihren oft schädlichen Idealen.«

Ich nicke verstehend. Damit versetzt er etwas in mir in Schwingung.

»Ich wusste es!«, verkünde ich übertrieben fröhlich.

Er schaut mich fragend an.

»Du bist einer dieser philosophischen Denkertypen.«

Zwei Wimpernschläge blinzelt Philipp, bevor er schnaubt: »Mag sein. Du hast mich demaskiert. Nur denkst du, ich kann deshalb keine Drachen bekämpfen?«

»Du kannst alles sein und tun, was du möchtest«, stelle ich klar.

Seine Augen weiten sich, als hätte ich ihm wer weiß was für ein Geheimnis verraten, und ich kriege Herzklopfen. Diesmal kann ich nicht widerstehen. Im nächsten Augenblick lege ich ihm einen Arm um die Schultern und ziehe ihn unvermittelt an mich, wuschele ihm durch die Haare, weil das so knuffig ist und ich sie zerzaust ohnehin lieber mag. Er riecht sogar noch besser als bei unserer ersten Umarmung, nun da das Deo seinen eigenen Körpergeruch nicht mehr so stark überdeckt.

»Nichts für ungut«, raune ich dicht an seinem Ohr. Heilige Scheiße. Diese Nähe ist ganz schön intensiv. Da er keine Anstalten macht, sich mir zu entwinden, werde ich den Teufel tun und ihn von mir aus loslassen. »Das war deine tägliche Dosis realitätsferner Idealismus proudly delivered by le moi. Nichts zu danken.«

»Man könnte meinen, du glaubst da wirklich dran.« Philipps tiefe Stimme klingt belegt. Ein Schauder jagt meinen Rücken hinunter.

»Dude, du bist ja süß. Wenn es denn mal so easy wäre.« Ich versuche, aus diesem Winkel seinen Gesichtsausdruck zu erhaschen.

»Aber du –«, setzt er an, bricht ab. »Du gibst dich so, als würdest du getreu nach diesem Motto leben! Schwer vorstellbar, dass du dir von irgendjemandem irgendetwas verbieten oder ausreden lässt.«

Damit hat er es exakt erfasst. Ich *gebe* mich so, nur stimmt das nicht.

Ein energisches »Timon!« hallt über den Hof zu uns herüber.

Philipp springt zwar nicht von mir zurück, dafür versteift er sich. Weil ich mich nach der Person, die mich gerufen hat, umdrehe, rutscht mein Arm mehr oder weniger automatisch von seiner Schulter. Mich hätte es in diesem Fall nicht gestört, wenn jemand auf die Idee gekommen wäre, wir wären mehr als Kumpels. Doch ich merke, dass Philipp, obwohl er etwas aufgetaut ist, nicht unbedingt Arm in Arm mit mir – einem anderen Kerl – gesehen werden will. Was ich auch verstehe. Besser als er wahrscheinlich ahnt. Man kann nie wissen.

Es ist meine Mutter, die in einer hellblauen Bluse in der Tür des weißen Hauses steht. Sie stemmt die Hände in die Seiten und nimmt mich ins Visier. »Ich habe dich schon siebenmal angerufen.«

Sie klingt hysterisch. Umso überraschter bin ich, dass sie die neuen Gäste an meiner Stelle empfangen hat. Ich hätte auf Opa getippt, wobei der nicht unbedingt der kommunikativste Mensch ist. Mama dagegen verlässt oft nicht mal das Haus. Nach Andrés Tod und dem Scheidungskrieg mit meinem Vater hat sie sich sehr zurückgezogen. Die Häufigkeit ihrer Anrufe überrascht mich dagegen überhaupt nicht. Wahrscheinlich hat sie sich bereits furchtbare Sorgen um mich gemacht, weil ich nicht abgenommen habe. Sofort fühle ich mich schuldig, dass ich mein Handy auf lautlos geschaltet habe, bevor ich mit Philipp losgezogen bin. Ausnahmsweise wollte ich einmal nicht von ihr gestört werden.

»Meine Ma«, sage ich leise zu ihm und drücke seine Schulter zum Abschied, wie um ihm stumm zu verstehen zu geben, dass wir hier sicher sind und uns nicht zu verstecken brauchen. »Ich werde dann mal.«

Ich schnappe mir die Eimer mit der Farbe und dem Lack sowie den Fahrradkorb samt Inhalt, setze einen meiner besten demütigen Gesichtsausdrücke auf und gehe auf meine Mutter zu.

KAPITEL 8

PHILIPP

Timon findet mich süß! Mein Herz spielt vollständig verrückt. Es scheint fast, als würde Vinita recht behalten, was sie mir gleich zu einhundert Prozent unter die Nase reiben wird. Ich verbiete es mir, meiner Neugier nachzugeben, ihn und seine Mutter zu belauschen, und bugsiere das Rad, wie er gesagt hat, stattdessen in unseren Hausflur. Ihm eben so nah zu kommen, dass er mir womöglich sogar nah sein wollte, hat mir einen heftigen Energieschub verpasst und mich gleichzeitig unfassbar nervös gemacht. Mein Körper prickelt jetzt noch bis in die Zehen. Wäre es nicht unmöglich, würde ich sicher mehrere Zentimeter über dem Boden schweben, so losgelöst wie ich mich fühle. Die Treppen springe ich geradezu hinauf.

Weil Vinita eine beeindruckende Tagesroutine besitzt, erwische ich sie wie erwartet beim Frühstück, das sie stets erst nach einer Yoga-Session zu sich nimmt. Bei meinem Eintreten in die Ferienwohnung prostet sie mir mit einem Glas Orangensaft zu. Keine Kaffeetasse. Ihre Suche war demnach genauso erfolglos wie meine. Ich habe erwartet, dass sie mir nach der Notiz, die ich ihr hinterlassen habe und der sie entnehmen konnte, dass ich mit Timon unterwegs sein werde, jubelnd um den Hals fällt. Dem ist nicht so. Das muss der Mangel an Koffein sein.

»Wen haben wir denn da?«, fragt sie wenigstens mit einem wissenden Lächeln, als ich nicht sofort mit Neuigkeiten herausplatze. Sie vollführt eine Geste, die den Tisch erfasst, an dem sie sitzt. »Ich habe für dich mitgedeckt. Es stand kein benutztes Geschirr rum. Da dachte ich mir, du hast bestimmt noch nicht gegessen.«

»Oh«, entfährt es mir gerührt. »Danke!«

Wärme erfüllt mich. Wie aufmerksam von ihr. Sie ist so fantastisch.

Ich setze mich zu ihr, stecke zwei Scheiben Toast in den Toaster und gieße mir auch etwas Orangensaft ein.

Gerade öffne ich den Mund, gebe dem Grinsen nach, um – was zu sagen? Nun bin ich mir auf einmal wieder unsicher, was Timon betrifft, und meine Mundwinkel erstarren auf halbem Wege. Wie so oft, wenn etwas reibungslos zu laufen scheint, ist da plötzlich Skepsis und ich suche nach möglichen Fallstricken. Lieber nicht zu früh freuen und auf alles gefasst sein. Womöglich ist das nur seine lockere Masche. Es könnte ihm schlicht egal sein, ob er bei irgendwem aneckt oder für nicht-hetero gehalten wird. Unabhängig davon, ob er es nun ist.

»Philipp?« Vinita rückt ihre Brille zurecht. Sie hat noch ihre weite Pumphose an und ein Bein angewinkelt an die Brust gezogen. »War's nicht gut? Muss ich jemandem einen Arschtritt verpassen?«

Ich verfluche mich selbst. Wieso habe ich nicht nachgehakt, als wir über meine beste Freundin und unseren Beziehungsstatus gesprochen haben? Da hätte ich auch Timon mal fragen können, ob er Single ist. Nur blöderweise hatte ich da erst mal verdauen müssen, dass ich mich indirekt versehentlich als trans* geoutet hatte und gerade andere Sorgen.

»Doch«, antworte ich langsam, nur halb so enthusiastisch, wie es vor wenigen Minuten herausgekommen wäre. »Es war sogar ziemlich toll.«

Zum Glück hatte Timon nicht gestutzt, als ich erwähnte, dass Vinita und ich uns im Internat ein Zimmer geteilt haben. Dabei hätte ich mir vor die Stirn schlagen können, dass mir dies so unbedacht über die Lippen gekommen war. Wahrscheinlich bin ich zu ängstlich. Schließlich ist meine Transidentität an sich kein dunkles Geheimnis, das ich vor der Welt verbergen müsste.

»Aber?« Vinita stellt ihr Glas auf dem Tisch ab.

Mein Toast ist fertig. Ich nehme die beiden Scheiben und bestreiche sie mit Quark und Aprikosenmarmelade. Währenddessen umreiße ich, was wir gemacht haben, und die Befürchtungen, die mich nun quälen.

Als ich fertig bin, seufzt Vinita tief.

»Was?«, frage ich.

»Schauen wir mal, wie es weiter geht«, lautet ihr Fazit. »Lass es auf dich zukommen.«

Ich verziehe das Gesicht, kaue und schlucke. »Du weißt, wie schlecht ich darin bin. Wie wäre es, wenn wir uns jetzt Ali zuwenden? Mir ist danach, etwas Produktives zu tun. Schluss mit den Zerstreuungen.«

Dass ich es so meine, wie ich es sage, überrascht mich selbst. Dabei sollte ich sowieso nichts Neues anfangen, bevor das mit meinem Internet-Freund nicht geklärt und somit der Ursprung für meine heutigen Beziehungsprobleme beseitigt ist. Nicht dass Timon und ich irgendetwas miteinander angefangen hätten. Auf jeden Fall würde das jeglicher Logik widersprechen. Andererseits … Seit wann scheren sich Gefühle um Logik?

Mir wird heiß und zugleich schwermütig zumute.

Vinita springt netterweise sofort auf meine Bitte an und vertreibt so die in mir heraufziehende melancholische Stimmung. »Schön, dass wir jetzt an einem Strang ziehen.«

Das zwickt. Sie hat mich gelobt. Trotzdem verdeutlicht mir das, dass Timon da etwas richtig erkannt hat. Ich bin ein philosophischer Denkertyp. Nun werde ich die Kurve kriegen und dem Drachenkämpfer in mir die Führung überlassen. Zeit, in den Handlungsmodus zu schalten. Denn beide sind ein Teil von mir. Unglaublich, wie schnell er mir zu dieser Selbsterkenntnis verholfen hat und dass ich das ohne ihn bislang nicht so klar gesehen habe.

»Also zu Ali.« Meine beste Freundin klemmt sich eine Strähne ihres schwarzen Haares hinters Ohr. »Ich dachte, wir suchen heute zuerst die Redaktion der größten Lokalzeitung hier auf und fragen, ob wir das Archiv einsehen dürfen.«

»Um herauszufinden, ob ihm etwas zugestoßen ist«, erfasse ich ihren Gedankengang dahinter.

»Exakt.« Sie macht ein ernstes Gesicht und behält mich bei ihren nächsten Worten genau im Auge. »Ich möchte nichts beschwören, aber es könnte sein, dass wir unsere Suche danach direkt einstellen müssen.«

Ich schaudere, zwinge mich zu nicken. »Das stimmt wohl.«

»Gut. Die Adresse habe ich schon rausgesucht.«

Das ist der Moment für meinen Einsatz. »Dann schaue ich nach, wie wir dahin kommen.«

Vinita zeigt mir einen erhobenen Daumen, was ich nur ein bisschen als Spitze und Anspielung auf meine vermeintliche Social Media-Obsession verstehe. Danach schickt sie mir die Adresse aufs Handy. »Ich geh noch eben duschen. Es sei denn, du möchtest, dass ich dir weiterhin Gesellschaft leiste.«

Ich schiebe mir die Reste meines Toasts in den Mund. »Geh nur. Ich räume hier auf«, nuschle ich.

Das tue ich – inklusive Abwasch, was allein deshalb notwendig ist, weil die Küchenzeile wenig Platz bietet, um groß was anzusammeln und zu stapeln. Anschließend hänge ich das Trockentuch über den Backofengriff und werfe einem inneren Drängen folgend einen schnellen Blick aus beiden Fenstern – sowohl in den Garten als auch auf den Hof. Timon ist nirgendwo mehr zu sehen. Schade.

Wie immer braucht Vinita eine Weile im Bad, sodass ich danach einen ersten Textentwurf für meinen nächsten Instagram-Post über Gender-Euphorie in die Notiz-App auf meinem Smartphone tippen kann. Dafür setze ich mich wieder an den Tisch.

Trans zu sein ist schwer. Das ist das Bild, welches uns in den Medien vorwiegend präsentiert wird. Diese Vorstellung ist es auch, die mir vor meinem Outing und dem Beginn meiner Transition eine Scheißangst eingejagt hat. Leider deckt sich meine Erfahrung an vielen Stellen mit dieser Annahme, obwohl ich es vergleichsweise gut getroffen habe. Doch die Schwere bringt auch Leichtigkeit mit sich. Diese Augenblicke können so klein und doch so weltenverändernd sein. Dann, wenn ich heute eine tiefe Verbundenheit zwischen mir und meinem Körper verspüre. Dann, wenn …*

Die Worte gehen mir wie von selbst von der Hand, was meistens so ist, wenn es mir ein ernsthaftes Bedürfnis ist, den Leuten da draußen etwas mitzuteilen. Ein Lächeln breitet sich beim Schreiben auf meinem Gesicht aus. Aus diesem Grund habe ich angefangen, online Einblicke in meine Gedanken und Gefühle als trans* Person zu geben. Weil ich etwas zu sagen hatte.

Anders ist es, wenn ich heute poste, nur um den Content-Plan einzuhalten und keine Reichweite einzubüßen. Dann muss ich mir meine Inhalte schon mal an den Haaren herbeiziehen. Diesmal bin ich mit dem Ergebnis zufrieden. Hier muss ich später sogar kaum überarbeiten! Fehlt nur ein passendes Foto. Ich schaue in meiner virtuellen Bildergalerie nach, was ich auf Vorrat habe. Nachdem ich gestern eines mit mir hochgeladen habe, ist nun eines ohne Menschen an der Reihe, um die Einheitlichkeit in meinem Feed nicht durcheinanderzubringen.

Obwohl Vinita nichts sagt und noch dabei ist, sich die Haare zu kämmen, wobei sie in der Wohnung auf und ab läuft, fällt es mir plötzlich wieder ein und meine Wangen entflammen sich wie von alleine. Shit. Ich wollte nachschauen, wie wir zur Redaktion gelangen!

Verschämt schließe ich die Bildergalerie, öffne Vinitas WhatsApp-Nachricht und als Nächstes Google Maps. Ich kann nicht mal sagen, ob Insta, mein formvollendetes Vermeidungsverhalten samt Verdrängungsstrategie oder schlichte Verpeiltheit schuld daran sind, dass ich gleich wieder vergessen habe, was ich eigentlich tun wollte. Zum Glück ist es nicht schwer, herauszufinden, was ich herausfinden möchte, sodass Vinita nicht mitkriegt, wie ich auf Abwege geraten bin. Unser Ziel sollte am schnellsten mit dem Bus zu erreichen sein, wie mir die App anzeigt. Mit dem Bus, den wir vom Bahnhof aus nehmen müssen … *Dem* Bahnhof.

Ich atme bewusst tief ein. Und wieder aus.

Fängt ja gut an.

Es fühlt sich unwirklich an, hier in Pirna zu sein. So als wäre das einerseits überfällig gewesen und andererseits grundlegend falsch. Mein sich zusammenziehender Magen ist nicht besonders eindeutig.

Gerade höre ich noch den Föhn, der durch die nun wieder verschlossene Badezimmertür dröhnt. Dann steht Vinita plötzlich hinter mir. Sie legt mir beide Hände auf die Schultern und ich erschrecke mich fast zu Tode, merke erst jetzt, wie eingenommen ich von der aufsteigenden diffusen Angst in mir war. Mein Herz rast. Weder habe ich mitbekommen, wie das dröhnende Gebläse verstummt, noch wie sie an mich herangetreten ist.

»Bereit?«, fragt Vinita. Ich drehe mich zu ihr, rieche ihr Parfüm – Vanille und Jasmin.

Ihre Hände abstreifend stehe ich auf. »Wenn du bereit bist, bin ich es auch.«

»Philipp«, bemerkt sie pikiert, »war das nicht so oder so ähnlich ein Zitat aus einem Film?«

»Ja«, bestätige ich. »Und Buch. Aus der *Edelstein*-Trilogie von Kerstin Gier. Ich bin stolz auf dich, dass du das erkannt hast.«

»Unfassbar, was für ein Fanboy du bist.«

»Lass mich«, wehre ich sie ab. »Das ist eines meiner wenigen Talente.«

»Ich glaube nicht, dass das als Talent zählt.«

Gekränkt fasse ich mir an die Brust. »Ali war immer beeindruckt. Und so was nennt sich beste Freundin. Tz!«

Vinita kichert. Vermutlich, weil ich so dramatisch bin.

Dabei hatten wir – Ali und ich – oft Zitate-Raten aus *Dark Whisper* gespielt und uns darin zu übertreffen versucht. Wer von uns würde zuerst ein Zitat aus der Serie nennen, das der andere keiner Szene oder Person zuordnen konnte? Möglicherweise war es seltsam, aber wenigstens waren wir gemeinsam in diese magische Parallelwelt abgetaucht. Sowohl für ihn als auch für mich stellte diese eine Fluchtmöglichkeit und einen Ort dar, an dem Dinge möglich schienen, die uns in der Realität verwehrt blieben. Manchmal glaube ich, nicht nur ich beneidete die Identität, die ich mir für das Online-Forum zugelegt hatte, um etwas. Meinen Nickname *nox0020* hatte ich stets damit begründet, die Figur Lennox süß zu finden. In Wirklichkeit wäre ich viel lieber der Halbhexer an Alistairs Seite gewesen anstelle des Mädchens, dessen Leben ich zu leben hatte. Was besaß der Krieger Alistair, den Ali anhimmelte, nach dem er sich selbst sehnte?

»Kommst du dann?« Vinita hat sich wieder eingekriegt und ist schon halb bei der Tür.

Rasch schließe ich mich ihr an.

KAPITEL 9

PHILIPP

Das Stück zum Bahnhof laufen wir zu Fuß. Obwohl die Sonne scheint, stelle ich mir automatisch bei jeder Gasse, an der wir vorbeikommen, vor, wie meinem Internet-Freund dort vor sechs Jahren etwas Schreckliches passiert sein könnte. Von unserer Umgebung bekomme ich nicht viel mit. Vinitas Versuche, die Stimmung aufzulockern, indem sie Normalität verbreitet, registriere ich am Rande. Sie können mich nicht aus meinem Gedankenkarussell rausholen. Ich glaube, sie redet über ein Konzert auf dem Juicy Beats Festival, auf das sie Ende des Monats mit ein paar Freundinnen aus der Uni gehen möchte. Meine Musikrichtung ist das ohnehin nicht. Vielleicht war Ali schon auf dem Weg, um mich zu treffen, wurde plötzlich von der Straße gezerrt, überfallen, zusammengeschlagen oder gar … ermordet. Oder es kam wie aus dem Nichts ein Auto herangeschossen und hat ihn über den Haufen gefahren? Der Geruch der Elbe weht zu uns herüber, und es ist schwül, was mein Wohlbefinden darüber hinaus verschlechtert.

Als das kleine Gebäude mit der sandsteinfarbenen Fassade und den etwas dunkler gehaltenen Zierelementen in mein Blickfeld gerät, sind meine Handflächen schweißnass, egal, wie häufig ich sie an meiner Hose abwische. Ich starre den Bahnhof an. Alle Gefühle von damals strömen auf mich ein. Enttäuschung, Schmerz. Dieses Mal mischt sich zusätzlich Sorge darunter. Sorge um Ali.

»Willst du reingehen?« Vinita deutet auf den bogenförmigen Eingang.

Vehement schüttele ich den Kopf. Meine Kehle ist wie zugeschnürt, sagen kann ich nichts. Ich weiß nur eines: Ich kann da jetzt nicht rein. Wenn ich nur daran denke, wie ich suchend in der Eingangshalle gestanden, mich nach einem Zeichen von Ali umgesehen und keines gefunden habe, zieht sich in mir alles zusammen.

Rücksichtsvoll, wie sie ist, drängt Vinita mich nicht, sondern steuert daraufhin direkt den Unterstand an, von dem aus die Busse fahren. Mit etwas Verzögerung eile ich ihr hinterher, nachdem ich meinen Blick vom Bahnhof losgerissen habe.

Hätte Ali in unmittelbarer Nähe einen Unfall gehabt, hätte ich vermutlich etwas davon mitbekommen. Nachdem ich das Warten am Gleis aufgegeben und das Bahnhofsgebäude verlassen hatte, war ich auf einer der Bänke auf dem Platz davor zusammengesunken.

Auf jener Bank, auf der ich vor sechs Jahren gesessen habe und die sich nun keine zehn Meter von Vinita und mir entfernt befindet, breitet sich soeben eine Mutter mit ihren drei Kindern aus. Sie verteilt Brote und Rohkost aus Tupperdosen unter ihnen. Das Kleinste sitzt noch im Kinderwagen. Oft passiert es nicht, dass mir Erlebtes von vor meiner Transition vorkommt, als wäre es in einem anderen Leben geschehen. Nun erscheint es mir unendlich weit weg, wie ich völlig aufgelöst diese Bank für mich beansprucht habe. Vielleicht wird dieser Eindruck tatsächlich dadurch verstärkt, dass ich zu der Zeit so anders aussah.

»Unser Bus!«, sagt Vinita und ich folge ihrem Zeigefinger zu unserer herannahenden Mitfahrgelegenheit, statt weiter das Geschehen zu beobachten, in Erinnerungen festzuhängen oder mir Horrorszenarien auszumalen.

In dem Augenblick, in dem wir in den Bus steigen, löst sich der Knoten in meinem Magen etwas. In mich hineinhorchend merke ich, dass es guttut, das Alte mit Neuem zu überspielen. Wie bei einer Videokassette.

Vinita und ich kaufen unsere Tickets bei der Busfahrerin und suchen uns danach einen Vierersitz, sodass wir einander gegenüber am Fenster Platz nehmen können. Anders als die Straßen, die Timon und ich heute mit dem Rad abgefahren sind, werden diese nun nicht von Einfamilienhäusern mit prächtigen Vorgärten gesäumt. Hier stehen Mehrfamilienhäuser, aber die schicken Altbauten machen trotzdem einiges her. Einige davon sind leider mit Graffitischmierereien verunstaltet. Abgesehen davon entdecke ich auch Schilder für Arztpraxen oder Anwaltskanzleien an den Fassaden.

Wir fahren an einem Kino vorbei, dem *Filmpalast*, als Vinita den Kopf zu mir dreht. »Alis richtigen Namen kennst du nicht, oder?«, fragt sie.

Die Frage erwischt mich unvorbereitet, als hätte sie mir ein Bein gestellt, obwohl sie das bei all ihren Neckereien niemals täte. Selbstverständlich haben wir schon mal darüber geredet. Wir haben in den vergangenen Jahren immer wieder über ihn gesprochen, nur dieser Umstand gehört zu jenen Dingen, die ich am liebsten vergessen würde. Es ist mir unangenehm, dass ich Gefühle für jemanden entwickelt habe, über den ich kaum etwas weiß.

Ich beiße mir auf die Unterlippe. »Leider nein.«

Vinita schenkt mir ein aufmunterndes Lächeln. »Keine Sorge. Wir werden auch ohne diese Info zurechtkommen. In den Nachrichten werden Personen sowieso selten mit ihrem ganzen Namen genannt, wenn überhaupt.«

»Das ist es nicht, was mich …« Ich breche ab.

Hätte ich Alis richtigen, gar vollständigen Namen, hätte womöglich bereits eine Google-Suche geholfen. Wir hätten ein Facebook-Profil von ihm entdecken können oder was weiß ich. Es würden sich uns völlig neue Optionen eröffnen! So bleibt mir das verwehrt.

»Was dann?« Vinita wartet geduldig auf meine Antwort.

Auf meinem Sitz nach unten rutschend verschränke ich die Arme in Abwehrhaltung. »Damals hat mich das alles nicht gestört, jetzt frage ich mich, ob er mir so wenig vertraut hat.«

Ich für meinen Teil hatte ihm relativ früh offenbart, wie mein damaliger echter Vorname lautete. Auch wenn ich es genossen hatte, dass die anderen Forenmitglieder mir anhand meines Nicknames kein Geschlecht zuordnen konnten, wäre es mir falsch vorgekommen, diese Dinge vor Ali zu verheimlichen, da wir auch privat miteinander schrieben.

»Ich glaube nicht, dass das was mit dir zu tun hatte«, sagt Vinita. »Sicher gab es Gründe, warum er vieles nicht preisgeben wollte, welche das auch immer waren. Für mich klingt es, als ob er ein paar Probleme mit sich selbst hatte.«

»Mhm«, mache ich nur. Das kann natürlich stimmen. Welcher Teenager hat keine Probleme mit sich selbst?

Zuerst hatte ich es cool gefunden, dass er meinte, ich solle ihn *Ali* nennen – abgeleitet von Alistair, seinem Lieblingshelden aus *DW*. Jedes Mal, wenn ich später Vorstöße unternahm, ihn zu fragen, wie er wirklich heiße, wimmelte Ali mich allerdings ab oder schwenkte geschickt in eine andere Richtung um. Gern würde ich sagen, dass ich mir so ein Verhalten heute nicht mehr bieten lassen würde. Nur ist dem nicht so, was mir das Dating mit meiner letzten Bekanntschaft klar vor Augen geführt hat.

An der nächsten Haltestelle müssen wir raus. Nach der Ansage schiebe ich mich noch während der Fahrt hinter Vinita zwischen den

Menschen durch den Bus zum hinteren Ausgang. Es ist relativ voll, sodass wir nicht bis zur Tür kommen. Als der Bus bremst, finde ich nicht schnell genug eine Haltestange zum Festhalten und stolpere in meine beste Freundin hinein, die wiederum einen älteren Herrn anrempelt.

»Entschuldigung«, sagt sie, während er sie schon zusammenschnauzt.

»Kannst du nicht aufpassen?«

»Kein Grund, direkt so –«, setzt sie an, wieder fällt er ihr ins Wort.

»Hau ab aus Deutschland!«, blafft er sie an.

Ich erstarre und Vinita sieht regelrecht perplex aus. Um uns herum tritt eine betretene Stille ein, die vor Anspannung nur so knistert. Übelkeit steigt in mir auf und von einer auf die nächste Sekunde schlägt mir das Herz bis zum Hals.

Was zur Hölle?

Niemand sagt etwas.

Ich komme nicht richtig hinterher damit, zu packen, dass das wirklich passiert ist. Aber das ist es offensichtlich.

Endlich schaffe ich es, den Mund zu öffnen und sehe den Mann direkt an. »Geht's noch? Das ist rassistisch!« Mehr bringe ich im ersten Moment nicht heraus.

Plötzlich scheint alles in doppelter Geschwindigkeit weiterzulaufen.

Er tritt einen weiteren Schritt an Vinita heran, nur kann diese ihm ja nicht ausweichen, so eng wie die Menschen stehen. Jeder Muskel in mir ist zum Bersten gespannt.

»Kommen Sie nicht näher«, rufe ich ihm an ihr vorbei zu.

Das Blut rauscht mir in den Ohren. Erst als mein Gegenüber sich mit einem Zischen abwendet, atme ich auf. »Die haben hier nichts verloren!«, nuschelt er noch in seinen Bart.

Als ich nun zu meiner besten Freundin blicke, bedeutet diese mir mit einem Kopfschütteln, die Sache abzuhaken. Doch dann greift sie nach meiner Hand, umklammert sie fest. »Das hier ist auch meine Heimat. Nur dass Sie es wissen!«, sagt sie laut.

Bevor der Mann erneut zu einer Erwiderung ansetzen kann, öffnet sich die Bustür und wir werden im Strom der übrigen Mitfahrenden, die hier aussteigen, auf den Bürgersteig geschwemmt. Der Rassist bleibt im Bus, was mich erleichtert, weil er sich so nicht erneut auf Vinita stürzen kann.

Draußen bemerke ich, dass ich immer noch ihre Hand halte und dass sie zittert. Mein Herzschlag beruhigt sich nur langsam.

»Bist du okay?«, frage ich nun, kann meine Besorgnis nicht verbergen und versuche, aus ihrem Anblick schlau zu werden.

Sie wirkt blass, ihr Brustkorb hebt und senkt sich heftig. Ich kann mir kaum vorstellen, wie es ihr gehen muss, nachdem man ihr so etwas entgegengeschleudert hat. So direkt wurde ich bislang nie angegriffen. Genauso wenig habe ich so etwas bisher bei ihr miterlebt.

»Vinita?«

Sie blinzelt ein paar Mal.

»Was für ein Arschloch!«, stößt sie schließlich aus, ringt um Fassung. Jetzt erkenne ich, dass sie nicht vor Angst zittert, sondern vor Wut. Und dazu hat sie jedes Recht. Als ich die Situation in Gedanken Revue passieren lasse, wird auch mir heiß vor Zorn.

»Ja«, bestätige ich und sortiere mich erst mal. Dass uns sonst niemand unterstützt hat, schockiert mich zusätzlich zu allem anderen. »Wie geht es dir?«, hake ich sicherheitshalber noch mal nach.

Gott, bin ich wütend! Wie kann dieser Kerl ernsthaft geglaubt haben, was er da abgezogen hat, wäre okay?

Meine Hände ballen sich zu Fäusten.

Unvermittelt strafft Vinita die Schultern. »Es geht schon wieder. Ich komme nur nicht darauf klar, dass solche Leute nicht nur ungestraft so eine Scheiße von sich geben können, sondern dass mich das immer wieder kalt erwischt.«

Das wiederum kann ich nachvollziehen. »Feel you«, sage ich, um mein Verständnis auszudrücken.

Ich werde den Eindruck nicht los, dass ich noch etwas ergänzen, mehr für sie tun sollte. Dieses Gefühl der Ohnmacht ist so was von beschissen.

Ich sehe mich um. Obwohl der Neubau, der die Lokalredaktion beherbergt, gleich auf der gegenüberliegenden Straßenseite aufragt, visiere ich den Home Interior Laden zwei Häuser weiter an.

»Wollen wir da mal nach einem Kaffeefilter gucken?«

Vinitas Augenbrauen ziehen sich zusammen. »Versuchst du, mich aufzuheitern und zu trösten oder von unserem eigentlichen Vorhaben abzulenken?«

Ich blicke unschuldig drein. »Für wie egoistisch hältst du mich?«

Sie gibt sich keine Mühe, ihren Argwohn zu verbergen. »Meinetwegen können wir direkt zur Zeitung. Es geht mir gut.«

Ich mustere sie eingängig. Mag sein, dass sie vorgibt, sich erholt zu haben, aber ich schätze, das Geschehene hängt ihr noch nach. Mir geht es so.

»Wirklich«, betont sie. »Ich hab's überwunden. Erst die Arbeit, dann das Vergnügen.«

»Okay«, lenke ich zögerlich ein. Es ist nicht an mir, zu beurteilen, was Vinita braucht. Ich wollte es ihr trotzdem angeboten haben. »Wie du möchtest.«

»Danke«, sagt sie da. Sie lächelt mich ehrlich an und ich lächele zurück.

Anschließend überqueren wir die Straße und steigen die Treppen vor der Redaktion hinauf. Die durchsichtigen Automatiktüren gleiten auseinander. Dahinter finden wir uns in einem grau eingerichteten Foyer wieder. Hinter der Anmeldung sitzt ein weißer Typ in Hemd und Krawatte und klickt auf dem Computerbildschirm vor sich herum.

Vinita marschiert geradewegs auf ihn zu. »Guten Tag!«

Er reißt seinen Blick vom Desktop los und setzt ein schmallippiges Servicelächeln auf. »Guten Tag. Wie kann ich Ihnen helfen?«

»Wir würden gerne Artikel sichten, die sich mit Vorkommnissen in der Stadt aus dem Sommer 2016 befassen.«

Der Rezeptionist runzelt die Stirn. »Was für Vorkommnisse?«

»Ereignisse, bei denen Menschen verletzt wurden oder ähnliches«, springe ich Vinita bei.

Weil der Mann nicht sofort reagiert, stellt sie klar: »Sie bewahren hier alle Unterlagen auf über das, was in der Stadt geschehen ist, oder?«

»Natürlich«, unterbricht er empört meine Freundin. »Einen Augenblick. Einen Termin haben Sie nicht vereinbart?«

Ich verneine.

»Das«, bemerkt er, »ist zwar kein Muss, aber immer ratsam, da eine Archivbenutzung teilweise eine gewisse Vorbereitung erfordert. Ich frage eben nach, ob gleich jemand für Sie Zeit hat.« Er greift zum Telefon und schildert der Person am anderen Ende der Leitung unser Anliegen. Zu uns sagt er: »Sie haben Glück, Sie werden in fünf Minuten hier abgeholt.«

»Vielen Dank«, entgegnen Vinita und ich wie aus einem Mund.

Der Mann sieht uns etwas befremdet an, obwohl das ein Zufall war. Abgesehen von unserer Bettensituation war Timons Annahme, wir könnten zusammen sein, wenn ich darüber nachdenke, wirklich nicht so weit hergeholt und vermutlich nicht ausschließlich auf unser Geschlecht zurückzuführen. Überhaupt ist Timon ja sehr aufmerksam. Etwas, für das ich eine Schwäche habe.

Ich gehe zu der Sitzgruppe hinüber und sinke in einen der bequemen Sessel, während Vinita sich die in Bilderrahmen hängenden Auszeichnungen der Zeitung an den Wänden anschaut. Lange müssen wir nicht warten, bis der Fahrstuhl auf unserer Etage hält und eine Frau mittleren Alters in Blazer und Jeans herauskommt.

»Sie möchten ins Archiv?«, spricht sie uns an. Freundlich sieht sie zwischen meiner besten Freundin und mir hin und her, was mich nach der Situation im Bus und dem eher verhaltenen Rezeptionisten erleichtert.

»Genau«, bestätige ich. Vinita kommt hinzu.

»Dann wollen wir mal schauen, was ich für Sie tun kann.« Erst glaube ich, die Frau will in die Hände klatschen, doch sie dreht nur beschwingt auf dem Absatz wieder um. »Wenn Sie mir bitte folgen würden.«

Wir beeilen uns, mit ihr Schritt zu halten.

Mein Herzschlag, der bei ihrem Erscheinen zuerst losgerast ist, beruhigt sich wieder. Vinita und ich steigen zu der Frau in den Fahrstuhl. Diese drückt den Knopf für das fünfte Stockwerk und stellt sich uns als Sybilla Falk vor.

»Vinita Zakaria«, sagt meine Freundin.

»Philipp Neuhoefer«, schließe ich mich an.

Das scheint schon mal wie am Schnürchen zu laufen! Irgendwie hatte ich mit Komplikationen gerechnet, dass wir besondere Befugnisse für den Einlass benötigen. Solche Szenen kannte ich bisher aus Büchern oder Filmen. Allerdings sind wir nicht auf einem Polizeirevier, wo man sicher keine Einsicht in die Akten erhält. All die Informationen hier waren dagegen ohnehin mal für die Öffentlichkeit bestimmt.

Als der Fahrstuhl sich öffnet, finden wir uns direkt in einem großen Raum mit grünem Teppichboden wieder. Die Luft ist stickig und es gibt keine Fenster. Deckenhohe Regale stehen in ein- und demselben Abstand, dazwischen Bürotische. Neben den Arbeitsplätzen gibt es Computer und riesige Geräte, die aussehen, als stammten sie aus dem vorigen Jahrhundert. Außer uns sind lediglich eine weitere Archivarin und eine jüngere Frau anwesend, die von ihr beraten wird.

Sybilla Falk bittet uns, dass wir uns in ein Buch am Empfang auf einem Pult eintragen, um unsere Anwesenheit zu dokumentieren, bevor sie sich erneut nach unserem Anliegen und mehr Details erkundigt.

»Es geht um einen Jungen, mit dem ich mal befreundet war«, erkläre ich nun rundheraus. Ich nehme an, es liegt an ihrem offenherzigen Auftreten, dass ich das Gefühl habe, das nicht für mich behalten zu müssen. Womöglich erweist sich dieser Kontext auch als hilfreich. »Wir haben uns vor sechs Jahren aus den Augen verloren, und ich weiß nicht, was«, ich unterbreche mich, korrigiere mich, »*ob* etwas mit ihm geschehen ist. Vielleicht stoßen wir auf irgendetwas, das als Erklärung dafür herhalten könnte, wieso mein Internet-Freund sich auf einmal nie wieder bei mir gemeldet hat. Leider haben wir keinen Namen.«

Frau Falk setzt eine mitfühlende Miene auf. Obwohl sie nichts dergleichen andeutet, frage ich mich mit einem Stich in der Brust, ob sie mich bemitleidet, weil sie glaubt, dass ich von Ali abgeschrieben wurde.

Insbesondere beim Onlinedating ist Ghosting heutzutage fast gang und gäbe. Es ist nun mal verlockend leicht, irgendwann schlicht nicht mehr zu reagieren, wenn das Interesse in Wirklichkeit doch eher gering ist. Man kommt um die unangenehme Situation herum, es dem anderen Part persönlich sagen zu müssen. Damit habe ich einige Erfahrung.

Nur war das mit Ali und mir bedeutungsvoller.

Wir standen zwei Jahre lang in intensivem Kontakt!

Ich schlucke, mein Hals ist wie ausgetrocknet.

Frau Falk fängt bereits an, unser Vorgehen zu koordinieren, ohne weiter auf meine emotionalen Turbulenzen zu achten. »Ich würde vorschlagen, ich suche Unterlagen aus dem entsprechenden Zeitraum heraus und Sie können solange Schlagwörter durch die Suchmaschine jagen und unseren digitalen Bestand durchforsten.«

Vinita bestätigt das durch ein Nicken und schlendert zu einem der Arbeitsplätze hinüber.

Ich gebe mir einen Ruck. »Machen wir so«, stimme ich zu und setze mich an den Computer neben ihrem, während die Archivarin zwischen den zahllosen Regalen verschwindet.

Vinita tippt sofort drauf los. Ich brauche noch einen Augenblick und starre zunehmend ängstlich auf den Desktop. Langsam stelle ich die Parameter ein, um Jahr und Datum der Artikel festzulegen. Danach schweben meine Finger unentschlossen über der Tastatur. In mir steigt der Wunsch auf, dass mir keine Ergebnisse angezeigt werden. Dabei würde uns das kein bisschen weiterbringen.

Wir sind hier mit einer Aufgabe, motiviere ich mich selbst. *Kneifen ist keine Option.*

Endlich zwinge ich mich, dem Schlimmsten zuerst nachzugehen. Ich suche nach *Mord*.

KAPITEL 10

PHILIPP

Keine Treffer.

Mein Puls hämmert bis hinauf in meine Kehle.

Ich erweitere den Suchradius auf plus minus vierzehn Tage ausgehend vom Tag meiner damaligen Anreise, drücke die *Enter*-Taste. Wieder nichts. Ich ändere den Suchbegriff zu *tot* und anschließend zu *Unfall*. Ein Ergebnis. Mechanisch klicke ich darauf, um es zu öffnen, und lese mit fest aufeinandergebissenen Zähnen von zwei Autos, die auf der Autobahn zusammengestoßen sind und dabei komplett zerstört wurden. Keine der Fahrerinnen hat überlebt. Bloß fallen die Frauen nicht nur wegen ihres Geschlechts, sondern außerdem aufgrund des Alters durch das Raster. Vorausgesetzt, Ali war in dieser Hinsicht ehrlich zu mir. Von einem Beifahrer, bei dem es sich um Ali hätte handeln können, ob schwerverletzt oder tot, ist bei keiner von ihnen die Rede. Die Tragödie schnürt mir nichtsdestotrotz die Luft ab. Scheiße, ich kann so was nicht.

»Und?« Vinita rutscht mit ihrem Stuhl näher zu mir.

»Ich bin nicht besonders weit gekommen«, nuschle ich kleinlaut.

Wortlos legt sie mir eine Hand aufs Bein. Diese simple Geste gibt mir so viel Halt, dass ich es schaffe, die Frage zurückzugeben. »Wie ist es bei dir? Hast du was gefunden?«

»Keine Morde, keine passenden Unfallopfer, keine Vermissten«, fasst sie ihre bisherigen Ergebnisse zusammen. Obwohl sie geschäftig klingt, weiß ich, dass es sie auch bewegt, über solche Dinge zu lesen. Immerhin sind das nicht nur irgendwelche erfundenen Storys. Es geht um echte Menschen. »Überfälle und Schlägereien habe ich auch durch.«

»Und da war nichts dabei?«

»Ich weiß nicht, ob Ali wegen einer Rauferei vollständig untergetaucht wäre?«, gibt Vinita zu bedenken. »Klar, erst mal ist das schockierend und gegebenenfalls traumatisierend. Möglicherweise war er im Krankenhaus. Aber es ist niemand gestorben, und irgendwann danach hätte er dir erklären können, was passiert ist.«

Sie dreht den Bildschirm ihres Computers zu mir, sodass ich den aufgerufenen Artikel überfliegen kann. Ein paar Jungs haben sich vor einer Kneipe geprügelt. Obwohl die meisten Beteiligten Anfang zwanzig waren, waren auch Minderjährige dabei. Das Ganze geschah in der Nacht vor meiner Ankunft.

An sich hat Vinita recht. Meine Nachrichten sollten Ali vermittelt haben, dass ich ihm die zwischenzeitliche Funkstille niemals übelgenommen hätte. Dass er dennoch Schwierigkeiten hatte, offen mit mir zu reden, ist nur genauso ein Fakt.

Frustration breitet sich in mir aus.

Zwar war mir vorher klar, dass sich eine Suche mit den bruchstückhaften Informationen, die ich über Ali habe, schwierig gestalten würde, *wie* dürftig unsere Grundlage ist und was das konkret für unsere Nachforschungen bedeutet, sickert dagegen jetzt erst zu mir durch.

Bis auf den Namen der Kneipe enthält der Artikel keine weiteren Hinweise, denen wir folgen könnten. Ich notiere ihn mir in meinem Handy. Eventuell fällt uns etwas ein, das wir die Menschen vor Ort fragen könnten. Vorausgesetzt, irgendwer erinnert sich an das Ereignis vor sechs Jahren.

Hinter uns ertönt ein Räuspern. Die Archivarin ist zurück. »Sie kommen voran?«

Ich reiße den Blick vom Computer los und drehe mich zu ihr um.

Vinita macht eine abwägende Handbewegung. »Mehr oder weniger.«

Ein dicker Ordner klemmt unter dem Arm von Frau Falk, den sie auf dem Tisch hinter uns ablädt. »Hier könnte etwas dabei sein. Sonst gibt es zwei weitere Ordner mit Printausgaben aus der Zeit, die bislang nicht digitalisiert wurden.«

Weil es den Versuch wert ist, fange ich an, durch den ersten Ordner zu blättern, wogegen Vinita weiter am PC recherchiert, bis sie alle denkbaren Verbrechen überprüft hat. Die Zeitungsausschnitte, die ich durchsehe, zeichnen in ihrer thematischen Vielfalt ein viel aussagekräftigeres Bild der Stadt Pirna statt ausschließlich Schicksalsschläge oder andere Grausamkeiten, was mir die Recherche emotional erleichtert, das Vorankommen nur insgesamt verlangsamt. Ich lese von Geburten und Festen, Ladeneröffnungen und Fußballspielen, Konzerten und Lokalpolitik in allen Bereichen. Der Brand eines Gehöfts etwas außerhalb von Pirna erregt einen Moment meine Aufmerksamkeit, doch hier liegt der Zeitpunkt zu weit nach meinem Anreisetag, als dass da ein Zusammenhang bestehen könnte. Was mich dagegen länger beschäftigt, ist der Suizid eines Siebzehnjährigen drei Tage nach Alis Verschwinden. Von diesem Artikel lasse ich mir eine Kopie anfertigen.

Zwei Stunden später sind wir fertig. Vinita und ich gelangen zu dem Schluss, dass wir hier nicht mehr rausholen können. Mir raucht der Kopf. Wir bedanken und verabschieden uns von Frau Falk, die uns weiterhin viel Erfolg wünscht. Das ist nett und freut mich, trotzdem bin ich erleichtert, als wir dem Archiv den Rücken kehren und vor der Redaktion an die frische Luft und ins Tageslicht treten. Mittlerweile hat es sich etwas zugezogen. Warm ist es geblieben.

»Was, wenn Ali sich umgebracht hat?«, platzt es aus mir heraus.

Ein paar Passant*innen drehen sich, weil ich zu laut gesprochen habe, mit großen Augen zu uns um. Im Weitergehen tuscheln der Mann und die Frau miteinander.

Auch Vinita wirkt überrascht. »Wie kommst du darauf?«

Stockend berichte ich ihr von dem Artikel mit dem Jungen, der sich das Leben genommen hat.

»Was, wenn es ihm in Wahrheit schrecklich ging und er das absichtlich vor mir verborgen hat? Wenn er sich spontan dagegen entschieden hat, mich zu sehen, weil er Angst hatte, dass es etwas ändert, er dieses Leben aber nicht mehr ertragen konnte?«

»Hat er denn je so auf dich gewirkt?«

»Ich weiß es nicht!«, brause ich auf und stürme die Stufen zur Straße hinunter. »So was wie Suizidgedanken ist ja unter gewöhnlichen Umständen schon nicht immer leicht zu bemerken. Woher soll ich das also wissen? Ja, ich dachte, ich kannte Ali. Wahrscheinlich muss ich einsehen, dass er die wirklich wichtigen Dinge nie mit mir geteilt hat.«

Meine Brust hebt und senkt sich heftig, so aufgebracht bin ich. Das ist es, was die ganze Zeit in mir gebrodelt hat.

Vinita bleibt ruhig und folgt mir langsam. »Kommt drauf an, was man als *wirklich wichtig* erachtet.«

Jetzt gerade habe ich keinen Nerv für so eine Haarspalterei. »Ach ja? So ein Name oder Aussehen wären aber praktisch.«

»Praktisch, okay. Nur definiert uns das als Menschen?« Sie funkelt mich an. »Wie viel sagen diese Dinge darüber aus, wer wir sind, was für eine Persönlichkeit wir haben, wie es uns innerlich geht? Namen,

Geschlecht, Herkunft, Religion, Sexualität, Gesundheit, Gewicht, Alter oder Job …«

Ich schneide eine Grimasse. »Versuchst du, mich mit meinen eigenen Waffen zu schlagen?«

Sie zwinkert mir zu. »Das ist erfahrungsgemäß am wirkungsvollsten.«

Als könnte ich dadurch Ordnung in mein Inneres bringen, fahre ich mir durch die Locken. »Ich glaube schon, dass dem oft zu großer Wert beigemessen wird, insbesondere in Form von Vorurteilen. Es sollte keine Rolle spielen. Trotzdem sind diese Dinge Teil unserer Identität und die Machtdynamik dahinter und wie uns das beeinflusst, kann man nicht außer Acht lassen. Und Ali war mit vielem, was seine Person betraf, so zurückhaltend … Ständig musste ich ihm alles aus der Nase ziehen!«

»Es gibt jede Menge Menschen, die nicht so freigiebig sind wie du im Internet.«

Ich schnaube, schüttele den Kopf. »Mir ist, um ehrlich zu sein, nicht nach Scherzen.«

»Okay.« Sofort legt Vinita einen Schalter um. Nicht zum ersten Mal denke ich mir, dass meine beste Freundin für jemanden, der behauptet, keine Menschen zu mögen, ein außerordentliches Kommunikationstalent hat. »Was hat Ali dir denn über sein Leben erzählt, das dich annehmen lässt, er könnte so unglücklich gewesen sein, dass er sich umbringen wollte? Irgendwas muss da ja gewesen sein.«

Ich überlege. Es kommt mir falsch vor, Infos, die er mir in der Annahme anvertraut hat, dass sie bei mir sicher wären und ich sie für mich behalten würde, nun weiterzuerzählen, aber die Umstände erfordern diese Maßnahmen.

»Seine Eltern haben ständig und schlimm gestritten«, erinnere ich mich. »Mit seiner Schwester hat ihn das umso enger zusammengeschweißt, doch abgesehen davon hatte er nur wenige richtige Freund*innen. Er hat häufig gesagt, dass er mit mir«, ich male Anführungszeichen in die Luft, »anders redet als mit anderen und wie dankbar er dafür ist. So sehr er seine Schwester auch geliebt hat oder gerade deshalb, wollte er sie nicht mit seinen Problemen belasten. In der Schule gehörte Ali wie sie zu den Außenseiter*innen. Was den Schulstoff anging und allgemein, hatte er immer das Gefühl, perfekt sein zu müssen.«

Vinita kaut auf ihrer Unterlippe. »Na gut, da kam einiges zusammen und in dem Alter nimmt man sich so was gleich doppelt zu Herzen.«

Wir verfallen in Schweigen, beide in Gedanken versunken.

Selbst ich, mit der tollen Familie, mit tollen Freund*innen und toller Schulzeit, hatte mich als Teenager regelmäßig wie vor dem Weltuntergang gefühlt. Gut, ich hatte meine eigenen Baustellen. Für mich gab es ungeahnte Hürden zu überwinden, um das *Wer bin ich?* und *In wen verliebe ich mich?* auf die Reihe zu bekommen beziehungsweise richtig zu sortieren. An manchen dieser Baustellen arbeite ich nach wie vor. Früher fühlte sich alles endgültig und endlos und dadurch unerträglich an. Ich wusste noch nicht, dass schwierige Phasen nicht von Dauer sind oder dass es zumindest immer Lichtblicke gibt.

Wie hätte Ali es wissen sollen, wenn es ihm niemand gesagt hat?

An der Haltestelle, an der wir eben auch ausgestiegen sind, hält ein weiterer Bus, und wieder strömt eine Menschentraube nach draußen.

Ist es nicht erstaunlich, wie wenig wir über die Leute, denen wir täglich begegnen, erfahren? Jede*r von ihnen könnte ungeahnte Schlachten ausfechten, und manche sind in ihrer Weltsicht so beschränkt, dass es eine Herausforderung ist, auf ihren Hass nicht ebenfalls mit Hass zu reagieren.

Da höre ich Timons Worte in meinem Kopf, in seiner so angenehm weichen Stimme: *Dude, du bist ja süß. Wenn es denn mal so easy wäre.*

Wann ist es das schon? Ist es das je?

Timon hatte Amüsement vorgetäuscht, aber darunter hatte etwas

Desillusioniertes gelegen, das mich nicht weniger gebannt hat als seine *I don't care*-Attitüde. Fast wäre das in dem ersten Hochgefühl untergegangen, welches sein fluffy Kompliment in mir ausgelöst hat. Es ist diese Verbitterung, die in mir nachhallt.

Wenn ich schon Alis Story nicht entschlüsseln werde, vielleicht wenigstens seine? Ich meine, wie betörend kann ein Mann sein? Sofern ich mich nicht an dessen Ecken und Kanten schneide.

Vinita räuspert sich und holt mich damit in die Gegenwart zurück. »Wollen wir einen Kaffeefilter kaufen und danach die Kneipe aufsuchen, vor der die Schlägerei stattgefunden hat?«

Ein zaghaftes Lächeln erfasst meine Lippen, denn indirekt gibt sie mir damit zu verstehen, dass sie nicht daran glaubt, Ali könnte seinem Leben selbst ein Ende bereitet haben. Wir werden die Flinte nicht so schnell ins Korn werfen.

KAPITEL 11

PHILIPP

Was den Kaffeefilter betrifft, verzeichnen wir einen schnellen Erfolg. Wir finden gleich ein günstiges Modell in dem Home Interior Laden, den ich entdeckt habe, bevor wir ins Archiv gegangen sind. Auch die Adresse der Kneipe lässt sich mithilfe des Internets leicht in Erfahrung bringen. Nach einer erneuten kurzen Fahrt mit dem Bus, die diesmal unproblematisch verläuft, stellen wir nur fest, dass das Lokal, in dem sich die Kneipe einmal befunden haben muss, mittlerweile leer steht.

Ich spähe durch die milchige Scheibe ins Innere der ehemaligen Bar. Es gibt nichts mehr zu sehen außer unserer Spiegelung im Glas, verlassenen Räumen und kahlen Wänden dahinter. Vinita blickt genauso missmutig drein wie ich. Die Homepage wurde anscheinend nie offline genommen.

»Na toll«, entfährt es mir.

Richtig sind wir hier auf jeden Fall. Mindestens dreimal überprüfe ich unseren Standort und umrunde das Haus in der Hoffnung, die Kneipe möge sich bloß auf der Rückseite befinden oder es gäbe einen Seiteneingang. Nichts. Es sei denn, ich wollte auf die Mülltonnen steigen und über einen Maschendrahtzaun klettern, um weiter nachzuforschen. Ich gelange zu dem Schluss, dass sich die Kletterpartie kaum lohnen würde und mir höchstens eine Anzeige wegen Hausfriedensbruch einhandelt, deshalb verzichte ich darauf und kehre mit hängenden Schultern zur Vorderseite zurück.

»Nichts«, rufe ich Vinita, die dort auf mich gewartet hat, im Gehen entgegen.

»Lass uns mal bei dem Friseursalon gegenüber nachfragen«, schlägt sie vor, als ich sie erreiche.

Nur dauert es keine fünf Minuten, bis wir dort erfahren, dass die Inhaberin ihr Geschäft erst 2018 eröffnet hat und somit gute zwei Jahre zu spät, um irgendetwas live von der Schlägerei mitbekommen zu haben.

Ernüchtert überlasse ich Vinita nach diesem Rückschlag die Entscheidung, wo wir zu Mittag essen werden. Allzu weit müssen wir nicht laufen, bis wir uns in der Altstadt wiederfinden.

Diesmal wird es ein Bistro, in dem wir je einen herzhaften Crêpe mit Grillgemüse, Salat und Humus bestellen.

Ich klappe die Speisekarte zu und lege sie beiseite. »Meinst du, es macht Sinn, weitere Zeitungen aufzusuchen?«

»In Pirna?« Vinita stützt die Ellbogen auf den Tisch mit der blauweißkarierten Tischdecke. »Ich denke nicht. Das war schon die größte hier vor Ort. Wenn sich etwas Berichtenswertes ereignet hätte, hätte sie sicher was darüber gebracht. Das andere sind eher so Nischenblätter. Wir könnten noch mal online nachschauen. Es gibt auch diese *Meine Stadt*-Seiten, ist mir eingefallen.«

»Mhm.«

Sofort rufe ich die Website an meinem Handy auf und mache mich rasch mit der Benutzeroberfläche vertraut. Es erscheinen verschiedene

Kategorien, je nachdem, wonach man sucht – Jobs, Immobilien, Autos und so weiter. Leider sind die dort angezeigten Nachrichten ausschließlich aktuell. Sollte Ali nicht gerade eine Klein- oder Datinganzeige aufgegeben haben, in der er sich wie damals *Ali* nennt, sehe ich nicht, wie uns das weiterhilft.

»Womöglich war er auch krank oder so was?«, grübelt Vinita. »Das könnte unter anderem seine Geheimniskrämerei erklären, und er wollte eben, dass du ihn als Einziger weiter normal wie jede*n anderen behandelst.«

Der Gedanke ist mir ebenfalls mal gekommen. »Wie könnten wir das rauskriegen?«

»Wahrscheinlich gar nicht«, gibt sie zu. »An medizinische Unterlagen und sensible Daten kommt man nur schwer. Ohne Namen und Adresse oder Geburtsdatum ist es ausgeschlossen.«

»Ermutigend«, kommentiere ich ihre Aussage sarkastisch.

»Ach was.« Sie rollt mit den Augen.

Entgegen der schieren Aussichtslosigkeit unseres Unterfangens stelle ich eine neue Theorie auf. »Oder er war gar nicht in Pirna, sondern in Dresden, als was auch immer mit ihm passiert ist. Darum wurde hier nicht darüber berichtet. Ja, Ali wollte die Ferien in Pirna bei Verwandten verbringen. Wegen seiner Freund*innen war er trotzdem ab und zu in der sächsischen Hauptstadt. Zumindest ist das im Jahr davor so gewesen.«

»Kann sein«, gibt mir Vinita recht. »Möglicherweise war eine der Frauen, die bei dem Autounfall gestorben sind, auch seine Mutter und das hat ihn komplett aus der Bahn geworfen.«

Gott, so viele Spekulationen und so wenige Fakten …

Ich vergrabe das Gesicht in den Händen. »Ich fürchte, das bringt alles nichts!«

»Lassen wir es für heute gut sein.«

Zweifelnd blinzele ich Vinita an. »Und dann?«

»Fahren wir am Montag rein nach Dresden.« Sie sagt das mit solch einer Entschlossenheit, dass ich nicht widerspreche.

»Heißt das«, versichere ich mich, »wir nehmen uns ein Wochenende?«

Vinita ist ein Workaholic, wie er im Buche steht.

»So was Ähnliches«, stellt sie klar. Logisch. Als könnte sie das so auf sich beruhen lassen. »Die Orte hier, die Ali mal erwähnt hat, klappern wir selbstverständlich so oder so ab. Du hast ja eine Liste. Das sollte aber kein zwei Tage füllendes Programm werden.«

Obwohl alles in mir nach Antworten verlangt, die ich am besten sofort bekommen möchte, gebe ich mich geschlagen. »Okay.«

Es ist der Versuch, der zählt, rufe ich mir ins Gedächtnis. *Das war von Anfang an unser Ziel.* Die Option, Ali aufzustöbern, ist reines Wunschdenken, Utopie. Doch wir geben dem Unmöglichen eine Chance. Dann kann ich mir immerhin sagen, ich hätte alles in meiner Macht Stehende probiert, und die Sache am Ende abhaken.

Nach den Crêpes bummeln wir durch die umliegenden Straßen, durch die die Akkordeon-Klänge eines Straßenmusikanten wehen. Zum Nachtisch holen wir uns beide zwei Kugeln Eis auf die Hand. Ganz klassisch wähle ich Erdbeere und Zitrone, bei Vinita werden es Cappuccino und After Eight. Sobald das Eis verputzt ist, durchstöbern wir die Geschäfte, an denen wir gestern nur vorbeigegangen sind. Abschalten ist das, was ich nun brauche. Meine beste Freundin kauft sich ein Paar goldene Ohrringe mit eingravierten Fuchsköpfen und ich mir einen Roman, um den ich schon eine Weile herumgeschlichen bin: *Sophies Welt* von Jostein Gaarder. Darin geht es um die Geschichte der Philosophie. Möglich, dass meine Entscheidung, das Buch endlich mitzunehmen, etwas mit Timon und seiner Aussage, ich sei ein philosophischer Denker, zu tun hat. In einem Secondhandladen probieren wir Klamotten an, was zu einigen albernen Spiegelselfies führt. Im Endeffekt hängen wir alles zurück, wofür uns die Verkäufer*innen böse Blicke zuwerfen. Eines der Selfies poste ich nach Vinitas Erlaubnis in meiner Instagram-Story. Die Leute freuen sich immer über einen Gastauftritt von ihr auf meinem Account. Mich weiter von den Sozialen Medien fernzuhalten, hat sie scheinbar aufgegeben. Logischerweise erinnere ich sie nicht an ihren ausbleibenden Protest, indem ich nach dem Grund dafür frage.

Statt den schnellsten Weg zurück zur Ferienunterkunft einzuschlagen, nehmen wir im Anschluss die Strecke über die Gartenterrassen und machen uns daran, den Berghang hinaufzukraxeln, auf dem Schloss Sonnenstein thront. Vinita stimmt mir zu, dass die Anlage ein wahr gewordener Traum ist. Wir hetzen uns nicht, sondern nehmen uns Zeit. Trotzdem hätte ich noch länger auf den verschiedenen Ebenen herumwandeln und die Atmosphäre zwischen all den bunten Blumen, Palmen und Heckenfiguren genießen können.

Nach dem Marsch durch die Siedlung, der ohne Fahrrad und zu Fuß deutlich mehr als zehn Minuten in Anspruch nimmt, und sobald Vinita ihr Mittags- und Nachmittagsgebet verrichtet hat, entspannen wir im Gemeinschaftsgarten hinter dem Haus. Da die anderen Gäste alle ausgeflogen sind, haben wir ihn für uns, so dass wir uns ohne schlechtes Gewissen auf den Liegen ausbreiten können.

Vinita vertieft sich gleich in einen Ratgeber zu veganer Ernährung. Da vegetarisches Essen in Indien ohnehin verbreitet ist, hat sie das quasi von zu Hause mitbekommen und mich damit ebenfalls schon vor Jahren angesteckt. Nun möchte sie den Tieren und der Erde zuliebe einen Schritt weitergehen.

Zugegeben, fällt es mir schwerer als ihr, mal nicht zu arbeiten. Instagram kann und will ich nicht vernachlässigen. Ich gehe meinen vorgeschriebenen Post erneut durch. Dazu lade ich ein Bild hoch, auf dem man sieht, wie ich meinen Arm während der Autofahrt aus dem Fenster strecke und meine Hand in den Fahrtwind halte. Im Hintergrund erkennt man verwischt ein Maisfeld und strahlend blauen Himmel. Streng genommen widerspricht das dem Muster in meinem Feed, weil ich auf dem Foto drauf bin. Aber für mich ist das Motiv der Inbegriff von Freiheit, was hervorragend das Thema Gender-Euphorie unterstreicht.

Nach dem Hochladen widerstehe ich dem Drang, nervös auf Likes und Kommentare zu lauern und die Benachrichtigungen im Sekundentakt zu aktualisieren. Stattdessen schaue ich mir die verbliebenen Story-Reaktionen von gestern an und jene neuen von heute in meinen Direktnachrichten. Die meisten sind so knapp, dass ich meine Antworten in der Regel auf Herzchen, Emojis oder wenige Worte beschränke. Weniger bedeutungsvoll macht sie das für mich nicht. Jede Interaktion freut mich.

Meine Schwester, der ich heute Morgen nicht noch mal zurückgeschrieben habe, hat mich dazu mit einer Entschuldigung beehrt.

Ich mach mir nur Sorgen. Geschwisterlicher Beschützerinstinkt. Sie hat ein Emoji hinzugefügt, das einen verlegenen Affen zeigt.

Ich seufze, weil ich Jule auch verstehe, verlagere mein Gewicht auf der Gartenliege, bis ich es bequemer habe. Ich tippe, lösche, tippe. Wenn es einem Menschen, der mir wichtig ist, nicht gut geht, würde ich mich ebenfalls sorgen.

Die Nachricht, die ich schicke, lautet letztlich: *Ich weiß. Nur bin ich nicht schwach oder zerbrechlich, weil ich es als trans* Person beim Dating schwerer habe.*

Es bestärkt mich selbst, das unmissverständlich klarzustellen.

Jule schreibt sofort zurück: *Natürlich nicht.*

In diesem Augenblick bedauere ich es, für das Familientreffen am Sonntag abgesagt zu haben. Weil mein jüngster Bruder Raffi, der als Einziger von uns noch zur Schule geht, gerade Ferien hat, steht mal wieder eines an. Unsere Eltern haben meine Geschwister und mich in ihr Haus nach Lücklemberg im Dortmunder Süden eingeladen. Die räumliche Trennung in der Schulzeit hat uns einander nicht entfremdet, sondern uns stärker zusammengeschweißt, weil wir die gemeinsame Zeit dadurch umso mehr zu schätzen gelernt haben. Ein weiterer, nicht unmaßgeblicher Grund könnte sein, dass es daheim im Vergleich zum Internat mit seinen strengen Regeln und Verpflichtungen, deutlich lockerer zugegangen war.

Eventuell kann ich mich Sonntag wie Katrina per Skype dazu schalten. Wobei die eine bessere Ausrede hat als ich mit meinem Liebeskummer: Sie absolviert ein Au-Pair-Jahr im Zuge ihres Grundschullehramt-Studiums in England.

Als ich wieder auf mein Handy schaue, sind neben einer zufriedenstellenden Anzahl an Likes vier Kommentare unter meinem Gender-Euphorie-Post eingetrudelt.

Danke, dass du das teilst und uns an deinem Weg teilhaben lässt <3

Schön, dass du jetzt so viel glücklicher bist. Tolles Bild!

Mir ging/geht es da ähnlich wie dir. Thank god for T!

Es ist echt beruhigend, das zu lesen. Manchmal habe ich schon Angst, dass es nie besser wird ☹

Unmerklich atme ich auf. Mein Beitrag kommt gut an und zwar so, wie ich es beabsichtigt habe. Ich picke mir den letzten Kommentar heraus und beantworte ihn zuerst, weil ich diesen Gedanken sehr fühle: *Es wird besser. Ganz bestimmt. Halte durch!*

Ich wünschte, ich könnte die Person, die ihn geschrieben hat, diese Gewissheit einen winzigen Augenblick tatsächlich spüren lassen, damit sie nicht aufgibt. Mein Brustkorb tut weh vor Mitgefühl.

An die dunkleren Tage zu Beginn meiner Transition erinnere ich mich ungern. Nachdem mir endgültig aufgegangen war, was mit mir los ist, war es mir anfänglich und ohne die von außen zugeführten Hormone oft mehr als nur beschissen gegangen. Alles war so aufwühlend und zu viel auf einmal gewesen. Auf der anderen Seite geschah nichts, rein gar nichts für mein Empfinden schnell genug. Endlich hatte ich gewusst, wer ich bin. Nur war es mir nicht erlaubt, nun einfach dieser Mensch zu sein. Ich hatte dafür kämpfen und es wieder und wieder erklären und beweisen müssen. Gegenüber Therapeut*innen und Ärzt*innen, der Krankenkasse und vor Gericht. Für die Akzeptanz in meinem Umfeld, das Testosteron, die OP, meinen neuen Vornamen und den richtigen Geschlechtseintrag im Ausweis.

Plötzlich durchläuft mich ein Schauder und ich rappele mich aus der entspannten Liegeposition auf. Der Apfelbaum samt Schaukel, der weiße Gartenzaun sowie der tröpfelnde Wasserschlauch darüber, der Sandkasten und der Fußball, der ins Gemüsebeet gekullert ist, verblassen.

Wäre es möglich, dass Ali wie ich trans* ist?

Mein Herz beginnt zu rasen.

Ich war immer davon ausgegangen, dass er auf die eine oder andere Weise queer sein müsste, weil er so locker über diese Themen geredet hat und seine Clique ziemlich queer war. Über Transidentität im Speziellen hatten wir allerdings nie gesprochen. Er hatte sich auch nie gelabelt. Hatte sein Username *ali.s.paletti* für ihn dieselbe Bedeutung wie mein damaliges Rollenspiel als Lennox für mich? Nur dass er sich dann im Gegensatz zu mir bereits darüber im Klaren gewesen wäre, ein Junge zu sein. Zumindest mir gegenüber hat er nie Zweifel an seiner männlichen Identität aufkommen lassen. Fürchtete er, ich könnte ihn nicht mehr als solchen betrachten, wenn wir uns sähen?

Was wäre das für ein Zufall!

»Philipp? Was ist?«, fragt Vinita, ohne den Blick von den Seiten ihres Buches abzuwenden. Wahrscheinlich habe ich irgendein Geräusch von mir gegeben.

Nein, das kann nicht sein, beruhige ich mich. *Es gibt genügend andere realistischere Gründe für Alis Verhalten.*

Ich will nicht glauben, dass er mich ausgerechnet aus diesem Grund zurückgestoßen hat. Das wäre so eine verfluchte Ironie. Wieso sollte sich gerade diese Theorie als zutreffend erweisen?

»Ach, nichts.«

Für *nichts* hält mich die Überlegung ganz schön auf Trab.

Während Vinita selig schlummert, tue ich am Abend kein Auge zu und stelle mir die halbe Nacht vor, was Ali gedacht haben mag, welche Sorgen ihn in Bezug auf mich und seine Transidentität umgetrieben haben könnten.

Scheiße!

Mir ist kotzübel.

Was, wenn es das war und er nicht durchgehalten hat? Was, wenn ihm die Unterstützung, die er gebraucht hätte, versagt worden ist, er mich aber nicht einlassen wollte? Wie soll ich damit umgehen? Es ist ein Fakt, dass queere Jugendliche häufiger suizidgefährdet sind als ihre nicht-queeren Altersgenoss*innen.

Ich ziehe mir das Kissen über den Kopf und kämpfe gegen die Verzweiflung an. Wenn er sich mir geöffnet hätte, wäre ich für ihn da gewesen. Auch wenn ich ihn damals noch nicht so verstanden hätte wie heute. Jedenfalls rede ich mir das ein.

Selbst im Schlaf suchen mich die Bilder seiner Leiche und dessen, was er sich angetan haben könnte, weiter heim. Dabei weiß ich gar nicht, wie er ausgesehen hat! Meine Fantasie hindert dies nur nicht daran, mir die bildhaftesten Darstellungen zu präsentieren. Genau wie es mich nie daran gehindert hat, Gefühle für Ali zu entwickeln.

Erst als etwas gegen das Fenster donnert, wache ich auf.

Sofort sitze ich aufrecht im Bett.

Statt dunkel ist es plötzlich hell und hinter meiner Stirn pocht es, als ob ich am Vorabend zu viel getrunken hätte – ausgehend von den wenigen Malen, die ich einen Kater hatte. Der Geschmack in meinem Mund ist nicht besser. Dazu bin ich nass geschwitzt. Die Nachwehen des Albtraums. Vorsichtig wende ich den Kopf, nehme meine Umgebung in mich auf. Ich bin allein im Zimmer, Vinitas Bett ist leer.

Fast wäre ich gleich wieder in die Kissen gesunken, so überfahren wie ich bin.

Da knallt es erneut.

Ich brauche einen Moment, um das ferngesteuerte Modellflugzeug vor dem Fenster zu identifizieren, brauche vier weitere Sekunden, bis mir klar wird, dass es von jemandem geflogen werden muss. Es schwebt wohl eher nicht wie durch ein Wunder in der Luft vor unserer Wohnung.

Verwirrt schlage ich die Decke zurück und nähere mich dem Spielzeug. Aus der Nähe fällt mir ein Stück zusammengerolltes Papier ins Auge, das am Bauch des Flugzeugs knapp unter dem rotierenden Propeller befestigt ist. Das dünne Holz, aus dem der Flieger gemacht ist, ist rot, blau und grün angemalt. An einigen Stellen schimmert es durch. Nicht etwa schlampige Arbeit, wie mir die Macken bedeuten, sondern Alterserscheinungen.

Ich runzele die Stirn.

Ist das eine Nachricht?

Rein intuitiv öffne ich das Fenster, sodass das Flugzeug hereinfliegen kann, wo es mehr schlecht als recht eine Bruchlandung hinlegt. Statt den Zettel zu lösen, stürze ich zur Fensterbank, beuge mich hinaus und suche den Garten ab.

»Hier drüben!«, ruft Timon von schräg gegenüber. Er befindet sich im Dachgeschoss des Nachbarhauses, dem rosa Haus, in dem er mit seiner Familie wohnt, wie ich mich erinnere.

Alles fällt an seine Stelle. Nicht nur die Indizien, auch in mir, und das ist beunruhigend beruhigend.

Natürlich. Er muss dieses Ding zusammengebastelt haben. Wer sonst?

»Hi!«

Fast zeitgleich höre ich Schritte und Vinita in meinem Rücken. »Was war das denn?«

»Hey«, rufe ich zurück, bevor meine Zunge angesichts von Timons verschmitztem Lächeln ins Stolpern gerät. Wahrscheinlich ist er seit Stunden wach. Seine Haare hat er offenbar nachgefärbt, die schwarze Jeansweste passt wie die Tage zuvor ins Bild. Die bunten Buttons daran sind blöderweise zu klein, als dass ich sie von hier aus richtig in Augenschein nehmen könnte.

Da geht mir auf, wie *ich* vermutlich aussehe. Wer hätte ahnen können, dass ich so überfallen werde?! Bleibt nur zu hoffen, dass Timon mein derangierter Auftritt egal ist.

Vinita tritt neben mich, das Flugzeug im Arm, und mustert ihn aus verengten Augen. »Was zur Hölle soll das?«

Wie üblich kommt sie gleich zum Punkt.

Timon zuckt – die Ruhe selbst – mit den Achseln. »Ich hatte mir das smoother vorgestellt, doch so ohne Greifarm … Wollte die Nachricht bloß abwerfen, aber Gisela ist halt nur für eine Spielerei gut.«

Vinita nickt. Dennoch erkenne ich, dass sie nach wie vor irritiert von der Aktion ist.

»Gisela?«

»Das Flugzeug.« Ich frage mich, nach wem Timon ihren Namen gewählt hat. »Apropos, ist sie okay?«

Wie automatisch strecke ich die Hand aus und Vinita übergibt mir das Flugobjekt. Es wiegt fast nichts. Sorgsam wende ich es hin und her, kann keine Beschädigungen feststellen.

»Scheint alles heil zu sein«, sage ich.

Timon zeigt mir einen erhobenen Daumen.

»Du hättest klingeln können.« Vinita hält den auseinandergerollten Zettel von der Unterseite des Flugzeugs in die Höhe. »Ich meine, um uns das zu fragen. Vor allem, wenn du uns im Endeffekt eh ansprichst.«

Tatsächlich, eine Botschaft. Aufregung erwacht in mir und drängt sogar die Müdigkeit beiseite. Ich versuche, die Worte auf dem Zettel zu lesen. Leider werden sie von Vinitas beringten Fingern verdeckt.

Auf ihre vernünftige Analyse der Lage schüttelt Timon den Kopf, wobei ihm die nun dunkellila Strähnen halb um sein schönes Gesicht fallen. »Wo bliebe da der Spaß?«

Darauf geht Vinita nicht ein. Ich muss grinsen. Dieser Kerl! Irgendetwas hat sich innerhalb kürzester Zeit zwischen uns dreien verschoben.

»Und was ist das auf der Rückseite des Zettels?«, verlangt meine beste Freundin zu erfahren.

»Eine Wegbeschreibung«, erklärt Timon.

»Wofür?«, klinke ich mich an dieser Stelle mehr als gespannt ein.

»Sieht eher aus wie eine Schatzkarte«, befindet Vinita.

»Sie beschreibt den Weg zum geheimen Weiher.« Während er das sagt, sieht Timon nur mich an. Ich bin begeistert. Darüber hinaus regt sich etwas in mir, das ich nicht sofort einordnen kann. »Meine Leute und ich sind nachher so ab achtzehn Uhr da. Die anderen kommen extra aus Dresden. Wir wollen grillen, was trinken, schwimmen. Es soll ja vor dem Gewitter morgen noch mal Rekordtemperaturen geben. Ihr könnt euch uns gerne anschließen. Ist netter als an dem großen Badesee und deutlich unbekannter. Da sind wir unter uns. Überlegt's euch.«

Ich habe mich nie darum gerissen, auf so etwas wie eine Party zu gehen und tue es auch jetzt nicht, aber wenn das Zeit mit Timon bedeutet, ist es das wert.

»Na schön, klingt nicht schlecht …« Vinita gibt sich zum Glück von selbst geschlagen. An ihrem spielerischen Tonfall sollte Timon merken, dass sie durchaus Bock hat und nur so tut, als ließe sie sich lediglich widerwillig auf die Einladung ein. »Kann man machen. Solange es auch Veggi-Zeug gibt.«

»Gibt es. Nick isst ebenfalls kein Fleisch. Und kein Druck, was Alkohol oder so angeht. Fühlt euch zu nichts gedrängt.«

Ist es verwerflich, wie dringend ich ihn abknutschen möchte?

Da geht mir auf, wo ich von dem *geheimen* Weiher schon mal gehört habe. Besser gesagt, von wem. Von Ali.

Ich bin wie vom Blitz getroffen.

Mir wird heiß und kalt gleichzeitig.

Wie oft hat mein Internet-Freund mir von den legendären Abenden dort vorgeschwärmt? Den tiefsinnigen Gesprächen, dem Lagerfeuer, der Musik, der glitzernden Wasseroberfläche in der Nacht.

Was, wenn Timon und Ali befreundet sind? Sie sich kennen?

»Und du, Drachenkämpfer?« Timon beobachtet mich abwartend. »Bist du auch dabei?«

Meine Gedanken wirbeln durcheinander und mein Herz überschlägt sich vor Panik und Freude.

Weil Vinita zugesagt hat, bleibt mir kaum etwas anderes übrig, als es ihr nachzumachen. Umso rücksichtsvoller finde ich, dass Timon mich noch mal persönlich anspricht.

Und wie er es getan hat. *Drachenkämpfer.*

Daran könnte ich mich gewöhnen. Was sage ich, es ist wundervoll! Was ist das hier für eine großartige Gelegenheit? Wenn nicht *die* Chance, sofern mich nicht alles täuscht … Oh. Mein. Gott. Ali – Timon. Timon *und* Ali. Wenn alle Anwohnenden von dem Weiher wüssten, hätte Timon nicht davon geredet, dass wir da ungestörter wären. Von daher … Vinita wird Augen machen, wenn ich ihr diese Erkenntnis mitteile.

»Auf jeden Fall«, schließe ich mich etwas verspätet an.

Meine Stimme bebt leicht. Es könnte gut sein, dass sich hier neue Möglichkeiten auftun, Ali zu finden. Und zu prüfen, ob Timon mich so mag wie ich ihn. Abzusagen wäre also im doppelten Sinn eine dumme Idee und ich würde es sicher im Nachhinein bereuen.

KAPITEL 12

TIMON

»Cool!« Ich reibe meine Handflächen aneinander und versuche, in Anbetracht von Philipps Zusage, nicht zu sehr aus dem Häuschen zu geraten. Besser, ich bremse mich ein bisschen. Gefühle dieser Art bergen ein gewisses Risiko, verletzt zu werden.

Nur war ich relativ sicher, dass er und Vinita absagen würden. Schließlich meinte er, feiern sei nicht so sein Ding, zumal es bei uns meistens wilder hergehe. Deshalb, und weil ich den gestrigen Tag über nach unserem Ausflug am Morgen wiederholt an den jungen Mann mit den hübschen Locken denken musste, freue ich mich nun umso mehr. Fast hätte ich Philipp Opa gegenüber sogar erwähnt. Beim Herrichten der Küchenschränke in der Ferienwohnung, die wir renovieren möchten, hat er bemerkt, dass ich nicht richtig bei der Sache war. Ich bin froh, dass Leonie und Matthias, Nick und Dascha so unkompliziert ticken und nichts dagegen hatten, wenn ich ihn und Vinita mitbringe.

Schnell greife ich nach der Fernbedienung für mein Flugzeug. Diese hatte ich eben auf meinem letzten Flohmarktfundstück abgelegt, das ich vor einer Weile aufpoliert habe – einen Beistelltisch mit gewundenen Füßen und Glasoberfläche. »Dann lass mal Gisela rüber wachsen«, verlange ich.

Philipp setzt das Flugzeug auf dem Fenstersims ab. Ganz behutsam. Wie fühlt es sich wohl an, wenn er seine Hände auf diese Weise an mein Gesicht legt? Eine Gänsehaut jagt über meine Arme.

Fast ist es zu viel, dabei ist gar nichts passiert. Zu viel für eine Sommerromanze, wie sie mir ursprünglich vorgeschwebt hat? Weil was sonst könnte das hier werden?

Ich beiße mir auf die Zunge, verscheuche die Vorstellung von Philipps Händen an meinen Wangen und lege den Hebel auf der Fernbedienung um. Gisela springt einwandfrei an. Toughe alte Lady! Mein Daumen bewegt den Joystick zum Rangieren in routinierten kreisenden Bewegungen vor und zurück.

Ich war neun, als ich mit Opas Hilfe Gisela zum Leben erweckt habe. Es war unser erstes gemeinsames Projekt. Bis dahin hatte ich ihm bei seinen Bastelarbeiten und Heimwerkeraktionen nur zuschauen dürfen und eher mal was angereicht oder hier und da was festgehalten. Auch weil Mama es ihm verboten hatte, mir eine Säge in die Hand zu drücken.

Kurz davor fing André an, mit unserem Vater so genannte Papa-Sohn-Nachmittage beim Angeln zu verbringen, von denen ich prinzipiell ausgeschlossen war. Wie niedergeschlagen mich das machte, konnte Opa sich nicht tatenlos ansehen. Mein Wunsch, ein Flugzeug zu bauen, kam dann daher, dass mein Vater mir unerwartet eines der fantastischen neuen Modelle aus dem Geschäft schenken wollte. Nur war ich nicht blöd und kapierte gleich, das sollte lediglich ein Anreiz werden, damit ich bei der Erstkommunion ein Kleid statt einen Anzug trage. Was ich logischerweise nicht tat, worauf Papa einen seiner Ausraster hatte und …

Verdammte Scheiße, wieso denke ich jetzt an diesen Wichser?

Als Gisela an mir vorbei ins Zimmer saust, ziehe ich den Kopf ein. Sie kommt auf meinem ungemachten Bett zum Liegen, woraufhin Bernd fauchend aufspringt, sich unter den Schreibtisch flüchtet und hinter dem Plattenspieler verkrümelt. Bis auf den gestreiften Schwanz ist nichts mehr vom Kater zu sehen.

»Sorry, Kumpel!«, entschuldige ich mich bei ihm.

Kurz streiche ich versonnen über den rechten Flügel des Flugzeugs. Einer der Psychiater, bei denen ich im Zuge der offiziellen Vornamens- und Personenstandsänderung war, hatte meine Faszination für das Fliegen als Symbol für meinen Freiheitsdrang gedeutet. Nur hatten Schiffe es mir im Endeffekt noch mehr angetan. Wenn ich nicht so ein Schisser wäre, hätte ich mir sogar Flügel auf den Rücken tätowieren lassen. Wie stolz ich war, als ich Gisela frisch gestrichen und lackiert nach ihrem ersten Flug auflas.

Ich kehre zum Fenster zurück, beuge mich ein Stück hinaus, um Philipp und Vinita einer letzten prüfenden Musterung zu unterziehen. Er – die hellbraunen Haare völlig verwuschelt und mit leicht verrutschtem T-Shirt, niedlich gestreift, das sein linkes Schlüsselbein enthüllt, sie – in einem schlichten T-Shirt, das sich strahlend weiß von ihrer hellbraunen Haut abhebt, die goldene Brille verleiht ihr keine Strenge, sondern auf eine neckische Weise etwas Smartes.

»Also bis nachher und viel Erfolg euch bei der Schatzsuche. Erst anrufen, wenn ihr völlig verzweifelt.«

Ich bin echt mal gespannt, ob sie den Weiher ohne meine Hilfe finden. Im Zeichnen von Bauplänen schneide ich deutlich besser ab, aber meine Karten sind passabel. Für Ortsunkundige und insbesondere Stadtmenschen könnte es dennoch knifflig werden. Außerdem habe ich Umwege eingebaut, um es spannender zu gestalten.

Vinita blitzt mich an. »Wie großzügig.«

»So bin ich«, kontere ich und wende mich für einen eindrucksvollen Effekt abrupt vom Fenster ab.

Ich hoffe, sie rufen an. Ich hoffe, es ist Philipp, der mich anruft, damit ich auch seine Nummer habe. Ansonsten muss ich ihm die heute irgendwie anders abluchsen.

Mit der Aussicht auf diesen Tagesausklang hadere ich weniger als sonst mit den Stunden dazwischen.

Die Hände hinter dem Kopf verschränkt, sehe ich mich einen Moment nachdenklich in dem Durcheinander um, das mein Zimmer beherrscht. Irgendwann werde ich mich auch darum kümmern.

Weil heute Samstag ist, muss ich nicht arbeiten. Das heißt nur nicht, dass ich die Zeit zur freien Verfügung habe. Den Morgen, der immerhin nur mir gehört hat, habe ich dazu genutzt, das Lila in meinen Haaren aufzufrischen. Ein bisschen Selfcare mit *I think I'm OKAY* von Machine Gun Kelly und YUNGBLUD auf Repeat in den Ohren. Der Soundtrack meines Lebens.

War ich Mama zuletzt gekonnt ausgewichen, werde ich nun nicht mehr kneifen können. Ich werde ihr einen Besuch abstatten und sie auf einen Spaziergang begleiten, beziehungsweise sie auf diese Weise aus dem Haus scheuchen. Das gehört zu ihrer Routine und meinen Verpflichtungen, ihr Stabilität zu bieten. Ungeachtet dessen, dass gestern ein guter Tag war, muss ich diese trotzdem einhalten.

Bevor ich meine eigene Wohnung verlasse und die Treppe in den zweiten Stock hinunterpoltere, fülle ich Bernds Wasser- und Futternapf auf. Um meinem Widerstreben nicht nachzugeben, zähle ich vor der Wohnungstür meiner Mutter im Kopf von Drei herunter und klingele in derselben Sekunde, in der ich die Eins denke. Die Überwindung, die mich das kostet, wird von Tag zu Tag größer. Dabei liebe ich Mama, logisch, sonst wäre ich gar nicht mehr hier. Würde sich das Band zwischen uns nur nicht wie eine Fußfessel anfühlen.

Als sie aufmacht und ich sehe, dass sie schon ausgehbereit ist, lächele ich automatisch und meine Anspannung verflüchtigt sich etwas. Genau wie der Geruch nach Essen, der aus der Wohnung in den Flur dringt, zeigt mir, dass es bergauf geht und was für Fortschritte sie macht. Klar, gibt es bessere und schlechtere Phasen, aber sie hält sich wacker, hat im Gegensatz zu mir sogar etwas zu Mittag gegessen.

»Du bist pünktlich«, verleiht Mama ihrer Überraschung Ausdruck.

Ich überprüfe die Uhrzeit an meinem Handy. »Ja.«

Es wird nie wieder so schlimm werden, wie es mal war, sage ich mir und in diesem Augenblick glaube ich aus tiefstem Herzen daran. Auf jeden Fall bin ich mit Mamas Tiefs nicht mehr auf mich gestellt, so wie unmittelbar danach, als wir noch in Dresden gewohnt haben, nachdem Papa sich aus dem Staub gemacht hatte. Es ist für uns alle schwer gewesen nach Andrés Tod, doch nur er war abgehauen, weil er »es« nicht mehr ertragen konnte. Womit er genau genommen *mich* meinte. Und für *ihn* war es schwer? Sicher. Was dachte er, wie es mir ging?

Ich ringe die Wut, die nie ganz erloschen ist, wiederholt nieder. »Wollen wir?«

Statt einer Antwort greift Mama nach ihrer Handtasche, worauf wir unsere allwöchentliche Runde zum Park einschlagen. Das bedarf keiner Worte und wie immer bleiben wir still, bis wir am Friedhof vorbei sind. Wir betreten ihn nur einmal im Jahr am zweiten Juli, um meinen Bruder zu besuchen. Die Luft scheint sich kein Stück zu bewegen und über der Straße zu flirren. Obwohl wir gemächlich gehen, klebt mir die Weste nach nur fünf Minuten förmlich am Rücken.

Sobald wir den Friedhof hinter uns haben, schildere ich meiner Mutter eine Belanglosigkeit nach der anderen aus der vergangenen Woche, was bei den neuen Frühstücksflocken anfängt, die ich ausprobiert habe, und bei einer meiner Komfort-Serien endet: *Doctor Who*, Science-Fiction vom Feinsten, was ich gerade zum x-ten Mal rewatche. Es ist mir schleierhaft, wo ich das alles hernehme. Schließlich ist nicht wirklich was geschehen. Das Aufregendste war abgesehen von Philipp und Vinita das Rasenmähen Anfang der Woche, weil ich das immerhin nicht ständig mache. Mittlerweile bin ich geübt darin, Sachen auszuschmücken und etwas vorzugaukeln, das gar nicht da ist. Mama lacht hier und da an den passenden Stellen, und das ist, was ich erreichen möchte. Deshalb höre ich nicht auf. Dass sie so losgelöst scheint, sorgt dafür, dass sich in meinem Brustkorb Leichtigkeit ausbreitet.

Da macht es mir fast nichts mehr aus, auf derselben roten Bank am Ufer desselben Ententeichs zu sitzen, den ich schon mein Leben lang kenne. Triste Eintönigkeit hin oder her, ich sollte nicht so egoistisch sein.

Was will ich da draußen, in der Welt?

Sind eh nur Hirngespinste!

Oder …?

Ich halte das Gesicht in die Sonne, doch die Wärme will trotz der Hitze nicht richtig in mich dringen. Dabei möchte ich den Frieden unbedingt festhalten.

Ich könnte schlicht und ergreifend ein bisschen reisen, wie es viele junge Leute machen. Das muss reichen. Zelten in den Schottischen Highlands, die Pyramiden in Ägypten bestaunen, eine Wanderung auf der Chinesischen Mauer. Wieso gleich die Meere besegeln, dauerhaft umhertreiben ohne Anker und Brücken abzubrechen, alles hinter mir einzureißen? Weil es das ist, was ich nun einmal tue, Dinge unwiderruflich hinter mir lassen. Keine halben Sachen.

»Timon?«

Ich zucke zusammen, öffne die Augen, muss zu lange geschwiegen haben.

Ein merkwürdig suchender Ausdruck liegt auf Mamas Gesicht, der mir bekannt vorkommt. Es erschreckt mich jedes Mal aufs Neue, mich in ihren Zügen wiederzufinden. Wahrscheinlich wegen der Geschlechter-Sache.

In mir wird es wieder grau.

»Was?«, krächze ich.

Womöglich fragt sie sich gerade, wo das Mädchen hin ist, an das sie so viele Erwartungen hatte, von denen ich keine einzige erfüllen konnte. Unwohlsein kriecht mir unter die Haut. Eine Haut, die sich plötzlich nicht mehr passend anfühlt. Kann sie *sie* noch sehen, so wie ich, wenn ich mein Spiegelbild nur ausdauernd genug anstarre? Hätte ich dieses Mädchen sein können, wäre dann alles anders gekommen?

»Du sagtest, du bist gleich verabredet?«

Einen Augenblick bin ich irritiert.

Habe ich das erwähnt? Vermutlich, ja.

Ich nicke, traue meiner Stimme nicht mehr über den Weg. In Momenten wie diesen, in denen sie mir nicht gänzlich gehorcht, hört es sich für mich manchmal an, als ob sie sich durch den Stimmbruch nicht verändert hätte und immer noch zu hoch klänge. Mir ist bewusst, dass das nicht stimmt. Das Gefühl ist trotzdem da. Auf einmal kann ich es kaum erwarten, dass Montag ist. Da werde ich wie alle drei Monate meine nächste Testosteron-Spritze erhalten. Darauf freue ich mich, unabhängig davon, dass sich mein Äußeres nach fünf Jahren Hormontherapie nicht mehr groß anpasst.

Als mein Magen knurrt, bietet mir das einen willkommenen Grund, den Blickkontakt abzubrechen.

»Wir können los, wenn du möchtest«, sagt Mama.

Ich nicke noch mal.

Wenn sie das anbietet, werde ich nicht widersprechen. Zumal es so nicht sein dürfte. Die Zeit mit mir soll für sie etwas Positives darstellen, was ausschließt, dass ich meine düstere Stimmung zu sehr durchscheinen lasse.

Am Parkeingang hole ich mir am Imbiss eine Portion Pommes Frites mit Ketchup, die ich, bis wir wieder zu Hause sind, verputze.

Im Hausflur unseres Hauses trennen sich Mamas und meine Wege. Als ich im Gruppenchat auf meinem Handy gleich danach Matthias' Nachricht lese, in der er wissen will, ob ihn jemand beim Einkaufen fürs Grillen begleitet, melde ich mich freiwillig. Ich springe nur schnell bei mir rein, um das Wichtigste für nachher in einen Jutebeutel zu stopfen. Handtuch, Sonnencreme, frische Unterwäsche. Die Badehose ziehe ich drunter. Danach binde ich mir die Haare mit einem dünnen schwarzen Haargummi zusammen, schwinge mich aufs Fahrrad und sause zum Supermarkt, vor dem wir uns treffen wollen.

Während ich auf den Parkplatz einbiege, sticht mein Kumpel mir direkt ins Auge. Matthias war nie besonders unauffällig mit seiner sehr schlanken Gestalt, millimeterkurzen Haaren und zahllosen Piercings in beiden Ohren. Seit den Tattoos auf seinen Unterarmen und dem Vollbart, den er sich hat wachsen lassen, und um den ich ihn beneide, haben die Blicke nur noch zugenommen. Rauchend lehnt er an einer Mauer neben den Fahrradständern, beobachtet desinteressiert, wie die Leute um ihn einen Bogen machen. Als er mich seinerseits entdeckt, tritt er die Kippe aus.

Eben erst habe ich mein Fahrrad abgestellt und das Schloss eingehakt, als Matthias schon hinter mir aufragt, mich anlächelt und mich in nächster Sekunde umarmt. Jede Unnahbarkeit fällt von ihm ab. Obwohl er nicht ansatzweise so groß und breit gebaut ist, wie André es war, haben seine tröstlichen Umarmungen etwas an sich, das mich an meinen Bruder erinnert.

»Wer ist es?«, ist das Erste, wonach er fragt. Er schultert seinen alten und bis obenhin vollgepackten Wanderrucksack, der wundersamerweise nicht von der Mauer gekippt ist, auf der er ihn abgestellt hat. Matthias muss gleich vom Bahnhof aus hierhergekommen sein.

Er studiert Archäologie in Leipzig. »Ich meine, den Menschen, der dir den Kopf verdreht hat.«

Meine Wangen werden heiß, was wohl bedeutet, dass ich erröte. Das reicht wahrscheinlich, um seine bis zu diesem Augenblick im Grunde aus der Luft gegriffene Vermutung zu bestätigen. Super! Ich habe keinen Bock, meine diesbezüglichen Gefühle mit irgendwem durchzukauen oder gar zu analysieren, ob es gesund ist, das Sehnen in mir mangels anderer sich in greifbarer Nähe befindlichen Optionen auf eine einzige andere Person zu übertragen. Wobei ich mir das Herzklopfen nicht ausgesucht habe. Es war nun mal von Anfang an da. Auch jetzt flattert es hinter meinen Rippen, als mir Philipps hinreißende Out-of-Bed-Erscheinung wieder vor Augen steht.

Ich räuspere mich und steuere auf die Einkaufswagen neben dem Supermarkteingang zu. Dort krame ich in aller Ruhe eine 1-Euromünze aus meinem Portmonee hervor, tue beiläufig, als ich nachhake: »Wie kommst du auf so was?«

Bisher hatte ich Philipp und Vinita den anderen gegenüber bloß als Urlauber*innen bezeichnet, die nach einer Samstagabendbeschäftigung suchen. Weil sie mir sympathisch schienen, hatte ich gedacht, ich lade sie ein, um unsere illustre Gruppe zu erweitern. Was keine Lüge war.

»Nun.« Matthias vergräbt die Hände in den Hosentaschen. »Du bist irgendwie zu einem richtigen Einsiedler geworden.«

Während ich verarbeite, was er gesagt hat, löse ich einen der Wagen aus der Schlange und schiebe ihn durch die Tür, meinen Kumpel im Schlepptau. Im Vergleich zu draußen ist es eisig hier drinnen. Oder liegt das an Matthias' indirektem Vorwurf? Es ist wahr, dass ich mich nach jener Sommernacht vor sechs Jahren, die alles verändert hat, erst einmal zurückgezogen habe. Inzwischen ist es fast wie früher. Dachte ich. Abgesehen von der Lücke, die niemand jemals füllen kann.

»Dass du fremde Leute aufgabelst«, fährt Matthias fort, »kam mir da ohne besonderen Grund auffällig vor.«

»Ich bin nun mal nett«, argumentiere ich sofort.

»Du hast nicht mal gefragt, wo ich heute Nacht penne.«

Oh. Das sitzt. Er hat recht.

Ich öffne den Mund, schließe ihn wieder.

Es wäre naheliegend gewesen, ihm anzubieten, bei mir zu schlafen. Immerhin wohne ich in Pirna und in der Vergangenheit hat Matthias häufig bei André und mir übernachtet. Dass er später nach Leipzig zurückfährt, ist ausgeschlossen. Trotzdem habe ich nicht daran gedacht.

»Ich komme bei Dascha unter«, erklärt er, ohne dass ich danach frage.

»Alles klar!«, grätsche ich ihm dazwischen, bevor er weiter meine wunden Punkte traktiert. Plötzlich rauscht es in meinen Ohren. So was kann und will ich gerade nicht hören. Als ob der Druck, den ich mir mache, für alle da zu sein und meine eigenen Gefühle hintenanzustellen, noch nicht groß genug wäre. Mir ist bewusst, dass ich das nicht immer gut hinkriege. »Hab verstanden. Ruf mal die Einkaufsliste aus dem Chat auf.«

»Du hältst sogar uns ständig auf Abstand.«

Unvermittelt bleibe ich mitten im Gang bei den Honigmelonen stehen. »Alter, es tut mir leid, okay?«

»Genau wie jetzt gerade.«

Ich seufze, fühle mich unendlich schlecht. »Was willst du wissen?«

»*Du* sollst wissen, dass das okay ist, aber auch, dass wir für dich da sind.«

Dieses verständnisvolle Angebot überfordert mich mehr, als wenn Matthias sauer geworden wäre. Gott, das ist fast wie eine Wiederholung von vorgestern Abend mit meinem Großvater im Hausflur. Es wird höchste Zeit, dass ich meine Gefühle in den Griff kriege, um niemandem zur Last zu fallen.

»Ich bin hier, oder nicht?«, murmele ich. Meine Hände verkrampfen sich um den Griff des Einkaufswagens.

»Ja«, gibt Matthias mir recht. Das ist jedenfalls, was aus seinem Mund kommt. Der Rest von ihm fragt: *Bist du das? Wirklich?* Wir beide kennen die Antwort. *Körperlich vielleicht. Mental sieht es anders aus.*

Auf einmal grinst er. »In wen hast du dich denn nun verguckt? Ist sie es oder er?«

Das klingt, als würde er sich trotz meines mangelnden Interesses, das ich an den Tag gelegt habe, für mich freuen. Und es stimmt ja: Ich bin verknallt.

Ein unerwartet ehrliches Lächeln zieht meine Mundwinkel in die Höhe.

»Es ist Philipp«, antworte ich ebenso wahrheitsgemäß.

KAPITEL 13

PHILIPP

Wir streifen bestimmt seit dreißig Minuten durch die Pampa. Unter anderen Umständen hätte mich die fast brusthohe Wiese voller ungezähmter Wildblumen sicherlich entzückt, doch kämpfen wir uns soeben bereits zum zweiten Mal hindurch. Die Sonne brennt mir trotz Strohhut in den Nacken und mittlerweile dürfte sich bestätigt haben, dass Wandern es nicht auf die Liste meiner Hobbys schaffen wird.

Das Wäldchen zu finden, in dem sich der geheime Weiher verbergen soll, war nicht das Problem. Am Anfang entsprachen die Wegweiser den Markierungen auf Timons Karte. Wir ließen die Stadt hinter uns, liefen über Landstraßen an Feldern, Kuh- und Schafweiden und Bauernhöfen vorbei, bis wir den Waldrand erreichten. Seitdem wir auf den Reitweg abgebogen sind und uns einmal in die Wildnis geschlagen haben, ist uns die Orientierung nur irgendwie verloren gegangen.

Ziemlich kaputt lasse ich mich, zurück im Schatten der Bäume, auf einen moosbewachsenen Stumpf fallen. Vinita hält neben mir inne, versucht zum wiederholten Mal, Internetempfang zu bekommen, bevor sie einsieht, dass hier keiner ist, und stattdessen erst mal einen großzügigen Schluck aus ihrer mit Bienen bedruckten Trinkflasche nimmt.

»Darf ich Timon jetzt anrufen?«, bitte ich sie, nachdem ich rasch überprüft habe, dass hier zumindest Handyempfang herrscht. »Wahrscheinlich laufen wir im Kreis.«

Weil … so gigantisch kann dieses Stück Natur gar nicht sein! Dass wir feststecken, ist trotzdem offensichtlich. Im Gegensatz zu Vinita habe ich jedes Quäntchen Ehrgeiz ausgeschwitzt und keine Hemmungen mehr, mir das einzugestehen. Womöglich war es sogar Absicht von Timon, uns in die Irre zu führen und er hat sich einen Spaß erlaubt. Zutrauen würde ich es ihm. Sollte er es zugeben, kann er sich auf was gefasst machen.

Meine beste Freundin kaut auf ihrer Unterlippe, als würde sie innerlich mit sich ringen. Dann wirft sie einen letzten prüfenden Blick auf Timons Zeichnung und zuckt mit den Schultern. »Ich gebe mich geschlagen.«

Normalerweise hätte ich sie dafür aufgezogen. Nun atme ich auf und suche seine Nummer aus meinen Handykontakten heraus. Vor unserem Aufbruch habe ich sie extra in meinem virtuellen Telefonbuch gespeichert.

Einen Moment zögere ich, bevor ich auf den grünen Hörer drücke. Ich rufe Timon nicht ohne Grund an. Er hat es uns angeboten. Das hier verrät ihm nichts über meine Gefühle. Jene, die mich innerhalb von Sekunden total hibbelig machen, sodass ich trotz Erschöpfung wieder aufstehe und Vinita damit den Platz auf dem Baumstumpf überlasse. Nach dem vierten Freizeichen geht Timon ran.

»Hey«, sagt er fröhlich. »Gehe ich recht in der Annahme, dass ihr meine Hilfe braucht?«

Okay, er hat offenbar darauf gewartet, dass wir uns melden. Wobei es beinahe sieben Uhr ist. War ich eben fast sauer, kehrt meine gute Laune nun zurück. Nur weil ich seine Stimme höre. Mein Körper schaltet in einen Modus positiver Aufgekratztheit. Wenn wir uns nicht komplett verirrt haben, werde ich Timon gleich, ganz bald, wiedersehen, seine Freund*innen kennenlernen und womöglich Ali treffen.

»Hallo?«

Ich entsinne mich, dass ich etwas antworten sollte. »Wir sind bei der Blumenwiese.«

Timon lacht auf. Ein schwindelerregendes Geräusch, auf die beste aller Arten. »Du bist kein Mann vieler Worte, kann das sein?«

Wie zum Beweis für seine Behauptung fällt mir auch darauf nichts Schlagfertiges ein. Würde er mich nur nicht so nervös machen. »Vielleicht? Manchmal.«

»Alles klar. So trage ich das in dein Profil ein.«

Damit spielt er wohl auf unsere erste Unterhaltung an, bei der ich ihn fragte, ob er mich einem Persönlichkeitstest unterziehen wolle. Nun klingt er äußerst zufrieden, als wäre es ihm nach wie vor ein wichtiges Anliegen, sich ein Bild von mir zu machen.

Ein Grinsen breitet sich in meinem Gesicht aus.

Vinita lenkt mit einer Handbewegung meine Aufmerksamkeit auf sich.

»Mach schon«, formen ihre Lippen leise.

Was denn?, versuche ich, ihr ebenso lautlos zu übermitteln.

Ich wende mich wieder an Timon. »Steht da auch drin, dass ich keinen Orientierungssinn habe?«

»Ach ja, danke!« Ich wette, dass er nun ebenfalls grinst. Zu gern würde ich es sehen. »Ist notiert.«

»Dann sag mir jetzt bitte«, murmele ich, »dass wir nicht vollständig vom Weg abgekommen sind.«

Zum Glück beschwichtigt er mich sofort, sobald ich ihm unsere Umgebung ausführlicher beschrieben habe. »Ihr seid so gut wie da.«

»Vielen Dank. Dann will ich dir mal glauben.«

Ich bedeute Vinita, mir zu folgen, ehe Timon mich durch das Unterholz leitet. Es ist erstaunlich, wie detailliert er den Wald vor Augen zu haben scheint und mich gezielt auf Punkte hinweist, an denen wir uns entlanghangeln können. Diesmal sehe ich den Ahorn mit dem Vogelhaus daran, statt vorbeizulaufen, die Brombeerbüsche, hinter denen sich eine Senke auftut, den morschen windschiefen Hochsitz, der laut der Stimme in meinem Ohr seit Ewigkeiten nicht mehr genutzt wird, nur vom zuständigen Forstamt bisher nicht abgerissen wurde.

Kurz darauf höre ich Gesprächsfetzen und leisen Bass, Beats und Gesang. Der Geruch von Grillfleisch und Seewasser dringt in meine Nase, hinter einer Baumreihe sehe ich Rauch in den Himmel aufsteigen. Hier sind wir richtig.

»Ah«, schlussfolgere ich erleichtert. »Wir haben's geschafft.«

Ich will schon auflegen, als Timon anmerkt: »Zwischen dem Gestrüpp auf der linken Seite ist ein Durchgang. Gefunden?«

Mich umschauend erspähe ich die Lücke.

»Jap.«

Ich gehe voran und halte einen Zweig für Vinita beiseite. Als ich mich wieder nach vorne wende, finde ich mich plötzlich Timon gegenüber. Zeitgleich lassen wir die Handys sinken. Er ist schneller und legt zuerst auf.

Für einen winzigen Augenblick macht Timon fast einen schüchternen Eindruck, ehe er sich aus der Bewegungslosigkeit löst und mir das letzte Stück entgegenkommt.

»Willkommen, willkommen!« Sein breites Lächeln erreicht seine tiefbraunen Augen. Sie strahlen und wirken noch größer, nun, da ihm die lila Haare nicht in die Stirn fallen, sondern zurückgebunden sind. Überschwänglich umarmt er mich, nur zu kurz. Wieso nur so kurz?

Mein Herz tanzt, möchte die letzten Sekunden am liebsten wieder und wieder durchleben.

Nach mir ist Vinita an der Reihe, begrüßt zu werden.

»Du hast nicht zu viel versprochen«, gibt sie zu.

Timon fasst sich gekränkt an die Brust. »Was denkst du nur von mir?«

Erst jetzt nehme auch ich den Weiher in seinem Rücken näher in Augenschein. Tiefblaues Wasser, Schilf an den Rändern, das Ufer grasig, kein künstlich aufgetürmter Sandstrand. Das ovale Gewässer ist größer, als ich angenommen hatte, und bis auf eine weitere Gruppe Leute auf der anderen Seite uns alleine vorbehalten.

Beobachtungsphase, ermahne ich mich.

Ursprünglich hatte ich noch mal durchatmen wollen, insbesondere vor einer möglichen Konfrontation mit Ali. Dafür ist es nun zu spät. Meine beste Freundin und ich haben abgemacht, dass ich erst mal alles in Ruhe auf mich wirken lasse und auf keinen Fall voreilige Schlüsse ziehen werde. Egal, was geschieht. Schauen, nichts überstürzen, solange nicht unerwartet jemand anfängt, von einer früheren Internet-Freundschaft zu erzählen, welche über ein Fan-Forum zu der Mystery-Serie *Dark Whisper* entstanden ist.

Genauso gut könnte Ali Teil der Gruppe am gegenüberliegenden Ufer sein oder – was wahrscheinlicher ist – über alle Berge. Deswegen konzentriere ich mich weiter auf Timon und unser Seeufer, wo sich zwei Typen und drei Mädels mit Decken, einer Musikbox und ihren Fahrrädern ausgebreitet haben. Eine der jungen Frauen sitzt in Bikinioberteil und High-Waist-Shorts vor dem Picknickgrill in der Hocke, wendet Würstchen, Steaks und Gemüsespieße, während die beiden anderen sich auf den Handtüchern sonnen. Die Jungs stehen bis zu den Knien in Badehosen im Wasser. Einer hat einen Ball unter den Arm geklemmt.

Ihre nackten Oberkörper versetzen mich unvermittelt so in Panik, dass ich nicht mitbekomme, was Timon als Nächstes zu Vinita und mir sagt. Er führt uns auf seine Freund*innen zu. Also wahrscheinlich, dass er uns vorstellt.

Shit.

Vinita zieht mich mit sich, was ich nur nicht so richtig würdigen kann, weil mein Nervensystem mir zur Flucht rät.

Selbstverständlich habe ich mir vorher Gedanken über das Schwimmen gemacht und bin zu dem Schluss gelangt, heute darauf zu verzichten. Ich fühle mich nicht bereit dazu, mich im Beisein unbekannter Personen zu entblößen. Sie könnten meine Brust kommentieren. Die Narben, auch wenn sie relativ klein sind, als das erkennen, wofür sie stehen. Das will ich nicht riskieren. Erst möchte ich mir einen Eindruck von diesen Menschen machen. Für den Anfang wäre es schön, wenn sie mich nicht als komisch abstempeln, nur weil ich dem Wasser selbst bei diesen Temperaturen fernbleibe.

Ehe ich mir völlig den Kopf zerbrechen kann, welches Verhalten wie ankommen könnte, umringen Timons »Leute!«, wie er sie ruft, uns allerdings neugierig und im Nu bin ich mit Händeschütteln beschäftigt.

Bei dem Mädchen mit dem blonden Bob und der kurvigen Figur, das den Grill betreut hat und sich mir zuerst vorstellt, handelt es sich um Leonie. Ich erinnere mich, dass Timon sie erwähnt hat. Ihren Eltern gehört der Gemischtwarenladen, in dem wir die Farbe und den Lack für die Küchenschränke gekauft haben.

»Freut mich, dich kennenzulernen«, sagt sie. »Meine Pronomen sind sie/ihr«, fügt sie nach einer kurzen Pause hinzu.

Das erstaunt mich, denn mit dieser Information habe ich nicht gerechnet.

»Bei mir er/ihm«, gebe ich stockend zurück.

Bisher kannte ich es nur aus dem Internet, dass Leute ihre Pronomen angeben. Dabei könnten und *sollten* sich alle immer so vorstellen, um es trans* und nicht-binären Personen zu erleichtern, richtig angesprochen zu werden, ohne dass sie sich als einzige outen müssen. Außerdem würde auf diese Weise die Tatsache etabliert, dass Geschlechtsmerkmale und ein maskulines, feminines oder androgynes Auftreten letztlich nicht zwangsweise etwas mit Geschlechtsidentität zu tun haben.

Vinita folgt unserem Beispiel, da sie das Prinzip ja schon von mir kennt.

Obwohl dieser Empfang das Gegenteil bewirken sollte, wühlt er mich erst recht auf. Dieser Umgang miteinander passt unfassbar gut zu einer Clique wie der, in der Ali sich bewegt hat, dass sich meine Angst, mich der nächsten Person zuzuwenden, verstärkt. Außerdem muss ich mir an die eigene Nase fassen, weil ich sie alle vorher in meinem Kopf einem Geschlecht zugeordnet habe.

»Hi, ich bin Paula, sie/ihr«, leiert die große Rothaarige mit dem goldenen Nasenring im Vergleich zu Leonies echtem Interesse fast gelangweilt herunter, wofür sie von dieser einen Knuff in die Seite kassiert. Paula quiekt auf. »Scheiße, Babe, lass das!«

Leonie denkt nicht daran und knufft sie erneut. Paula schimpft weiter, lacht aber dabei.

»Wie am ersten Tag«, behauptet Nick und bedenkt das Pärchen mit einem theatralischen Augenrollen. »Ich nutze die Pronomen sie und xier.«

Die Vegetarierin, fällt es mir ein – deren Händedruck unerwartet kräftig ist. Xies Haut ist noch heller als Paulas und ihre Augen dick mit schwarzem Kajal umrandet. Der türkise Badeanzug mit den weißen Punkten passt zu der Schleife, die xier in den hochgesteckten Haaren trägt.

Ali?, versuche ich sie stumm zu fragen, weil irgendwie weiß ich gerade überhaupt nichts mehr. Mir schwirrt der Kopf vor rotierenden Gedanken.

Könnte er nicht jede*r oder keine*r von ihnen sein?

Was, wenn Ali sich darüber klar geworden wäre, gar kein Mann zu sein? Sollte es sich so verhalten, böte das viel mehr Spielraum!

Der bärtige Typ mit den kunstvollen Bildern auf den Armen und den Piercings heißt Matthias und hat eines der nettesten Lächeln, die ich je gesehen habe.

Mein Herz schmerzt, pocht heftig.

Ist er es?

Ja, nein, vielleicht.

Und weiter geht es.

Dascha nutzt gar keine Pronomen für sich und ist wie Matthias tätowiert. Der Schriftzug zieht sich kursiv über den rechten Rippenbogen und lautet: *Why do we only rest in peace? Why don't we live in peace too?* Zahllose Festivalbänder sind um Daschas Handgelenke verknotet.

Nachdem ich auch die letzte Hand losgelassen habe, bin ich durch und lande direkt wieder bei Timon, der mich erwartungsvoll ansieht, als wollte er sich vergewissern, dass ich mich wohlfühle und was ich von seinen Freund*innen halte.

Ich befeuchte mir die Lippen mit der Zungenspitze. Mein Hals kommt mir wie ausgedörrt vor. Gott, was täte ich für eine Abkühlung! Hätte ich meine Badehose mal sicherheitshalber eingepackt, nur für alle Fälle. Eventuell hätte ich mich in dieser Runde doch getraut und überwunden, mich bis auf diese auszuziehen. Andererseits gibt es selbst innerhalb von queeren Kreisen Spannungen. Immerhin vereinen sich so viele verschiedene Identitäten unter dem Umbrella-Term.

»Wie sind deine Pronomen?«, frage ich Timon nun, weil ich das schon früher hätte fragen sollen. Die meisten Menschen identifizieren sich prozentual gesehen mit einem binären Geschlecht – Frau oder Mann – und zudem ist es in der Regel jenes, das ihnen bei der Geburt zugewiesen wurde. Nur ist das eben nicht bei jeder Person so.

Timons Züge leuchten auf. Hitze erfüllt meinen Bauch. Er schlägt Matthias um Längen, nicht zu leugnen, obwohl ich den eben gar nicht übel fand. Demonstrativ tippt Timon auf einen der Buttons an seiner schwarzen Jeansweste, auf dem ein *he/they* abgedruckt ist. Gleich daneben prangt einer mit *FCK NZS*.

»Er/ihm ist im Deutschen super«, sagt er. »Im Englischen gerne auch they/them. Also ich sehe mich schon als Kerl, aber irgendwas daran ist mir zu eng. Verstehst du?«

Ich nicke nur, obwohl ich unzählige Gedanken dazu habe und ihm unbedingt vermitteln möchte, dass ich das ernst nehme und akzeptiere.

Ehrfurcht mischt sich unter die Wärme in mir, weil er so von sich überzeugt klingt, wie er das erklärt. Es ist … wow. Wie oft habe ich Fotos auf Instagram gepostet, mit denen ich die Leute dazu ermutigen wollte, zu sich selbst zu stehen? Bloß würde ich niemals mit so einer Selbstverständlichkeit dieses *be proud* leben. Vielleicht kann Timon ja *mir* ein bisschen Mut verleihen, damit ich mich nicht mehr so sehr wie ein Heuchler fühle. Auf jeden Fall verstärkt er in mir den Wunsch, auch offline mutiger sein zu wollen. Ich bewundere ihn.

Seine Lider senken sich für eine Millisekunde. Nicht etwa aus Verlegenheit, sondern weil sein Blick zu meinem Mund zuckt. Ich bekomme eine Gänsehaut. Ein intensives Kribbeln überzieht meine Arme, rinnt meinen Rücken hinunter.

Da verkündet Leonie, die sich in der Zwischenzeit wieder dem Grill gewidmet hat: »Okay, Zeit für's Essen!«, worauf Bewegung in die Umstehenden kommt und unser Moment endet.

Nick und Dascha packen das mitgebrachte Geschirr, Besteck und Becher aus, worauf Leonie das Grillgut ähnlich wie bei einer Auktion unter den Interessierten verteilt. Meine beste Freundin sichert uns direkt mehrere Gemüsespieße und zwei Tofus, was praktisch ist, weil ich sonst bei der ersten Runde leer ausgegangen wäre. Abwesend danke ich ihr, bin mehr damit beschäftigt, Timon zuzuschauen, wie er und Matthias jeweils eine Kühlbox aus dem bei den Rädern abgeladenen Taschenberg heranschaffen.

Die drahtigen Muskeln in Timons Armen spannen sich dabei an und sind ein ziemlich netter Anblick. Die Ablenkung zuzulassen, ist dazu deutlich angenehmer, als mich bei jeder Person zu fragen, ob ich Ali vor mir haben könnte.

Darf ich den Augenblick nicht genießen, nur weil wir zusätzlich eine Mission haben?

Für die Analyse dieses Abends bleibt nachher oder morgen Zeit. Es muss reichen, dass ich wegen der mentalen Vorbereitung auf die Grillparty heute lediglich ein paar Zeitungsartikel aus den Dresdner Nachrichten und der entsprechenden Zeit im Netz überflogen habe.

Nach einem Blickwechsel rennen Timon und Matthias mit den Kühlboxen unter den Armen plötzlich los – und zwar um die Wette, wie ich checke. Trotzdem lachen sie dabei. Es ist absolut albern, was mich nicht davon abhält, sofort mit zu fiebern. Matthias ist Timon mit seinen längeren Beinen deutlich voraus, bis er mit seiner Fracht stolpert, an einer Kuhle im Boden hängen bleibt und sich langlegt.

Nick buht.

Als Timon jubelnd zuerst bei uns ankommt, bedenkt Leonie ihn mit einem Kräuseln ihrer Stupsnase. »Wie oft soll sich einer von euch die Haxen brechen?«

Dabei hat Matthias sich schon wieder aufgerappelt, wie mir ein flüchtiger Blick in seine Richtung verrät.

»Mach mal halblang«, schwächt Timon ihre Kritik ab. Seine Wangen glühen von dem Sprint. Er stellt die Kühlbox neben ihr ab, gibt Dascha ein High-Five und zwinkert mir zu. Ich beiße mir auf die Zunge. »Das war harmlos. Und ohne unsere kleinen Wettkämpfe hättest du Paula nie kennengelernt.«

Die Erwähnte hebt die Brauen, als wäre sie erstaunt, so etwas aus Timons Mund zu hören. »Wo er recht hat, hat er recht, Babe. Wäret ihr nicht an diesem Tag in der Notaufnahme gelandet …« An Vinita und mich gerichtet erläutert sie: »Ich arbeite in der Krankenhausverwaltung.«

Augenverdrehend lädt Leonie ein Steak auf Daschas Teller. »Nun, ich habe ja nicht fast einen Finger verloren.«

Als Matthias uns erreicht, klappt er seine Box anders als Timon ohne Umschweife auf. »Entspann dich, Leo. Alles gut.« Getränke kommen zum Vorschein. »Was darf's denn sein, Freund*innen der Nacht?«

Er wackelt mit den Fingern, von denen einer offensichtlich wieder angenäht worden ist, worauf Nick laut schnauft. Es gelingt xiem nicht, das Lachen zu unterdrücken. »Holunder Fassbrause.«

Plötzlich lacht Dascha ebenfalls dunkel auf und dann fallen wir alle mit ein. Es passiert wie von allein und fühlt sich gar nicht unpassend an oder als wären Vinita und ich ausgeschlossen, weil wir damals nicht dabei waren. Mein Bauch tut richtig weh. Von der Anstrengung spüre ich meine Muskeln.

Spätestens damit ist das Eis gebrochen.

Als ich zu meiner besten Freundin schaue, fällt mir auf, wie gut auch ihr diese Leichtigkeit zu tun scheint. Sie mag taff sein und meist locker wirken, doch ein Teil von ihr ist niemals richtig unbeschwert. Wenn ich daran denke, wie viel sie allein vor ihrer letzten Klausur gelernt hat … Zum ersten Mal kommt mir der Gedanke, dass Vinita diese Reise auch für sich als eine Art Auszeit gebucht haben könnte.

Matthias streicht sich über den Bart und löst das Mysterium um die Umstände des Missgeschicks auf. »Ich bin damals am Klettergerüst mit einem Ring hängen geblieben.«

»Oh, scheiße«, spricht Vinita ihm ihr Mitgefühl aus, obwohl er nach wie vor grinst. »Ich trinke keinen Alkohol. Eine Cola light für mich bitte, wenn ihr habt«, ordert sie ihr Getränk.

Er reicht ihr eine.

Timon holt eine dritte Kühlbox mit Nudel- und Kartoffelsalat. Diesmal gibt es keine Sprinteinlage. Wie zur Belohnung reicht Leonie ihm danach einen Teller, auf dem sie ihm eine Auswahl an Grillgut zusammengestellt hat.

»Danke dir, mon chérie.« Er tut so, als wollte er sie auf die Wange küssen. Sie schiebt ihn gespielt angeekelt von sich.

Das wirkt so vertraut, dass ich fast neidisch werden könnte. Apropos Teller. Bisher habe ich gar keinen eigenen.

Schließlich drückt Paula mir einen in die Hand und Matthias auf meinen Wunsch hin eine Mate-Flasche. Vinita teilt ihre Ausbeute unter uns auf, sobald wir einen Platz auf den Decken gefunden haben.

Da stupst Timon gegen meine Schulter. Noch bevor ich mich umdrehe, erkenne ich ihn an seinem Sonnenscheingeruch und der holzigen Nuance darunter. Es ist mir unbegreiflich, wie jemand so gut riechen kann. Unmerklich atme ich tiefer ein.

»Rückst du ein Stück?«

Ich drehe mich zu ihm um. Da bemerke ich, es war gar nicht seine Hand, sondern seine Nase und Wange, die mich gestreift haben, weil er keine frei hat. Dieses Wissen verursacht mir beinah ein Schleudertrauma. Für eine Zehntelsekunde hat er sein Gesicht also quasi an mir vergraben!

»Klar«, hauche ich, tue, worum er mich gebeten hat.

Obwohl nun genug Platz wäre, rutscht er nicht weiter von mir weg. Er bleibt so sitzen, dass unsere Oberschenkel und nackten Arme sich berühren. Das Essen balanciert er auf den Knien. Jedes Mal kriege ich einen elektrischen Schlag, sobald er sein Gewicht verlagert. Ich stehe in Flammen, bin mir jeder einzelnen Faser meines Körpers überdeutlich bewusst, nun da alles in mir tanzt. Ich wusste nicht, was eine einfache Berührung auslösen kann.

Auf meiner anderen Seite tauscht Vinita sich mit Nick über pflanzliche Alternativen zu Kuhmilch aus, ohne etwas davon mitzubekommen.

Es ist absurd. Wundervoll. Und vollkommen real. Hier bin ich nun inmitten von Fremden an einem See im Sommer und stoße meine Flasche mit denen der anderen aneinander. Das Glas klirrt.

»Auf das Leben!«, ruft Matthias.

»Und den Fall des Patriarchats«, ergänzt Dascha.

Es ist, als wäre all das, was ich bisher nur auf Instagram erfahren habe – das Gemeinschafts- und Zugehörigkeitsgefühl, der Zusammenhalt – auf einen Schlag Wirklichkeit geworden. Mit einem Mal kapiere ich nicht mehr, wieso ich es nicht früher gewagt habe, über Dating hinaus direkten Kontakt zu anderen queeren Menschen aufzunehmen. Irgendetwas hat mich immer abgehalten, zu einem solchen Treff in unserer Stadt zu gehen oder mich auf ein Meet & Greet mit meinen Insta-Kontakten einzulassen. Ich glaube, es war die Panik davor, enttäuscht zu werden. So wie bei Ali und den Typen, die nach ihm gefolgt sind.

KAPITEL 14

TIMON

Es ist ewig her, dass mich ein Abend wie dieser im Grunde nicht völlig abgefuckt hat. An irgendeinem Punkt realisiere ich meistens mit unerträglicher Wucht, wie stark André mir fehlt und dass er nie wieder dabei sein wird, wenn meine Leute und ich zusammenkommen. Insbesondere in den Sommermonaten ist es übler als übel. Irgendwann geht es unweigerlich bergab.

Doch heute verstreicht Stunde um Stunde, während derer ich nicht nur davon überrascht werde, wie lecker der Nudel- und Kartoffelsalat schmecken, die Matthias und ich in der Küche von Leonies Eltern schnell improvisiert haben. Sie und ihre Freundin Paula befanden, dass wir Männer uns ruhig mal darum kümmern könnten. Nein, das Bedürfnis, meinen Kopf gegen eine Wand zu schlagen, damit er aufhört, mich mit Bildern von früher zu foltern, bleibt aus. Sie piksen nur sachte am Rand meines Bewusstseins, mehr wie Mückenstiche, die zwar lästig sind, aber halt dazu gehören.

Gerade habe ich eine gute Zeit mit meinen Freund*innen und erschaffe einen unvergesslichen Moment.

Ich kann's kaum glauben.

Philipp amüsiert sich über einen von Nicks obszönen Witzen. Sie ist schon angetrunken und ich schätze, er auch. Ich hätte nicht gedacht, dass er der Typ dafür wäre, sich über so etwas derart wegzuschmeißen. Eher hätte ich vermutet, dass er die Nase rümpfen oder vor Scham nicht wissen würde, wohin. Momentan ist er frei und unbefangen, und ich bin mehr als froh darüber, nicht sturzbesoffen zu sein, weil ich so kein Detail von ihm verpasse und hoffentlich auch nicht vergesse. Ich finde es klasse, ihn so losgelöst zu erleben. Mir gefallen alle seine Seiten, die ich bisher kennenlernen konnte.

»Keinen Schimmer, wieso ich das so lustig finde«, ächzt Philipp, als er sich wieder beruhigt hat und sich eine Lachträne aus dem Augenwinkel wischt.

Ich lieb's.

»Nicht?« Ich beuge mich verschwörerisch zu ihm vor. Nah, näher, noch ein bisschen näher. »Also jetzt hör mal auf, so unschuldig zu tun.«

Darauf verschluckt er sich an seinem Bier, von dem er eben erst den nächsten Schluck genommen hat und hustet. Ich klopfe ihm auf den Rücken. Sein Kopf leuchtet knallrot auf und er kriegt Schluckauf.

»Oh, nein!« Bestürzt zieht er sich den Strohhut tiefer in die Stirn, wie um sich zu verstecken. Dann hickst er.

Und ich dachte, besser ginge es nicht. Er ist so süß. Das Grinsen will gar nicht mehr aus meinem Gesicht weichen. Wie stark kann man auf jemanden abfahren?

Wäre alles wie immer, hätte ich zu diesem Zeitpunkt bereits innerlich tot sein müssen, statt in mir ruhend und *glücklich*. Ich hätte mich betäubt, um mich meinem Bruder wieder näher zu fühlen. Denn das hilft – und die anderen kriegen gewöhnlich nichts mehr von meinem

Schmerz mit, weil sie ebenso betrunken oder high sind wie ich. Zwei Fliegen mit einer Klappe.

Als Dascha mir jetzt ein neues Bier anreichen möchte, schlage ich es aus. Dabei ist meine Flasche leer. Auf den Handballen lehne ich mich zurück ins Gras, das meine Haut kitzelt. Es fängt an zu dämmern. Der sich rötlich-orange verfärbende Himmel taucht die gesamte Szenerie in ein warmes Glühen. Dieses Glühen fühle ich auch in meinem Bauch.

Leonie und Paula teilen sich einen Joint, flüstern miteinander. Verliebtes Turteln, dafür muss ich kein Wort verstehen. Ich freue mich für meine Ex-Freundin. Gerade stört mich nicht mal, dass Paula ab und zu rumstresst, wenn Leonie und ich mal was zu zweit machen wollen.

Nick und Vinita sind schon fast genauso ein Herz und Seele, dabei kenne ich xien als Menschen, der sich eher selten mit jemandem auf Anhieb versteht. Umso schöner, dass sie in Philipps Freundin so eine Person gefunden hat. Die beiden beugen sich über Nicks Handy, auf dem xier Vinita Designs für ihre nächste Jutebeutel-Kollektion zeigt mit Sprüchen wie ALL BOOBS ARE BEAUTIFUL und entsprechend coolen Illustrationen, die Brüste in allen Größen, Formen und Hautfarben darstellen.

Ich genieße es, wirklich mitzubekommen, was im Leben meiner Leute los ist. Leider bin ich zu oft benebelt oder in mich zurückgezogen, um daran teilzuhaben, obwohl es mich natürlich interessiert.

Abgesehen von ihrem politischen Engagement hat Nick ihre Altenpfleger*innen-Ausbildung abgeschlossen und tritt ab September ihre erste richtige Stelle in einer Einrichtung an. Xier ist ganz aufgeregt und euphorisch. Dascha erzählt von einem humoristischen Theaterstück, das die Schauspieltruppe, von der Dascha ein Teil ist, demnächst aufführen wird. Selbstredend sind wir ausnahmslos eingeladen!

Es ist toll, insbesondere mehr von den beiden zu erfahren, weil ich sonst nur regelmäßigen Kontakt zu Matthias und Leonie habe. Wobei es mit Letzterer weniger geworden ist, seit Paula und sie ein Paar sind. Zudem nimmt ihr Studium in Bauingenieurwesen sie sehr ein. Gerade beschwert sie sich über die neueste Ladung sexistischer Kommentare seitens ihrer vorwiegend cismännlichen hetero Kommilitonen, die sie irgendwann den letzten Nerv kosten werden. Paula tröstet sie aufopferungsvoll, indem sie Leonie den Kopf tätschelt.

In mich hineinlächelnd schließe ich die Augen.

Es ist *so* schön, dass ich nicht mal wie Matthias und Dascha die Flucht in den See ergreife, als ein kitschiger Ed Sheeran-Song aus den Boxen anläuft. Der kann es nur durch Paula in die Playlist geschafft haben. Wie hervorragend *Afterglow* den gegenwärtigen Augenblick einfängt, ist krass.

Ich öffne die Augen wieder, als Vinita verkündet: »Ich würde mich auch mal abkühlen. Okay?«

Sie sieht Philipp an, der bisher kein Interesse daran hat erkennen lassen, schwimmen zu wollen. Daher habe auch ich jedes Mal, wenn die anderen rein sind und mich fragend angesehen hatten, den Kopf geschüttelt. Matthias' vielsagende *Schnapp ihn dir*-Gesten verdeutlichten mir dabei unmissverständlich, dass er checkte, was abging.

Die Zeit ist nahezu verflogen.

Solange ich Philipp nur betrachten und mich über dies und das mit ihm austauschen konnte, war alles andere unwichtig. Dafür weiß ich nun, dass er fünf Geschwister hat, Kultur- und Sozialwissenschaften an der Ruhruniversität Bochum studiert und auf Instagram bloggt. Worüber wollte er zwar nicht verraten, dafür war diese niedliche Sache mit seinem Gesicht passiert. Wie immer, wenn ihn etwas verlegen macht. Ob ich später versuchen werde, sein Profil zu finden und ihn stalke? So was von. Philipp als Influencer? Das muss ich sehen!

Nun blickt er etwas zerknirscht zu Vinita auf. »Ja, auf jeden Fall. Tu das. Ich wollte dich nicht vom Schwimmen abhalten.«

Heißt das, sie ist aus Solidarität mit ihm bisher nicht ins Wasser gegangen?

Nun schlüpft Vinita flink aus ihrer Kleidung, unter der schwarze Badeshorts und ein türkisfarbenes Schwimmshirt zum Vorschein kommen. Sobald Leonie und Paula sich ebenfalls bis auf die Bikinis ausgezogen haben, nehmen die drei sich an den Händen und rennen lachend und schreiend in den See. Ein Bild für die Ewigkeit, wie für eine Postkarte geschaffen. Auch Nick schließt sich ihnen kurz darauf an.

Auf einmal sind nur noch Philipp und ich übrig. Das würde ich definitiv begrüßen, stünde da nicht plötzlich diese Frage im Raum. Ich suche nach Worten, zögere, ihn auf den Grund anzusprechen, aus dem er nicht schwimmen geht. Möglicherweise kann er es nicht?

»Du kannst auch ruhig gehen, wenn du magst«, sagt Philipp unvermittelt.

»Was?« Ich habe keine Ahnung, wieso ich ihn allein am Ufer zurücklassen sollte. Das ist das Letzte, was ich möchte.

Gott, klang das cheesy! Ich merke, wie ich erröte.

»Ins Wasser«, schiebt Philipp hinterher.

Betont lässig zucke ich mit den Schultern. »Es werden genügend weitere Tage kommen, an denen ich in den See kann.«

Dazu fällt mir ein, dass ich – würde ich schwimmen wollen – meine Weste ausziehen müsste. In der Regel koste ich meine hart erkämpfte Freiheit in einer sicheren Umgebung oder inmitten von meinen Leuten voll aus. Sollen andere doch glotzen und darüber spekulieren, was mir Schreckliches passiert sein mag, dass ich einmal quer über der Brust aufgeschnitten wurde. Die Narben auf beiden Seiten meines Oberkörpers sind breit, verzogen und leuchtend weiß. In der Mitte treffen sie aufeinander. Viele finden das wahrscheinlich hässlich. Mir zeigen sie, woher ich komme, so klar und deutlich wie nichts sonst, und wie weit ich es gebracht habe. Das gehört nicht versteckt.

»Sicher?« Philipp wirkt zweifelnd.

Ich bemerke, dass wir uns nicht mehr berühren, es bis eben getan haben, wie den gesamten Abend über. Immer wieder, weil es gar nicht anders ging, und danach, weil wir einmal damit angefangen hatten. Nun hat Philipp Abstand zwischen uns gebracht.

Ich schlucke.

Ich will ihm wieder nah sein.

Nicht nur körperlich.

Vermutlich haben mich die elektrisierenden Berührungen um den Verstand gebracht. Vermutlich wäre es schlau, ihn weiter Schritt für Schritt vorzubereiten, auch wenn er nicht negativ auf die Pronomen von Dascha, Nick und meine reagiert hat.

Allerdings weiß ich aus Erfahrung, dass viele Menschen in ihrer Ignoranz eine trans* oder nicht-binäre Person ohne medizinische Eingriffe als »eigentlich ist er/sie ja doch ein Mann/eine Frau« verbuchen und nicht als ihr wirkliches Geschlecht ansehen. Hat eine trans* oder nicht-binäre Person physische Veränderungen durchlaufen, ist das etwas anderes. Es macht *mich* zu »etwas anderem«.

Plötzlich verspüre ich den Drang, mich Philipp zu zeigen. Ich habe das zwar nicht geplant, aber die Vorlage ist da und ich werde sie nicht ungenutzt vorüberstreichen lassen. Dann hätten wir das auch geklärt. Bis jetzt habe ich nicht darüber nachgedacht, dass meine Narben zum Problem werden könnten. Es geht mir gegen den Strich, dass diese Möglichkeit überhaupt besteht. Ein Hindernis, von dem ich mich nicht abschrecken lasse. Trotz ist sozusagen mein Steckenpferd.

»Verstehe«, raune ich und suche Philipps Blick, der unruhig hin und her zuckt, halte ihn fest. Was auch immer *ihn* umtreibt, ich werde ihn auf andere Gedanken bringen. »Du willst nur, dass ich mir die Klamotten vom Leib reiße. Gib's zu«, necke ich ihn und versuche, die Stimmung zu lockern.

»Was? Nein!« Seine blauen Augen, umrahmt von hellen Wimpern, werden kugelrund. Dieser Mann ist göttlich.

Fast hätte ich gelacht, bemühe mich, ernst zu bleiben. »Heißt das, du möchtest keinen Striptease?«

»Doch.«

Aha! Ich hebe die Brauen. Nun kann ich mir das Grinsen nicht mehr verkneifen.

»Ich meine«, verhaspelt er sich, »ah! Ich habe nichts dagegen. Shit. Du weißt, worauf ich hinaus will, oder?«

Ich erbarme mich seiner.

»Ich mach nur Spaß, Dude.«

Trotzdem fange ich zeitgleich an, die Knöpfe meiner Jeansweste zu öffnen.

Einen.

Nach.

Dem.

Anderen.

Philipp klappt im wahrsten Sinne des Wortes der Mund auf. Ein heißer Schauder durchläuft mich. Falls jemals Zweifel bestanden haben sollten, dass er auf Typen steht, sind sie nun ausgeräumt. Es macht mich dermaßen an, wie sein Blick an meinen Händen haftet, dass mir schwindelig wird.

Er tritt einen Schritt auf mich zu.

Ja, ja, *ja*.

Für diesen einen Moment fühle ich mich unbesiegbar und gewollt, als wäre alles möglich. Egal, wie oft man mir vermitteln wollte, dass das nicht der Fall ist und mir Grenzen aufgezeigt hat, wo keine sein sollten.

Bevor ich mir die Weste vollends von den Schultern streife, hole ich tief Luft.

Es dauert nur einen Wimpernschlag, ehe ich erst Überraschung und schließlich Begreifen in Philipps Gesicht erkenne. Er begreift es direkt, das ist mir wiederum sofort klar. Keine Irritation oder Bestürzung, weil er von einer Krankheit oder einem Unfall oder so was ausgeht. Als Angehöriger der queeren Community ist er offenbar nicht gänzlich unbewandert.

Dennoch oder gerade deshalb ist die sexy Stimmung auf einen Schlag dahin.

Mein Magen sackt eine Etage tiefer.

Wie konnte ich nur für eine Sekunde etwas anderes erwarten?

»Du hast so was schon mal gesehen«, stelle ich trocken fest.

Philipp nickt. Mehr nicht. Dabei kann ich förmlich hören, dass er auf Hochtouren denkt. Nur was? Was denkt er? Verdammt, ich will es wissen. Immerhin weicht er nicht vor mir zurück.

Mir ist schlecht.

Wieso bin ich so hervorragend darin, alles Gute im Keim zu ersticken?

»Na dann.« Weil ich keine Ahnung habe, was ich sonst tun soll, öffne ich meinen Gürtel. Nur dass meine Finger nun ungelenk und ungeschickt agieren, weshalb ich länger brauche, als ich Philipps Schweigen ertragen kann. Endlich steige ich aus meiner Hose, woraufhin ich nur in Badeshorts dastehe.

Ich wünschte wirklich, ich würde mal denken, bevor ich handele. Ich wünschte, ich hätte aus meinen Fehlern gelernt. Ich wünschte, es wäre nicht so schwer für mich, einfach nur zu existieren.

»Ti–«, setzt Philipp da an.

Doch warte ich nicht mehr ab, was er mir sagen könnte. Bin sicher, es würde mich erst recht vernichten. Stattdessen drehe ich mich um und laufe in den See.

KAPITEL 15

PHILIPP

Das ist mal beschissen gelaufen! Mit wild klopfendem Herzen und einem Knoten im Bauch bleibt mir nichts anderes übrig, als Timon nachzuschauen. Kaum ist das Wasser tief genug, taucht er in die Fluten und beginnt, weiter hinaus auf den See zu kraulen. Die anderen plantschen in Ufernähe herum. Keine*r von ihnen scheint etwas Seltsames daran zu finden, dass Timon alleine rausschwimmt.

Nur ich weiß, dass er flieht.

Vor mir.

Ich könnte mich endlos verfluchen, nicht schneller reagiert zu haben. Wäre ich nur nicht wie erstarrt vor Unglaube gewesen, als er mir seine vernarbte Brust gezeigt hat! Dass er diesen Striptease hingelegt hat, konnte ich ja schon kaum fassen. Für *mich*. Inklusive der für ihn typischen leichten und lustigen Vibes … So offensiv hat mich noch nie jemand zu verführen versucht und mir auf diese Weise signalisiert, begehrenswert zu sein. Es war verflucht viel auf einmal. In meiner ersten und einzigen richtigen Beziehung war das Verführen in der Rolle der Frau, heteronormativ, eher mein Part gewesen, dem ich nicht besonders gut gerecht geworden war.

Ich winkele die Beine an, schlinge die Arme darum und sinke mit der Stirn darauf nieder. Mein Schädel brummt, und ich muss erst mal rekonstruieren, was überhaupt geschehen ist.

Als ich verstand, dass Timon und ich diese Sache gemeinsam haben, kam es mir erst mal wie ein zu großer Zufall vor, um der Wahrheit zu entsprechen. Dabei besteht kein Zweifel. Im Gegensatz zu ihm habe ich die kleinen Schnitte erhalten. Nichtsdestotrotz habe ich mir vor meiner eigenen Operation zahlreiche Mastektomie-Ergebnisse von anderen trans* Männern und nicht-binären Personen angeschaut, denen bei der Geburt das weibliche Geschlecht zugewiesen worden war. Auf dieser Grundlage und nach Vorgesprächen mit mehreren Ärzt*innen entschied ich mich dann für eine Klinik.

Wieso war ich so überzeugt davon, Timon wäre bei der Geburt das männliche Geschlecht zugewiesen worden? Weil er ein wahnsinnig gutes cis Passing hat? Dabei müsste ich es besser wissen! Es gibt so viele Arten, trans* zu sein, so viele Arten, wie trans* Personen aussehen können. Gerade ich hätte wissen sollen, was man in so einem Augenblick sagt, um dem Gegenüber zu zeigen, dass es okay ist. Wie konnte ich darin jämmerlich scheitern?

Nun gut. Ich atme tief durch. *Gleich rede ich noch mal mit ihm. Kein Problem. So kann ich ihm das erklären.*

Leider stoßen erst Vinita und Nick, dann Matthias und Paula und schließlich Leonie und Dascha wieder zu mir und vereiteln somit eine sofortige Aussprache. Timon scheint es nicht eilig zu haben, wieder ins Trockene zu kommen. Am Ende muss Matthias ihn holen, während wir übrigen anfangen, unser Zeug zusammenzusammeln und den Müll aufzuräumen.

Ich verstehe, dass er mir ausweicht, nachdem ich ihn – wenn auch unabsichtlich und aus einem Missverständnis heraus – verletzt oder immerhin extrem verunsichert habe. Verdammt. Bis eben lief es zwischen uns nahezu perfekt.

Meine beste Freundin merkt selbstredend, dass etwas vorgefallen ist. Während wir den Aufbruch vorbereiten, versucht sie mehrmals, meinen Blick aufzufangen. Wobei ich nicht mal was gesagt hätte, wenn wir unter uns gewesen wären. Momentan schäme ich mich zu sehr dafür, wie ich es versaut habe.

Weil Vinita und ich zu Fuß hergekommen sind, steigen Leonie und Paula auf ein Fahrrad um, damit wir uns das andere teilen können. Anscheinend gibt es einen Weg aus dem Wald heraus, der nicht halb so verworren ist wie der, den Timon uns auf seiner Karte eingezeichnet hat.

Mittlerweile ist die Sonne untergangen, doch die Nacht ist warm und mild. Das angekündigte Gewitter wird erst später über uns hereinbrechen. Zikaden- und Grillenzirpen begleitet uns, bis wir den Wald hinter uns gelassen haben.

Vinita fährt, weil sie von uns beiden nun mal die Fahrerin ist. Während ich mich am Gepäckträger festklammere und wir in Kolonne hinein nach Pirna radeln, überlege ich fieberhaft, wie und ob ich Timon gleich beiseite nehme. Er hat kein einziges Wort mit mir gesprochen, seit er aus dem See zurück ist. Das schmerzt.

Leonie und Paula verabschieden sich, nachdem wir die Elbe-Brücke überquert haben. Sie müssen hier eine Abzweigung nehmen und ein Stück am Fluss entlang, weil sie bei Leonies Eltern übernachten. Das Fahrrad wollen sie in den kommenden Tagen bei Timon abholen. Wenn auch verkrampft, falle ich in Vinitas »Danke noch mal« und »Es war schön, euch kennenzulernen« mit ein. Dabei meine ich, kurz Timons Blick auf mir zu spüren. Er bittet die beiden, in den Gruppenchat zu schreiben, wenn sie zu Hause sind. Ich mag mir gar nicht vorstellen, für was für einen Menschen er mich gerade halten muss. Matthias, Dascha und Nick trennen sich erst am Hauptbahnhof von uns, um die letzte S-Bahn zu nehmen, die heute von Pirna aus nach Dresden fährt. Dasselbe Prozedere wiederholt sich. Ob Timon Matthias vorhin anvertraut hat, was zwischen uns vorgefallen ist?

Danach sind wir nur noch zu dritt.

Hatte ich angenommen, dass es dadurch leichter würde, verursacht es mir nun Übelkeit, beim Fahren nur auf Timons Rücken zu starren. Im Hof der Ferienanlage hält er den Abschied knapp. Er lässt mir keine Gelegenheit, mich zu entschuldigen. Ich schaffe es nicht, die unbehagliche Stille zu durchbrechen. Wahrscheinlich ist der Kloß in meinem Hals zu groß geworden, um Worte daran vorbei zu würgen. Das zusammenhangslose *Ich bin auch trans*!*, welches all meine Gedanken beherrscht, hätte wahrscheinlich eh nichts mehr gebracht. Dadurch würde ich nur lächerlicher dastehen als ohnehin. Dazu ging es um Timon und sein Outing, nicht um mich, der ich selbst danach zu feige war, um die Zähne auseinanderzukriegen.

»Raus damit!«, fährt Vinita mich in unserem Hausflur schließlich an. »Was bitte ist passiert?«

Sie baut sich vor mir und der Treppe auf, sodass ich ohne eine Antwort nicht an ihr vorbeikomme.

»Wenn ich mich recht erinnere, habt ihr den gesamten Abend aneinandergeklebt, und jetzt guckt ihr euch nicht mal mehr an?«

Früher oder später muss ich es ihr sowieso sagen. Da Timon seine Transidentität offen zur Schau getragen hat, schätze ich, kann ich es ihr genauso gut erzählen. Sie hätte es am See selbst sehen können. Ansonsten sollte man so eine private Information nicht ohne Einverständnis der betroffenen Person weiterplaudern.

Ich ringe die Hände. »Es hat sich herausgestellt, dass Timon wie mir bei der Geburt das weibliche Geschlecht zugewiesen wurde.«

Vinita reißt die Augen auf. »Ach, was! Wirklich?«

Es erleichtert mich, dass sie gleichermaßen erstaunt ist wie ich. Wie tief es in unser aller Köpfen verankert ist, Personen erst mal als allo, cis und hetero einzustufen, bevor wir gegebenenfalls eines anderen belehrt werden.

»Okay. Ja, und? Ist das nicht sogar etwas Positives für dich?«

»Er weiß nicht, dass ich ebenfalls trans* bin.« Meine Kiefer mahlen, bevor ich ihr schildere, wie sein Outing abgelaufen ist und dass ich komplett überfordert war.

Vinitas Fassungslosigkeit macht es nicht besser. »Verflucht, Philipp! Rede mit ihm.«

Ich winde mich. »Ich wollte ja, aber dann war ich wie blockiert. Ich werde die ganze Nacht kein Auge zu tun.«

»Glaubst du, Timon schläft?«

»Vermutlich nicht.«

Sie schüttelt so vehement den Kopf, dass ihr der Pferdeschwanz um die Ohren fliegt. »Worauf wartest du dann? Klärt das. Sofort.«

Ich zögere.

Dabei trifft sie den Nagel auf den Kopf. In zweierlei Hinsicht.

Es ist fast *zu* gut, dass Timon auch trans* ist. Weil er wirklich kapiert, was das bedeutet und ich mir einen Großteil an Erklärungen spare. Weil er mich ohne jede Frage als Mann sehen wird und ich ihm nichts beweisen muss. Weil ich dadurch als Mensch wieder im Vordergrund stehe und nicht irgendjemandes Neugier oder gar Mitleid befriedige.

Es macht mir eine Scheißangst, wie gut es ist, wie gut es sein könnte, wenn ich es in Ordnung bringe und wie weh es täte, wenn es mit uns trotzdem nicht klappt.

Die Schultern straffend komme ich Vinitas auffordernder Handbewegung zur Haustür hin nach, weil ich bezweifle, dass sie das verstehen wird.

Als diese hinter mir ins Schloss fällt, zucke ich zusammen. Der dunkle Hof ist verwaist. Ein Schatten, den ich erst für einen Vogel halte, zieht am Himmel seine Kreise. Als ich ihn als Fledermaus identifiziere, staune ich nicht schlecht. Wie wundersam. Wie wundersam diese ganze Grillparty war! Ich denke daran zurück, wie vorfreudig ich nach Timons erneuter Einladung gewesen bin und an die letzten Stunden. Glück und Traurigkeit ringen in mir um die Oberhand. Er wollte mich echt dabei haben. Es ging ihm um mich, das hat sein Verhalten am See mehr als deutlich gemacht. Er wollte mich, noch bevor er wusste, was uns verbindet.

Ich gebe mir einen Ruck. Entschlossen gehe ich die paar Schritte zum Nachbarhaus, um auf der Schwelle im künstlichen Licht die Klingelschilder zu studieren. Jenes, das ich suche, klebt ganz oben. *T. Eichert.* Naheliegend, wenn ich mir in Erinnerung rufe, aus welchem Fenster Timon heute Morgen sein Modellflugzeug hat starten lassen.

Meine Hand zittert, als ich auf den Klingelknopf drücke. Sekunde um Sekunde verstreicht. Abgesehen davon, dass mir das Herz immer schneller schlägt, passiert nichts. Ich lehne mich gegen die Tür, sie gibt nicht nach. Erneut klingele ich. Kein Summer ertönt.

Shit.

Er scheint offensichtlich nicht mit mir reden zu wollen. Unmöglich, dass er bereits schläft. Unwahrscheinlich, dass er glaubt, es könnte jemand anderes als ich sein. Ein drittes Mal zu klingeln, spare ich mir, stoße mich, wütend auf mich selbst, von der Tür ab und trolle mich nach nebenan.

»Er hat nicht aufgemacht«, sage ich schnell, bevor Vinita fragen kann. Sie hat schon Schlafshirt und Pyjamahose an und eine Zahnbürste im Mund, als sie mich reinlässt. So kann sie nach dem letzten Gebet heute direkt ins Bett gehen, nehme ich an. »Ich versuche es morgen wieder.«

Obwohl meine beste Freundin und ich noch lange quatschen, bevor wir das Licht ausschalten, und ich so auf andere Gedanken komme, wird es wie erwartet eine fast schlaflose Nacht. Die zweite in Folge. Und in der Zeit, in der ich schlafe, träume ich wieder von Ali. Ich hatte die leise Hoffnung, es würde mich zur Abwechslung zurück in unsere Internatszeit verschlagen, nachdem wir diesmal gemeinsam in Erinnerungen geschwelgt haben. Doch leider durchlebe ich nicht erneut die Suche nach dem verschwundenen Meerschweinchen, welches eine Schülerin in die Schule geschmuggelt hatte, oder den wöchentlichen Ansturm auf die Kuchenausgabe in der Mensa. Wäre auch zu freundlich gewesen.

Immerhin bringt Ali sich diesmal nicht um, sondern hängt mit seinen Kumpels vor jener Kneipe ab, der wir einen Besuch abstatten wollten. In meinem Traum steht sie nicht leer, sondern ist bis oben hin mit Gästen gefüllt. Die Jungs betrinken sich und lachen, Musik hallt bis auf die Straße. Sie haben Spaß, und was ich sehe, ähnelt dem heutigen Abend, den ich mit Timons Freund*innen verbracht habe. Es würde passen, obwohl keiner der Anwesenden so etwas wie ein *Das ist er, das muss er sein!* in mir geweckt hat. In diesem Traum trägt Ali eine schwarze Lederjacke, Springerstiefel und türkisgefärbte Haare. Eine Zigarette zwischen Lippen und Fingern beugt er sich vor und jemand, der aussieht wie Matthias, mit denselben Tattoos und Piercings, gibt ihm Feuer. Dann tauchen die anderen Kerle auf. In meiner Fantasie sehen sie aus wie Privatschüler, in Polohemden und Hosen mit Bügelfalte. Böse Worte fallen, sie werden laut. Einer schubst den anderen und die Schlägerei artet aus.

Ich will mich abwenden oder dazwischen gehen. Nur kann ich mich nicht rühren, bin wie festgekettet. Kalter Schweiß bricht mir aus.

Als die Szene sich verändert, atme ich auf. Leider habe ich mich zu früh gefreut. Statt vor der Kneipe stehe ich nun vor einem Kiosk. Mir schwindelt. Auch die Straße ist eine andere. Etwas sagt mir, dass ich mich in Dresden befinde. Das ist das Kiosk in der Südvorstadt, von dem ich erst heute im Internet gelesen habe, bevor Vinita und ich uns auf unsere Wanderung zum geheimen Weiher begaben. In dem Zeitungsartikel des Onlinemagazins war von einem Konflikt zwischen zwei rivalisierenden Drogenbanden die Rede, die einander in die Quere gekommen waren. Das Ganze hatte in einer Messerstecherei geendet, bei der einer der Drogendealer erstochen wurde. Wie aufs Stichwort nehmen jetzt auch diese Gruppen Gestalt an.

Zwar checke ich das alles, doch kann ich mich dem Traum nicht entziehen, geschweige denn, ihn beenden und daraus aufwachen. Als das Messer in der Hand eines der Typen aufblitzt, stoße ich einen Schrei aus.

Ich schrecke hoch und stoße unsanft gegen das hölzerne Kopfteil vom Bett. Es hat gedonnert. Das Gewitter! Sobald mir klar wird, dass ich wach bin, schluchze ich auf. Meine Atmung geht zu schnell. Vinita regt sich. Entgegen meines ersten Impulses wecke ich sie nicht und unterdrücke den Reflex, das Licht einzuschalten. Mein kompletter Körper zittert. Dabei kann ich mir nicht vorstellen, dass Ali ein Drogendealer war. Selbst auf Partys hat er sich davon distanziert. Er sagte stets, es gebe Grenzen, die er nicht überschreiten wolle. Hin und wieder hatte ich angenommen, dass er mal negative Erfahrungen mit Drogen gemacht hat. Dass er dann anderen so etwas angedreht haben soll, passt nicht zusammen.

Ich warte, bis meine Bemühungen, tief und gleichmäßig zu atmen, Wirkung zeigen und löse meine Finger, die ich in die Bettdecke gekrallt habe. Eine Weile lausche ich dem Regen, der draußen stetig gegen das Fenster prasselt. Nachdem ich mich etwas beruhigt habe, taste ich nach meinem Handy und rufe WhatsApp auf. In meiner Kontaktliste klicke ich auf Timons Namen. Sein Profilbild zeigt eine menschliche Animationsfigur aus dem Nintendo Switch-Spiel *Animal Crossing*, die ihm offensichtlich nachempfunden sein soll. Auf jeden Fall hat sie ebenfalls lila Haare. Meine Mundwinkel zucken, weil das so *er* ist. Er ist echt ein Kindskopf. Ein süßer dazu. Wärme erfüllt mich nach der Kälte. Mein Kinn in die Hand gestützt reibe ich mir mit der anderen die müden Augen. Ich könnte einen Chat anfangen, mich entschuldigen und fragen, ob wir reden wollen, damit ich ihm meine Reaktion erklären kann. Oder sollte ich ihm die Erklärung lieber gleich schreiben?

Ich weiß nicht, was ich tun soll.

Ein Blitz erhellt das Zimmer durch die Vorhänge und es donnert erneut.

Schließlich nicke ich über meinem Smartphone wieder ein, nur um davon zu träumen, wie Timon und ich uns streiten. Erst diskutieren wir nur hitzig, bis wir einander anschreien. Keine Ahnung, worum es geht. Fakt ist, ich bin sauer und frustriert. Irgendwann verwandelt Timon sich in Hannes, und ich werfe diesem Arschloch all die Dinge an den Kopf, die ich ihm damals hätte sagen sollen. Ich habe Hannes viel zu viel meiner Zeit und von meinem Herzen geschenkt.

Am nächsten Morgen erwache ich völlig erledigt, bin dankbar dafür, dass die Nacht geschafft ist. Obwohl draußen nach wie vor Weltuntergangsstimmung herrscht und meine Glieder bleischwer sind, kann ich das Bett nicht schnell genug verlassen. Es ist kurz nach acht Uhr.

Nach einer Dusche, einer Rasur und dem Auftragen des Testosteron-Gels trinke ich meinen wohlverdienten Kaffee. Währenddessen schneide ich ein paar Momentaufnahmen vom See, die ich gestern gefilmt habe, zu einem Instagram-Reel zusammen. Es entspannt mich, mich darin zu vertiefen, wobei es relativ knifflig ist, Video-Snippets zu finden, auf denen man keinen der Menschen, die dabei waren, erkennt. Jedes Mal, wenn Timon auftaucht, ziept es außerdem in meiner Brust. In *Style* von Taylor Swift finde ich die passende Musik zur Untermalung und lade das Reel hoch. Inhaltlich mal was anderes. Bin gespannt, wie es ankommt und ob es zu random ist. Normalerweise poste ich so was ohne tiefere

Message nur in den Stories. Gerade ist mir danach, es in den Feed zu packen. Die verträumt-melancholischen Vibes fangen meine Stimmung grandios ein. Und auch das ist ein Teil von mir.

Danach verirre ich mich wieder auf WhatsApp und öffne einen Chat mit Timon. Da sehe ich, dass er online ist. Mein Herz macht einen Satz. Er ist also wie ich schon wach!

Statt zu tippen, springe ich sofort vom Frühstückstisch auf.

Keine Textnachricht. Mein Bauch hat entschieden.

Hastig ziehe ich meine Sneaker an und renne ohne Jacke aus der Wohnung, ehe ich es mir anders überlegen kann. Es sind nur wenige Meter. Die paar Tropfen, die mich treffen, sind zu verschmerzen. Dieses Mal zögere ich nicht, direkt bei Timon zu klingeln. Meine Hand ist ruhig. Dafür ist es kühler, als ich dachte, weshalb ich unter dem Vordach, nur in T-Shirt, mit den Füßen auf der Stelle trete, um mich warm zu halten, bis er aufmacht. Was er tut.

Mein Puls schießt in die Höhe.

Mit weichen Knien steige ich die Treppen nach oben. Als ich ihn im Türrahmen seiner Wohnung lehnen sehe und er mich, wage ich immerhin zu hoffen, dass hier nichts so eskalieren wird wie in meinem Albtraum.

»Hey«, sage ich.

Timon wirkt genauso erschöpft, wie ich es bin. Sein Haar ist wirr, die Augenringe sind tief und seine Wangen werden von einem leichten dunklen Bartschatten überzogen. Doch eines muss ich ihm zugestehen: Wenn einer sich nicht unterkriegen lässt, dann er. Bis auf die schwarze Jogginghose, die ihm tief auf den Hüften sitzt, und eine silberne Kette mit Flügelanhänger ist er unbekleidet, sodass ich einmal mehr freie Sicht auf seine nackte Brust habe. Nur dass mich diesmal ganz andere Dinge als seine Narben gefangen nehmen.

Fast herausfordernd reckt er mir das Kinn entgegen. »Hi.«

KAPITEL 16

TIMON

Philipp überbrückt die letzten Stufen, nur um unschlüssig innezuhalten. Er scheint nicht zu wissen, was er sagen, wo er anfangen oder ob er lieber gleich wieder gehen soll.

Auch ich bin unentschieden, ob ich mich über sein Auftauchen freue oder es für heuchlerisch halte. Ein Teil von mir hat gehofft, dass er es ist. Ein anderer wird das widerliche Gefühl nicht los, für nichts als einen Schocker zu taugen und dann fallen gelassen zu werden. Ich will seine Entschuldigung und seine Ausreden, aus denen das mit uns sich jetzt leider erledigt hat, nicht hören. Womöglich möchte er nur auf Nummer sicher gehen und mich vorher nach meinem Genitalbereich fragen, wie es mir letzten Sommer mit dem Kellner aus der Eisdiele passiert ist, nachdem ich mich bei unserem dritten Date als trans* geoutet hatte. Immerhin war er nicht wütend geworden wie das Mädchen vor ihm, die fand, ich hätte sie verarscht. Meine Beziehung mit Leonie war vielleicht ein Glücksfall, weil sie bisexuell ist.

Auch wenn ich mich weigere, das einzusehen und zu glauben, weil es so schmerzt.

Philipp räuspert sich.

»Ja?« Übernächtigt und verletzt, wie ich bin, kann ich dafür heute keine Geduld aufbringen, so entzückend ich sein Herumgedruckse bisher auch fand.

Er fährt sich mit einer Hand in den Nacken. »Das ist mal ein Statement«, bemerkt er bewundernd.

Ich folge seinem Blick, schaue an mir hinunter und verschränke die Arme. »Soll es nicht sein.«

Dabei habe ich, als mich die Klingel aus dem Bett gejagt hat und ich nach meiner Jogginghose griff, durchaus erst überlegt, mir dazu ein T-Shirt überzuziehen und mich dann bewusst dagegen entschieden. Nur weil ich angefangen habe, Philipp zu mögen, wird mich seine mögliche Meinung nicht davon abhalten, wahrhaftig zu sein. Ich werde der Scham nicht nachgeben, nie. Egal, wie tief sie mir insbesondere mein Vater immer wieder einzubläuen versucht hat. Und das war bevor er überhaupt wusste, dass ich mich nicht mit meinem Geburtsgeschlecht identifiziere. Mein gendernonkonformes Auftreten hatte ihn bereits regelmäßig in die Verzweiflung getrieben oder auf die Palme gebracht. Kein Wunder, dass ich auf meinen Brief, in dem ich ihm mitteilte, dass ich kein Mädchen bin, nie eine Antwort erhalten habe. Seitdem ruft er meine Mutter und mich nicht mal mehr an.

»Stimmt natürlich«, räumt Philipp ein. »Es sollte für transmaskuline Menschen normal sein, sich so zu zeigen, sich so zeigen zu dürfen. Auch mit Brüsten. Gleiches gilt für Frauen oder weiblich gelesene Personen.«

Ich nicke, von *seinem* Statement überraschend beschwichtigt. Klug ist er ja. Womöglich sollte ich nachsichtiger sein, hätte mir gleich anhören sollen, was er mir sagen wollte und nicht den Kopf verlieren und voreilige Schlüsse ziehen dürfen. Womöglich hätte mir das einiges an quälenden Gedanken erspart. Man rechnet nun mal in der Regel nicht damit, Mastektomie-Narben zu sehen, wenn sich ein Kerl vor einem auszieht. Hätte ich das getan? Würde Philipp mir nun eröffnen, er sei trans*, würde es mich vermutlich ebenfalls erst mal aus den Socken hauen.

»Darf ich reinkommen?«

Nur bin ich nach wie vor nicht überzeugt davon, dass er mir keine übergriffigen Fragen stellen oder mich als Experiment missbrauchen wird, weshalb ich den Kopf schüttele.

Das scheint ihn wie eine Ohrfeige zu treffen. Fast tut es mir leid. Er wird blass.

»Timon.« Ich glaube, es ist das erste Mal, dass Philipp mir so offen und ehrlich von sich aus ins Gesicht blickt. Eine winzige Falte steht zwischen seinen Brauen.

Ich warte.

»Bitte entschuldige«, beginnt er. Die Worte fallen ihm sichtlich schwer. »Ich wusste erst nicht, was ich sagen soll, als du gestern so mutig warst. Und das ist ironisch, weil ich mich selbst aus demselben Grund nicht ins Wasser getraut habe.«

Ich horche auf, er schaut zu Boden.

Was meint er damit?

»Ich wollte nicht …« Er holt tief Luft. »Ich wollte nicht, dass jemand merkt, dass ich ein trans* Mann bin. Und dann hast du …« Er lässt den Satz ins Leere laufen, fängt einen neuen an. »Ich dachte, ich falle aus allen Wolken.«

»Was?«

Ich benötige einen Moment, um Philipps Worte zu verarbeiten. Ein Adrenalinschub schießt durch meine Adern. Ist das wahr? Er würde mich kaum auf die Schippe nehmen. Nicht bei sowas, oder? Mein Herz überschlägt sich. Ich kann keine Lüge finden. Jetzt verstehe ich, wie es ihm ergangen ist. Und da habe ich gerade erst spekuliert, wie es andersherum gewesen wäre! Nicht zu fassen.

Ein Lachen entschlüpft mir. »Wow. Das kommt unerwartet.«

»Ja.« Philipp zuckt hilflos mit den Schultern.

Ich trete zurück, damit er eintreten kann. »Komm rein, wenn du noch magst. Nur sei gewarnt, ich habe nicht aufgeräumt und bin unordentlich.«

»Macht nichts«, wiegelt er ab und leistet meiner Aufforderung Folge.

Dass ihn mein Durcheinander nicht gänzlich kalt lässt, so abrupt, wie er – kaum über der Schwelle – stehen bleibt, entlockt mir ein Lächeln. Das hat so was Gewöhnliches und lenkt von dem weit ungewöhnlicheren Grund für seinen Besuch weg. Im Endeffekt ist der Raum vor allem vollgestellt, weil ich eine Leidenschaft für das Sammeln ausgefallener Möbelstücke und Gegenstände habe, die meinen Erfindergeist entweder befeuern oder diesem entspringen. Okay, und ich könnte mal wieder spülen und die Wäsche machen. Mit dem Fuß schiebe ich einen Haufen Klamotten beiseite, gehe Philipp voraus über die knarzenden Dielen zum Bett.

Dort schüttele ich die Decke auf, ziehe sie glatt und klopfe aufs Fußende. »Bitte sehr. Setz dich.«

Nachdem sein Blick noch mal umhergewandert ist, tut er erneut, wie ich ihn geheißen habe. Ich bin so aufgeregt, als hätte er mir ein unglaublich bedeutungsvolles Geschenk vorbeigebracht. Nun schnappe ich mir eines meiner geliebten Band-Shirts, schlüpfe hinein und lege eine Smash Mouth-Platte auf. Als ich mich Philipp wieder zuwende, betrachtet er das Poster an der Wand. Es zeigt eine blaue Polizeinotrufzelle im Comic-Stil, bei der es sich um die Tardis handelt. Das berühmte Raumschiff aus *Doctor Who*.

»Ich hätte nicht gedacht, dass du so ein Nerd bist«, wundert er sich.

»Science-Fiction und vor allem Steampunk stehen bei mir hoch im Kurs«, erwidere ich und plappere in meiner plötzlichen Aufgedrehtheit beinahe munter drauf los. »Mich fasziniert die Mischung aus futuristischer Technik und Retro oder was wissenschaftlich vielleicht in Wirklichkeit einmal möglich sein wird. Zukünftige Entwicklungen, auch im gesellschaftlichen Sinne, sind super spannend. Die Vorstellung, was da im Universum abgesehen von uns so existieren könnte, beruhigt mich dazu oft, wenn ich mich und mein Leben mal wieder zu schwernehme. Letzten Endes ist das – sind wir – nicht so wichtig und im Vergleich dazu klein und unbedeutend.«

Philipp legt den Kopf schief, denkt ernsthaft darüber nach. »Ist das so?«

Nichts an diesem Augenblick, hier mit ihm, und der Hürde, die wir eben erst überwunden haben, kommt mir unbedeutend vor. Obwohl wir uns auf entgegengesetzten Seiten des Zimmers befinden, gehen mir seine strahlenden blauen Augen durch und durch. Es knistert. Unmöglich, dass er das nicht ebenfalls bemerkt.

Schnell frage ich, damit ich nicht in Versuchung gerate, wieder zu schnell vorzupreschen, ob Philipp etwas trinken möchte.

»Was hast du da?«

Ich konsultiere den Kühlschrank. Bis auf zwei Dosen Energydrinks und Bier sieht es nicht gut aus. Hüstelnd schlage ich ihn wieder zu. Morgen sollte ich einkaufen gehen. Ich kann mir lebhaft vorstellen, wie Leonie an Philipps Stelle die Augen verdrehen würde.

»Ist Leitungswasser –« Ich unterbreche mich, als ich die Rettung halb vergraben unter einer Weltkarte entdecke. Die bunten Tüten, die ich Freitag erst im Laden der Gerlachs mitgenommen habe, hatte ich fast vergessen. Oder ist das zu albern? Was soll's. Ich muss sie ihm nur gekonnt verkaufen.

»Leitungswasser mit Brausepulver«, schlage ich in einem Tonfall vor, als wäre die Getränkeauswahl der Renner. »Hast du bestimmt noch nie getrunken.«

»Das letzte Mal wahrscheinlich als Kind«, erwidert er. »Ist auf jeden Fall … innovativ.« Ich hoffe wirklich, es ist okay für ihn. »Himbeere für mich!«, bittet Philipp gleich darauf.

Erleichtert zapfe ich uns je ein Glas Wasser, wähle für mich Waldmeistergeschmack und setze mich damit zu ihm ans Kopfende des Betts. Mein Glas stelle ich neben dem Flaschenschiff im Regal und einem Stapel zerlesener Secondhand-Reiseführer ab, ehe ich Philipp seines reiche. Dabei berühren sich unsere Hände. Philipp zuckt leicht zusammen und auch ich spüre das Kribbeln. Fast wie ein Stromschlag, nur sanfter. Als ich aufschaue, verhaken sich für einen Moment unsere Blicke. Ich bin wie gefesselt. Mein Mund wird trocken. Schnell greife ich nach meinem Plüsch-Oktopus Patrick, tue beschäftigt, indem ich die fröhliche Seite nach außen stülpe, nun, da sich meine Stimmung so unversehens gewandelt hat.

»Bedeutet das, was ich hoffe, dass es bedeutet?« Das Schmunzeln in Philipps Stimme ist unüberhörbar.

Ich schaue ihn wieder an. Sein Gesichtsausdruck ist so voller Wärme, dass mir flau in der Magengegend wird. »Möglich.«

Vermutlich sollte ich etwas hinzufügen. Nur ist es zu schön, ihn bloß anzugrinsen. Ich könnte schwören, dass wir diesmal ewig ineinander versinken, obwohl es wahrscheinlich nur ein paar Sekunden sind.

Schwer zu glauben, wie kurz davor ich letzte Nacht war, mir die Augen auszuheulen, weil ich Philipps Schweigen völlig falsch interpretiert hatte. Ich hätte nicht gleich so pessimistisch denken dürfen. Zumal ich keinen Fehler begangen habe, als ich ihm meine Brust zeigte. Das hatte Matthias mir bestätigt, während ich ihm stundenlang via Chat mein Herz ausschüttete. Am See hatte ich gezögert, ihm zu erzählen, was geschehen war. Nur letztendlich hielt ich es nicht mehr aus. Egal, wie unangenehm es mir war, möglicherweise wegen meiner Transidentität zurückgewiesen worden zu sein. Nicht mal Bernd bot sich an, mich zu trösten. Vermutlich war er bei Mama oder Opa. Wenn man diese Nervensäge von Kater mal braucht, ist er nicht da!

»Sorry«, sage ich und lasse den Blickkontakt abreißen, ziehe die Füße aufs Bett, wobei ich witzele: »Das mit dem straighten Sitzen ist schwer so als queere Person.«

Philipp lacht über diesen Community-Gag, streift die Schuhe ab und tut es mir nach. Das nehme ich als Zeichen, dass er außerdem vorhat, länger zu bleiben. Meine Laune hellt sich weiter auf, Regenwetter hin oder her.

Wie kann es auf einmal wieder so leicht zwischen uns sein?

In mir regt sich der Wunsch, dass es immer so wäre.

»Dann lass mal hören«, fordere ich ihn auf. »Erzähl mir deine Geschichte.«

KAPITEL 17

PHILIPP

Ich weiß sofort, was Timon meint. Dabei habe ich ein solches Gespräch bisher nie face to face geführt, sondern lediglich über Instagram per Chat. Er spricht von meinem inneren und äußeren Coming-out-Prozess. Nun da *ich* mich auch vor *ihm* geoutet habe, war das zu erwarten. Trotzdem pocht es nervös in meiner Brust.

Im Grunde liebe ich solche Gespräche, weil sie so empowernd sind. Der Austausch zwischen queeren Menschen ist oft wie eine Umarmung, ein *Alles okay!*, *Du bist klasse!* und *Let's fight this shit together!* zugleich. Im Nachhinein fühlt man sich weniger allein und auf einer tiefen Ebene verbunden, die jemandem, der diese Gefühle und Erfahrungen nicht kennt, immer verschlossen bleiben wird. Man hat mir oft gesagt, ich müsse unbedingt mal auf einen CSD, das sei dasselbe in geballter Ladung. Nur hatte ich immer befürchtet, auf den Pride Paraden womöglich keinen Anschluss zu finden und gekniffen.

Wobei es sich jetzt schon anfühlt, als hätte das bloße Wissen darum, dass wir beide trans* sind, Timon und mich einander nähergebracht. Gleichzeitig möchte ich Timon *alles* geben und *alles* von ihm wissen. Das hat, glaube ich, nicht nur was mit unserer Transidentität zu tun.

Ich nehme einen hastigen Schluck von meinem Himbeerbrause-Getränk, bevor ich mein Glas neben seines ins Regal stelle. Ein bisschen verziehe ich den Mund, weil es so zuckerig schmeckt. Dieser Kerl ist unmöglich. Wie er es mir eben angepriesen hat!

Auf einen unausgesprochenen gemeinsamen Entschluss hin machen wir es uns schließlich richtig gemütlich, wofür wir uns nebeneinander an die Wand lehnen, vor der sein Bett steht. Timon stopft mir ein Kissen in den Rücken und als er die Decke anhebt und abwartend den Kopf schieflegt, zögere ich zwar kurz, kuschele mich dann aber wie er darunter.

Zu ihm.

Wirklich wahr.

Alles in mir gerät in Aufruhr und ich heize ganz schön hoch. Intuitiv will ich etwas von ihm abrücken, damit er das nicht merkt, als mich der nächste Gedanke schon wieder runter kühlt.

Es hat ja auch was von einer Pyjama-Party.

Außerdem lädt das Gewitter draußen dazu ein, sich ins Bett zu verziehen. Die Dachschräge, die ein Stück über unseren Köpfen beginnt, verstärkt die cozy Vibes.

Während mein Herz vollständig durchdreht, linse ich zu Timon, um einzuschätzen, welche Bedeutung es für ihn hat. Schlägt seines im selben Takt oder ist es ruhig? War das Strippen am See für ihn nur ein Scherz?

»Geht's so?«, fragt er.

Er hebt den Arm an, der vorher halb zwischen uns eingequetscht war. So viel Körperfläche und Körperteile, die man irgendwie drapieren muss … Ich schwitze. Es ist ja nicht so, als hätte ich noch nie so nah neben einem Typ auf einem Bett gesessen. Trotzdem komme ich mir auf einmal derart unerfahren vor, als wäre es das erste Mal.

»Möchtest du dich bei mir anlehnen?«

Ich starre auf Timons Lippen, die diese Worte ausgesprochen haben. Dass man das einfach so vorschlagen kann, wusste ich nicht.

Da ich ein einziges Nervenbündel bin, nicke ich lediglich.

Dann haben wir es geschafft und eine Position gefunden, die für uns beide bequem ist. Timons linker Arm liegt locker um meine Schultern, sodass seine linke Hand direkt vor meiner Nase baumelt und ich die schwarzen Schreibmaschinen-Buchstaben, die in seine Haut tätowiert wurden, endlich lesen kann. Zumindest das Wort, das die Innenseite seines Zeigefingers ziert: *believe*. Keine Ahnung, was ich erwartet habe, nicht das. Das hat so was Zerbrechliches an sich, was mich rührt. Etwas, das ich nicht unbedingt mit ihm in Verbindung gebracht hätte. Überhaupt hätte ich erwartet, dass er – wenn schon, denn schon – großflächiger tätowiert sein würde, doch sein restlicher Oberkörper ist schon mal tintenlos.

Timon registriert mein Interesse und wendet die Hand, sodass ich auch das *fight* an seinem Handgelenk erkenne. Abgerundet wird »das Trio«, wie er es nennt, durch das *dream* an seiner äußeren Handkante, das ich aus diesem Winkel nur erahne. Laut eigener Aussage handelt es sich bei Letzterem um seinen Favoriten.

»Ein paar Denkzettel für die Zukunft und um die Vergangenheit zu honorieren«, kommentiert er seine Entscheidung für diese Messages. Damit passt die Auswahl wie die Faust aufs Auge. Diesen Gedanken kann ich gut nachempfinden. Ein Tattoo kann ich mir dagegen für mich nicht vorstellen. »Hab sie mir nach der Mastek stechen lassen, weil das für mich den Abschluss meiner Transition markiert hat. Ist jetzt fast drei Jahre her.«

Ein Tropfen Wehmut schwingt in seiner Erklärung mit, den ich nicht näher einordnen kann. Offensichtlich ist er glücklich mit diesem Schritt – der Brust-Operation – und den vorherigen, wie den Outings und der begonnenen Hormontherapie.

»Fertig damit zu sein, ist sicher erleichternd«, vermute ich. So stelle ich es mir vor. »Ich bin noch nicht hundertprozentig sicher, wie, wann oder ob es bei mir mit chirurgischen Eingriffen weitergeht. Irgendwie hänge ich so dazwischen.«

Dass sich das Dazwischen-Hängen nicht ausschließlich und nicht mal vordergründig auf meinen trans* Weg bezieht, behalte ich an dieser Stelle für mich. Ein bisschen was davon habe ich ihm gegenüber zwar früher schon angedeutet, aber dass ich keine Ahnung habe, was ich hier auf dieser Welt eigentlich tue, möchte ich momentan nicht vertiefen.

»Die Bestätigung für die Kostenübernahme von der Krankenkasse hast du?«, erkundigt Timon sich.

»Ich habe gleich alle OPs auf einmal beantragt und vom medizinischen Dienst bewilligt bekommen. Die Zusage verfällt ja nicht.«

Damals erschien mir das wie die schlaueste Strategie, die mir zudem im Austausch mit anderen trans* und nicht-binären Personen empfohlen worden war. In einer Facebook-Gruppe hatte ich sogar ein Musterschreiben für den Antrag gefunden. Im Allgemeinen ist es leider kompliziert, sämtliche Infos zusammenzutragen, die man für die Transition benötigt. Häufig werden verschiedene Schritte von verschiedenen Stellen an verschiedenen Orten verschieden gehandhabt. Gewisse Abläufe sind nur bis zu einem gewissen Grad vereinheitlicht und manchen Leuten werden dabei auch von offizieller Seite mehr Steine in den Weg gelegt als anderen.

Timon gibt ein zustimmendes Murmeln von sich, gefolgt von einem Laut, der Bewunderung bedeuten könnte. »Wie viele sind das gleich? Neun, zehn Operationen für die vollständige Angleichung … von Frau zu Mann? Wenn man es denn so biologistisch ausdrücken möchte.«

»Und das ohne Korrekturen«, sage ich. »Meine Mastek ist ohnehin erst sechs Monate her. Was das betrifft, bin ich nicht besonders weit.«

»Besser, du überstürzt nichts«, findet er.

»Nee, ist klar.« Sein Ratschlag kränkt mich etwas. Als ob ich vorher nicht darüber nachdenken würde, noch nicht darüber nachgedacht hätte. »Ich wollte mir nur die Optionen offenhalten. Selbstverständlich bin ich mir der Risiken und der Tatsache bewusst, dass es am Ende nicht unbedingt perfekt wird. Wenn alles klappen würde, wäre so ein Penis aber nice.«

Kaum habe ich das verkündet, kriecht mir die Röte heiß den Hals hinauf. Das ist ein völlig normaler Gedanke und nichts, wofür ich mich unter trans* und nicht-binären Menschen sonst schäme. Das in Wirklichkeit so zu sagen, ist allerdings anders, als wenn ich die Worte in mein Handy getippt hätte. Andererseits hat *Timon* damit angefangen, mir indirekt Auskunft über seine Genitalien zu geben, weil diese OPs in der Regel erst auf die Mastektomie folgen. Hätte ich dieses Gespräch mit einer cis Person geführt, wäre ich wahrscheinlich vor Verlegenheit im Boden versunken.

Timon fängt damit an, die Kreise des Musters auf seiner Bettwäsche nachzufahren. »Wenn es das ist, was du für dein Wohlbefinden brauchst, bin ich voll bei dir.« Er verzieht den Mund. »Für mich bin ich nur zu dem Fazit gelangt, dass ich gar keinen Penis möchte und mich eher aufgrund der Gesellschaft dahin gedrängt gefühlt habe. Das Thema wird etwas überbewertet.«

Nun verstehe ich seine defensive Reaktion und worauf er hinauswill. Nicht nur, dass es seit jeher weit verbreitet ist, selbst in Situationen, die nichts mit Geschlechtsorganen zu tun haben, unangebrachte Anspielungen auf die Größe eines gewissen Körperteils zu machen. Für die meisten entscheiden wohl zuallererst Merkmale wie dieses, ob es sich bei einem Menschen um eine Frau oder einen Mann handelt. Binäre trans* Männer und trans* Frauen, die keine entsprechende Geschlechtsangleichung möchten, werden daher oft nicht ernstgenommen und ob jemand »dort« operiert ist, interessiert diese Sensationsgierigen meistens brennend.

»Ich bin auch dafür, dass jede*r selbst entscheiden darf, wie weit er, sie oder xier geht«, stelle ich klar. »Keine geschlechtsangleichende OP sollte obligatorisch sein, um als sein wahres Gender anerkannt zu werden. Dein Körper bestimmt nicht dein Geschlecht. Schlimm genug, dass das bis 2011 Voraussetzung für die offizielle Vornamens- und Personenstandsänderung in Deutschland war.«

»Oh, das Transsexuellengesetz!« Timon schnaubt. »Lieben wir's nicht alle? Hoffentlich klappt es bald mit dem Selbstbestimmungsgesetz. Dann braucht es auch keinen Gerichtsprozess mehr und die entwürdigenden Befragungen fallen endlich weg.«

Ich spüre, wie er sich neben mir entspannt und dass er vorher etwas angespannt war. Mir mag es absurd erscheinen, doch es macht fast den Anschein, als hätte er Angst, ich könnte ihn für seinen Standpunkt verurteilen. So hart er teilweise tut, in ihm schlummert ein weicher Kern. Es freut mich, dass er mir diesen nach und nach zeigt.

»Seit wann weißt du es?«, möchte er nun erfahren und wendet den Kopf wieder in meine Richtung.

Ich beschließe, Timon zu vertrauen, weil wir im selben Boot sitzen. Schon möglich, dass sein Mund, der sich jetzt nur Zentimeter von meinem entfernt befindet, ebenfalls seinen Teil dazu beiträgt. Auf einmal fantasiere ich darüber, wie es wäre, ihn zu küssen. Ja, ich möchte ihn küssen. Vollkommen unabhängig davon, was sich zwischen seinen Beinen befindet oder nicht. Da ist dieses vorwitzige Muttermal in seinem Mundwinkel, das mich magisch anzieht …

»Dass ich trans* bin?« Ich muss mich räuspern, bevor ich nun, da ich wieder an der Reihe bin, eine weitere imaginäre Hülle abstreife. Wahrscheinlich ist das hier weitaus intimer, als es eine Peep-Show je sein könnte.

Er nickt.

»Richtig gecheckt habe ich es mit neunzehn, als ich zum ersten

Mal einer trans* Frau auf einer Ersti-Party zu Beginn meines Studiums begegnet bin. Nach der Begrüßung habe ich kein Wort mehr mit ihr gesprochen. Was ich von ihr mitbekommen habe, hat schon gereicht, um in mir diesen Schalter umzulegen a là: *Oh. Ups. Ich glaube, das betrifft mich auch.* Plötzlich habe ich mein Leben in einem neuen Licht betrachtet und verstanden, was mich so unglücklich gemacht hat, obwohl alles ganz okay zu sein schien.«

Timon hört mir aufmerksam zu.

Als müsste ich mich für das Kommende wappnen, ziehe ich die Bettdecke höher, obwohl er mich und mein Empfinden anders als gewisse Fachleute nicht prüft. Von seiner Validierung bin ich nicht abhängig.

»Davor habe ich mich relativ problemlos in das Bild gefügt, das die Leute von mir als Mädchen hatten.« Manchmal ist es mir nach wie vor peinlich, das zuzugeben. »Ich war jetzt nicht super feminin, aber habe mich auch nicht daran gestört, so Zeug zu machen, das man klischeehafterweise Frauen zuordnen würde. Mit meinem Körper kam ich schon zurecht. Das war eben so. Neunzehn erscheint mir so spät, wenn man hört und liest, wie vielen es heutzutage von Kindesbeinen an klar ist. Immerhin musste ich danach nicht erst einen Platz für die Begleittherapie finden. Zum Glück war ich schon bei einer Psychologin, weil ich nach dem Schulabschluss in so ein Loch gefallen bin. Es war dann wie ein Knoten, der geplatzt ist. Daraufhin haben wir alles in Ruhe aufgearbeitet, bis sie mir das Indikationsschreiben für den Endokrinologen ausgestellt hat, wo ich mit den Hormonen starten konnte.«

»Das ist doch okay«, bekräftigt Timon mich. »Ich wusste es, denke ich, schon immer. Das ist nun mal bei allen verschieden.«

»Dann«, frage ich etwas atemlos, weil ich das ehrlich beneidenswert finde, obwohl ja jede*r den Weg im eigenen Tempo zurücklegt, »lebst du seit wann nicht mehr als Mädchen?«

Darüber denkt er erst etwas nach. »Also ich war – vom Körper einmal abgesehen – nie anders als jetzt mit dreiundzwanzig. Ich habe immer nur getragen, wonach mir der Sinn stand und mich nicht dazu zwingen lassen, mich für Dinge zu interessieren, für die ich schlicht kein Interesse hatte. Soweit ich zurückdenken kann, habe ich meinem großen Bruder nachgeeifert. Es war mir unbegreiflich, wieso wir so unterschiedlich behandelt wurden. Wieso, was bei ihm in Ordnung war, für mich nicht gelten sollte. Das hat extrem oft Krach zwischen meiner Mutter, meinem Vater und mir gegeben.«

»Oh Mann«, seufze ich, »das glaube ich sofort. Krass, dass du dir treu geblieben bist.«

»Ich konnte mich diesem Bullshit schlicht nicht fügen und hab mich teilweise mit Händen und Füßen gewehrt.« Timon lacht bitter. »Es war ein jahrelanger Kampf, bis sie es aufgegeben haben, mich ändern und umerziehen zu wollen. Als Mann bezeichnet habe ich mich trotzdem erst mit siebzehn, ab da die Leute nach und nach eingeweiht und neue Namen und Pronomen probiert, bis es sich richtig angefühlt hat. War deine Namensfindung auch so schwierig?«

»Eigentlich nicht«, gestehe ich. »Ich habe mir zwar Namenslisten im Internet angeschaut … Nur um dann meine Eltern zu fragen, wie sie mich als Junge genannt hätten. In dem Moment wusste ich sofort, das ist er und er passt perfekt.«

Timons Augen weiten sich. »Oh, mein Gott, Philipp! Wie schön ist das denn?«

Dass er das wirklich so meint und keinesfalls missgünstig ist, erwärmt mein Herz.

»Ursprünglich wollte ich mal was Neues ausprobieren«, lässt er mich an seinem Findungsprozess teilhaben. »Letztendlich ist *Timon* nicht gerade die Revolution im Vergleich zu meinem alten Namen.« Zu meiner Verblüffung nennt er ihn mir, statt ihn für sich zu behalten. »Label betrachte ich dafür sowieso als fluide.«

Ich finde es spannend, wo seine Erfahrungen von meinen abweichen, und letztlich auf dasselbe hinauslaufen. Wie unterschiedlich trans* und nicht-binäre Menschen mit ihrer Vergangenheit umgehen, ist mindestens genauso faszinierend. Mir wäre es nicht im Traum eingefallen, Timon meinen Deadname in einem Nebensatz zu verraten oder ihn nach seinem zu fragen. Für viele ist das ein wunder Punkt. Wenn er kein Problem damit hat, das so locker zu erwähnen, ist es für ihn umso cooler.

»Ich finde *Timon* keine schlechte Wahl«, sage ich.

»Bloß richtig langweilig«, stöhnt er. »Da hat man die Möglichkeit, seinen eigenen Namen auszusuchen und dann kommt so was dabei raus. Mich hat halt niemand beraten.«

Unter das beflügelnde Gefühl, das sich angesichts der Buntheit unserer Community in mir ausgebreitet hat, mischen sich nun Trauer und Wut, denn es ist unsagbar beschissen, dass Timon von seinen Eltern kaum Unterstützung bei seiner Entfaltung erfahren hat. Ich traue mich nicht nachzuhaken, wie sie letzten Endes auf sein Coming-out reagiert haben.

»Labelst du deine Sexualität, wenn ich fragen darf?«

Dieser Themenwechsel scheint mir zu bestätigen, dass ich mit meiner wenig hoffnungsvollen Vermutung richtig liege, weshalb ich kommentarlos mitziehe. Auf keinen Fall möchte ich Wunden aufreißen, sondern ihm dieselbe Sicherheit vermitteln, die er mir gibt. Ich möchte nicht, dass er sich in meiner Gegenwart je wieder so unsicher fühlt, wie er sich gestern Abend und die letzte Nacht über gefühlt haben muss.

»Ja.« Ich lächele die düsteren Gedanken weg. »Ich bin schwul. Und du?«

»Ich bin pan und mache mir nichts aus Geschlechtern.« Timon setzt eine wirkungsvolle Pause. Es folgt ein übertrieben anzügliches Augenbrauenwackeln. »Aber ich mache mir etwas aus dir.«

KAPITEL 18

PHILIPP

Mir klappt der Mund auf und vermutlich fällt mir alles aus dem Gesicht. Ich glaube, mich verhört zu haben. Das hat er nicht wirklich gesagt! Meine Wangen erhitzen sich augenblicklich.

Timon grinst.

Ich boxe ihn in die Seite. »Kommt das in der Regel gut an, wenn du diesen Spruch bringst?«

»Ey.« Er boxt zurück. »Für wie berechnend hältst du mich? Das war komplett improvisiert!«

»Jaja«, nörgele ich, »das hätte ich an deiner Stelle auch gesagt.«

Schmollend schiebt er die Unterlippe vor, ehe in seiner Unschuldsmiene ein freches Funkeln aufblitzt. Er hat es faustdick hinter den Ohren, keine Frage.

Ehe ich mich versehe, stürzt Timon sich bereits nach vorne – auf mich zu. Reflexartig versuche ich auszuweichen, doch in nächster Sekunde rangeln wir schon miteinander. Ich denke nicht mehr nach, wie, wo, was ich mit meinem Körper mache, sondern reagiere intuitiv, als unsere Arme und Beine sich verheddern. Plötzlich ist Timon überall und sein Sonnenscheingeruch hüllt mich ein und vernebelt mir das Hirn, was nicht zuträglich für meine Gegenwehr ist. Als er anfängt, mich zu kitzeln, japse ich auf.

»Mieser Schachzug«, knurre ich und schaffe es kurzzeitig, ihn abzublocken. »Das zahle ich dir heim!«

Nur macht er mich kampfunfähig, bevor ich seinen Bauch erreiche. Er rollt sich über mich, sein Gewicht drückt mich in die Matratze.

Unsere Blicke ineinander verhakt, keuchen wir uns an. Lila Haarsträhnen hängen ihm in die Stirn und streifen meine Nasenspitze, als er seine Position über, nein, *auf* mir, leicht verlagert. Nur die Decke hat sich irgendwie zwischen uns gemogelt. So ein Mist.

Mein Puls rast, rast, rast.

»Glaubst du mir jetzt?«, will er wissen. Mit den Ellbogen stützt er sich neben meinem Kopf ab, wodurch ich wieder besser Luft bekomme. Jedenfalls theoretisch, denn er raubt mir so oder so den Atem.

Selbstredend habe ich Timon gleich geglaubt. Mag sein, dass er öfter mit irgendwelchen Leuten flirtet. Jetzt flirtet er eindeutig mit mir und das ist echt und gefällt mir mehr als nur ein bisschen. Dazu ist es eine große Erleichterung, worüber ich mir mit ihm nun – da die trans* Sache raus ist und das so unproblematisch verlaufen ist – keine Gedanken mehr machen muss. Es spielt auch keine Rolle, dass wir ein Verfallsdatum haben. Das Kribbeln in mir steigert sich sogar, denn das heißt, dass ich zusätzlich nichts verlieren kann. Ich werde es in vollen Zügen auskosten dürfen, solange es andauert.

»Philipp?«

»Du hast mich überzeugt«, gebe ich ihm nun nach.

»Sehr schön.« Timon tätschelt meine Wange.

Als er die Hand vorsichtig nach oben schiebt, seine Finger in meine Haare gleiten und er schließlich in meine Locken fasst, halte ich die

Luft an. Ich bin überzeugt davon, dass *er* jetzt *mich* küssen wird. Jeder Zentimeter Haut, den er berührt, prickelt. Fast kann ich spüren, wie das Gefühl auf meine Lippen überspringt. Wenn er nur seinen Mund auf meinen senken würde.

Küss mich!

Stattdessen wälzt Timon sich in nächster Sekunde von mir herunter, zieht sein verrutschtes T-Shirt zurecht und erhebt sich. Er geht zum Fenster.

Unvermittelt wallt Enttäuschung in mir auf, während ich zusehe, wie er es öffnet und einen Schwall kühler Luft und den Geruch nach Regen hereinlässt.

Mein Kopf klart auf. Ich bugsiere mich in eine sitzende Position und ordne ebenfalls meine Klamotten. Schlagartig erinnere ich mich, dass ich ohnehin nicht die nächsten Tage weiter mit ihm hier liegen können werde, egal, wie gern ich es würde und obwohl ich das sogar ohne Küsse getan hätte.

Denn da ist noch Ali.

Seltsamerweise regt sich ein schlechtes Gewissen in mir. Nicht nur, weil ich meinen Internet-Freund vorübergehend vergessen und in Erwägung gezogen habe, sämtliche ihn betreffenden Pläne fröhlich über den Haufen zu werfen, wenn mir das Zeit mit Timon versprechen würde. Dazu kommt es mir so vor, als ob ich Ali und das, was wir hatten, das, was ich für ihn empfunden habe, verrate, indem ich mich auf Timon einlasse.

Irritiert schüttele ich diese unsinnige Annahme ab, indem ich mein Glas mit dem Himbeerbrause-Getränk in einem Zug leere. So etwas habe ich bisher nie gedacht, bei keinem der Typen, mit denen ich seither ausgegangen bin. Nicht mal, als ich mit Fabian, meinem Ex-Freund, fest zusammengekommen war. Mal abgesehen davon, dass Ali und ich nie mehr als Freunde waren und ich ihm nichts schuldig bin.

»Alles okay?«, erkundige ich mich, als ich bemerke, dass Timon noch immer mit dem Rücken zu mir, die Hände in den Taschen seiner Jogginghose vergraben, vor dem Fenster steht.

Er dreht sich um. »Das war nur etwas zu viel auf einmal. Ich überfordere mich gern selbst.«

Da ich nicht sicher bin, was er meint, frage ich: »Was genau hat dich überfordert?«

Seine Mundwinkel zucken. »Dass du so unwiderstehlich bist? Das macht es mir nicht leicht, mich zurückzuhalten.«

Wieder leuchte ich auf wie eine Tomate. Und da behauptet er, *ich* mache es *ihm* schwer.

Ob ich mich an seine direkte Art gewöhnen kann, damit ich nicht jedes Mal einen halben Herzkasper kriege, sobald er solche Sachen raushaut?

Womöglich kann ich nicht fassen, dass seine Komplimente ernst gemeint sind. Wann kriegen wir mal beigebracht, dass eine trans* Person heiß ist? In den Medien sieht man sogar eher das Gegenteil. Menschen, die aus Abscheu vor uns zurückschrecken. Solche Reaktionen brennen sich ein. Wobei ich Timon zum Anbeißen finde. Also wieso sollte ich ihn nicht ebenso verrückt machen?

»Wir können es langsam angehen, wenn du möchtest«, versichere ich ihm entgegen meiner protestierenden Instinkte.

Timon schließt das Fenster und kommt zu mir zurück ins Bett. »Geschlechtsdysphorie ist bei mir leider nach wie vor ein Thema«, erklärt er.

»Okay«, sage ich sofort. Ehrlicherweise bin ich etwas überrascht. Sein Körper ist in meinen Augen hervorragend auf das Testosteron angesprungen. Nur kenne ich diese Tage selbst, an denen sich mein eigenes Empfinden, ob ich männlich genug aussehe, nicht unbedingt mit dem deckt, was andere wahrnehmen. »Dann gib du das Tempo vor und sag Bescheid, wenn du dich nicht mehr wohl fühlen solltest. In dem Bereich habe ich kaum noch Schwierigkeiten.«

»Danke, dass du dafür Verständnis hast.« Timon nimmt meine Hand und haucht einen Kuss darauf. Sein warmer Atem auf meinem Handrücken und das kaum merkliche Kratzen seiner Bartstoppeln verursachen mir eine Gänsehaut.

»Ist naheliegend, oder?« Ich schneide eine Grimasse. »Sollte aber immer selbstverständlich sein.«

Er lächelt. »Hast du dann Bock, dass wir irgendwas zocken?«

Er zeigt auf die Spielekonsole in dem offenen altmodischen Schrankkoffer. Nur eines der zahllosen Schmuckstücke, die mich in Timons Wohnung begeistern. Der Fernseher befindet sich in dem Fach diagonal darüber. Gleich daneben in den Fächern stehen zwei Schuhpaare Vans.

»Klingt super!«, springe ich auf seinen Vorschlag an.

Ein Computerspiel ist die perfekte Beschäftigung, um zu entspannen und mich auf andere Gedanken zu bringen, die nichts mit Küssen und körperlicher Nähe zu tun haben. Ich beschließe, meine Empfindungen zum Thema Sex und sexuelles Verlangen als trans* Person für einen weiteren Instagram-Post aufzusparen.

Großzügig wie er ist, lässt Timon mich das Game aussuchen, wofür er die Plastikbox mit den Spielen direkt auf meinem Schoß ablädt. Während ich durch die Auswahl stöbere, dreht er sich einen Joint. Er entschuldigt sich, dass er den jetzt braucht, dabei habe ich gar nichts gesagt. Ich persönlich mag es nicht zu kiffen. Letztendlich ist es seine Entscheidung. Solange er nicht ständig high ist oder es um härteres Zeug geht, stört mich das nicht. Nach einer beschwichtigenden Handbewegung ziehe ich die nächste Spielhülle heraus.

Da setzt mein Herz für einen Schlag aus. Ich habe das Gefühl, nicht mehr atmen zu können. Mein Brustkorb zieht sich schmerzhaft zusammen, ehe ich den Anblick überhaupt verarbeitet habe.

Vom Cover des Spiels blickt mir eine animierte Version der Hauptfiguren aus *Dark Whisper* entgegen. Alistair in voller Kriegermontur und Feenprinzessin Ava, aufgetürmtes Haar, wallendes Kleid, die sich in seine starken Arme schmiegt. Schräg dahinter Lennox, der Halbhexer, in einer lila Robe und seiner üblichen Nebenrolle.

Das allein ist es jedoch nicht, was mich aus der Fassung bringt. *Dark Whisper* war ein Phänomen. Haufenweise Jugendliche gehörten dem Fandom an. Es ist demnach nichts Besonderes daran, dass Timon dieses Spiel besitzt. Nur ist die Hülle signiert, wenn auch nicht personalisiert. Dafür steht ein Datum dabei. Das Datum der Gamescom 2014, als Ali dort war, die Schauspieler*innen getroffen und eine Signatur für eines seiner Spiele ergattert hat. Das war kurz bevor wir uns kennenlernten. Ich selbst war in dem Jahr nicht in Köln, würde mich auch weniger als Gamer bezeichnen. Um dieses Erlebnis hatte ich ihn unabhängig davon extrem beneidet.

Meine Finger beginnen zu zittern.

Es gibt nur drei Möglichkeiten, was diese Sache betrifft. Im Kopf visualisiere ich eine Liste, wie um mich selbst davon zu überzeugen, dass ich nicht überreagiere.

Erstens: Timon ist beziehungsweise war mit Ali befreundet. Daher ist das Spiel – aus welchem Grund auch immer – in seinen Besitz übergegangen.

Zweitens: Timon *ist* Ali. Wie in *what the fuck*?

Drittens: Das Spiel gehört gar nicht Ali, und ich sehe schon Gespenster, wo keine sind.

Ich schlucke gegen die Trockenheit in meiner Kehle an. Der schnellste Weg, um herauszufinden, wie es ist, ist leider Gottes, das Thema zur Sprache zu bringen.

»Timon?« Ich atme tief durch. »Ich muss dir noch was sagen.«

KAPITEL 19

TIMON

Weil Philipp plötzlich so ernst klingt, horche ich auf. Dabei dachte ich, wir hätten nun alles geklärt und mehr emotionales Auf und Ab schaffe ich heute nicht. Es ist gerade mal neun Uhr und das an einem Sonntag! Andererseits lief bisher alles glimpflich ab … Wie schlimm kann es demnach werden?

Flink klebe ich das Paper zu, bevor etwas vom Gras danebengehen kann und sich das Zeug auf meiner Bettdecke verteilt. Als der Joint fertig ist, fordere ich Philipp auf: »Schieß los, Drachenkämpfer. Worum geht's?«

»Ich bin nicht ganz ehrlich mit dir gewesen.«

Stirnrunzelnd bedeute ich ihm mit einem Nicken, fortzufahren. »Inwiefern?«

»Vinita und ich machen hier nicht nur Urlaub.«

Ich weiß nicht, was er mir damit sagen möchte. Nur dass er mich fast ein wenig lauernd betrachtet. Unwillkürlich ziehe ich die Schultern hoch, obwohl ich nichts angestellt habe. »Sondern?«

»Wir suchen jemanden.« Philipp umklammert das Xbox-Spiel in seinen Händen fester.

Wieder habe ich den Eindruck, dass er eine bestimmte Reaktion von mir erwartet. Ich bin nicht sicher, welche das sein soll. Erst recht checke ich nicht, wieso es ihn so aufwühlt, mir davon zu erzählen. Er ist mir keine Rechenschaft schuldig für das, was er treibt. Dass das hier offensichtlich eine Riesenbedeutung für ihn hat, ist nicht von der Hand zu weisen.

»Okay …?«

»Vielleicht …« Er beißt sich auf die Unterlippe.

Hui. Nur ist das hier der falsche Moment, um mir nicht-jugendfreie Dinge mit ihm auszumalen, so unruhig wie er neben mir hin und her rutscht. Am liebsten hätte ich ihn an den Schultern gepackt und festgehalten.

»Ich dachte«, fängt Philipp noch mal an, »vielleicht könntest du uns helfen.«

»Klar. Kann sein.« Die von ihm auf mich übergesprungene Anspannung verflüchtigt sich langsam. Klingt machbar. »Wenn du mir sagst, wen ihr sucht?«

»Ich hatte mal einen Kumpel«, druckst er herum, »eher einen sehr guten Freund … Möglicherweise war ich sogar heimlich in ihn verknallt.«

»Ah«, mache ich, um ihn zum Weiterreden zu ermuntern, nicht damit rechnend, wie rot er darauf anläuft. Zumindest erklärt das halbwegs, wieso er sich derart schwertut, mir sein Vorhaben zu schildern. Sobald es um die Liebe geht, wird Philipp verlegen.

»Auf jeden Fall kam er hier aus der Gegend«, fährt er hastig fort. »Leider ist es irgendwann auseinandergegangen.«

Ich versuche, die Bruchstücke, die er mir hingeworfen hat, zu sortieren. »Und wieso suchst du ihn jetzt, wenn ihr länger keinen Kontakt hattet?«

»Vinita glaubt, er hat mir das Herz gebrochen und mich für zukünftige Männer ruiniert. Nun soll ich endgültig damit abschließen.«

»Verstehe.« Ich beuge mich an Philipp vorbei zu meinem Nachttisch, wobei ich zufrieden registriere, wie er unter dem Einfluss meiner Nähe hörbar einatmet. Aus der Schublade fische ich ein Feuerzeug. Anschließend lehne ich mich zurück und zünde den Joint an, nehme einen tiefen Zug. Sofort bilde ich mir ein, etwas runterzufahren. Ein paar mehr Stunden zu schlafen, wäre nun, da die Aufregung meinen Körper verlassen hat, nicht übel.

»Tust du das?«, kiekst er.

»Willst du auch?« Ich halte ihm die Tüte hin, er lehnt ab. »Na ja.« Langsam atme ich aus und und hebe träge einen Mundwinkel. »Es wäre in der Tat ein Jammer, wenn du für zukünftige Männer ruiniert wärst. Du solltest das angehen. Da stimme ich Vinita zu.«

»Timon«, beschwert Philipp sich. Dabei klingt er fast wie Leonie, die der Überzeugung ist, man könnte mit mir keine vernünftigen Gespräche führen. »Das ist wichtig für mich. Wir fahren morgen nach Dresden, um mehr über den Verbleib meines Freundes herauszufinden und ein paar Orte aus seinen Erzählungen anzugucken. Leider wissen wir nicht allzu viel über ihn. Eventuell gibt es dort Hinweise.«

»Das trifft sich super!«, rufe ich überschwänglich. Ich fackele keine Sekunde. »Ich bin morgen früh auch da und kenne mich gut aus.«

»Was, echt?« Philipps Überraschung bringt mich dazu, richtig zu grinsen.

»Ja, muss zu meinem Endokrinologen für die Testo-Spritze. Lass uns doch zusammenfahren.«

»Äh, okay. Ja. Wieso nicht?« Es ist süß, wie perplex er ist, und ich bin – nicht ganz uneigennützig – froh, ihm wirklich behilflich sein zu können. So froh, dass es mich mit Wärme flutet.

Darüber hinaus freue ich mich, dass wir nun quasi eine weitere feste

Verabredung haben. Weil meine Oma morgen aus Kroatien zurück ist, sollte es kein Problem sein, etwas länger als für meinen Arzttermin in der Stadt zu bleiben. Ich habe ohnehin einige Überstunden angesammelt, die ich mal abbauen könnte.

»Dann steht das«, beschließe ich. »Die Rechtsradikalen kommen erst gegen Abend zusammen und in der Urlaubszeit ist sowieso nicht viel los. Zumal die nur eine feste Route im Zentrum ablaufen.«

Einen Augenblick wirkt Philipp verdutzt. Ein Teil von mir beneidet ihn darum, dass er mit so was scheinbar weniger Berührungspunkte hat. »Das klingt, als würde das jeden Montag in Dresden geschehen?«

»Ja.« Ich rolle mit den Augen. Ein bisschen verwundert es mich schon, dass er die Pegida-Aufmärsche nicht auf dem Schirm hat. Immerhin ist es tragischerweise jenes rückschrittliche Bild, von dem die Außenwahrnehmung Sachsens maßgeblich geprägt wird. »Woanders gibt es das wohl nicht in diesem Ausmaß«, räume ich ein, betone aber gleichzeitig: »Zum Glück sind da auf der anderen Seite jede Menge Menschen, die aktiv dagegenhalten. Hier leben ja nicht nur hasserfüllte Hinterwäldler*innen. Das darf man nicht vergessen.«

Mir selbst passiert das leider schneller, als mir lieb ist. Obwohl ich genau weiß, dass ich einem Großteil der Leute damit unrecht tue. Nur macht mich Intoleranz und was ich selbst erleben musste, unfassbar wütend.

Hastig nehme ich Philipp das Xbox-Spiel aus der Hand, um die Sache nicht weiterzuverfolgen. Das Beben, das bei dem Gedanken daran begonnen hat, sich in mir auszubreiten, dränge ich bestmöglich zurück. Ein gewisses Maß an Abgestumpftheit ist manchmal alles, was mich davon abhält, vollends den Glauben an die Menschheit zu verlieren. »Willst du das spielen?«

Unerwartet heftig schüttelt er den Kopf und zieht aufs Geratewohl ein anderes Game aus der Kiste. »Wie wäre es mit dem hier?«

Ich begutachte seine Wahl. »Für Lego Adventure Games bin ich immer zu haben, aber wenn du nichts dagegen hast, lass mich dir dieses hier vorschlagen.«

Ich tausche die Ninja-Version gegen die *Fluch der Karibik*-Variante.

Wie ich erwartet habe, weil er die Filme so mag, ist Philipp Feuer und Flamme. »Ist gebongt.«

Obwohl soeben *All Star* beginnt, einer meiner Lieblingssongs der Alternative-Rock-Band, schalte ich den Plattenspieler aus.

Die nächsten Stunden verzocken wir in gammeliger Wochenend-Perfektion im Bett. Ich liebe alles daran. Gefühlte Ewigkeiten habe ich mich nicht mehr so amüsiert oder so viel Freude am Beisammensein mit einer anderen Person empfunden. Wahrscheinlich hätten Philipp und ich sogar zusammen abwaschen können und es hätte meine Stimmung nicht getrübt. Wie schön es ist, mich mit ihm zu kebbeln und wie glücklich er wirkt, obwohl ich ihn im Spiel haushoch ausboote und mich selbstredend nicht zurückhalte oder es ihm leichter mache. Nö, als ob ich ihn gewinnen lassen würde! Er dagegen ist ein guter Verlierer.

Irgendwann ruft Vinita an, um ihn zu fragen, wo er steckt. Daraufhin stößt sie zu uns. Entgegen meiner anfänglichen Befürchtung, es würde mir missfallen, Philipp nicht mehr nur für mich zu haben, wird es mit ihr nur lustiger. Sie ist ein wirklich zugänglicher Mensch, mit dem es schwer ist, keinen Spaß zu haben. Damit bestätigt sie den bisherigen Eindruck, den ich von ihr hatte, einmal mehr.

Wir bestellen Pizza, und während wir uns in den siebten Himmel futtern, zeigt Philipp mir auf den Zuspruch seiner besten Freundin hin sogar seinen Instagram-Kanal @phinally.phil. Schon das Wortspiel finde ich genial!

Ich scrolle durch die Fotos, die ihn mal casual, mal aufgestylter zeigen. Den nachdenklich-philosophischen Philipp mag ich am liebsten. Alltägliche Bilder von ihm, Orten, Natur oder Stillleben, deren Captions oftmals Gedankenchaos und Denkanstöße enthalten, wechseln sich ab mit aktivistischen Sprüchen oder Info-Posts zu queeren Inhalten. Außerdem gibt es jede Menge Regenbögen und Pride-Flaggen.

»Wow, das ist toll!«

Ich finde es beeindruckend, dass er sich traut, sich ins Rampenlicht zu stellen und öffentlich vor so vielen Menschen über Tabuthemen zu reden, die leider noch zu häufig mit Scham und jeder Menge Zweifel und Ängsten behaftet sind. Das hätte ich nicht von ihm erwartet, da er im Real Life eher unsicher wirkt. Dazu kommt, dass *ich* ja meist nicht mal gegenüber meinen Freund*innen oder Großeltern mit der Sprache herausrücke, sofern mich etwas umtreibt. Oder wenn, nur sehr zögerlich.

Bescheiden redet Philipp sein Tun klein. »Es verändert nicht die Welt, ich weiß. Dazu ist es selbstdarstellerisch …«

Sofort unterbreche ich ihn.

»Es ist verdammt großartig, wie du dich zeigst«, führe ich mein *Wow* weiter aus, nachdem ich einen Bissen Pizza hinuntergeschluckt habe. »Gerade weil du ein ganz gewöhnlicher Typ bist. Zu sehen, dass ganz gewöhnliche Menschen diesen Weg gehen – dass das möglich ist, kann so bestärkend sein für alle, die noch zögern, den ersten Schritt zu wagen.«

Philipp fährt sich mit einer Hand in den Nacken. »Das hoffe ich.«

»Mir hätte das früher definitiv geholfen.«

»Danke …«

Vinita schiebt demonstrativ mit einem Räuspern ihre Brille gerade, was gut ist, weil ich mit meiner Schwärmerei sonst womöglich übers Ziel hinausgeschossen wäre. Dabei neige ich gewöhnlich zu Pessimismus. Matthias kann von letzter Nacht ein Lied darüber singen.

Apropos Matthias!

Während Vinita Philipp das letzte Stück Margherita wegschnappt, worüber sie sich liebevoll zu zoffen anfangen, schreibe ich ihm schnell eine

WhatsApp-Nachricht. Ich teile ihm mit, dass das mit Philipp eine überraschende Wendung genommen habe und ich ihn später updaten werde.

Matthias schreibt sofort zurück: *Bin gespannt! Freu mich für dich, Kleiner.*

Ich lächele, weil er nie damit aufhört, zu mir zu halten. Matthias ist im Übrigen der einzige Mensch außer meinem Bruder André, der mich ungestraft so nennen darf.

Schließlich verabschieden Philipp und Vinita sich, weil er per Skype an einem Familientreffen teilnehmen möchte, und wir machen eine Zeit aus, zu der wir morgen losfahren wollen. Ich muss am Vormittag in der Praxis von Doktor Herrmann in Dresden sein.

Kaum dass ich die Tür hinter den beiden geschlossen habe, tänzele ich förmlich zu meinem Bett. Mit einem Strahlen im Gesicht und Schmetterlingen im Bauch lasse ich mich rücklings auf die Matratze fallen.

KAPITEL 20

PHILIPP

»Kommst du?«, ruft Vinita mich zum wiederholten Mal und klappert mit den Wohnungsschlüsseln, als ob mich das auf Trab bringen könnte. »Wie gesagt, du siehst klasse aus! Wir müssen los.«

Nicht überzeugt davon starre ich mein Spiegelbild in dem Ganzkörperspiegel im Schlafzimmer an und zupfe den Kragen des rosa Hemdes zurecht, das ich aufgeknöpft über ein weißes T-Shirt gezogen habe. Dazu trage ich hellbeige Chinos, an den Knöcheln umgeschlagen, und die Sneaker der letzten Tage.

»Ich hätte noch mal das gestreifte Hemd im 90s Style anziehen sollen«, jammere ich. »Dieses sitzt viel schlechter! Und in dem anderen hat Timon mich bisher sowieso nicht gesehen.«

Bevor ich mich umziehen kann, kommt Vinita zu mir zurück, nur um mich eigenhändig aus der Wohnung zu schieben, statt es weiter mit sanften Beruhigungsformeln zu versuchen. Ich bin ihr dankbar, dass sie weiß, wann sie anpacken muss. Im Endeffekt möchte ich Timon noch weniger warten lassen, als dass ich unmöglich aussehe. Sobald wir es einmal in den Flur geschafft haben, folge ich ihr brav durchs Treppenhaus nach unten, obwohl mein Herz Purzelbäume schlägt.

»Ich bin sicher«, bekräftigt Vinita mich netterweise erneut, bevor wir nach draußen treten, »dass Timon dich sogar in einem Kartoffelsack vergöttern würde. Daran wird sich seit gestern nichts geändert haben.«

Diese Worte rechne ich ihr hoch an, weil ich mir inzwischen fast selbst auf die Nerven gehe mit meinen Minderwertigkeitskomplexen.

»Meinst du?«, frage ich sicherheitshalber nach, obwohl ich insgeheim dasselbe denke.

Okay, nicht das mit dem Vergöttern. Aber ich schätze, dass er mich toll findet. Umso schrecklicher wäre es, wenn sein Interesse schon wieder abgeklungen wäre.

Zum Glück stellt sich immerhin diese meiner Sorgen in der nächsten Sekunde als unbegründet heraus. Damit, dass ich gestern keine Klarheit über eine mögliche Verbindung zwischen Timon und Ali erlangen konnte, muss ich mich dagegen vorerst weiter abfinden. Ich werde aufmerksam bleiben. So haben Vinita und ich es im Nachgang besprochen. Wahrscheinlich bin ich zu zaghaft vorgegangen und hätte mehr als nur ein paar Andeutungen fallen lassen sollen.

Angesichts des Anblicks, der sich mir außerhalb des Hauses bietet, muss ich blinzeln.

Timon hat den silbernen Citroën, neben dem wir bei unserer Ankunft geparkt haben, bereits vorgefahren. Nur dass er diesen zu einem Cabrio umfunktioniert hat. An sich mache ich mir nichts aus Autos, doch das hat was! An das Heck gelehnt und mit verschränkten Armen steht er mitten auf dem Hof zwischen den Häusern der Ferienanlage. Sobald er Vinita und mich aus dem Haus treten sieht, geht er dazu allen Ernstes die zwei Schritte zur Beifahrertür, um sie mir – eindeutig mir, so wie er mich anfunkelt – aufzuhalten.

Meine Knie werden weich. Wie von einem unsichtbaren Band gezogen, das mich mit ihm verbindet, schwebe ich auf ihn zu. Ich glaube, ich bin dabei, ihm sekündlich mehr zu verfallen.

»Guten Morgen, Sir«, grüßt er, lächelt keck und tritt zurück, damit ich einsteigen kann.

»Du kommst immer auf Ideen«, murmele ich, worauf er nur zurückgibt: »Ich wusste, du würdest es mögen.«

»Mhm.« Ich falle auf den Sitz und ziehe die Tür hinter mir zu.

Das Kribbeln in meinem Magen sorgt dafür, dass ich nicht mal so lange den Blick von Timon nehme, wie er braucht, um auf der Fahrerseite anzukommen, obwohl ich mir dafür den Hals verrenken muss.

Es hat mich heftig erwischt.

Vinita gleitet auf die Rückbank, wobei sie den Platz hinter mir wählt, weil sie da vermutlich mehr Beinfreiheit hat. Als Timon sich hinters Steuer klemmt und mit seinem Disclaimer beginnt, dass er nicht der beste Fahrer sei und sich für unser Vertrauen bedankt, tauschen meine beste Freundin und ich einen Blick. Da war ja was. Hatte er uns nicht gleich an unserem ersten Tag hier gewarnt?

»Ready?«, endet er.

Ich schnalle mich an, als Vinita pikiert nachfragt: »Wieso hast du gleich angeboten, uns nach Dresden zu fahren?«

»Ich muss mal wieder üben. Und ich mag keine Züge.«

»Gibt es dafür einen bestimmten Grund?«, wundere ich mich, worauf meine beste Freundin mir leicht gegen den Hinterkopf schnippt.

»Autsch!« Ich reibe mir die schmerzende Stelle.

Einen Augenblick mustert Timon mich, als läge die Antwort auf der Hand. »Nun, Verspätungen und Ausfälle sind keine Seltenheit. Dazu die vielen Menschen auf engstem Raum. Angenehm ist für mich etwas anderes.«

Zugegeben, bin auch ich nicht der größte Fan des öffentlichen Nah-

und Fernverkehrs. Meinem ökologischen Fußabdruck zuliebe nutze ich in der Regel trotzdem die Öffis, zumal Vinita und ich für Nordrhein-Westfalen als Studierende Semestertickets haben.

»Lenk nicht ab«, maßregelt diese mich jetzt. »Ich möchte nicht sterben.«

Sie verpackt es witzig, nur kenne ich sie gut genug, um zu merken, dass sie nicht bloß scherzt. Es macht Vinita nervös, wenn sie etwas nicht kontrollieren kann.

»Ich habe ein bisschen übertrieben.« Timon dreht sich halb zu ihr um. Seine Stimme ist nun frei von jeglicher Ironie. Ich mustere ihn noch mal von oben bis unten. Die schwarze Jeans, die er heute anhat, weist keine Risse auf, das ockerfarbene T-Shirt mit dem weißen Print bietet einen ungewohnt farbenfrohen Anblick. Im Grunde bin ich ebenfalls etwas beunruhigt. Manchmal sind Vinita und ich uns so ähnlich, es ist fast unheimlich. »Wenn es dir zu wild wird, darfst du mich ablösen, okay?«

Zu meiner Überraschung nimmt meine beste Freundin sich daraufhin zurück und stimmt ihm zu. »Na schön, geht klar.«

Geht klar? Das kann heiter werden. Unauffällig taste ich nach dem Haltegriff der Tür.

Daraufhin startet Timon den Motor und es geht los.

Tatsächlich hat er dick aufgetragen. Er fährt nicht so sicher wie meine Lieblingsfahrerin, doch verantwortungsbewusst und keinesfalls zu schnell oder riskant, wie ich befürchtet hatte. Nach einer Weile entspanne ich mich und kann den erfrischenden Fahrtwind und den kräftigen Sonnenschein genießen. Nach dem gestrigen Unwetter hat der Himmel wieder aufgeklart. Perfektes Timing.

Die Fahrt nach Dresden dauert etwa dreißig Minuten. Die meiste Zeit unterhalten wir uns über nichts Besonderes. Trotzdem interessiert es mich brennend, was Timon zu erzählen hat, weil jedes Detail ein klareres Bild von ihm in meiner Vorstellung schafft. Und sei es nur, was er morgens zum Frühstück isst. Was mich echt schockiert, ist, dass er keinen Kaffee trinkt. Wie ist das möglich? Ich warte mit ein paar Anekdoten auf, die meine Familie gestern beim Skypen zum Besten gegeben hat. Es war wie immer bereichernd, mit meinen Geschwistern zu plaudern und sich auf den neuesten Stand zu bringen. Vinita schwärmt davon, was sie sich heute gern anschauen will. Sie möchte unbedingt in die Altstadt mit dem Dresdner Zwinger, der Frauenkirche und der Brühlschen Terrasse. Dass sie touristisch solche Ambitionen hat, war mir bis eben nicht klar, weil wir weitere Viertel auf der Suche nach Spuren von Ali durchkämmen wollen und Timons Endokrinologie-Praxis sich in Blasewitz befindet.

»Das wird ein strammes Programm«, kommentiert er ihre Pläne, was sie nicht entmutigt, sondern anspornt und zu einem »Dann müssen wir uns ranhalten« veranlasst.

Sobald wir auf der Autobahn sind, trommelt Timon den Takt eines Songs auf dem Lenkrad mit. Laut der Moderatorin handelt es sich um *So muss es beginnen* von Olli Schulz. Ich dachte, er hielte nichts von Lovesongs, verkneife es mir aber, ihn darauf hinzuweisen, dass es sich bei dem Lied um einen handelt und denke mir meinen Teil. Bedeutet es das, was ich mir wünsche?

»Was grinst du so?«, will er wissen und ich zucke zusammen, als er seine Hand unvermittelt auf meine legt. Den Arm habe ich schon die ganze Zeit auf der Mittelkonsole, daher habe ich nicht mehr damit gerechnet, dass er die Vorlage nutzen würde.

Wir halten uns auf der rechten Spur und fahren in gemächlichem Tempo, sodass Timon die Finger problemlos mit meinen verschränken kann, und das tut er jetzt. An seinen stecken mehrere silberne Ringe in verschiedenen Breiten und Formen, die kühl an meiner Haut liegen.

Mein Herz tanzt.

»Mir war danach«, antworte ich wenig kreativ, gebe mich keinen Illusionen hin, dass er den Grund für meine gelöste Stimmung dennoch durchschaut hat.

»Gut«, ist seine Reaktion. »Das Grinsen steht dir.«

Gott, wenn ich nur halb so viel Selbstbewusstsein besäße wie er, wäre mein Leben deutlich leichter.

Timon erwähnt, dass er hofft, die heutige Hormonspritze werde nicht so wehtun wie beim letzten Mal, weil er danach kaum noch gehen konnte, so sehr habe sein Gesäßmuskel geschmerzt. Wegen dieser unerquicklichen Begleiterscheinung, über die ich schon viele habe klagen hören, und aufgrund meiner außerordentlichen Abneigung gegen Nadeln habe ich mich dazu entschieden, täglich das Testo-Gel anzuwenden.

»Das würde mich nerven«, meint er.

»Deshalb versuche ich, es als Selbstliebe-Ritual zu zelebrieren«, erkläre ich.

»Okay«, gesteht Timon mir zu, »das ist ein schöner Gedanke. Trotzdem würde ich das Gel wahrscheinlich ständig vergessen.«

»Was weniger praktisch wäre.«

»Meine Rede.«

Zu meiner Enttäuschung muss er seine Hand keine fünf Minuten später aus meiner lösen, weil die Autobahn aufhört, wir in die Stadt einfahren und er sie zum Schalten braucht. Stattdessen begnüge ich mich damit, die Umgebung genauer in Augenschein zu nehmen. Auch unabhängig von Ali hat Dresden – wie Vinita erwähnt hat – einiges zu bieten.

Wir fahren an der Technischen Universität vorbei in die Stadt hinein und am Hauptbahnhof mit seinen gläsernen Kuppeldächern und der hübsch restaurierten Fassade entlang, bis wir fast den Kern erreichen, der die meisten Tourist*innen anzieht. Statt in das Gassengewirr und die Fußgängerzone einzutauchen, geht es für uns erst mal zum Schillerplatz, in dessen Nähe Timon in einer Seitenstraße einen Parkplatz findet.

Weil uns der Verkehr in der Innenstadt mehr Zeit gekostet hat, als wir eingeplant haben, muss er sich ein bisschen beeilen. Gleich nachdem er das Auto abgestellt hat und wir ausgestiegen sind, verspricht er, mich anzurufen, sobald er beim Arzt fertig ist.

Mit viel Willensanstrengung gelingt es mir, ihm nicht länger als ein paar Sekunden nachzuschmachten. Danach erkunden Vinita und ich die Gegend, wozu sie Google befragt, damit wir uns garantiert anschauen, was wirklich sehenswert ist.

»Wie kommt es, dass du plötzlich so im Sightseeing-Modus bist?«

»Na ja, wann sind wir mal im Osten?« Sie tippt und scrollt auf ihrem Handy herum.

Das stimmt. Bis auf die Klassenfahrt nach Berlin und abgesehen von meinem Intermezzo vor sechs Jahren waren wir beide nie hier. Anders als gestern beunruhigt mich der Gedanke, Ende der Woche wieder abzureisen und Timon womöglich nie wiederzusehen, auf einmal merklich.

»Abgesehen davon hat mir in den letzten Tagen das Großstadtfeeling gefehlt.«

Ich verstehe sofort, was Vinita meint.

Pirna ist süß und malerisch, gleichzeitig etwas dörflich. Die Straßen rund um den Verkehrsknotenpunkt des Schillerplatzes wirken urbaner und sind trotzdem nett anzuschauen. Es gibt zahlreiche Restaurants und Cafés, die Häuser erstrahlen in Gründerzeit- und Jugendstil-Optik. Die Leute, die uns begegnen, scheinen offen und modern und die verschiedensten kulturellen Hintergründe zu haben. Fast fühle ich mich wie zu Hause.

Man würde meinen, dass Timon gut hierhin passen sollte. Allerdings war auch Ali nicht sonderlich begeistert von der sächsischen Hauptstadt und hat Pirna den Vorzug gegeben. Eine Gemeinsamkeit, gar ein

Indiz, dass es sich bei ihnen um ein und dieselbe Person handelt? Hat Timon sogar schon mal wie Ali in Dresden gewohnt oder woher rührt sein Wissen über die Stadt?

Weil der Stadtteil Blasewitz direkt südlich der Elbe liegt, laufen Vinita und ich noch zum berühmten »Blauen Wunder«, der Loschwitzer Stahlträger-Brücke, die die beiden Ufer an dieser Stelle miteinander verbindet.

Gerade als ich ein Foto von der Aussicht knipse, klingelt mein Handy. Daraufhin begeben wir uns auf den Rückweg zum Auto, um Timon wiederzutreffen. Offenbar hat ihn die Spritze diesmal nicht so schlimm erwischt, weshalb er »nun ganz zu meiner Verfügung« stünde.

»Wie ist dein Gefühl?«, frage ich Vinita nach kurzem Zögern, als ich aufgelegt habe.

»Wozu?«

Im Gehen schaue ich auf meine Sneaker. »Timon und Ali. Ist da was oder bilde ich mir etwas ein?«

Gespannt warte ich auf ihre Antwort.

»Auf mich wirkt Timons Verhalten bisher nicht, als würde er einen Bezug zu der Sache haben«, gibt sie mir ihre Einschätzung. »Aber es könnte sein, dass ihm nur noch die Puzzleteile fehlen.«

Ich hole tief Luft, weil es dämlich ist, so zu empfinden, doch ich kann nicht weiter ignorieren, was der Knoten in meinem Magen bedeutet. »Ich habe Angst, sie ihm zu offenbaren.«

»Wieso das?« Vinita mustert mich abwartend.

Ich suche nach den richtigen Worten. »Irgendwie möchte ich nicht, dass da eine Verbindung besteht. Es wäre zwar praktisch, um so viel wie möglich über Ali zu erfahren. Nur fürchte ich mich davor, was das für Auswirkungen auf uns – auf Timon und mich – haben wird. Und seien wir mal ehrlich: Was für ein krasser Zufall wäre es, wenn er Ali sein sollte? Wir sind in keinem Film oder so.«

»Manchmal ist das Leben filmreifer als jede erfundene Geschichte.«

Ich runzele die Stirn. »Ich dachte, du wärest Realistin. Und hast du nicht eben erst behauptet, du glaubst nicht, dass die beiden etwas verbindet? Wie wäre es mit Argumenten?«

»Ich habe gesagt, dass Timon sich nicht so verhält«, korrigiert sie mich. »Theoretisch könnte er etwas ahnen und nur so tun, bis er selbst mehr Klarheit hat.«

Verdammt, sie hat recht. Das würde ebenso gut passen. Meine Anspannung wächst.

Wie wird er sich verhalten, sollte er Ali sein und mich erkennen? Wie, wenn er kombiniert, dass ich statt in einen Fremden in einen seiner Freunde derart vernarrt war, dass ich hier und heute wie aus dem Nichts wieder auf der Matte aufgetaucht bin?

»An sich ist es eh ein großer Zufall«, fährt Vinita fort, »dass ihr – zwei trans* Männer – außerhalb eines queer space aufeinandergetroffen seid. Und dazu ist es auch gekommen. Von daher … wer weiß. Zumal du meintest, Ali ist vermutlich queer gewesen?«

»Ja, schon. Nichtsdestotrotz«, merke ich an, »gibt es sicher mehr queere Menschen, als wir denken. Zum Beispiel glaube ich, dass ich viel öfter trans* oder nicht-bären Personen über den Weg laufe, als mir bewusst ist. In der Regel redet man nur nicht darüber und erfährt das gar nicht voneinander.«

Vinita hebt ihre Schultern. »Mag sein. Du wolltest meine Meinung hören.«

»Immer«, bestätige ich, was meine beste Freundin zum Lächeln bringt.

»Das ehrt mich, Philipp, das ehrt mich.«

Als wir in die von kleinen Bäumen gesäumte Straße einbiegen, in der Timon das Cabrio geparkt hat, entdecke ich ihn schon von weitem. Meine Mundwinkel wandern von allein nach oben, obwohl ich nun nicht mehr weglaufen kann.

»Du hast es überstanden!«, jubiliere ich im Näherkommen, was er mit einem Grinsen quittiert. Nur erlischt es gleich wieder.

»Sitzen wird wahrscheinlich trotzdem wehtun. Was nimmt mensch nicht in Kauf, um das authentische Selbst zu leben?«

Weil Timon weder Anstalten macht, ins Auto einzusteigen, noch, mir und Vinita entgegenzugehen, bleibe ich unentschlossen vor ihm und neben dem Wagen stehen.

Wir haben uns erst vor einer Dreiviertelstunde gesehen. Dennoch hatte ich gehofft, dass er mich auf die eine oder andere Weise berühren würde. Und sei es nur ein Schulterklopfer oder Handschlag. Klar, wollte ich in der Öffentlichkeit nicht auf Kuschelkurs gehen. Nur sehne ich mich so danach, dass es weh tut. Weil er bisher nicht berührungsscheu war, wundert es mich außerdem, wie strikt er in diesem Augenblick Abstand zu mir hält. Deshalb berühre ich ihn auch nicht von mir aus. Weil er mir signalisiert, dass er das gerade nicht möchte.

»Sonst bist du in Ordnung?«, traue ich mich zu meinem eigenen Erstaunen, anzudeuten, dass mir die Veränderung in seinem Verhalten nicht entgangen ist.

Timon schaut einmal die Straße rauf und runter. Er stößt ein verächtliches Zischen aus. »Ehrlich gesagt, halte ich mich ungern in Dresden auf. Zu viele schlechte Erinnerungen. Um dir zu helfen, nehme ich das natürlich in Kauf. Das ist kein Thema. Nur …« Er unterbricht sich, deutet vage zwischen uns hin und her. »Lass uns hier lieber darauf verzichten, uns zu nah zu kommen. Wir wollen ja niemanden«, er malt Anführungszeichen in die Luft, »provozieren.«

»Ja, ja, selbstverständlich.« Ich nicke, um zu untermauern, dass ich voll hinter ihm stehe. Zwar irritiert es mich erst, dass er hier mehr in Habachtstellung zu sein scheint als in Pirna, was solche Anfeindungen betrifft, aber offenbar steckt etwas Persönliches dahinter. Er muss mir nicht mehr verraten, damit ich seine Grenzen akzeptiere.

Timon lässt ein schiefes Lächeln aufblitzen.

Seine Unsicherheit führt mich zurück zu seiner Reaktion am geheimen Weiher. Als er geglaubt hatte, er wäre von mir zurückgewiesen worden, war er weggelaufen. Wenn ich dieses Verhalten auf einen der mutmaßlichen Gedankengänge von Ali übertrage …

Ein Schauder überläuft mich.

Zu der Zeit, als Ali und ich uns treffen wollten und der Kontakt abgebrochen ist, wusste Timon bereits, dass er trans* ist. Sollte er es gewesen sein, mit dem ich all diese Nachrichten ausgetauscht habe, würde es sich hervorragend ins Bild fügen, dass er letztendlich davor zurückgescheut ist, sich mir offline und in der Realität zu zeigen. Die mangelnde Unterstützung seiner Eltern mag die Sorge, auch von mir enttäuscht zu werden, verstärkt haben. So hat er mich seinerseits verletzt und als Erster dichtgemacht. Auf diese Weise musste er nie erfahren, ob ich ein Problem mit seiner Transidentität habe.

Scheiße.

Mein Mund kommt mir auf einmal wie ausgedörrt vor.

»Also.« Timon verschränkt die Arme vor der Brust. »Wo wollen wir anfangen? Hast du mir überhaupt schon den Namen deines ominösen Kumpels verraten?«

Das Herz rutscht mir in die Hose. Was mache ich denn jetzt?

»Äh …« Ich spüre Vinitas Blick auf mir und reiße mich zusammen. Ich muss ihm die Wahrheit sagen, sonst können wir unseren Ausflug – eigentlich das gesamte Unterfangen – gleich abhaken oder in eine reine Sightseeing-Tour verwandeln. »Nein, habe ich nicht. Ich weiß nicht, wie er heißt.«

Hysterie regt sich in mir.

Wieso um Himmels Willen hielt ich es für klug, mit Timon nach Dresden zu fahren? Musste ich Ali ihm gegenüber erwähnen? Ich hätte das für mich behalten sollen! Nur wäre das nicht gegangen. Nicht, wenn ich das mit uns weiterverfolgen möchte. Ich muss wissen, woran ich bin. Auf der anderen Seite könnte auch etwas Gutes dabei herauskommen, wenn ich mutig genug bin, mit offenen Karten zu spielen. Was wäre das für ein strahlendes Happy End, sollte Timon sich als Ali herausstellen und wir über so viele Umwege zueinandergefunden haben?

Die Verwirrung in Timons Miene hilft nicht, mich zu beruhigen.

Keine Ahnung, wie. Ich rede weiter. »Mir gegenüber hat sich mein Freund Ali genannt. Das war eine Abkürzung von Alistair nach dem Krieger und Love-interest aus *Dark Whisper*. Die Serie kennst du ja. Wir waren damals beide online in einem Fan-Forum angemeldet. Darüber haben wir uns 2014 kennengelernt.«

KAPITEL 21

PHILIPP

Ich warte darauf, dass die Welt aus ihrer Umlaufbahn kippt oder Timon aus den Latschen. Nichts dergleichen geschieht. Er braucht zwar einen Moment, um die Geschichte zu verarbeiten, nur scheint sie emotional nichts mit ihm zu machen.

»Ach«, sagt er dann, »was für eine coole Story. Und irgendwann habt ihr immer häufiger miteinander geschrieben?«

Ich nicke ruckartig, das ist alles, wozu ich aktuell fähig bin.

Meine Gedanken sind ein einziges Durcheinander und mir wird schwindelig. Vinita scheint mein leichtes Schwanken bemerkt zu haben, denn sie tritt zu mir.

So perfekt kann niemand schauspielern. Wäre Timon Ali, müsste er mich spätestens jetzt erkennen. Wie könnte Ali – mein Ali – nach allem, was war, so gelassen bleiben? Selbst wenn ich ihm nie so viel bedeutet habe wie er mir, würde er zumindest mit der Wimper zucken, wenn ich Jahre später plötzlich vor ihm stünde! Das will ich jedenfalls glauben. Zumal ich *Timon* auf keinen Fall egal bin. Wenn er nun checken würde, dass wir uns von früher kennen, sollte das etwas in ihm bewegen.

»Passt ja gut«, befindet er. Ich weiß nicht, was er meint. »Mit den Drachen und so.« Ah, ja, wahrscheinlich den Spitznamen, den er mir gegeben und dass *Dark Whisper* einen großen Fantasy-Anteil hat. »Und offensichtlich warst du schon immer Social-Media-affin. Im Allgemeinen tue ich mich eher schwer damit, einen Zugang dazu zu finden und folge nur ein paar Bands, Singer- und Songwriter*innen, queeren Ikonen und jetzt dir auf Insta.«

Ist das so?

Das würde er nicht sagen, wenn es nicht wahr wäre und er in Wirklichkeit doch in dem Forum zu *Dark Whisper* angemeldet war, oder? Wobei er ja mehr der Sci-Fi-Typ ist, von daher scheint das hinzuhauen. Ich muss mal meine neuen Follower*innen durchschauen. Mir war nicht bewusst, dass Timon mich abonniert hat, nachdem ich ihm meinen Instagram-Account gestern gezeigt habe. Ich bin nicht sicher, wie mir das gefällt.

»Wie schmeichelhaft«, bringe ich mit etwas Verzögerung hervor.

»Klar.« Timon zwinkert mir zu.

Das bricht den Bann und reißt mich aus meiner Starre.

Er ist es nicht. Er kann es nicht sein.

Nicht mein Ali.

Bin ich erleichtert? Enttäuscht? Ich kann es nicht sagen.

Überfordert? Ja.

Bleiben zwei Thesen übrig.

»Habt ihr euch denn mal getroffen?«, hakt Timon als Nächstes nach.

Langsam schüttele ich den Kopf, fühle mich auf einmal erschöpft, nun da ein Teil meiner Aufregung und Anspannung auf einen Schlag von mir abfällt und mein Adrenalinspiegel vermutlich rapide sinkt.

»Leider nicht, nein. Wir hatten es vor, nur ist Ali nie am Treffpunkt aufgetaucht.«

Timon pfeift durch die Zähne. »Kein Wunder, dass dich das nicht so leicht losgelassen hat.«

Seine Aussage überrascht mich.

Es freut mich und gibt mir ein gutes Gefühl, dass er den Vorfall nicht als kindische Träumerei oder Albernheit abtut, sondern meine Empfindungen diesbezüglich ernstnimmt.

Er darf Ali nicht gekannt haben.

Das könnte alles verkomplizieren und kaputt machen, je nachdem was für ein Verhältnis sie zueinander haben oder hatten. Ich möchte nicht, dass es zwischen uns kompliziert wird oder das, was sich zwischen uns entwickelt, kaputt geht.

Erneut verkrampfe ich mich.

Vorerst schaffe ich es nicht, mich dazu zu überwinden, Timon nach der *Dark Whisper*-Spielhülle zu fragen.

Ich wähle einen anderen Ansatz. »Du hast gesagt, du kennst dich in Dresden aus?«

»Ich bin hier aufgewachsen.«

Das zumindest hat er mit meinem Internet-Freund gemein, auch wenn ich nun endgültig ausgeschlossen habe, dass sich hinter Timon mein Ali verbirgt.

Ich übergehe das Zwicken in meinem Bauch. »Dann kannst du mir eventuell sagen, in welchem Viertel Ali gewohnt hat, wenn ich dir ein bisschen was aus seinen Erzählungen beschreibe?«

Timon nickt zustimmend. »Einen Versuch ist es wert!«

Ich rufe die Notizen auf meinem Handy auf, die ich mir gestern Abend gemacht habe, um sämtliche unserer Theorien zu ordnen und mehr Struktur in unsere weitere Suche zu bringen. Es bedeutet mir viel, dass Timon sich trotz der negativen Aspekte, die er mit Dresden verbindet, für mich ins Zeug legen möchte. Dieses Wissen wärmt mich von innen heraus. Leider fällt es mir schwer, mich auf die Fakten zu fokussieren, so aufgewühlt wie ich bin.

Meinen Erzählungen nach könnte Ali laut Timon entweder im Stadtteil Pieschen oder in der Radeberger Vorstadt gewohnt haben. Beide sind gehobener, ruhiger und bieten reichlich Grünflächen zur Erholung.

Alis Eltern waren nicht besonders glücklich darüber, dass er und seine Schwester sich mit Leuten herumgetrieben hatten, bei denen es sich ihrer Meinung nach um einen schlechten Einfluss handelte. Sie hatten immer gewollt, dass Ali sich ins Zeug legte und eines Tages »ein Jemand« aus ihm werden würde, was sicher nie geschähe, wenn er so weitermachte. Darüber hatte er sich häufig bei mir ausgelassen. Dass das durchaus an seinem Selbstwertgefühl kratzte, war dabei stets etwas unter den Tisch gefallen. Denn Schmerz zu zeigen, war nicht unbedingt Alis Stärke.

»Uh, so relatable«, ist Timons Kommentar dazu. »Darin, eine Enttäuschung zu sein, bin ich Profi. Mein Bruder hat das immer etwas abgefangen, weshalb Mama und Papa mich leichter abhaken konnten, denn es gab ja noch ihn … Trotzdem, was die immer für ein Drama veranstaltet haben. Bis sie einsehen mussten, dass sie sich erst mal um ihre eigenen Probleme kümmern sollten. Das war der Moment, in dem sie die Scheidung eingereicht haben.«

»Du hast einen Bruder?« bemerke ich, realisiere im gleichen Augenblick, dass Timon das schon früher erwähnt hat und ich es in meiner Aufregung nur vergessen habe. Wäre mir das eher eingefallen, hätte ich ihn gar nicht erst für Ali halten müssen, denn der hatte ja eine Schwester. Ich könnte mir vor die Stirn schlagen. »Wobei warte«, schiebe ich schnell hinterher. »Hatte er nicht eurem Kater seinen Namen gegeben?«

»Genau«, bestätigt Timon und macht zum Glück keine große Sache aus meinem Fauxpas. »Das war der mit der Katze.«

»Okay, Jungs!« Vinita klatscht in die Hände. »Wollen wir dann los und Alis potenzielle Wohngegenden auf den Kopf stellen?«

Nach einem Nicken unsererseits steigen wir wieder ins Auto. Sie hat recht, wir haben nicht den ganzen Tag Zeit.

Timon klagt über seinen schmerzenden Hintern, aber er hält durch. Gleich darauf geht er komplett darin auf, über die lokale Dampfschifffahrt zu erzählen, während wir die Loschwitzer Brücke überqueren.

»Ihr müsst wissen, die Weiße Flotte hat ihre Zentrale in Dresden. Die älteste und größte Raddampferflotte der Welt! Ist das nicht cool?« Sein Gesicht leuchtet, die Begeisterung, die er ausstrahlt, reißt mich mit. »Das macht es ein bisschen wett, dass es hier leider kein Meer in der Nähe gibt.«

Ich erfahre Dinge über Schiffe, von denen ich nie vermutet hätte, dass sie etwas mit Schiffen zu tun haben. Stören tut mich das nicht. Obwohl ich keine Ahnung von dem Thema habe, hätte ich ihm ewig zuhören können. Es ist schön zu sehen, wie sehr Timon dafür brennt. Mir wird ganz warm vor Zuneigung.

Vinita ist es, die ihn irgendwann unterbricht. Sie möchte wissen, was das für ein gigantischer Park ist, der da zu unserer Linken auftaucht, oder ob die Anlage schon als Wald zählt. Ein Palais schält sich zwischen den Bäumen hervor.

»Ah, Schloss Albrechtsberg!«, erkennt er es. »Eines der drei Elbschlösser, die am Elbhang angelegt wurden. Ist auf jeden Fall einen Besuch wert.«

Meine Freundin seufzt sehnsüchtig, worauf ich die Sehenswürdigkeit für ein andermal in meinem Handy abspeichere.

Als Nächstes erreichen wir die Radeberger Vorstadt. Timon hat nicht zu viel versprochen. Bei den kleinen Villen, die wir passieren, die mal traditioneller, mal futuristisch-modern aufwarten, könnte ich mir gut vorstellen, dass Ali in einer von ihnen gewohnt hat.

»Gibt es hier auch irgendwo einen Sportplatz mit Tribüne?«, erkundige ich mich.

»Ja, den gibt es«, antwortet Timon mir wie aus der Pistole geschossen und ich teile seine Überraschung, weil einiges dafür spricht, dass wir hier richtig sind. Es sei denn, Pieschen hat einen identischen Platz zu bieten, wovon ich mal nicht ausgehe.

Eine Gänsehaut überzieht meine Arme. Soll ich fragen, ob Timon ebenfalls hier aus der Nähe kommt?

»Ali ist da immer laufen gegangen«, sage ich stattdessen, worauf ich ein abfälliges Schnauben von Timon ernte.

»Sicher, dass er nicht eher unter der Tribüne mit irgendwem rumgemacht hat? Sorry, ich will nicht wissen, wie viele Leute da schon Sex hatten. Möglicherweise waren es diese *Amerikanischer Teeniefilm*-Vibes, die dazu geführt haben, dass bei allen die Hormone durchgedreht sind.«

Von dieser Unterstellung bin ich peinlich berührt, obwohl ich so oder so nicht für Alis Verhalten verantwortlich bin. Findet Timon es verwerflich, dass ich mal auf »so einen« gestanden habe? Ich hätte meinen Internet-Freund schon als draufgängerischen Party-Löwen eingestuft, der für so etwas offen gewesen wäre. Wenn es sich ergab, hätte er sicher nicht Nein gesagt, nach dem, was er ab und zu angedeutet hat. Wobei ich es naheliegenderweise unter Rücksichtnahme auf meine Gefühle vermieden habe, ihn mir bei einem Stelldichein mit anderen Menschen vorzustellen.

»Du hast da demnach nicht mitgemacht?«, wirft Vinita ein.

Timon hebt eine Braue. »Der Kick hat durchaus etwas Verlockendes an sich …«

»Das war keine Antwort«, bemerkt sie frech.

»Nun.« Er zuckt mit den Schultern, lässt sich wie immer nicht so leicht ins Bockshorn jagen. »Sollte ich je jemanden finden, der dabei ist, probiere ich's vielleicht mal aus.«

Das finde ich grundsätzlich eine gute Einstellung und beruhigt mich. Timon hält meine Schwärmerei für Ali trotz seines möglichen Lebensstils also nicht für eine Geschmacksverirrung.

»Wollen wir hinfahren?«

Ich bin sicher, mir fallen fast die Augen aus dem Kopf. »Um unter der Tribüne …?«

Timon lacht, und ich merke, wie ich rot anlaufe. Zum Glück lächelt er gleich darauf gewinnend und fängt mich damit auf, bevor ich glauben kann, er würde sich über mich lustig machen. Wie kann jemand so eine Wirkung auf mich haben?

»Damit du dich umschauen kannst, Dude«, stellt er klar. »Oder ist das nicht in deinem Sinne?«

Ich verschlucke mich furchtbar. »Ich … Ja, das wäre toll. Ich glaube nicht, dass wir irgendwas Konkretes finden, trotzdem würde ich den Sportplatz gern sehen. Einfach in dem Wissen, dass das Alis Sportplatz war.«

Ich meine, gegen etwas anderes hätte ich auch nichts einzuwenden. Doch wir sind aus einem anderen Grund hier und außerdem ist Vinita dabei.

Die Hitze, die in mir aufgewallt ist, dränge ich zurück.

An der nächsten Kreuzung wendet Timon und wir biegen in eine Nebenstraße ein, wo ich ein Schild bemerke, das die Sportanlage ausweist.

»Hast du nur davon gehört, dass die Tribüne als Sexkammer benutzt wird oder hast du auch hier gewohnt und weißt deshalb davon?«, spricht Vinita aus, was ich nicht gewagt habe, anzuschneiden.

Ich weiß nicht, ob ich sauer oder dankbar bin, dass sie mir das abnimmt. Dass er nicht mal aufs Handy schauen musste, um den Weg zum Sportplatz zu finden, ist allerdings recht eindeutig.

»Beides.« Timon streicht sich eine Haarsträhne aus den Augen, die der Wind verweht hat. Am Ende der Straße zeigt er auf ein von Efeu bewachsenes Backsteinhaus. Die Ranken winden sich die Hauswand hinauf und um das Balkongeländer herum. »Vor der Trennung meiner Eltern war das da mein Zuhause.«

Obwohl ich es geahnt habe, überrumpelt es mich, das zusätzlich so bildlich illustriert zu bekommen.

»Oh«, murmele ich. »Ist das komisch für dich, hier entlang zu fahren? Wir hätten einen Umweg nehmen können.«

Timon winkt ab. »Soweit ich weiß, wohnt mein Vater inzwischen auch nicht mehr da. Von daher ist es nur ein Haus. Zu Hause habe ich mich dort sowieso nie gefühlt. Und selbst wenn wir uns über den Weg laufen würden, würde er wahrscheinlich vorgeben, mich nicht zu erkennen, damit er nicht mit mir reden muss. So war's jedenfalls, als ich ihn zufällig mal in der Altmarkt-Galerie beim Shoppen gesehen und angesprochen habe. Ich habe buchstäblich gesagt: *Hi, Papa, hast du meinen Outing-Brief bekommen?* Ich denke, das hatte er, weshalb er danach wie vom Erdboden verschwunden war. Bei dieser Begegnung war ich schon eine Weile auf Testosteron. Die Veränderung in meinem äußeren Erscheinungsbild mag ihn kurz verwirrt haben. Natürlich wusste er trotzdem, wer ich bin. Deshalb hat er so gestarrt und ist anschließend quasi davongerannt.«

»Im Ernst?« Vinita macht keinen Hehl aus ihrer Fassungslosigkeit.

»Was für ein …«, beginne ich.

»Arschloch?«, ergänzt Timon. »Ja.«

Es schüttelt mich. Ich kann es mir kaum vorstellen, wie sich die Situation für ihn angefühlt haben muss, weil sowohl mein Vater als auch meine Mutter bei meinem Coming-out zwar überrascht, aber letztlich verständnisvoll reagiert haben. Nachdem sie es ein paar Tage verarbeitet hatten, waren wir wieder zusammengekommen. So hatte ich ihnen alles in Ruhe erklären und sie ihre Ängste mit mir teilen können.

Alles in allem waren wir gleichermaßen zuversichtlich und gestärkt aus dem Gespräch herausgegangen. Wobei wir auch danach hin und wieder offen über bestimmte Aspekte meiner Transition miteinander geredet haben. Für mich war das wichtig, dass sie daran teilhatten, und ich glaube, für sie wurde es dadurch leichter, zu akzeptieren, dass eines ihrer Kinder trans* ist.

Wir erreichen den Sportplatz. Ich schätze, Timon ist nicht scharf darauf, weiter über das Thema zu reden. Was würde es ihm bringen, wenn ich ihm sage, wie leid es mir tut, dass er von seinem Vater so behandelt worden ist? Dafür lege ich ihm flüchtig eine Hand aufs Bein, solange wir uns noch im Auto befinden. So spende ich ihm immerhin minimal Trost, zeige ihm, dass ich für ihn da bin. Seine Mundwinkel heben sich.

Den Wagen stellen wir direkt auf den zur Anlage gehörenden Parkplätzen ab, von wo wir es nicht weit haben. Gerade, als wir durch das geöffnete Tor sind, kriegt Vinita einen Anruf, worauf sie sich mit einem »Mist, da muss ich ran« entschuldigt und uns losscheucht, damit wir ohne sie vorgehen.

Auf dem Rasen in der Mitte der Aschebahn schießt eine Gruppe Jungen einen Ball hin und her. Eben pfeift der Trainer in seine Trillerpfeife und brüllt Anweisungen an seine Schützlinge. Der Ton ist so schrill, dass mir die Ohren klingeln.

Timon beschleunigt seine Schritte. »Menschen, die sich für Fußball interessieren, sind mir suspekt. Sag mir, dass du dich nicht dafür interessierst.«

Wir laufen außen um das Spielfeld herum, und ich stelle mir vor, wie Ali hier vor Jahren regelmäßig seine Runden gedreht hat und die Stufen der Tribüne rauf und runter gesprintet ist. Er meinte, dass ihn das runterbrächte und er es genoss, diese Sache nur für sich zu haben. Das *Dark Whisper*-Forum war die andere.

»Philipp, nun sag schon. Stehst du auf Fußball?«, wiederholt Timon.

»Ähm.« Mir geht auf, dass er auf seine scheinbar scherzhafte Frage eine ernsthafte Antwort erwartet. »Wenn WM ist«, gebe ich zu, »gucke ich ab und zu mal ein Spiel an. Ist das okay?«

Er seufzt. »Ich werde versuchen, damit klarzukommen.«

Dankbar lege ich mir eine Hand auf die Brust. »Das beruhigt mich.«

Nach einem raschen Blick über die Schulter, den er der Fußballmannschaft zuschießt, schlüpft Timon vor mir zwischen den Streben der Tribüne hindurch.

»Treten Sie ein, in die geheimnisvolle Unterwelt einer sündhaften Jugend«, meint er dramatisch.

Es scheinen alle abgelenkt zu sein, weshalb ich ihm nach einer letzten Überprüfung, ob uns jemand beobachtet, nur halb so gelenkig folge. Erwischt werden möchte ich auf keinen Fall. Da zeigt sich mein vorbildliches Betragen, welches man mir im Internat recht wirkungsvoll anerzogen hat. Wobei ich nie zu den Unruhestifter*innen gehört habe und dafür schlicht nicht anfällig war.

Allzu viel hat die Tribüne von unten nicht zu bieten. Ich nehme an, dass ich meine Fantasie benutzen muss, bin an sich froh, dass wir hier niemanden in flagranti erwischen. Das Spannendste sind die Graffitis, die das Gerüst über uns verunzieren. Den Müll, der hier und da herumfliegt, blende ich aus. Es ist nicht der schönste Ort, um Zweisamkeit zu zelebrieren. Immerhin riecht es nicht eklig.

Timon schlendert vor mir her, die Hände in den Hosentaschen, und begutachtet die illegalen Kunstwerke, als fände er etwas in ihnen, das mir verborgen bleibt. Ich komme nicht umhin zu bemerken, dass er sich im Gegensatz zu mir nicht so ziert. Ohne ihn auf irgendeine Weise abwerten zu wollen, fühle ich mich auf einmal verwöhnt, weil ich stets so ein behütetes Leben hatte, dass ich nie an so einem Ort gelandet bin.

»Das ist wie mit dem Pavillon im Park hinter unserer Schule«, sinniert er und klingt dabei traurig. »Alle wussten, dass wir Kids dahin sind, um zu rauchen. Unterbunden hat es niemand.«

Diese Worte zeigen mir, dass es nicht immer nur um Spaß oder jugendliche Rebellion ging, sondern auch den Wunsch nach Halt und einer Stütze, die er und andere nie hatten. Nur stößt er damit darüber hinaus etwas in mir an.

Schule. Pavillon. Rauchen.

Mir wird erst heiß, dann kalt. Nicht zum ersten Mal.

Die Überschneidungen zwischen Timon und Ali wollen nicht aufhören.

Ich beiße mir auf die Zunge. »Wo genau war das?«

Er dreht sich zu mir um. »Johannstadt.«

»Es wäre möglich«, teile ich zögerlich meine Vermutung mit, »dass ihr nicht nur in derselben Gegend gewohnt habt, sondern Ali auch auf dieselbe Schule wie du gegangen ist. Dieser Pavillon kommt mir aus meinen Chats mit ihm sehr bekannt vor.«

Kann sein, dass ich es mir nur einbilde oder ist da ein Ausdruck von Skepsis in Timons Augen? Na ja, es muss ihm inzwischen wie mir merkwürdig vorkommen, dass wir durch seine Vergangenheit eiern, obwohl ich hinter meinem Kumpel her bin.

Eine Falte bildet sich zwischen seinen Brauen. »Ein bisschen gruselig.«

Da sagt er was. Mein Herz klopft wie verrückt, weil sich so unversehens alles verdichtet und die Schule einen vielversprechenden Anhaltspunkt darstellt. Wir könnten dort auf Lehr- oder Putzpersonal, Verwaltungsangestellte oder Hausmeister*innen treffen, die Ali echt gekannt haben. Diese Menschen könnten mir seinen richtigen Namen verraten, wenn sie anhand meiner Beschreibung kombinieren, von wem ich spreche. Womöglich weiß sogar jemand, was er heute macht.

»Hey, sorry!« In diesem Moment taucht Vinita abgehetzt am Zugang zu den Tribünen auf, und Timon und ich fahren zu ihr herum. »Hat leider etwas gedauert.«

»Alles gut.« Ich wundere mich, wie gelassen das herauskommt, obwohl ich mit den Gedanken in der Schule in Johannstadt bin. »Viel gibt es hier nicht zu sehen. Dafür haben wir eine neue Fährte.«

»Oh, ja?« Zweifelnd schaut meine Freundin von mir zu Timon und wieder zurück.

Ob sie glaubt, wir wären voneinander abgelenkt worden, statt uns auf das Unterfangen zu konzentrieren? Jetzt nicht rot werden, sonst bestätigt das nur ihren möglichen Verdacht, dass wir rumgeknutscht haben oder sonst was.

»Wenn du fertig bist«, fragt Vinita dann, »wollen wir erst mal in der Neustadt was zu Mittag essen?«

Timon wirft mir einen nachdenklichen Blick zu, bevor er ihr einen Vorschlag unterbereitet. »Ich habe auch schon Hunger. Im Café *Amadeus* gibt es die besten Sandwiches der Stadt.«

Erneut sieht er mich an, als ob er meine Reaktion auffangen will und erwartet, dass das etwas in mir auslöst. Und das tut es wahrhaftig. Ein Schauder durchläuft mich.

Ali und seine Freund*innen sind meistens zu den Quizabenden oder politischen Gesprächsrunden dort gegangen und über das Essen habe ich mir schon häufiger Schwärmereien angehört. Ist es Absicht, dass Timon dieses Café vorschlägt, um weitere Gemeinsamkeiten zwischen Ali und sich herauszufinden, oder ist es schlichtweg stadtbekannt?

Es folgt ein Räuspern. »Wobei die auch richtig coole Veranstaltungen anbieten. Zu denen haben meine Leute und ich da früher ständig abgehangen.«

Diesmal ist es ein Stromschlag, der mich trifft.

Wieso erzählt er das jetzt, wenn nicht als Test?

»Inzwischen gehen wir nur noch zu den Quiz-Events«, fährt er fort.

»Die Diskussionen an den Themenabenden schaukeln sich teilweise ganz schön hoch. Einmal wurden wir fast rausgeschmissen, weil Nick da schnell emotional wird.«

Okay, das kann kein Zufall mehr sein. So was hatte Ali ebenfalls mal erwähnt. Bin ich in einer Prank Show gelandet?

»Wie dem auch sei«, schließt Timon ab. »Die Mittagskarte ist bestimmt ebenso fantastisch wie bei den Veranstaltungen. Klingt das nach was, was euch gefallen würde?«

»Definitiv«, bestätigt Vinita strahlend.

Nur kann ich nicht fassen, dass er das gesagt hat und nun so tut, als wäre nichts.

Ich möchte schreien.

Völlig unerwartet brandet Ärger in mir auf. Gibt Timon nur vor, dass er keinen Schimmer hat, wer Ali ist? Was, wenn er bereits eine Vermutung hat, wer Ali gewesen sein könnte, so wie es von Vinita in den Raum gestellt wurde?

»Philipp?«, fragt er mich nun, fast etwas besorgt. Das sollte er sich unter den gegebenen Umständen sparen! »Geht das klar?«

»Ja«, erwidere ich knapp, nur um hinzuzufügen: »Das hätte meiner hoffnungslos-verflossenen Jugendliebe aka Alistair auch ziemlich gefallen. Vielleicht habt ihr euch mal an einem dieser Abende im *Amadeus* gesehen.«

Das hat Timon davon, mich an der Nase herumführen zu wollen. Wenn er Spielchen spielen möchte, na bitte. Kann er haben.

KAPITEL 22

PHILIPP

Erstaunen tritt in Timons Miene. Es erfüllt mich mit Genugtuung, dass er ein bisschen aus dem Tritt zu geraten scheint, wo ich längst keinen Boden mehr unter den Füßen habe.

»Wer auch immer dieser Ali war«, bringt er schließlich hervor, wobei sich seine Stimme zu einem Grollen herabsenkt, »er muss ein Dummkopf gewesen sein.« Meine Nackenhärchen stellen sich auf. »Immerhin«, präzisiert er, »hat er dich gehen lassen.«

Damit macht er auf dem Absatz kehrt, drängt sich an Vinita vorbei unter der Tribüne hervor und marschiert los, zurück zum Auto, wie ich vermute.

»Kommt ihr?«, ruft er über die Schulter.

Vinita und ich eilen ihm hinterher. Mein Puls rast und meine Knie schlottern. Hat er das wirklich so gemeint oder wollte er Ali nur eins auswischen? Zumal ich nicht wollte, dass Timon meinen Internet-Freund als Konkurrenz betrachtet. Insbesondere nicht für den Fall, dass sie sich kennen oder gekannt haben. Was ist in mich gefahren? Womöglich war es doch keine Absicht von Timon, mich zu testen, und ich bin bloß ausgeflippt, weil ich ihn im Grunde mit einem »Sag mir alles!« anfahren möchte. Dazu hat er ins Schwarze getroffen. Sollte Ali sich mir nichts dir nichts von mir abgewendet haben, verdient er mich nicht und hat es nie. Und was tue ich? Trauere ihm Ewigkeiten hinterher. Ich will mir die Haare raufen, bis sie zu Berge stehen.

Meine beste Freundin beugt sich im Gehen verschwörerisch zu mir herüber. »Würde mal behaupten, dass du da jemanden eifersüchtig gemacht hast.«

»Ach«, murre ich, »habe ich gar nicht bemerkt.«

»Das ist gut«, behauptet sie. »So ist er sich deiner nicht zu sicher.«

Nur war das keine Strategie, sondern eine Affekthandlung. Keine Ahnung, wieso Vinita glaubt, dass ich etwas davon habe, Timon an meine früheren Gefühle für Ali zu erinnern. Ich fühle mich mies deshalb. Wahrscheinlich meint sie, ich soll durchaus mal signalisieren, dass ich nicht alles mit mir machen lasse. Ich darf etwas wollen und erwarten und muss mich nicht mit dem absoluten Minimum zufriedengeben, wie es mir beim Dating leider zu schnell passiert.

Es dauert keine fünf Minuten, bis wir in der Neustadt ankommen, was ich begrüße, denn so reduziert sich das unbehagliche Schweigen im Auto. Diesmal fahren wir ins Parkhaus. Anschließend spazieren wir durch die umliegenden Gassen. Man merkt gleich, dass das hier ein Szeneviertel ist. Die Straßenzüge sind erfüllt von Leben. Historische Gebäude, in ihnen alternative Boutiquen, und dazwischen Kunstarrangements. Gegenwart und Vergangenheit reichen sich friedlich die Hände. Das sommerliche Wetter, das sich vorbildlich hält, malt das Kopfsteinpflaster, die bunten Blumentöpfe und die stuckreichen Fassaden dazu in den schönsten Sonnenfarben an. Das kulinarische Angebot ist breit gefächert und reicht von traditioneller deutscher Küche bis hin zu zahlreichen Spezialitäten aus allen Ländern.

Das Café *Amadeus* liegt am Martin-Luther-Platz neben der gleichnamigen Kirche. Trotz der vielen Gäste ergattern wir direkt einen Tisch, wenn auch drinnen, weil eine andere Gruppe gerade geht. Nachdem wir bestellt haben, spielt Timon lustlos mit der Zuckerdose, was mich kirremacht, sodass ich mich mit Instagram abzulenken versuche. Ständig kommt in mir die Frage auf, was er denken mag. Immer wieder schiele ich zu ihm, statt ernsthaft Kommentare, Nachrichten oder die neuen Posts von anderen zu lesen.

Ist er wütend oder gekränkt, gar genauso verunsichert wie ich und will nur wissen, worin wir uns da verstrickt haben?

Teilweise finde ich ihn trotz seiner extrovertierten Art unglaublich schwer zu durchschauen. Was ist aufgesetzt und was ist echt? Ich glaube, er ist im Grunde niemand, der es mag, wenn man ihm in die Karten schaut. Obwohl mir seine Gegenwart und Nähe unheimlich schnell vertraut geworden sind, wird mir bewusst, dass wir uns erst wenige Tage kennen. Außer unsere Verbindung rührt doch daher, dass das eben nicht so ist.

Schluss damit!, stoppe ich mich, diese Gedankenschlaufe erneut aufzumachen. So komme ich niemals voran. *Dass Timon Ali sein könnte, hast du abgehakt.*

Praktischerweise ist die Sandwich-Bar hip und dadurch ausgesprochen social-media-tauglich. Ich zwinge mich, ein Selfie zu machen, auf dem ich, wie ich finde, recht überzeugend gute Laune ausstrahle. Danach drehe ich eine kurze Video-Story mit Vinita als Co-Star, wobei ich den Fokus auf das verspielte Mobiliar und die Kuchentheke lege. Timon, der nach wie vor gedankenversunken wirkt und nicht zum Reden aufgelegt zu sein scheint, frage ich gar nicht erst, ob er mit drauf möchte.

Anschließend wirft meine beste Freundin ihren Pferdeschwanz über die Schulter. »Waren mal wieder zweifelhafte Komplimente für mich in deinen Privatnachrichten dabei?«

»Gott sei Dank nicht.« Ich stütze das Kinn in einer Hand ab und hebe die Augen vom Smartphone-Bildschirm. »Es ist mir erspart geblieben, wiederholt zu erklären, wieso manches unangebracht und keinesfalls schmeichelhaft ist.«

»Fortschrittlich.« Sie nippt an ihrem Erdbeer-Eistee, der hausgemacht ist.

Ich darf einmal probieren. Das Getränk hat die perfekte Mischung aus Frische und Süße. Ich hätte mir dasselbe bestellen sollen statt einer Bionade.

Über unseren Sandwiches aus Weizenmischbrot mit einer Spinat-Frischkäse-Creme findet Timon seine Sprache gefühlte Stunden später wieder.

»Also: Ali.«

Ich versuche, ihm meine Erleichterung nicht zu sehr zu zeigen. Dass ich fast vom Stuhl falle, so abrupt, wie ich mich zu ihm umwende, kaum dass ich seine Stimme vernehme, ist da eher kontraproduktiv. Ich warte darauf, dass er fortfährt.

Nach nur einem Bissen legt er das Sandwich wieder auf seinem Teller ab. »Der war hier auch öfter?«

»Hat er erzählt, ja.«

»Was hat er noch so gemacht? In seiner Freizeit?«

Einen Augenblick stutze ich, weil Timon den Spieß nun umdreht. Dabei ist es verständlich, dass ihn die Entwicklung dieses Vormittags neugierig macht.

Meine Aufregung kehrt auf einen Schlag zurück und ich nutze diesen Aufschwung, um meine Vorsicht beiseite zu schieben. »Er hat gern gefeiert, viel Zeit mit seinen Freund*innen verbracht. Neben dem

Laufen und dem Fantasy-Nerdkram hat er es geliebt, Gesellschaftsspiele zu spielen und Technik fand er mega spannend. Er wollte stets begreifen, wie die Dinge funktionieren, weshalb er auch mal Tage lang irgendwelche Geräte auseinanderschrauben konnte. Wovon ich hin und wieder Fotos bekam.«

Erschrocken breche ich ab, als ich merke, wie ich ins Schwärmen gerate. Das war keine Absicht. Meine Mundwinkel wollen nicht gehorchen und weigern sich, unten zu bleiben. Ich mochte jede von Alis Eigenarten.

»Irgendwie war er so eine Art Vorbild für mich«, schiebe ich in der Hoffnung, dass es das abschwächt, hinterher. »Gerade was das Thema Queerness betraf, hat er mir, ohne es zu wissen, so viel weitergeholfen.«

Timon räuspert sich. »Klingt, als hätten wir uns eigentlich verstehen müssen. Kann sein, dass ich ihn vorschnell verurteilt habe.«

»Ali war großartig.« Mist. »Ich meine …«

»Ist okay, dass er dir so wichtig war.« Möglicherweise hätte ich Timon sogar geglaubt, wenn er nicht aussehen würde, als ob er in eine Zitrone gebissen hätte. »Er war demnach Teil der LGBTQIAP+ Community?«

»Ich gehe davon aus, kann es allerdings nicht hundertprozentig sagen.«

»Mhm.« Er kratzt sich am Kinn, den Blick auf einmal ins Leere laufend.

Ist das, weil er gehofft hat, Ali wäre nicht nur insgeheim, sondern offensichtlich ein Arsch? Oder steckt mehr dahinter?

Während ich mit den Stimmen in meinem Kopf darüber debattiere, ob ich ihn nun direkt frage, ob er eine Vermutung hat, wer Ali gewesen sein kann, verpasse ich den Moment. Plötzlich kommt es mir wieder unangebracht vor, ihn darum zu bitten, mir seine Gedanken darzulegen.

Zu meinem Leidwesen spricht Timon Ali nicht noch mal von sich aus an. Vinita lässt es ebenfalls bleiben. So ganz ist sie, glaube ich, nicht mehr bei der Sache, seit sie vorhin dieser Anruf erreicht hat. Nachher muss ich mal nachhaken, wer das war. Sie leiert auch nicht an, dass wir gleich rüber in die Altstadt gehen, und ich weiß nicht, ob ich das mit der Schule aufgreifen soll oder offenlasse, was wir als Nächstes anstellen wollen.

Nunmehr schlecht als recht schaffe ich es, mein Mittagessen hinunterzuschlingen. Dabei ist es wie der Eistee eine Delikatesse, doch Timons Stimmungsumschwung beschäftigt mich weiter. Was weiß er? Nach der Hälfte seines Sandwichs lehnt er sich zurück und hört auf zu essen. Sein Gesichtsausdruck ist undurchdringlich. Mir wird immer unwohler zumute.

»Keinen Appetit mehr?«, fragt Vinita ihn behutsam, als sie von der Toilette zurück ist.

Irritiert blinzelt er sie an, nur um dann den Kopf zu schütteln. Mittlerweile mache ich mir wirklich Sorgen. Dahinter verblassen sogar meine Frustration und Angst vor der Wahrheit. Er steht ja förmlich neben sich!

Während meine beste Freundin bezahlt, husche ich auch schnell aufs Klo, nehme mir fest vor, dass ich mich gleich nicht erneut zurückhalten werde. Nachdem ich fertig bin, kommt Timon mir im Vorraum der Herrentoilette entgegen und verschwindet rasch in der einzigen Kabine, die ich nun nicht mehr blockiere.

Eben will ich die Toilette verlassen, um draußen auf ihn zu warten, als ich ein beunruhigendes Geräusch aus der Kabine höre. Ein Husten und Würgen. Darunter ein … Wimmern?

»Übergibst du dich etwa gerade?«, entfährt es mir entsetzt und ich haste zurück zu der verschlossenen Tür, bis ich merke, dass Timon sie nur angelehnt hat oder das Schloss in seiner Eile nicht richtig eingerastet ist.

Als ich die Tür aufdrücke, betätigt er die Spülung.

»Sorry«, stöhnt er, sackt zusammen. »Das hättest du nicht mitkriegen sollen.« Seine Haut ist wächsern und von Schweiß überzogen. Er sieht so elend aus, dass ich diesmal keine Sekunde daran denke, ihm fernzubleiben.

Mein Herz überschlägt sich.

»Ich muss mir irgendwas eingefangen haben.«

Wahrscheinlich hätte mich spätestens das davon abhalten sollen, mich Timon zu nähern. Nur schätze ich, ist das eine Lüge und das hier ein Notfall, was jede*r erkennen sollte. Im nächsten Augenblick bin ich bei ihm, um ihn zu stützen, bis er sich wieder aufgerappelt hat. Ich kann sein Zittern spüren und sein Arm liegt schwer um meine Schultern.

»So«, sage ich, als wir stehen. »Das hätten wir. Geht's?«

Timon bringt kaum ein Nicken zustande, geschweige denn Gegenwehr. »Danke.«

Mit meiner Hilfe schleppt er sich zu den Waschbecken, an deren Rand er sich festkrallt. Obwohl es mir widerstrebt, trete ich nun ein Stück von ihm zurück. Nicht, weil ich will, sondern weil ich merke, dass ich ihn verlegen mache. Dabei könnte er jederzeit umkippen. Allerdings wäre ich an seiner Stelle genauso wenig begeistert, wenn er mich beim Kotzen beobachtet hätte. Er spült sich den Mund aus, benetzt sich das Gesicht mit Wasser.

»So eine Scheiße«, murmelt er, wäscht sich die Hände.

Mit ungeahnter Vehemenz reißt er danach mehrere Papiertücher aus dem Spender. Fast erwarte ich, dass er gegen den Mülleimer tritt.

»Hey«, beschwichtige ich ihn und lege ihm wie von selbst eine Hand auf den Unterarm.

Er zuckt zusammen.

Nein, vor mir zurück?

»Mach dir keinen Kopf«, bemühe ich mich um eine weiterhin ruhige

Stimmlage und rate, was ihn aufregt, weil vielleicht ist es doch, wonach es für Unbeteiligte vermutlich aussieht. »Vinita kann uns zurück nach Pirna fahren, wenn es dir nicht gut geht.«

»Aber«, setzt Timon an, »wir haben bisher so gut wie nichts über Ali in Erfahrung gebracht und ihr wolltet Sightseeing machen und …«

»Wir haben ja noch ein paar Tage«, falle ich ihm ins Wort, nehme ihm sanft die zerknüllten Tücher ab und streiche ihm die feuchten lila Haarsträhnen aus der Stirn. Er hindert mich nicht daran, scheint vielmehr die Luft anzuhalten. Ob es mir gefällt, dass es ihn nicht mehr schert, wer hereinkommen könnte, obwohl wir keinen Abstand zueinander halten? Ja. Seine braunen Augen sind so geweitet, dass ich das Gefühl habe, hineinzufallen. »Gar kein Problem.«

»Ich mach mir weiter Gedanken«, verspricht er, dabei schaut er zu Boden. Timon schaut zu Boden? Das ist was Neues! Ein ungutes Kribbeln überläuft mich. »Mir könnte noch was einfallen, das dir bei deiner Suche hilft.«

»Alles okay«, wiederhole ich.

Plötzlich lässt er seine Stirn gegen meine Schulter sinken. Automatisch lege ich die Arme um ihn. Sein vertrauter Geruch umfängt mich und hätte mich garantiert in andere Sphären befördert, wenn mir nicht gleichzeitig klar geworden wäre, dass er sich an mich klammert. Als wollte er von mir beschützt werden. Mein Mund wird staubtrocken. Ich würde ihn gern beschützen. Nur fürchte ich, bin ich mir auf einmal sicher, dass das, was in ihm arbeitet, mich nicht minder heftig treffen wird, sobald es sich zeigt. Es ist so heftig, dass es sich ihn hat übergeben lassen.

»Sag mal.« Timon spricht so leise, dass ich ihn fast nicht verstehe. Dabei befindet sich sein Mund ganz nah an meinem Ohr. »Wann genau ist das mit dir und Ali auseinandergegangen?«

Ich wusste es. Was sonst, wenn nicht mein Internet-Freund, sollte ihn derart aufgewühlt haben? Wir müssen unbedingt reden, egal, wie hart es wird.

Meine Zunge liegt schwer in meinem Mund, doch sie gehorcht. Ich nenne ihm das Datum, an dem Ali und ich uns treffen wollten: Es war der dritte Juli 2016.

Als Timon sich von mir löst, wischt er sich hastig mit dem Handrücken über die Wangen. Er sieht mich nicht mehr an.

Mein Magen rutscht eine Etage tiefer.

»Timon, was –«

»Du hast recht«, unterbricht er mich. »Es wäre gut, wenn Vinita uns jetzt direkt zurückbringt. Ich muss mich echt hinlegen. Ich bin froh, dass du mir nicht böse bist.«

»Natürlich nicht«, versichere ich ihm überrumpelt, weil ich bin, wie ich bin. Wäre es nur nicht so offensichtlich, dass es hier um etwas anderes geht. Die Frage ist, um was.

KAPITEL 23

PHILIPP

Vinita nimmt die Planänderung ohne großes Aufheben und verständnisvoll hin. Etwas anderes hatte ich nicht erwartet, zumal Timon immer noch angeschlagen aussieht. Wahrscheinlich muss ich ihm die Zeit geben, die er braucht, da ihn irgendetwas dermaßen erschüttert. Es fällt mir nur schwer zu ertragen, dass er sich vor mir zurückzieht. Ich wünschte, ich könnte etwas für ihn tun. Weil er meinen Blicken ausweicht, vermute ich, möchte *er* mich jedoch gerade nicht in seiner Nähe haben.

Statt mich zu ihm nach hinten zu setzen, nehme ich wieder auf dem Beifahrersitz Platz und starre strikt auf die vorbeiziehende Landschaft, während meine beste Freundin uns diesmal über die Dresdner Vororte im Cabrio sicher nach Pirna zurückfährt. Leider nehme ich wenig von der Strecke wahr. Das Chaos in meinem Kopf hält mich vollständig gefangen.

Immer wieder schließe und öffne ich meine im Schoß liegenden Fäuste. Als wir vom geheimen Weiher mit den Fahrrädern heimfuhren, wusste ich, aus welchem Grund ich es versaut hatte. Jetzt weiß ich nicht mal, was ich falsch gemacht habe, wodurch es ungleich schlimmer wird. Habe ich etwas falsch gemacht? Kann ich das, was nicht stimmt, überhaupt in Ordnung bringen und Timon die Last von den Schultern nehmen? Wie soll ich das herausfinden, wenn er nicht mit mir spricht? Mein Magen ist ein steinharter Klumpen.

Wieso mussten sich meine Befürchtungen bewahrheiten?

Ich wünschte, ich hätte Ali nie gekannt, wenn ich Timon dadurch nicht verlieren müsste. Denn er ist hier, er ist da und kein Phantom, wie es Ali letztlich war. Das sehe ich nun klarer als je zuvor. Ali hat mich nie richtig in sein Leben gelassen. Nur wäre ich Timon ohne Ali nicht begegnet. Diese Erkenntnis und die Absurdität meines Haderns sind fast komisch. Nach Lachen ist mir trotzdem nicht zumute.

Wie ist mir der junge Mann mit der rebellischen Ader innerhalb kürzester Zeit so wichtig geworden? Ich muss damit aufhören, mein Herz so schnell zu verschenken. Denn es tut höllisch weh.

Bevor Timon in seinem Haus verschwindet, entschuldigt er sich wiederholt, weil er »unseren Ausflug ruiniert hat«. Er verspricht, sich eine Wiedergutmachung einfallen zu lassen, was Vinita mit einer *Ist nicht nötig*-Geste abtut. Das werte ich als gutes Zeichen und beschließe, den Subtext als *Ich melde mich* zu lesen. So oder so wird er mir nicht wirklich ausweichen können. Nicht nur weiß ich, wo er wohnt, sondern sicherlich muss er hier und da am Haus oder auf dem Hof herumwerkeln. Das beruhigt mich, daran halte ich mich fest. Er wird sich beruhigen, und danach klären wir, was es zu klären gibt. So machen wir das.

Die Haustür schlägt hinter ihm zu.

Wenige Augenblicke, nachdem Timon gegangen ist, öffnet sie sich erneut und ein älterer Mann in Latzhose und mit einer schwarzen Brille auf der Adlernase tritt heraus. Der getigerte Kater folgt ihm auf dem Fuß.

Vinita grüßt zuerst und der alte Mann grummelt etwas. Ich beeile mich, ein »Hallo« zu murmeln. Das muss Timons Opa sein, von dem er alles übers Handwerkern gelernt hat.

Vinitas Hand berührt meinen Ellbogen, ehe sie sich bei mir unterhakt. »Lass uns reingehen, ja? Ich bin irgendwie auch erledigt.«

Dem habe ich weder etwas entgegenzusetzen noch hinzuzufügen. Wahrscheinlich ist es einer dieser Tage, die man offiziell nur abhaken kann, in der Hoffnung, dass morgen besser wird. Wie heftig es mich auch in den Fingern juckt und ich mich um Timon sorge, heute werde ich ihm nicht mehr schreiben. Jetzt gilt es, die Sache ruhen und sacken zu lassen. Deshalb nehme ich mir vor, auch nicht mit Vinita das Thema noch mal durchzugehen. Außerdem möchte ich Timon nicht drängen. Wenn ich Glück habe, schreibt er mir vorher von sich aus. Bis dahin werde ich mich ablenken und versuchen, mich zu verhalten, als hätte ich alles im Griff.

Weil das eine der wirkungsvollsten Methoden ist, um weniger grandiose Phasen zu überstehen, beenden meine beste Freundin und ich den Montag einstimmig mit einem Serienmarathon auf Netflix. Nach Vinitas Gebeten starten wir mit einem Re-watch von *Atypical* auf ihrem MacBook und richten uns dazu eine kleine Höhle in der Lücke zwischen unseren Einzelbetten im Schlafzimmer ein.

Auf mein vorsichtiges Nachfragen bezüglich des Anrufs auf dem Sportplatz sagt Vinita mir, dass es ihre Dozentin war, die mit ihr wegen der letzten Klausur, die sie geschrieben hat, sprechen möchte. Das müsse sie Freitag tun, wenn wir wieder in Dortmund seien. Sie wirkt leicht nervös, dabei kann ich mir nicht vorstellen, was es da zu besprechen geben sollte.

Das teile ich ihr mit.

Ich finde es krass, wie sehr sie ihr Studium liebt und wie sie das alles durchpowert. Meine letzten Prüfungen habe ich erst mal geschoben, obwohl ich sie wahrscheinlich ohnehin nie antreten werde. Im Grunde müsste ich die Exmatrikulation einreichen oder mich für ein anderes Fach einschreiben, wenn ich denn wüsste, was ich studieren möchte. Irgendwann – eher früher als später – sollte ich mich damit auseinandersetzen. Was das betrifft, habe ich Glück, dass meine Eltern so gelassen sind und mich problemlos finanziell unterstützen können und dies auch tun.

Ich wappne mich dagegen, dass Vinita mich für meine »Schleimerei« hauen wird, stattdessen lächelt sie mich schief an. »Du bist lieb.«

So was höre ich selten von ihr in diesem Zusammenhang. Meist ist es »nervtötend« oder »Halt die Klappe«, wenn auch niemals mit ernsthaft fieser Absicht dahinter.

»Muss ich mir Sorgen machen?«

Vinita zeigt zum Bildschirm und führt einen Finger an die Lippen.

»Bin schon still«, gehorche ich, jedenfalls für die nächsten zwei Minuten, und tue so, als würde ich meine Aufmerksamkeit dem Geschehen rund um Sam und Co. widmen.

»Timon weiß was«, sage ich dann aber doch.

»Was willst du nun tun?« Ich schätze es, dass sie nicht lang und breit rekonstruiert, wie ich darauf komme. Wahrscheinlich hatte sie bereits einen ähnlichen Gedankengang.

»Vermutlich braucht er ein bisschen, um die Tatsache zu verdauen, dass er eine Verbindung zu Ali hat«, mutmaße ich. »Bevor ich ihn zur Rede stelle, warte ich noch etwas.«

»Ist gut.« Vinita schlingt die Arme um ein Kissen und wendet den Blick nicht mehr von ihrem MacBook ab.

Timon zur Rede zu stellen, wird nur gar nicht so leicht, wie ich es mir ausgemalt habe.

Bis Dienstagfrüh höre ich nichts von ihm, sodass ich beim Frühstück einen WhatsApp-Chat starte. Zaghaft strecke ich die Fühler aus: *Hey, wie geht's dir heute? Ich hoffe, besser. Können wir uns nachher unterhalten?*

So weit, so gut.

Timon liest die Nachricht in derselben Sekunde, in der ich sie abschicke, und mein Herz schlägt einen Salto. Fast hätte ich gehustet und Orangensaft über den halben Tisch gespuckt. Nur antwortet er nicht – und zwar stundenlang. Meine Hoffnung stirbt Stück für Stück. Erst denke ich, dass er eben arbeitet. Andererseits habe ich deshalb extra nach *später* und nicht *sofort* gefragt. Geht es ihm so schlecht?

Gefühlt starre ich ununterbrochen auf mein Handy und beschwöre es im Stillen, mir eine Antwort von Timon zu präsentieren. Irgendwann schlägt Vinita vor, ob wir nicht was unternehmen wollen. Just for fun, ohne einen Hintergedanken dabei zu verfolgen. Dieses Verhalten von mir kennt sie schließlich zur Genüge und sicher lässt es sämtliche Alarmglocken in ihr schrillen.

»Wie wäre es mit der Besichtigung der Festung Königstein im Elbsandsteingebirge?«

Ich zögere. »Ich weiß nicht. Eigentlich möchte ich lieber hierbleiben. Sollte Timon mich sehen wollen und ich nicht da sein …«

Vinita bedenkt mich mit einem missbilligenden Blick.

»Bitte versuch gar nicht erst, mich umzustimmen«, sage ich, weil ich für eine solche Diskussion zusätzlich zu allem anderen keine Nerven habe. »Schon klar, ich sollte nicht auf Abruf springen. Ich würde mich nur so ärgern, wenn wir das, was zwischen uns steht, nicht schnellstmöglich aus der Welt schaffen könnten.«

Meinen Fehler erkenne ich zu spät.

Sie senkt ihre Kaffeetasse, klingt gekränkt. »Du weißt, dass ich immer nur das Beste für dich möchte?«

»Ja, natürlich!«, beteuere ich schnell. »Tut mir leid, ich bin zu durch. Was ist jetzt mit Ali und was heißt das für Timon und mich?«

Hoffentlich glaubt sie mir.

Meine beste Freundin schürzt die Lippen. »Wäre es denn für dich okay, wenn ich mir die Festung allein angucke?«

Zuerst bin ich verwirrt von dieser Idee. Andererseits spricht nichts dagegen. Ich brauche die Burg nicht zwangsläufig zu sehen.

»Logisch.« Ich zwinge mich zu mehr Enthusiasmus. »Tu das! Ich will dich nicht aufhalten.«

Das lässt sie sich nicht zweimal sagen. Vinita packt etwas Proviant und eine Wasserflasche in ihre Handtasche, ehe sie sich mit einem »Ruf mich an, wenn was ist« verabschiedet. Damit ist sie aus dem Haus. Mein »Du mich auch!« hallt in der Stille der Wohnung wider, die zurück bleibt.

Hätte ich mitgehen sollen? Ist Vinita sauer auf mich?

Ich vergrabe das Gesicht in den Händen und erlaube es mir, einmal ausgiebig zu stöhnen.

Als Nächstes schreibe ich Jule eine Nachricht: *Hast du gerade Zeit zum Reden?*

Ich könnte einen neutraleren Blick und eine unvoreingenommene Meinung zu meinem Timon-Desaster gebrauchen.

Sonntag hatte ich nicht die Möglichkeit, in Ruhe mit meiner ältesten Schwester zu sprechen und sie auf den neuesten Stand zu bringen, weil Mama und Papa und meine anderen Geschwister dabei waren. Dadurch, dass ich mich nur per Skype dazu geschaltet hatte, konnten wir uns nicht zu zweit ausklinken. Obwohl ich behaupten würde, mit allen von ihnen auszukommen, ist mir Jule definitiv am nächsten. Sie ist die personifizierte menschliche Glucke, die uns alle vereint. Okay, zu Max und Katrina habe ich kein so enges Verhältnis. Die zwei sind wie Pech und Schwefel, eine nahezu untrennbare Einheit, die insbesondere früher öfter Unfug im Kopf hatte. Antonia und Raffi finde ich beide auf ihre Art total goldig. Wahrscheinlich, weil sie wie ich zu der introvertierten Sorte Mensch gehören und wir oft ein wortloses Verständnis füreinander haben.

Leider scheint Jule im Büro zu sein, sie liest meine Nachricht nicht mal. Antonia teilt mir immerhin mit, dass sie bis über beide Ohren in ihren Medizinbüchern vergraben sei. Raffi ist dagegen nicht der größte Redner. Er spricht eher durch seine Musik. Daher versuche ich es bei ihm gar nicht erst.

Verdammt.

Wofür hat man eine so große Familie, wenn niemand Zeit für einen hat, sobald man ein offenes Ohr braucht? Logischerweise stimmt das nicht, jetzt gerade kommt es mir nur so vor.

Nach drei Stunden Schweigen schicke ich ein *Timon?* in den von mir eröffneten Chat hinterher. Meine Sorge wächst, dazu wird meine Ungeduld stärker. Kann er mir wenigstens mitteilen, wenn er nicht reden möchte? Das wäre fairer, als mich völlig im Unklaren zu lassen.

Ich nutze den Leerlauf, indem ich mehrere längere Instagram-Captions vorschreibe.

Ich beginne mit dem Text über sexuelles Verlangen und darüber, dass trans* und nicht-binäre Personen durchaus ein gesundes und erfülltes Sexleben haben können. Genau wie cis Menschen – Überraschung. Unabhängig von der optimalen Uhrzeit zum Posten lade ich ihn hoch, sobald er fertig ist. Das Foto, das ich dazu wähle, zeigt eine halbnackte Statue von meinem letzten Museumsbesuch. Das Bild ist bei einem Date mit Hannes entstanden, bei dem wir uns eine Kunstausstellung in Düsseldorf angesehen hatten. Es kommt mir vor, als wäre das ein halbes Leben her. Mit etwas Abstand merke ich nun, dass ich in diesem Fall nicht an Hannes als Person interessiert war, sondern es mir mehr darum ging, überhaupt irgendwen zu haben. Für so etwas möchte ich mich nie wieder hergeben.

Ein Kloß bildet sich in meinem Hals.

Mit Timon ist das etwas anderes. So wie es das bei Ali war. Ich öffne WhatsApp, habe eine erneute Lesebestätigung erhalten. Tippen tut Timon laut der Anzeige nach wie vor nichts.

Was ist denn bloß los?

Ich atme tief durch und schließe den Messenger, gehe wieder in die Notiz-App, um als Zweites eine hauptsächlich witzige Anekdote über die Unterschiede zwischen Damen- und Herrentoiletten zu verfassen. Am Ende plädiere ich für mehr genderneutrale Toiletten.

Danach: Nach wie vor keine Nachricht von Timon.

Zunehmend verbissener stelle ich jetzt Vor- und Nachteile der verschiedenen Varianten für die Hormontherapie zusammen. Anschließend sichte ich die ersten Reaktionen zu meinem frisch hochgeladenen Beitrag.

Jemand hat darunter kommentiert: *Gott, ja! Als ich mich als trans* geoutet habe, war eine der ersten Rückfragen, ob das bedeutet, dass ich nie wieder Sex haben möchte. Klar spielen Unsicherheiten mit dem eigenen Körper häufig eine Rolle. Wobei es für die Person, glaube ich, eher undenkbar war, dass irgendwer mit trans* Menschen zusammen sein wollen könnte.*

Das versetzt mir den altbekannten Stich. Dementgegen entscheide ich mich für eine selbstbewusste Antwort, beflügelt von meiner Wut: *Komisch. Dabei sind so viele von uns so sexy. Traurig, was solche Leute verpassen!*

True that, stimmt mir ein*e andere*r User*in sogleich zu, und ich muss lächeln. *Natürlich können wir unseren Spaß haben. Immer dieses Klischeedenken …*

Selbstredend läge es mir fern, den Schmerz angesichts von transfeindlichen Ansichten und Aussagen für nichtig zu erklären, denn er ist wie diese sehr real und weit verbreitet.

Persönlich habe ich auch oft Kommentare dieser Art zu hören bekommen: »Aber du stehst doch auf Männer. Ist es als heterosexuelle cis Frau nicht viel leichter, einen Partner zu finden, als für einen schwulen trans* Mann?«

Was wiederum fast in die gegenteilige Richtung ausschlägt. Obwohl ich nicht vorhabe, zukünftig entsagend zu leben, transitioniere ich ebenso wenig, *um* einen Partner zu finden. Ich tue es, damit ich ich selbst sein kann.

Die Sache mit Timon hat mir nur scheinbar in Bezug auf mein Transsein eine neue Sichtweise gegeben. Niemals wäre *ich* auf die Idee gekommen, kategorisch keine trans* Männer zu daten. Wieso auch? Solche Pauschalisierungen rühren meistens von Vorurteilen oder Hass, der Ansicht, trans* wäre »unnatürlich« oder gar »ekelhaft«. Bis jetzt hatte ich mich bloß nie in einen trans* Mann verguckt. Nun habe ich den direkten Beweis, dass das möglich ist.

Irgendwann wird es mir zu bunt. Ich lasse Instagram links liegen und gehe nach draußen, um nach Timon Ausschau zu halten und das Gespräch aktiv zu suchen. Ich habe es satt, mich in die furchtbarsten Szenarien rein zu steigern und brauche Klarheit. Dass auf mein Klingeln niemand aufmacht, war zu erwarten. Trotzdem wollte ich es versuchen. Eine Weile lungere ich im Hof herum und setze mich auf die Bank vor dem Haus. Der Anblick der Blumen, der Weinreben und des Brunnens erfreut mich heute nicht ansatzweise. Die Garage ist verschlossen. Durch die Fenster erspähe ich Timon leider auch nicht. Ich stehe wieder auf. Im Garten haben sich drei laute Kids mit ihren Eltern ausgebreitet. Wahrscheinlich die Leute, denen der Van gehört, weshalb ich mich dort nicht aufhalte.

Zu meiner Überraschung finde ich den Hof nicht mehr verwaist vor, als ich zurückkehre. Timons Freundin Leonie ist soeben dabei, sich auf das Fahrrad zu schwingen, welches sie Vinita und mir für die Rückfahrt vom See geliehen hatte. Stimmt ja, sie wollte es die Tage abholen.

Als Leonie mich bemerkt, bremst sie ab. »Oh, hi, Philipp! Wie geht's?«

War Timon vorhin hier und hat ihr das Rad rausgebracht?

Adrenalin schießt durch meine Adern und meine Handinnenflächen beginnen zu schwitzen. Automatisch drehe ich mich einmal suchend im Kreis, nur finde ich ihn nicht.

»Hi«, entgegne ich, gelange wieder bei ihr an. »Hast du Timon gesehen?«

Ihr rundes Gesicht verzieht sich zu einer Grimasse. »Nur kurz. Er hatte es eilig. Manchmal ist er ein muffeliger Klotz.«

Wirklich jetzt?

»Danke«, sage ich dennoch zu Leonie, »für die Auskunft.«

Sie kann nichts dafür, dass ich ihn ausgerechnet verpasst habe.

»Ich hatte gehofft, dafür wenigstens Brunhilde über den Weg zu laufen«, macht sie ihrer Enttäuschung weiter Luft. »Timons Großmutter. Die hätte mich bestimmt zum Essen eingeladen, und du musst wissen, ihre Kochkünste sind göttlich. Aber nope, nichts, nada«, ergänzt sie zur Erklärung für mich. Schweigend und etwas erstaunt, nehme ich zur Kenntnis, dass Leonie und Timon so eng befreundet sind, dass sie näher mit seiner Familie bekannt ist. Da zuckt eine ihrer Augenbrauen in die Höhe. »Kann es sein, dass Timon sich vor dir versteckt?«

»Was? Nein!«, streite ich sofort ab. Meine Wangen werden heiß.

Hätte Leonie nicht eher fragen müssen, ob ich ihn suche? Skeptisch mustere ich sie. Was glaubt sie, was ich angestellt habe?

Leonie sieht aus, als ob sie mir kein Wort abkauft. Ihr blonder Bob ist stylisch zerzaust und ihr hellblaues Kleid hat ein Gänseblümchenmuster, was schnell über ihre Gerissenheit hinwegtäuscht.

»Klassischer Timon-Move«, kommentiert sie dann. Demnach hat sie nicht mir etwas vorgeworfen, sondern ihm, dass er sich rarmacht. Allerdings bestätigt sie mir damit, wie verloren ich wirke. Na toll. »Mach dich nicht verrückt. Der taucht immer mal unter und kommt genauso wieder zur Vernunft.«

»Äh, na gut«, stammele ich.

Ich weiß nicht, ob es dadurch besser wird oder schlechter. Und *einfach so* hat er sich in unserem Fall nicht verkrochen. Dazu ist meine Zeit hier – wie unsere gemeinsame – begrenzt, weshalb ich nicht ewig warten kann. Keine Ahnung, ob die Timon noch etwas wert ist. Mir ist sie das hundertprozentig.

Ich fasse einen Entschluss: Wenn er mir ausweicht, muss ich mir an anderer Stelle Antworten beschaffen. Sofern Vinita nichts dagegen hat, steht für morgen also ein zweiter Dresden-Trip auf dem Plan. Nach der Altstadt, die wir gestern nicht mehr geschafft haben, geht es nach Johannstadt, um Timons und Alis alter Schule einen Besuch abzustatten.

KAPITEL 24

PHILIPP

Ich freue mich ehrlich, dass meine beste Freundin heute schon mal bekommt, was sie will. Anders als am Montag nehmen wir die S-Bahn von Pirna nach Dresden. Das bedeutet vor Ort einiges an Lauferei, doch Vinita ist angetan davon, durch die Stadt zu treiben. Vor wenigen Minuten sind wir am Hauptbahnhof angekommen und gehen nun die Prager Straße hinunter.

Der Alleingang zur Festung hat ihr gut getan. Sie ist wieder motiviert, »richtig durchzustarten« und schwebt in ihren Riemchensandalen nahezu über den Bürgersteig, wobei der fast bodenlange buntgemusterte Rock sanft um ihre Fußknöchel streicht. Ihre fröhliche Stimmung heitert mich sogar etwas auf und es beruhigt mich, dass die Dinge zwischen uns wieder in Ordnung sind.

Als sich die elegante Altstadt vor uns öffnet, versuche ich mit aller Macht, mich ebenfalls aufs Hier und Jetzt einzulassen. Die Gedanken an Timon und Ali und das Wissen darum, dass wir bereits Mittwoch haben und unsere Abreise für morgen geplant ist, verdränge ich. Durch die getönten Gläser meiner Sonnenbrille bestaune ich das prachtvolle Stadtzentrum, das sich mir bietet und eine jahrhundertelange Geschichte zu erzählen hat.

Der Anblick der Barock- und Renaissancebauten und jener aus dem neunzehnten Jahrhundert ist atemberaubend. Hier finden sich Dresdens Regierungsgebäude und Wahrzeichen wie die Semperoper oder die weltberühmte Gemäldegalerie im Zwinger unmittelbar beieinander. Der Kuppelbau der Frauenkirche erstrahlt vor Glanz. Durch die Biegung, die die Elbe an dieser Stelle vollführt, kommen die Terrassenufer und die altehrwürdige Augustusbrücke umso besser zur Geltung. Viel schöner kann es im Grunde nur bei Nacht werden, wenn die sandsteinfarbenen Gebäude im gelblichen Licht der Laternen leuchten, wie man es von Fotos kennt.

Während wir umherschlendern, passieren wir ein Denkmal nach dem anderen. Irgendwann reiße ich einen Witz darüber und danach prusten wir jedes Mal fast vor Lachen los, weil die Statuen eine lächerlich hohe Anzahl erreichen. Wer sind all diese Leute? Wahrscheinlich tut es schlichtweg gut, herumzualbern, bevor der Spaß vorbei sein wird. Nachdem wir ungefähr hunderte Bilder der Sehenswürdigkeiten sowie mit- und voneinander geschossen haben, holen wir uns je eine vegane Falafel auf die Hand, bevor wir uns durch eine royal anmutende Gartenanlage Richtung Johannstadt durchschlagen. Das letzte Denkmal, an dem wir vorbeikommen, ist dem Maler Caspar David Friedrich gewidmet, den zu kennen ich mich nach den ganzen mir unbekannten Persönlichkeiten rühme.

Hinter der Synagoge enden die verwinkelten Gassen und Treppen und anstelle der schmucken Gebäude treten Plattenbauten aus Zeiten der DDR.

Zwar gibt es im Stadtteil Johannstadt zwei Schulen, doch nur eine grenzt an einen Park an. So konnten wir unser Ziel im Vorfeld festmachen. Zu meiner Erleichterung hat »unsere« Schule momentan sogar geöffnet. Als ich Vinita meinen Plan mitteilte und sie nach meiner so jäh erwachten Entschlossenheit gestern anmerkte, dass wir leider Ferien haben, war es erst ein Schockmoment für mich. Das hatte ich komplett vergessen! Über den Sommer finden zum Glück ein paar AGs und Nachhilfekurse statt. Wenn das kein positives Vorzeichen dafür ist, dass ich dort fündig werde?

Nach und nach sickert zu mir durch, dass nun womöglich der Moment gekommen ist, auf den ich sechs Jahre gewartet habe. Näher werde ich einer Antwort auf die Frage, was mit Ali geschehen ist, vielleicht nie kommen.

Außer Timon fügt dem etwas hinzu. Wobei er nicht zum Reden aufgelegt zu sein scheint, und ich werde mich nicht mehr darauf verlassen und von ihm abhängig machen. Weder was meinen Internet-Freund betrifft, noch in irgendeiner anderen Sache – wie meinem seelischen Gleichgewicht.

Während Google Maps die Strecke herunterzählt, die wir zurückzulegen haben, beschleunigt sich nicht nur mein Herzschlag, sondern mit ihm meine Atmung. Ich könnte es darauf schieben, dass es über dreißig Grad warm ist, nur das allein ist nicht der Grund, weswegen mir das T-Shirt schweißnass am Rücken klebt.

»Bereit?«, fragt Vinita, als der Neubau, der das Gymnasium beherbergt, hinter dem nächsten Wohnblock auftaucht. Der Park mit dem Raucher-Pavillon muss sich wie der Schulhof auf der Rückseite befinden. Es scheint Pause zu sein, weshalb Kinderstimmen zu uns herüberhallen.

»Nein«, gestehe ich ihr. »Aber jetzt sind wir da, also ziehen wir es durch.«

»Du kannst auf mich zählen«, versichert sie mir und drückt meine Hand.

Ich drücke zurück.

Vinita geht voran und hält mir die Tür auf.

Drinnen ist es kühler, als ich erwartet habe, was immerhin das Atmen erleichtert. Die Eingangshalle empfängt uns mit Linoleumboden, einem schwarzen Brett und Bildern an den Wänden, die sicher aus dem Kunstunterricht stammen. Linker Hand zweigt ein Flur ab, in dem laut Beschilderung Sekretariat, Lehrerzimmer und weitere Büros sowie das Krankenzimmer untergebracht sind. Geradeaus geht es in eine größere Halle, die durch eine Glaswand abgetrennt ist und als Aufenthaltsbereich für die Schüler*innen dient. Dort stehen mehrere Grüppchen beisammen, wohingegen die Eingangshalle leer ist, sodass uns niemand anspricht oder aufhält, weil wir als Fremde die Schule betreten.

Vinita deutet in Richtung Flur. »Da lang?«

»Jap«, presse ich hervor. »Ich würde vorschlagen, wir gehen gleich ins Sekretariat, um unser Anliegen vorzutragen.«

»Ich hoffe nur, die wimmeln uns nicht direkt ab«, spricht meine beste Freundin plötzlich aus, was auch ich befürchte.

Zu meiner eigenen Überraschung verunsichert mich das nicht, sondern es spornt mich an. »Wer nicht wagt, der nicht gewinnt«, entgegne ich mit mehr Trotz, als ich ihn selbst von mir kenne.

Vinita lässt ein Grinsen aufblitzen. »Dein Kampfgeist gefällt mir.«

Selbst wenn man uns keine konkreten Daten zu Alis Person nennt, könnte etwas dabei sein, das ich bisher nicht wusste. Eine unserer Theorien könnte sich bestätigen oder zweifelsohne aus dem Rennen gekickt werden. Das wären immerhin ein paar Fragezeichen weniger.

Während wir dem Flur folgen und eine Tür nach der anderen passieren, rufe ich mir noch einmal sämtliche Gründe ins Gedächtnis, die Vinita und ich für Alis spurloses Verschwinden jemals in Erwägung gezogen haben.

Erstens: Er hat Selbstmord begangen.

Zweitens: Er hatte einen Unfall, der ihn das Leben gekostet oder traumatisiert hat. Alternativ könnte eine ihm nahestehende Person bei einem Unfall gestorben sein.

Drittens: Er oder eine ihm nahestehende Person sind Opfer eines Verbrechens geworden.

Viertens: Er hatte eine chronische Krankheit oder Behinderung und wollte letztendlich nicht, dass ich es erfahre und ihn danach mit anderen Augen betrachte.

Fünftens: Er war trans* und hat plötzlich noch mal richtig Angst bekommen, dass er meine Erwartungen an ihn als Kerl in der Realität nicht würde erfüllen können.

Sechstens: Er war mich schlicht und ergreifend leid und wollte keinen Kontakt mehr zu mir haben.

Womöglich war es eine Mischung aus mehreren Faktoren, die sich summiert haben. Das würde vor allem passen, wenn Ali von einem auf den anderen Tag die Reißleine gekappt und sich bewusst dagegen entschieden hat, mich am Bahnhof abzuholen.

»Da«, sagt Vinita.

Ich halte inne.

Fast wäre ich in Gedanken versunken an unserem Ziel vorbeigelaufen. An der Tür, vor der wir nun stehen, hängt ein Schild mit der Aufschrift *Sekretariat.*

Ich glaube, ich kippe gleich um vor Aufregung. Dementgegen richte ich mich gerader auf und klopfe. Gemeinsam treten wir ein und an den Tresen heran, hinter dem eine ältere Frau sitzt.

»Hallo«, sage ich mit trockenem Mund, woraufhin die Sekretärin von ihren Unterlagen aufschaut.

»Hallo«, sagt sie und beäugt mich über den Rand ihrer Lesebrille hinweg.

Sie ist allein und wirkt, als könnte sie hier schon eine Weile arbeiten.

Na schön, im Grunde könnte es sich bei ihr ebenso gut um eine Ferienvertretung handeln. Wenn sie sich an Ali erinnert, kann sie uns wahrscheinlich mehr erzählen. Insbesondere, wenn etwas so Denkwürdiges in seinem Leben vorgefallen sein sollte, dass es in der Schule die Runde gemacht hat. Schulen sind Schlangengruben voller Gerüchte, Klatsch und Tratsch. Wobei das alles nur Theorie ist. Erst mal abwarten, ob sie überhaupt mit uns redet.

Ich muss zu lange gezögert haben, denn nun hakt die Sekretärin ungeduldig nach: »Was kann ich für dich tun?«

Dass sie mich duzt, irritiert mich, bis ich kapiere, dass sie mich für einen Schüler hält. Es kommt öfter vor, dass ich aufgrund meiner Größe und schmalen Statur jünger eingeschätzt werde, als ich bin. Damit habe ich trotzdem nicht gerechnet.

»Wir …« Ich hasse es, dass ich stocke und setze neu an. »Wir suchen jemanden, der hier vor einiger Zeit mal zur Schule gegangen sein muss.«

Als die Frau realisiert, dass das hier kein Routineanliegen ist und wir nicht auf ihre Schule gehen, erkenne ich, wie sich Misstrauen in ihr breitmacht. Nicht gut!

»Aus welchem Grund?«, will sie erfahren.

Zeitgleich öffnet sich zu allem Überfluss die Sekretariatstür hinter Vinita und mir. Eine weitere Frau mit kurzen Haaren, um die fünfzig, in Jogginghose und mit einer Sporttasche über der Schulter, kommt in den Raum, baut sich neben uns auf. Sie wirkt jetzt schon genervt.

Meine Kopfhaut prickelt.

Womöglich erhöht das die Wahrscheinlichkeit, dass wir schnell abgefertigt werden.

In der Hoffnung, dass es hilft, räuspere ich mich und erkläre der Sekretärin in etwa das, was wir bereits im Archiv der Zeitung offenbart haben. »Ich war mal eng mit einem Jungen befreundet. Wir haben uns über das Internet kennengelernt. Vor sechs Jahren habe ich den Kontakt zu ihm verloren. Er müsste damals so siebzehn, achtzehn gewesen sein. Wieso er sich plötzlich nicht mehr bei mir gemeldet hat, weiß ich nicht. Ich dachte, dass ich hier vielleicht eine Antwort darauf finde oder Sie mir sagen können, wer er war, sodass ich weiteres in Erfahrung bringen kann. Er war hier Schüler.«

Mein Herz sinkt, weil mein Gegenüber hinter dem Tresen keine Miene verzieht. Sollte ich mir mehr Mühe geben, elend auszusehen und das Mitleid der Sekretärin zu erregen oder einen auf hartnäckig machen? Ich bin nicht sicher, worauf sie eher anspringt.

»Das ist lange her«, sagt die Frau nach einer Weile. »Es waren viele Jungen auf dieser Schule. Etwas mehr Anhaltspunkte bräuchte ich schon. Außerdem darf ich solche Informationen nicht preisgeben, selbst wenn ich wüsste, wen Sie meinen.«

Mir fällt auf, dass sie mich jetzt nicht mehr duzt. Dass sie freundlich bleibt, könnte ein Anfang werden. Nur ist es wahrscheinlicher, dass sie so dazu überleiten möchte, uns zum Gehen zu bitten.

Ich beiße die Zähne zusammen.

Da prescht Vinita vor, ehe wir im nächsten Atemzug hinauskomplimentiert werden. Vinita, meine Retterin. »Das ist absolut nachvollziehbar.« Meine beste Freundin lächelt. »Aber glauben Sie mir, Ali – wie er sich im Internet genannt hat – war alles andere als ein unauffälliger Typ. Höchstwahrscheinlich war er offen queer und hat nie ein Geheimnis daraus gemacht.«

»Früher«, ergänze ich, ziehe hastig nach, »war das ja außergewöhnlicher als heute. Eventuell fällt Ihnen jemand ein, auf den die Beschreibung passt?«

»Er war stolz darauf«, fährt Vinita fort und malt Anführungszeichen in die Luft, »aus der Reihe zu tanzen und hat seine Leute um sich geschart, statt sich einzugliedern.«

»Und hin und wieder hat er sich etwas Ärger eingehandelt«, gebe ich ergänzend von mir.

Ich weiß noch, wie Ali ab und zu Verwarnungen bekommen hatte, weil er den Lehrkräften Widerworte gab oder sich gegen irgendwelche Regeln, die ihm unsinnig erschienen, aufgelehnt hat. Das beeindruckte mich, weil ich seine Meinung öfters teilte, mich selbst so etwas nur nie getraut hätte.

Die Sekretärin – von unserem Redeschwall überfahren – öffnet den Mund, nur um ihn gleich wieder zu schließen.

Hat es in ihr *Klick* gemacht?

Es scheint fast so! Etwas tut sich in ihr.

Weil ich das Gefühl habe, dass wir sie mit unserem Ansatz zu stark beeinflusst und in eine Richtung gedrängt haben könnten, schließe ich mit einer offeneren Frage ab. »Ist Ihnen sonst jemand im Gedächtnis geblieben, um den hier an der Schule Wirbel veranstaltet wurde? Gab es je so etwas wie einen tragischen Todesfall unter der Schülerschaft?«

Ich beobachte die Dame genau, um ja keine Regung zu verpassen. Zuckt da ein Muskel in ihrem Kiefer?

Zu meiner Frustration verkündet die Sekretärin nach einer schier endlosen Pause und mit einem dafür raschen Kopfschütteln: »Es tut mir leid. Ich bin nicht befugt dazu, aus dem Nähkästchen zu plaudern. Das verstehen Sie sicher.«

Das ist ernüchternd, obwohl es anzunehmen war.

Vinita setzt ein betrübtes Gesicht auf. »Was ist mit alten Jahrbüchern? Ist es möglich, Restexemplare aus der fraglichen Zeit zu erwerben oder einen Blick hineinzuwerfen?«

Sie ist voll auf Zack. Dass sie dieses Hintertürchen gleich parat hat! Ich bin stets davon ausgegangen, dass Ali auch mit seinem Stil und der Kleidung, die er getragen hat, aus der Menge herausgestochen ist. Deshalb könnte uns das dabei helfen, zumindest ein paar potenzielle

Kandidaten zu identifizieren, deren Lebenslauf und so weiter wir uns dann näher anschauen müssen.

Die Sekretärin schüttelt wiederholt den Kopf, nun abweisender. »Wie ich bereits sagte, ich fürchte, ich kann Ihnen nicht helfen.«

Jetzt öffne *ich* meinen Mund, ohne, dass etwas herauskommt.

Sie tut ja im Grunde richtig daran, uns abzuwimmeln. Wir könnten uns irgendetwas ausgedacht haben und in Wirklichkeit weniger aufrichtige Absichten hegen. Außerdem will sie wahrscheinlich ihren Job behalten. Nur bringt mich die Vorstellung, wie nah ich Ali gerade bin, fast um den Verstand.

Übelkeit steigt in mir hoch.

Ich will nicht, dass es hier endet. Nicht so kurz vor … was? Ihn zu treffen, wäre unglaublich. Und ich spüre, dass die Sekretärin eine Ahnung hat. Würde sie vollkommen unwissend wirken, okay, aber so … Wie soll ich weiterleben, ohne mich immerzu zu fragen, was das gewesen sein kann?

»Bitte«, purzelt das Wort aus meinem Mund. Es klingt so flehend, dass ich mich auch vor ihr auf die Knie hätte werfen können. »Wir sind nicht den ganzen Weg gekommen, um so abgespeist zu werden. Alles, was ich möchte, ist, ihn zu sehen oder Klarheit zu haben, dass das niemals mehr möglich sein wird. Wir wollten uns damals zum ersten Mal in Person treffen.« Meine Stimme bricht. »Leider ist er nie am Treffpunkt aufgetaucht. Wenn Sie irgendetwas für uns haben, dann –«

»Ich muss Sie bitten, nun zu gehen«, werde ich an dieser Stelle abgewürgt. »Wären Sie so freundlich?«

Hilfesuchend blicke ich zu Vinita, die wie ich zögert. Fällt ihr etwas ein, das wir darüber hinaus probieren können? Mein Gehirn rattert auf der Suche nach einer Lösung.

»Vielen Dank trotzdem«, erwidert meine Freundin schließlich. Mein Brustkorb schnürt sich enger zusammen. Ihr Tonfall macht deutlich, dass sie alles andere als dankbar ist. Nur zeigt auch das keine Wirkung. Die Sekretärin lenkt nicht in letzter Sekunde ein.

In mir ringen Unglaube, Ärger und Verzweiflung, vermischen sich zu einem Strudel undefinierbarer Gefühlskotze. Mechanisch folge ich Vinita aus dem Sekretariat auf den Schulflur.

KAPITEL 25

PHILIPP

»Phil–«, beginnt Vinita sogleich.

Ich hebe eine Hand. »Nicht.«

»Okay.« Sie verstummt sofort.

Der Kloß in meinem Hals schwillt an. Dahinter stauen sich Tränen. Es ist albern. Kurz dachte ich wirklich, alles würde sich fügen. Das mit Ali. Das mit Timon. Und danach womöglich sogar das mit mir, der ich immer noch nicht herausgefunden habe, was ich mit meinem Leben anfangen will.

Vor der Schule sauge ich zittrig Luft in meine Lungen. Ich will nicht weinen, weiß aber, dass ich den Drang nicht zurückhalten können werde.

Hinter uns erklingt eine Stimme. »Wartet!«

Vinita dreht sich zuerst um. Wie in Zeitlupe tue ich es ihr nach. Es ist die kurzhaarige Frau mit der Sporttasche, die nach uns ins Sekretariat gekommen ist und alles mitangehört hat.

Ich kriege eine Gänsehaut.

»Ja?«, fragt Vinita.

»Ich glaube«, sagt sie, als sie uns eingeholt hat, sie ist leicht außer Atem, »ich weiß, nach wem ihr sucht.«

»Ist das so?« Meine beste Freundin verschränkt die Arme vor der Brust und baut sich schützend zwischen unserer Verfolgerin und mir auf. Sie würde durchs Feuer für mich gehen, so wie ich umgekehrt für sie auch. Wärme breitet sich in mir aus und verdrängt vorübergehend die Aufregung.

Ich brauche etwas, bis zu mir vordringt, was die Frau gesagt hat.

»Ist schon okay«, beruhige ich Vinita, schlucke die Tränen hinunter. »Was glauben Sie zu wissen?«, wende ich mich an die Frau.

Obwohl ich nichts mehr erwarten sollte. Im Endeffekt wird man eh nur jedes Mal enttäuscht. Nun, ich will und sollte dem wenigstens eine Chance geben, wenn sie im Gegensatz zu der Sekretärin und Timon bereit dazu ist, sich mit mir zu unterhalten.

»Mein Name ist Petra Schmitz«, stellt sie sich vor, nachdem sie noch mal zwischen Vinita und mir hin und her geschaut hat.

Mit Mühe verdränge ich den Gedanken, dass das hier sowieso keinen Sinn hat.

»Ich unterrichte seit vierzehn Jahren an der Kopernikus Biologie und Sport. Es gab da dieses Mädchen bei uns, das uns nur Probleme bereitet hat, bis es frühzeitig von der Schule abgegangen ist. Das müsste etwa zu der Zeit gewesen sein, die ihr genannt habt. Alle waren erleichtert und niemand davon überrascht. Vor allem nicht nach –«

»Wir suchen einen Jungen«, fällt Vinita ihr ins Wort, was eine berechtigte Anmerkung ist. Nur regt sich in mir ein Verdacht. Meine Nackenhärchen stellen sich auf.

»Ja«, entgegnet die Lehrerin. »Darum geht es. Ihr habt gesagt, *er* …«, ein verächtlicher Zug umspielt ihren Mund, »hätte sich Ali genannt. Dieses Mädchen hat sich auch einen Jungennamen gegeben und verlangt, mit diesem angesprochen zu werden. Außerdem hat sie sich wie ein Junge gekleidet. Am Ende wollte sie sogar auf die Jungentoilette und in die Jungenumkleide. Als würde das irgendetwas an ihrem Geschlecht verändern und sie könnte sich das einfach so aussuchen.«

Ein heißkalter Schauder durchläuft mich, als mir aufgeht, dass und vor allem wie Petra Schmitz von einem trans* Jungen erzählt. Ich habe es geahnt. So viel Unverständnis in Sachen trans* ist mir bisher nie von Angesicht zu Angesicht entgegengeschlagen und das Entsetzlichste: Die Frau merkt nicht mal, wie problematisch es ist, was sie da absondert. Bei dem Jungen handelt es sich um einen Jungen, wenn er sagt, dass er einer ist. Dementsprechend sollte er ernstgenommen, behandelt und erst recht nicht mehr als Mädchen bezeichnet werden. Transidentität ist keine »Laune, aus der heraus jemand sein Geschlecht wechseln möchte«, so wie sie es darstellt. Es ist wissenschaftlich belegt, dass trans* zu sein nichts ist, wofür sich jemand entscheidet.

Vinita wirkt nicht weniger entgeistert als ich. Sie zieht die Augenbrauen so weit hoch, dass sie fast ihren Haaransatz erreichen.

Ich muss mich anstrengen, Petra Schmitz nicht auf der Stelle zu korrigieren, sondern ihr weiter zuzuhören.

»Ich nehme an«, schlussfolgert die Lehrerin nun in ziemlich verdrehter Logik, »*sie* hat dich über das Internet hereingelegt.«

Wow. Dachte ich, es ginge nicht krasser? Das ist nicht mehr nur bloße Ignoranz.

»Das Mädchen hat dir vorgespielt, ein Junge zu sein. Ein Treffen hätte dieser Lüge selbstredend nicht standgehalten.«

Mir fehlen die Worte. Trans* Menschen *Lügner*innen* zu nennen, geht wirklich gar nicht. Zu allem Überfluss rastet als Nächstes der Name in mir ein, den Petra Schmitz erwähnt, und die losen Fäden verknüpfen sich miteinander. Es ist Timons Deadname. So wurde er früher genannt, er hat es mir selber anvertraut. Der Nachname passt ebenfalls.

Ich hole tief Luft, halte sie an.

Zwar habe ich meine Theorie völlig anders aufgezogen als die transfeindliche Person vor mir, bin jedoch zu demselben Schluss gelangt. Sollte Timon Ali oder Ali trans* gewesen sein, könnte seine Angst davor, von mir zurückgewiesen zu werden, als Grund für sein plötzliches Untertauchen herhalten.

Die Lehrerin spricht von Timon. Das steht außer Frage und ist nicht verwunderlich, insofern, als dass Timon zweifellos auf das Kopernikus Gymnasium gegangen ist. Anscheinend hat er die Leute hier sehr überfordert, indem er schlicht er selbst war.

Nur bedeutet das jetzt, dass Timon Ali ist oder …

Mir raucht der Kopf.

Ich denke laut nach. »Wissen Sie, ob es an der Schule auch andere Schüler*innen gab, bei denen bekannt war, dass sie trans* oder queer sind?«

Petra Schmitz schüttelt den Kopf. »Vor –«, wieder nennt sie Timons Deadname, was sogar für mich extrem unangenehm ist, »hatten wir so etwas nie.« Es folgt ein Schnauben. »Fest steht, niemand außer ihr hat je so einen Aufstand fabriziert. Bis auf ihren armen Bruder, den sie in das Ganze hineingezogen hat, und ein paar andere Einzelgänger, die sich ihr angeschlossen haben, war das Mädchen auf sich gestellt. Immerhin sind die meisten Leute noch bei Verstand gewesen, was man heutzutage leider nicht mehr behaupten kann. Mittlerweile ist da ja eine regelrechte Regenbogenagenda entstanden und wir können unsere Kinder kaum davor bewahren.«

»Regenbogenagenda«, wiederholt Vinita ungläubig.

Und auch mir reicht es allemal.

Ich kann meinen Herzschlag bis in die Fingerspitzen spüren.

Was glaubt diese Frau, was da einer Abwehr bedarf?

»Danke«, bringe ich hervor, solange ich imstande bin, ruhig zu bleiben. Hätte die Lehrerin mir nicht das geliefert, was ich bräuchte, würde ich vermutlich kein weiteres Wort mehr an sie verschwenden. Gleichzeitig will ich nicht akzeptieren, dass Petra Schmitz und Leute wie sie in ihrer ewig gestrigen Verbohrtheit hoffnungslos verharren.

»Womöglich sollten Sie sich mal ordentlich informieren«, versuche ich also noch, ihr Kontra zu geben. »Queere Menschen haben wie trans* und nicht-binäre Personen immer schon existiert. Es ist nur inzwischen eine Zeit angebrochen, in der wir es wagen können, diesen Teil von uns gefahrloser mit der Welt zu teilen. Alle sollten sich genauso zeigen dürfen und respektiert werden, wie sie sind.«

Damit wende ich der Frau den Rücken zu, warte ihre Reaktion nicht mehr ab und haste den rot gepflasterten Weg von der Schule bis zum Bürgersteig entlang. Vinita folgt mir dicht auf den Fersen. Noch mal ruft sie uns nicht hinterher, worüber ich froh bin. Es schüttelt mich, wenn ich nur daran denke, mit welcher Überzeugung sie unsere Community als Feindbild betrachtet. Es ist nicht so, als würde die liebe Petra was verlieren, weil wir dieselben Rechte erhalten, die sie schon lange hat.

Erst als wir etwas Abstand zwischen uns und das Gymnasium gebracht haben, halte ich an und stütze mich vornübergebeugt mit den Händen auf meinen Oberschenkeln ab. Meine Brust hebt und senkt sich heftig von der Flucht, die ich letztendlich angetreten habe, und von der Antwort, die ausgerechnet diese fürchterliche Frau mir geliefert hat.

Sie hat mir eine Antwort geliefert. *Die* Antwort.

Zu Ali. Und Timon.

Fast wäre es in ihrer Hasstirade untergegangen.

Mir schwindelt. Vor Aufregung. Vor Überforderung.

Und was mache ich jetzt damit? Was?

Vinita kommt an meiner Seite zum Stehen.

»Ich frag mich, in welchem Jahrhundert die stecken geblieben ist«, murmelt meine beste Freundin. »Nimm dir das nicht zu Herzen, hast du verstanden?«

»Auf keinen Fall.« Ich schüttele den Kopf, was keine gute Idee ist. Dadurch wird es schlimmer und mir schwarz vor Augen.

»Hey«, Vinita greift nach meinem Arm. »Alles klar?«

»Er ist es«, keuche ich. Die dunklen Punkte flimmern und in meinen Ohren rauscht es. »Timon ist Ali.«

Vinita widerspricht nicht. Dabei kann sie mir offensichtlich nicht folgen. Deshalb versuche ich, meine Gedanken halbwegs in eine logische Reihenfolge zu bringen. Hervor kommt entgegen meiner Bemühungen ein einziges Durcheinander. »Die Lehrerin hat von Timon gesprochen. Er hat mir mal verraten, wie er früher hieß. Ali war kein Mitläufer, er war immer vorne mit dabei. Und wenn da sonst keiner war, der herausgestochen und ihr im Gedächtnis geblieben ist, wird er es wohl sein. Oder?«

Vinitas Augen weiten sich. »Wenn das wahr ist …«

Ich komme mir unheimlich blöd vor. Als würde alles, was ich bislang geglaubt habe, in sich zusammenfallen und zur gleichen Zeit zum ersten Mal Sinn ergeben.

Bilder bestürmen mich. Gefühle von damals, hervorgerufen durch Alis geschriebene Worte, die mich so berührt und eine nie gekannte Sehnsucht in mir geweckt haben. Er, der mich immer irgendwie verstehen konnte wie sonst keine*r. Auf der anderen Seite Erinnerungen an die Momente mit Timon in den letzten Tagen. Diese selbstbewusste sexy Ausstrahlung, die mich sofort in seinen Bann gezogen hat, seine Empathie und Begeisterungsfähigkeit und lockere Art, was das Zusammensein mit ihm so angenehm macht. Unsere Vertrautheit miteinander und all die Kleinigkeiten, die ich nicht wahrhaben konnte … Mein Herz hat jede einzelne davon erfasst. Er ist es, er ist es, *er ist es*. In meiner Brust flattert es wie wild. Ein Teil von mir hat ihn sofort erkannt. Wie wichtig sind Fakten, wenn alles andere passt? Hätte ich nur von vornherein auf meinen Bauch gehört!

»Ich begreife nur nicht«, stoße ich hervor, »warum Timon sich zu dem Zeitpunkt, als ich das *Dark Whisper*-Forum ausgekramt habe, nicht zu erkennen gegeben hat. Hast du jemals jemanden mit so einem Pokerface erlebt? Und dann hat er zu allem Überfluss gegen Ali gestichelt. Als *wollte* er mich in die Irre führen!«

Vinita stimmt mir zu. »Das wäre heftig.«

»Du glaubst es nicht«, bemerke ich.

»Gab es nicht ein paar Dinge, die sich widersprechen?«, gibt sie zu bedenken. »Was ist zum Beispiel mit Alis Schwester? Timon hat einen Bruder.«

Vorsichtig wage ich es, meinen Oberkörper aufzurichten, um in mir gefestigter zu wirken. Meine Knie sind immerhin nicht mehr ganz so weich und die Umgebung hat aufgehört, sich zu drehen. »Auch darauf würde ich ihn gern ansprechen. Macht den Anschein, als verschleierte er manche Tatsachen. Wenn auch nicht auf die Art und Weise, wie Petra Schmitz es gemeint hat. Ali war ja sehr bedacht darauf, anonym zu bleiben.«

»Okay«, murmelt Vinita. »Darin, dir auszuweichen, sind sie auf jeden Fall beide große Klasse.«

Andererseits könnte Alis beziehungsweise Timons Untertauchen vor sechs Jahren nach wie vor fremdverschuldet gewesen sein. Nicht abgelehnt werden zu wollen, sowie eine unvermittelt aufbrandende Panik davor und Verlegenheit danach, könnte ich ihm als trans* Mann im Übrigen verzeihen. Wahrscheinlich sogar, dass er sich danach nie wieder gemeldet oder sich mir erklärt hat. Zugegeben, ich bin hervorragend im Verzeihen und mehr als bereit, beide Augen zuzukneifen, wenn es nur endlich ein *Wir* außerhalb meiner Träume gäbe.

Daran wollte ich zwar arbeiten, aber … Kein aber. Ich arbeite daran und werde mich nicht von Timons Charme einlullen lassen.

»Ja«, gebe ich Vinita recht. »Das ist der Haken.«

Dieser Typ ist jahrelang vor mir davongelaufen und macht jetzt munter damit weiter. Weil er doch irgendetwas gegen mich hat? Was übersehe ich? Einige Stolpersteine von damals haben wir inzwischen aus dem Weg geräumt. Ich wüsste nicht, woran es nun hapert.

»Ich könnte vor Timons Wohnungstür kampieren«, schlage ich voller Sarkasmus vor.

Irgendetwas *ist* gehörig faul und es kann keine Kleinigkeit sein.

Vinita seufzt. »Wäre einen Versuch wert.«

Ich taste nach meinem Handy, obwohl die Wahrscheinlichkeit nicht besonders hoch ist, dass Timon auf eine weitere Nachricht von mir plötzlich antwortet. Im selben Augenblick, in dem ich es aus der Hosentasche ziehe, fängt mein Smartphone an zu klingeln. Sein Name erscheint auf dem Display.

KAPITEL 26

TIMON

»Hi«, höre ich Philipp, nachdem ich bereits tausende Tode gestorben bin, weil er erst so spät abgenommen hat. Er klingt unterkühlt, was nichts daran ändert, dass Hitze in mir aufflammt.

Einerseits bin ich froh, dass Oma mich für das Telefonat alleingelassen und sich taktvoll nach nebenan in die Küche zurückgezogen hat. Auf der anderen Seite wünschte ich, sie wäre bei mir im Wohnzimmer geblieben, um mir mehr als nur mentale Unterstützung zu leisten. Schließlich war sie es, die mich letzten Endes dazu gebracht hat, mich nicht weiter vor einem Gespräch mit Philipp zu drücken. Und jetzt habe ich den Schlamassel und muss irgendetwas sagen!

»Hey«, räuspere ich mich.

Wie so oft hat meine Großmutter mir einen Schubs verpasst. Dank ihr konnte ich schon meine Freund*innen halten, obwohl ich sie nach Andrés Tod erst mal von mir gestoßen habe. Auch meine Trennung von Leonie verlief glimpflicher, als sie vermutlich vonstattengegangen wäre, wenn ich meinem Dickschädel die Führung überlassen hätte. Nur diesmal werde ich es echt nicht hinkriegen, zu tun, was Oma mir empfohlen hat. Denn es ist der helle Wahnsinn!

Aus welchem Grund habe ich ihr gleich mein Herz ausgeschüttet?

Vermutlich wäre ich explodiert, wenn ich die Erkenntnisse vom Montag nicht mit irgendwem geteilt hätte. Und in diesem Fall konnte ich es, ohne sie dabei zu verletzen. Was sie mir wohl in Bezug auf mein Pflichtgefühl und die Gewissensbisse raten würde, die ich ihr, meinem Großvater und Mama gegenüber hege? Nur, *das* darf sie ja nie erfahren. Wenn sie wüsste, wie dringend ich aus Pirna, Sachsen, letztendlich aus Deutschland weg will … Ich verdanke ihnen allen zu viel, habe sie um zu vieles gebracht.

Bleib bei der Sache!

Was sage ich als Nächstes zu Philipp?

Damit es mir nicht aus der schweißfeuchten Hand flutscht, umklammere ich das Handy fester und winkele die Beine an, um es bequemer auf dem Sofa meiner Großeltern zu haben.

Wie wahrscheinlich ist es, dass es sich bei Philipps Internet-Freund und Jugendschwarm Ali um meinen toten Bruder André handelt, Philipp Jahre später vor meiner Tür auftaucht und ich mich dann Hals über Kopf in ihn verliebe? Völlig abwegig, genau. Nur ist exakt das passiert.

»Schön, dass du dich meldest«, lässt er mich nun wissen, sagt dankenswerterweise zuerst etwas.

Verdammt, Philipp ist so ein guter Kerl, dass ich nun noch mehr Schiss davor bekomme, ihn zu verlieren, sobald er erfährt, wer Ali ist und wie André gestorben ist. An seiner Stelle wäre ich nachtragend, weil ich ihn seit unserem gemeinsamen Ausflug nach Dresden konsequent ignoriert und auf keine seiner Kontaktaufnahmeversuche reagiert habe.

Ich sammele mich und meinen Mut, halte mich an das, was meine Großmutter in dem ihr eigenen melodiösen Tonfall behauptet hat:

Gegebenenfalls wird es nicht leicht. Aber wenn das mit dir und Philipp echt ist, sollte es das, was war, aushalten.

Nur was ist da? Auch wenn es sich für mich wie etwas Bedeutsames angefühlt hat, haben wir nicht mal darüber gesprochen, wie oder ob es nach seiner Abreise mit uns weitergehen könnte. Ebenso wenig habe ich es fertiggebracht, Philipp zu küssen, als ich wollte. Und darf ich das nun noch?

»Ich bin jetzt bereit zum Reden.« Meine Stimme rutscht vor Nervosität eine Oktave nach oben. Ein bisschen schaudere ich. »Vorausgesetzt, du möchtest auch mit mir sprechen.«

Zuerst kriege ich keine Antwort, was ich verdient habe.

»Vinita und ich sind gerade in Dresden«, sagt Philipp schließlich. »Wir waren eben bei deiner alten Schule.«

»Was?« Ich springe vom Sofa auf und beginne damit, um den mit einer Spitzendecke dekorierten Couchtisch herum zu tigern.

Mir wird fast so übel wie im Café *Amadeus*, als ich mir eingestehen musste, dass alles Leugnen keinen Zweck hat. Zuerst wollte ich nicht akzeptieren, was sich angebahnt hat, bis sich die Beweise verdichteten und das Bild, das Philipp von Ali schuf, immer besser auf André passte. Als er mir den Tag nannte, an dem er Ali treffen wollte, bestätigte er mir, was ich bereits befürchtet hatte. Den Schock milderte das nicht ab. Mein Bruder ist in der Nacht vor eben jenem Datum gestorben.

Jetzt will ich nicht wissen, was Philipp an meiner früheren Lehranstalt für eine Scheiße über mich gehört haben mag. Weiß er bereits Bescheid über André und die Messerstecherei und mir wurde die Möglichkeit genommen, es ihm schonend beizubringen?

Ich beiße mir auf die Zunge.

Philipp atmet hörbar ein. »Das kannst du mir kaum vorwerfen.«

»Das ist es nicht«, stelle ich schnell klar. Obwohl es mich überrumpelt, war im Grunde nichts anderes zu erwarten, als dass er weitere

Nachforschungen anstellen würde – und zwar da, wo wir die Fährte Montag fallen gelassen haben. Dass ich daran in meiner Panik über die Geschichte mit André und Ali bislang nicht gedacht habe, zeigt, wie sehr mich dieser Umstand für sich genommen erschüttert.

»Möglicherweise hast du gemerkt«, versuche ich, meine Gefühle in Worte zu fassen, »dass man mich an der Kopernikus nicht sonderlich gemocht hat.«

»Ich bin auf deiner Seite«, beruhigt Philipp mich auf der Stelle, was nur leider alles oder nichts bedeuten kann, je nachdem, was er erfahren hat.

Fuck.

Warum hat diese Scheißschule geöffnet? Es sind Sommerferien!

»Wir können uns gleich auf den Rückweg machen«, fährt er fort, übernimmt zum ersten Mal in einem unserer Gespräche eindeutig die Führung. Das ist, was ich gerade brauche. Dabei wurmt es mich, mich nicht im Griff zu haben. »Ich muss nur gucken, wann die S-Bahn fährt. Sobald wir wieder in Pirna sind, reden wir, ja?«

»Okay«, stimme ich ihm schwach zu.

Philipp legt auf.

Die Stille in der Leitung kommt mir überlaut vor.

Eine Weile starre ich Löcher in die Luft und durch die Bilderrahmen mit den Familienfotos hindurch, die über dem Kamin hängen. Ich kann mich nicht rühren, so angespannt bin ich. Auch das Gefühl von Andrés Präsenz werde ich nicht los. Mein Bruder scheint mir so greifbar, wie er es seit Jahren nicht war. Nicht auf die übliche *Er fehlt mir*-Art, sondern fast, als wäre er wieder da. Als könnte er gleich durch die Tür hereinspazieren, sich mit seinen eins siebenundneunzig durch den Rahmen ducken, herzlich über meinen verdutzten Gesichtsausdruck lachen und mich in eine Umarmung ziehen. Wenn dieser Eindruck erst verklingt, wird es nur leider schlimmer für mich werden. In meinen eigenen vier

Wänden habe ich – wohlwissend, dass ich alles andere nicht aushalten könnte – keine Bilder von André aufgehängt. Dass Philipp unsere Schule besucht hat, verkompliziert die uns bevorstehende Aussprache zusätzlich und wirft sämtliche meiner ohnehin dürftigen Pläne über den Haufen.

Na ja, egal. Improvisiere ich eben. Was ist dabei? Ich brüste mich doch gern mit meiner Schlagfertigkeit und großen Klappe. Ich presse mir eine Hand vor den Mund, um das dort feststeckende hysterische Lachen zu unterdrücken. Zynisch zu werden hilft mir nun auch nicht.

Erst als Oma mich anspricht, schrecke ich auf. »Kommt er her?«

Ich wende mich ihr zu. »Ja.«

Sie muss gehört haben, dass ich nicht mehr telefoniere und sich über den dicken Teppich herangepirscht haben. Ihr mitfühlendes Lächeln sorgt dafür, dass meine Schultern heruntersacken. Wahrscheinlich bin ich erleichterter, als ich es mit meinen dreiundzwanzig Jahren sein sollte, dass sie nur eine Woche in Kroatien war. Wäre sie länger im Urlaub geblieben, hätte ich mich zwar noch an Opa wenden können, bloß weiß sie immer das Richtige sagen. Dazu gehört, dass mir das manchmal nicht schmecken mag. Mit Matthias oder Leonie wollte ich nicht reden, weil sie wie ich unmittelbar dabei waren, als André angegriffen wurde. Was brächte es, ihre Gefühle aufzuwühlen, wenn Philipp und ich sowieso auseinandergehen werden, sobald er von meinem Bruder und seinen Todesumständen erfährt?

»Philipp ist nur noch in Dresden«, erkläre ich Oma, »und ich weiß nicht, ob … was sie ihm in der Kopernikus verraten haben. Er war in der Schule, um sich nach seinem Ali zu erkundigen.«

»Ist das seltsam für dich?«

»Was genau?«, erkundige ich mich und werfe mich wieder aufs Sofa. Das Handy lege ich beinah zaghaft auf dem Couchtisch ab.

Seltsam ist gar kein Ausdruck für das, was seit Anfang der Woche in mir vorgegangen ist und mir jegliche Kraft geraubt hat. Zum Arbeiten konnte ich mich nicht aufraffen und musste Opa sagen, dass ich krank bin. Selbst um mich zu betrinken und den Schmerz auszuknocken, hat mir die Energie gefehlt. Alles, was ich zustande gebracht habe, war es – wenn auch halbherzig –, auf Mamas Nachrichten zu antworten, weil sie sich sonst sorgen würde und ich weiß, wie dringend sie mich als Stütze in ihrem Leben braucht. Dass sie mich immerhin nicht sehen wollte, war eine Erleichterung für mich. Der einzige Grund, aus dem ich mich nicht weiter in meiner Wohnung vergraben, Realitätsflucht begangen und *Animal Crossing* gezockt habe, war die voranschreitende Zeit. Bevor Philipp wieder heimfahren würde, musste ich handeln.

Oma präzisiert: »Wie fühlt es sich für dich an, dass du nichts von diesem Forum wusstest, in dem André angemeldet war?«

Meine Großmutter kennt mich zu gut. Das ist ja gruselig. Aus den Augenwinkeln beobachte ich, wie sie sich, die Beine übereinandergeschlagen und die Hände im Schoß gefaltet, neben mich auf die Sofakante setzt.

Vor allem anderen bin ich verstört, und danach entsetzt darüber, wie mich das Leben wieder und wieder überrascht, indem es niemals damit aufhört, mir eins reinzuwürgen. Wann reicht es denn mal? Ich habe keinen Bock mehr.

Ich richte mich aus der liegenden Position auf und schwinge die Füße auf den Boden, um meiner Großmutter mehr Platz zu machen.

»Er hatte da nur mal so was angedeutet«, erinnere ich mich. »André, meine ich. Als wir ihn verkuppeln wollten. Er hat behauptet, dass er schon jemanden im Netz kennengelernt hätte. Wir anderen haben das nicht für voll genommen und ihn damit aufgezogen. Online-Dating war da ja noch was anderes als heute. Erst recht nicht, wäre ich auf die Idee gekommen, dass er diesen Jemand bereits seit mehreren Jahren gekannt hat.«

Die Wahrheit ist, dass es einen Grund geben muss, aus dem mein

Bruder mir das mit Philipp verschwiegen hat und ich nicht besonders lange grübeln musste, welcher das war. In meiner Vorstellung von uns waren wir unzertrennlich. Allerdings habe ich ihm häufig nicht richtig zugehört, weil ich damals zu sehr mit mir beschäftigt gewesen bin. André war im Allgemeinen »der Perfekte« von uns beiden. Dennoch war mir klar, dass er seine eigenen Probleme hatte. Dafür hätte es den Drogentrip in dieser Partynacht nicht gebraucht. Weil er seitdem nie wieder zu irgendwelchen Pillen gegriffen hat, hatte ich mir aber selbst danach geschafft einzureden, er wäre so weit in Ordnung. Es tut mir weh, wie kläglich ich dabei versagt habe, so für ihn da zu sein, wie er es für mich war.

Ich stütze die Ellbogen auf die Knie und reibe mir über das Gesicht, als könnte mich das aus diesem Albtraum aufwecken.

Kannte ich André jemals richtig, wenn das zwischen Philipp und ihm eine derart große Sache war, dass dieser selbst nach so langer Zeit nicht damit abgeschlossen hat?

Oma legt mir eine Hand auf die Schulter. »Selbstverständlich kanntest du deinen Bruder«, beschwichtigt sie mich, wodurch ich merke, dass ich meinen letzten Gedanken laut ausgesprochen habe. »Trotzdem wart ihr verschiedene Menschen. Es ist normal, dass man manches für sich behält oder mit sich allein ausmachen möchte. Selbst unter Geschwistern.«

»Mhm«, nuschle ich. Im *Dinge mit mir selbst ausmachen* bin ich Weltmeister.

Nur mit André war es für mich anders. Ihm konnte ich alles sagen. Er war liebevoll und klug, stark und loyal, weshalb mich Philipps Schwärmerei nicht im Geringsten verwundert. Ich dagegen bin die Katastrophe. Was unsere Eltern korrekt erkannt haben.

Wie lange wird es dauern, bis Philipp es ebenfalls realisiert? Hat er das bereits und ist nur zu nett, um mir ein letztes Gespräch zu verweigern?

Mein Handy meldet den Eingang einer Nachricht. Ich greife nach dem Smartphone auf dem Couchtisch. Meine Hand beginnt zu zittern. Philipp schreibt mir, wann er zurück in Pirna sein wird. Damit steht fest, wie bald mein letztes Stündlein geschlagen hat. Mir graut davor, ihm von den Ereignissen zu erzählen, die André zu früh aus dem Leben gerissen und verhindert haben, dass die zwei sich treffen konnten. Das Allerschlimmste ist mein Part dabei.

KAPITEL 27

PHILIPP

Obwohl ich diesmal in Vinita eine Begleiterin habe, kommt es mir vor wie ein Déjà-vu, als wir mit der S-Bahn in den Bahnhof von Pirna einfahren. Währenddessen halte ich durch das Fenster des Zuges nach Timon Ausschau – wie damals nach Ali. Als ich ihn am Gleis auf einer Bank sitzen sehe, fühlt es sich für mich an, als schließe sich ein Kreis. Er wartet auf mich, enttäuscht mich nicht noch mal. Er hat gesagt, er holt mich ab, und da ist er.

Mein Herz schlägt sicher eine millionenmal pro Minute.

Wie wird es sein, Timon mit meinem neuen Wissen gegenüberzutreten? Werden wir uns endlich aussprechen?

Es kann mir gar nicht schnell genug gehen, bis sich die Zugtüren mit einem Piepen öffnen. Weil der Bahnsteig wie auch unser Zug relativ leer ist, muss ich mich immerhin nicht erst durch eine Menschenmenge drängen, bis ich ihn erreiche.

Timon ist aufgestanden und kommt mir, die Hände in den Taschen seiner zerschlissenen schwarzen Jeans vergraben, gemächlichen Schrittes entgegen.

Wie kann er so eine Lässigkeit ausstrahlen, während ich ein einziges Nervenbündel bin?

Schließlich bleiben wir in gebührendem Abstand voreinander stehen. Mein Gesicht erhitzt sich, sobald seine braunen Augen meinen begegnen. In der Hoffnung, Timon werde das Schweigen brechen, räuspere ich mich wenig wortgewandt, nur dass er es nicht tut, sondern seine Schuhspitzen mustert. Er trägt die zitronengelben Vans, die ich das letzte Mal in seiner Wohnung in dem Schrankkoffer gesehen habe. Alles nur Show, offensichtlich ist er genauso aufgeregt wie ich.

Gerade als ich vorschlagen möchte, ob wir nicht erst mal die Treppe runtergehen wollen, tritt er abrupt an mich heran und nimmt meine Hände. Er nimmt meine Hände! Die Berührung sendet einen Adrenalinstoß durch meinen Körper.

Mein erster Impuls ist es, vor Nervosität so zu tun, als hätte etwas anderes meine Aufmerksamkeit auf sich gelenkt. Kurz schaue ich mich um. Mittlerweile sind wir die Einzigen am Bahnsteig, was mich nur insofern irritiert, als dass Vinita vorhin hinter mir war. Wo ist sie hin?

»Drachenkämpfer«, sagt Timon da mit heiserer Stimme und kommt noch näher, sodass jede Zelle in mir zu vibrieren anfängt. Was auch immer ich eben gedacht haben mag, wird aus meinem Kopf gefegt. So dicht, wie sich sein Gesicht nun vor meinem befindet, ist es mir unmöglich, seinem Blick weiter auszuweichen.

»Darf ich dich küssen?«

Mir klappt der Mund auf.

Diese Frage habe ich nicht erwartet.

Habe ich mich verhört?

Er sieht mich unverwandt an und wartet auf mein Einverständnis, was so ziemlich das Heißeste ist, was ich bisher erlebt habe.

Kaum merklich nicke ich. Meine Lider schließen sich flatternd, und ich hebe das Kinn an, als Timon seines senkt.

Es passiert. *Wirklich.*

Unsere Lippen streifen einander, erst hauchzart, doch die Funken sprudeln förmlich über. Ein Zittern läuft durch mich hindurch. Ich brauche mehr, mehr, mehr davon. Als Timon sich mir mit ungeahnter Heftigkeit für einen zweiten Kuss entgegendrängt, öffnet sich mein Mund wie von allein, um seine Zunge einzulassen und sie mit meiner zu suchen. Es ist wundervoll. Intuitiv schlinge ich die Arme um seinen Nacken, seine Hände wandern über meinen Rücken und kommen an meiner Taille zum Liegen. Mir scheint, als hätte Timon ein Licht in mir entzündet, das mit jeder seiner Berührungen heller leuchtet und mich von innen heraus versengt. Bevor er sich vollständig von mir löst, küsst er mich noch mal neckisch auf die Nasenspitze, und in mir bleibt nichts als ein Gefühl von allumfassender Geborgenheit zurück.

Himmel.

Wir. Haben. Uns. *Geküsst.*

»So«, sage ich danach grinsend und schäme mich nicht für meine Atemlosigkeit, »hätte es schon vor sechs Jahren sein sollen.«

Timons Lächeln ist so breit wie meines. Nur weicht es in nächster Sekunde – als meine Worte zu ihm vordringen – einem Stirnrunzeln. Das bringt mich aus dem Konzept. Hat ihm der Kuss nicht gefallen? Habe ich etwas Falsches gesagt?

»Ich meine«, stammele ich, nun leicht verunsichert, darum bemüht, die Dinge geradezubiegen, »ich hätte auch damals einen Kuss nicht abgelehnt. Du weißt ja jetzt, dass ich verknallt in dich war.« Nun wirkt er schockiert. Mist! Schnell rede ich weiter. »Also ich verstehe auch, wenn du nur auf Grundlage der Textnachrichten nicht so weit gedacht hast. Im Endeffekt ist das egal, oder? Denn jetzt sind wir hier und alles ist anders und doch wie früher und …«

»Sch. Philipp.« Timon führt einen Finger an seine Lippen. Diese Lippen, die ich am liebsten gleich noch einmal küssen würde, nur klingt er auf einmal so ernst. Das Muttermal in seinem Mundwinkel funkelt mich verführerisch an.

Ich verstumme. »Ja?«

Er verzieht das Gesicht. Fast sieht es aus, als ob er jede Sekunde zu weinen anfinge. Mein Herz setzt aus.

»Du bist so süß«, seufzt er aber nur. »Ich komm nicht darauf klar.«

In mir kribbelt alles. Am liebsten möchte ich für immer in Timons Nähe versinken und den Rest vergessen. Dabei gibt es vieles, das ich am besten sofort klären muss.

»Wollen wir?«, fragt Timon und nickt zum Treppenabgang. Er klingt nach wie vor ein wenig gepresst.

Mir dämmert, dass Vinita wahrscheinlich ein Stück vorausgegangen ist, um uns Privatsphäre zu gönnen. Mal abgesehen davon, dass man kaum von Privatsphäre sprechen kann, wie wir hier direkt am Gleis auf dem Präsentierteller stehen.

Für den Augenblick hatte ich diesen Umstand vollständig ausgeblendet. Das wird es sein, was Timon im Magen liegt. Nun erscheint es mir noch unwirklicher, dass Timons Mund gerade mit meinem verschmolzen gewesen sein soll. Persönliche Gründe hin oder her. Müsste es objektiv betrachtet in einer kleineren Stadt wie Pirna nicht unsicherer sein für queere Menschen als in einer Großstadt? Er scheint diesen Kuss dringend gewollt zu haben, wenn ich an seine Zurückhaltung in Dresden denke. Diesmal hat er sich nicht davon abhalten lassen, dass wir uns in der Öffentlichkeit befinden.

Ich strahle in mich hinein.

»Ja«, stimme ich zu.

Nebeneinander steigen wir die Stufen nach unten.

Dabei unterdrücke ich den Impuls, nach Timons Hand zu greifen.

Besser uns erwischt nicht doch noch jemand, der etwas dagegen hat, wenn sich zwei Männer küssen oder Händchen halten. Nichtsdestotrotz fühle ich mich so eng mit ihm verbunden wie nie und sowieso müsste jede*r erkennen, dass wir zusammengehören. Denn das tun wir.

In diesem Sinne gebe ich mir einen Ruck. Wenn wir zusammengehören, sollten wir über alles reden können. Bevor Timon mir wieder ausweicht und wir den Elefanten im Raum weiterhin ignorieren, fange ich mit dem Wichtigsten an. »Wo warst du 2016? Ich habe auf dich gewartet. Hier an diesem Bahnsteig.«

Das kommt schroffer heraus, als ich beabsichtigt habe. Andererseits bin ich stolz auf meinen direkten Vorstoß. Timon zuckt so heftig zusammen, dass er fast die nächste Treppenstufe verfehlt.

Ein bisschen hat er es verdient, auch wenn seine Begrüßung eine tolle Entschädigung für sein Schweigen und den Rückzug der letzten Tage war.

»Ich …« Er fährt sich durch die lila Haare, wonach diese hinreißend chaotisch aussehen. Das erschwert es mir etwas, nicht abzuschweifen. »Ich konnte nicht kommen.«

Wir erreichen das Ende der Treppe. Dort bleibe ich wieder stehen und warte darauf, dass er erklärt, weshalb. Nur dieser Satz scheint ihn bereits Unmengen an Überwindung gekostet zu haben. Er wirkt fast entsetzt über das, was er da gesagt hat.

»Wieso nicht?«, frage ich behutsam nach, als nichts folgt.

Von Vinita ist nichts zu sehen. Wartet sie in der Eingangshalle mit den Fahrkartenautomaten und der Anzeigetafel?

Bevor ich auf mein Handy linsen kann, um es auf eine Nachricht von ihr zu überprüfen, holt Timon tief Luft. Ich sehe, wie seine Schultern in dem grauen T-Shirt, das er in den Hosenbund gesteckt hat, erbeben. Seine Stimme bleibt unerwartet ruhig. »Ich habe es nicht über mich gebracht. Meine Angst davor, dass du mich, so wie ich bin, letzten Endes nicht wollen könntest, war zu stark.«

Ich wusste es.

Die Gewissheit sickert in mich und ein Hauch von Bitterkeit breitet sich in meinem Mund aus. Wahrscheinlich hält sie sich in Grenzen, weil ich mich letztlich darauf eingestellt habe. Ungeschehen machen können wir es nicht mehr.

»Oh, Timon«, seufze ich.

»Mhm«, brummt er nur, windet sich.

»Ich bin nicht sauer«, betone ich hastig, bevor er auf dumme Ideen kommt. »Es ist nur so … traurig.«

Er nickt. Dann herrscht Schweigen, ehe er hinzufügt: »Lange Zeit warst du für mich der Erste und Einzige, der nur mein wahres Ich kannte, der nicht diese Version von mir vor Augen hatte, die ich nie war.« Wieder macht Timon eine Pause und ich lasse sie ihm. »Ich wollte dich sehen. Aber plötzlich war ich so sicher, im Endeffekt würde ich dich dadurch auf einen Schlag verlieren … Wenn ich dich schon verlieren müsste, wollte ich wenigstens, dass du mich so in Erinnerung behältst, wie du dachtest, dass ich bin. Woher sollte ich ahnen, dass wir beide trans* sind?«

Er sucht wieder meinen Blick und trifft mich damit bis ins Mark. Dazu hallt der Schmerz in seinen Worten in mir nach. Das kann ich total nachempfinden. Freund*innen und Familie können noch so großartig auf ein Outing und die Transition reagieren. Es wird immer etwas anderes sein mit jenen Menschen, die dich nie für ein Mädchen, sondern von vornherein für einen Kerl gehalten haben. Es sollte keinen Unterschied machen. Das tut es leider. Und wenn auch nur in den Köpfen der Leute. Schreit das nach einem neuen Instagram-Post? Oh, ja!

»Vielleicht sollte es so sein«, sage ich zu meiner eigenen Verblüffung.

Timon schnaubt.

»Klar ist es nicht toll, dass uns all diese Jahre fehlen«, gestehe ich es mir und ihm im selben Atemzug ein. »Nur ehrlicherweise kann ich dir nicht hundertprozentig sagen, wie ich mit sechzehn auf dein Coming-out reagiert hätte. Ich habe geglaubt, du wärst ein cis Junge und so unerwartet mit etwas anderem konfrontiert zu werden … Ich selbst war mir noch nicht darüber im Klaren, dass ich mich nicht mit dem weiblichen Geschlecht identifiziere. Womöglich hätte ich es zerstört. So wie es mir neulich fast am See passiert wäre.«

Bei dem Gedanken schaudere ich. Coming-outs sind auch für die queere Person ein Prozess. Trotz Ali wäre ich zu dieser Zeit nie auf den Gedanken gekommen, dass ich selbst kein cis Mädchen sein könnte. Meine Berührungspunkte mit dem Thema trans* waren quasi nicht existent. Ich erinnere mich lediglich, dass das an so Infotagen in der Schule mal aufgegriffen wurde. Letzten Endes hatten die Menschen aus dem LGBTQIAP+ Beratungszentrum, die für einen Vortrag ins Internat eingeladen worden waren, mich nur leider eher abgeschreckt. In den Jahren darauf habe ich kurioserweise unabhängig davon immer wieder überlegt, mal zu dem Beratungszentrum zu gehen. Nur wusste ich nicht, was mich dorthin zog, und ich verwarf den Gedanken jedes Mal. Die Gefahr, dabei gesehen zu werden, war mir zu groß gewesen. Wie heftig ich mich für meine Queerness und Transidentität geschämt habe! Und jetzt schäme ich mich für diese Scham.

»Das hättest du bestimmt nicht«, widerspricht Timon.

Ich schneide eine Grimasse. »Werden wir zum Glück nie erfahren.«

»Dann«, fragt er hoffnungsvoll, »ist jetzt alles klar zwischen uns?«

Er blinzelt unschuldig, wie um seine Demut zu bezeugen – oder mich zu umgarnen und mich vom Wesentlichen abzulenken. Das verdeutlicht mir, ihm ist selbst bewusst, dass es einiges gibt, über das wir sprechen sollten. Ein Fan von offenen Unterhaltungen scheint er nicht zu sein.

»Oh, nein.« Ich lache, um deutlich zu machen, dass ich übertreibe, aber so leicht kommt er mir nicht davon.

Worauf wir da zusteuern macht mich mehr als glücklich. Nur merke ich, dass ich nicht bereit bin, mich auf Timon einzulassen, solange etwas zwischen uns steht.

Ich könnte diesen Typ echt lieben.

Kaum habe ich das erkannt, wird mir flau in der Magengegend. Nein, diesmal gibt es keine halben Sachen. Habe ich endlich meinen Selbstwert gefunden?

Ich funkele ihn an. »Erst musst du mir noch die ungefähr hundert anderen Fragen beantworten, die ich an dich habe.«

KAPITEL 28

TIMON

Meine Gesichtszüge entgleisen und mir wird eiskalt. Das geschieht mir recht. Logischerweise werde ich wahrscheinlich keine dieser Fragen beantworten können.

Was zur Hölle hat mich geritten, Philipp nicht auf der Stelle zu korrigieren, als mir aufging, dass er mich für André hält und da definitiv etwas falsch zusammengesetzt hat?

Wie konnte ich es für eine grandiose Idee halten, ihn zu allem Überfluss in dem Glauben zu bestärken, ich wäre mein Bruder und *wir* hätten all diese Nachrichten über das *Dark Whisper*-Forum ausgetauscht? Das kann doch nie und nimmer gut gehen! Darüber hinaus ist diese Aktion das Allerletzte.

Er sieht zu mir auf, so vertrauensvoll, und am liebsten würde ich im Boden versinken. Meine Schweißausbrüche sprechen ihre eigene Sprache. Meine Augen zucken überall hin, nur nicht zu dem jungen Mann vor mir. Die Plakate an den Wänden werben für ein Sparpreis-Angebot der Bahn, einen neuen Kinoblockbuster und die Corona-Schutzimpfung. Der Mülleimer ein Stück weiter quillt über vor Kippen und den Überresten eines Fast Food-Festmahls.

Zwar habe ich geahnt, dass ich es vermasseln werde, aber nicht so sehr. Meine Hände ballen sich zu Fäusten. Könnte es überhaupt schlimmer sein? Verdammte Scheiße. Wäre es mir nur nicht wie ein Wink des Schicksals erschienen, das mir eine neue Lösung präsentiert, wie ich fein aus der Sache rauskomme. So musste ich den Moment nach diesem fantastischen Kuss nicht mit der Tragik der tatsächlichen Ereignisse zerstören.

»Okay«, krächze ich an dem Kloß in meinem Hals vorbei. »Das ist nur fair.«

Ich hätte Philipp gar nicht erst küssen dürfen. Zuerst hätten wir reden sollen. Nur dachte ich vollkommen egoistisch, dass ich danach nie wieder die Gelegenheit dazu haben werde, weil er nichts mehr mit mir zu tun haben wollen könnte. Das wird er dann jetzt, sobald ich meine Maske abnehme.

War es das wert?

Ich spiele den Kuss erneut durch, kann seine sanften Lippen wieder auf meinen spüren – und wie er erst auf meine Berührungen reagiert hat! Eine angenehme Gänsehaut jagt meinen Rücken hinunter, die mich meine Fäuste wie automatisch wieder öffnen lässt. Das leise Seufzen, sein beschleunigter Atem, die großen Pupillen, als wir uns danach wieder ansahen. Als hätte Philipp schon vom ersten Augenblick an darauf hingefiebert. Mir jedenfalls ging es so. All unsere Bewegungen schienen wie einstudiert ineinanderzugreifen und am liebsten hätte ich mich vollständig in ihm verloren und nie mehr damit aufgehört, ihn zu küssen. Egal, wer zusieht. Egal, was um uns herum passiert. Es war die *eine* Gelegenheit, und ich hätte den Rest meines Lebens bereut, sie nicht genutzt zu haben.

Obwohl mich ein Kuss schon mal so viel gekostet hat.

Im Stillen verabschiede ich mich davon, Philipp jemals wieder derart nah zu kommen.

Im Kopf gehe ich durch, was ich sagen werde: *Tut mir leid. Ich bin gar nicht Ali beziehungsweise André, der Kerl, den du zu finden gehofft hast. Ich bin derjenige, für den er gestorben ist. Kann verstehen, wenn dir das zu viel ist und du mich nun hasst …*

»Es ist nur …«, setze ich an, das Missverständnis und ihn über meine Lüge aufzuklären, auf die ich im Schock und einem Anflug unsinniger Hoffnung ausgewichen bin. Mir war nicht klar, dass ich so kreativ sein kann. Mein Bruder hätte Philipp bestimmt nie hängen lassen, so wie er es bei mir nicht konnte.

»Ja?«

Tief Luft holen.

»Ich glaube, ich habe echt was Blödes gemacht.«

»Okay?« Philipps Stirn legt sich in Falten.

Dann ist der Moment nun also da.

»Ich wollte dich nicht verarschen, sondern es dir eigentlich direkt sagen.«

»Wenn du meinst«, unterbricht er mich, forscher als sonst, »wieso du dich mir nicht gleich offenbart hast, als ich das *Dark Whisper*-Forum erwähnte habe, ja, darüber habe ich in der Tat schon nachgedacht.«

»Das …« … *war nicht, worauf ich hinauswollte.* Ich verschlucke mich an meiner eigenen Zunge, die mir partout nicht gehorchen will, und versage einmal mehr dabei, die Wahrheit in Worte zu kleiden. Mein Hirn arbeitet auf Hochtouren und schaltet mein Gewissen aus. »Wahrscheinlich hätte ich das tun sollen. Nur war ich noch nicht bereit dazu«, murmele ich. »Der Schreck, als mir klar wurde, wer du bist, war krass. Und richtig geglaubt habe ich es im ersten Augenblick nicht.«

Ich kann nicht fassen, wie ich mich immer weiter reinreite.

Warum muss Philipp ausgerechnet jetzt anfangen, mehr aus sich herauszukommen? Er liefert mir quasi – ohne es zu wissen – eine astreine Vorlage nach der anderen für dieses Märchen, das viel leichter zu verdauen ist als Andrés Tod. Wie soll ich ihm da den Boden unter den Füßen wegreißen? Nicht, dass ich es nicht attraktiv fände, wenn Philipp ein bisschen den Ton angibt. Zumal er es mir damit – wäre ich wirklich Ali und hätte ich nicht gelogen – sicher leichter machen würde.

»Es ging mir nicht anders.« Wieder liegt nichts als Verständnis in seinem Gesichtsausdruck.

Ich möchte schreien. Das könnte helfen. Dann würde er fragen, was los ist und ich könnte vor ihm zusammenbrechen und alles ausbreiten, weil die Mauern eingerissen wären. Kann er mir nicht einen Anstoß in diese Richtung geben oder ich mich selbst verdammt noch mal dazu bringen, die Kurve zu kriegen?

»Hättest du dich nicht damals schon immer so bedeckt gehalten«, bemerkt er, »wäre ich vermutlich früher drauf gekommen, dass du es bist.«

»Ach so, ja, sorry.« Ich zucke mit den Achseln. Kann ich das Gespräch hiermit beenden und mich danach noch mal sammeln? Im selben Moment merke ich, dass Philipp mehr hören möchte.

Das ist verständlich – und interessant. Ich hätte nun erwartet, dass André sich ihm gegenüber zugänglicher verhalten hat als mir. Weil irgendwo musste er mal seine Gefühle abladen, oder? Wieso hat er *Philipp* auf Abstand gehalten? Nah genug für romantische Gefühle scheinen sie sich ja gekommen zu sein. Das ist eine Vorstellung, die ich im Grunde nicht weiterverfolgen möchte.

Ich dränge sie beiseite.

Was soll ich als Nächstes sagen?

»Wahrscheinlich ist das eine meiner weniger guten Eigenschaften«, überlege ich, stütze mich darauf, dass André und ich uns letztendlich in vielerlei Hinsicht durchaus ähnlich waren. Deshalb konnte Philipp wahrscheinlich nur diese Verwechslung unterlaufen.

Womöglich funktioniert es entgegen jeder Logik, den Irrglauben aufrechtzuerhalten?

Kaum hat mich dieser Gedanke durchzuckt, überkommen mich Scham und eine unangebrachte Erleichterung.

»Ich bin vorsichtig damit, wem ich was anvertraue.«

Einen letzten Atemzug zögere ich noch, bevor ich mich vollständig in Alis Rolle einrichte, obwohl ich zurückrudern sollte. »Ich hatte immer Angst, dass zu viele Details in meinen Nachrichten dir meine Transidentität verraten könnten«, setze ich der Lüge die Krone auf.

Philipp hebt eine Augenbraue. »Selbst bei so was wie, dass du eine Schwester hättest, obwohl du einen Bruder hast?«

Gegen meinen Willen durchläuft mich ein Schauder. André hat mich in seinen Chats mit Philipp bis zum Schluss als seine Schwester bezeichnet? Entweder die beiden haben nicht oft über mich gesprochen, sodass er Philipp nach meinem Outing noch nicht geupdatet hatte, oder er wollte Philipp aus irgendeinem Grund nicht einweihen. War es ihm unangenehm und ich ihm vor seiner Flamme peinlich? Sofort verwerfe ich diese Option wieder. So hätte André sich niemals verhalten. Nicht mal, wenn er verknallt war und keinen »schlechten« Eindruck machen wollte. Er hat sein Leben für mich geopfert.

»Ich wollte es dir erschweren, herauszufinden, wer ich bin«, erkläre ich langsam. »Beziehungsweise als wen mich die meisten Leute zu der Zeit gekannt haben. Falls du doch neugierig geworden wärst«, stelle ich klar.

»Oh.« Philipp errötet wie üblich hinreißend und beschert mir damit butterweiche Knie. »Neugierig war ich. Und wie. Ich kann nicht behaupten, dass ich nie versucht hätte, mehr über dich zu erfahren.«

»Jetzt weißt du auf jeden Fall schon einiges«, fasse ich zusammen.

Ich hoffe ausreichend.

Er beißt sich auf die Unterlippe. Holy Shit. »Ich würde gern alles wissen, wenn ich das so sagen darf. Eventuell könnte ich noch etwas in Pirna bleiben, um dich besser kennenzulernen.«

»Ja«, ist das Einzige, was ich herauskriege. Dafür kommt es von Herzen.

Mein Herz, dieser Verräter, führt einen regelrechten Freudentanz auf. Denn Philipp bleibt! Bei mir. Er wendet sich nicht von mir ab, und ich kriege mehr Zeit mit ihm. Das ist genau das, was ich erreichen wollte. Auf der anderen Seite würde ich das Ding in meiner Brust am liebsten zusammenschnauzen. Wozu einen Liebe nicht alles verleitet.

Es ist Vinita, die glücklicherweise verhindert, dass ich mich und Leonie und das Kiosk in der Dresdner Südvorstadt erneut vergesse. Fast hätte ich Philipp sonst wieder an mich gezogen. Vor allen Leuten, die gerade mit der nächsten S-Bahn eintreffen. Philipps beste Freundin kommt aus der Bahnhofshalle zwischen den Passant*innen hindurch auf uns zu gelaufen, winkt und ruft: »Nun musste ich langsam nachschauen, ob ihr in Ordnung seid! Entschuldigt, wenn ich störe. Seid ihr in Ordnung?«

Philipp strahlt sie an. Eindeutiger könnte seine Antwort nicht ausfallen. Mit jeder Sekunde verabscheue ich mich mehr für meine Feigheit.

KAPITEL 29

PHILIPP

Am Donnerstagmorgen helfe ich Vinita dabei, ihr Gepäck in den Opel zu laden. Erst vor einer Woche sind wir aus dem Pott in den Osten aufgebrochen und nun heißt es wieder Abschied nehmen. Jedenfalls für sie und somit auch für uns voneinander. Ich habe meine Pläne geändert und werde nicht mit nach Hause fahren. So richtig fassen kann ich es nicht, dass unsere Suche nach Ali so ein Erfolg geworden ist und wie rasant und radikal diese sieben Tage mein Leben auf den Kopf gestellt haben. Wie gut es mir heute geht und wie niedergeschlagen ich vor der Reise war! Beinahe fühle ich mich wie ein neuer Mensch.

Meine beste Freundin klappt den Kofferraum zu, streicht ihr roséfarbenes Sweatkleid glatt und dreht sich zu mir um. »Das war's.«

Mein Zeug haben wir zuvor in Timons Wohnung geschafft, wo er erst mal eine Maschine Wäsche mit meinen Klamotten angeschmissen hat. Gegebenenfalls wird Vinita mir von Dortmund aus etwas nachschicken, je nachdem, wie lange mein Aufenthalt dauert.

Jetzt betrachtet sie mich mit schief gelegtem Kopf. »Ich weiß nicht, was ich davon halten soll, dass du immer noch so eklig glücklich ausschaust, obwohl ich nun gehen muss.«

Ich verschlucke mich und huste, nur ist sie scheinbar so beleidigt, dass sie mir nicht mal auf den Rücken klopft. »Du weißt«, ächze ich, »dass ich dich vermissen werde.«

»Sicher, wenn du nicht gerade mit deinem Lover beschäftigt bist.«

Habe ich mich geirrt, und sie scherzt nicht, sondern ihr ist das Ganze ernst? Hat sie ihre Meinung zu Timon seit gestern überdacht? Das wäre tragisch, denn ich bin ihr so dankbar, dass sie mich zu diesem Trip gedrängt hat. Das habe ich ihr, als wir abends in unseren Betten lagen, auch so oft versichert, dass sie mich irgendwann mit einem Kissen bewarf, damit ich aufhörte.

Den gestrigen Tag und den Urlaub als solchen haben wir nach der Aufregung zu dritt am Ufer der Elbe sitzend mit Blick auf Pirnas Raddampfer abgeschlossen. Diese historischen Schiffe scheinen echt so ein Ding zu sein. Mit den Rädern waren wir zügig am Fluss, wobei wir gewartet hatten, bis es nicht mehr brüllend heiß war. Es war fantastisch, wie es zwischen Timon und mir auf einmal so anders wurde – sogar besser als bisher. Vinita spielte unsere Anstandsdame, worin sie ziemlich aufzugehen schien. Sie amüsierte sich jedes Mal köstlich, wenn sie einem von uns eins auf den Deckel geben konnte. Timon und sie tauschten sich über die besten Konzerte aus, die sie je besucht hatten, und ich genoss es, von zwei meiner liebsten Menschen umgeben zu sein. Nun bin ich gespannt und etwas nervös, wie es wird, wenn Vinita nicht mehr dabei ist. Ich freue mich auch darauf, auf alles, was kommt, spüre eine Zuversicht in mir, die mich glatt mehrere Zentimeter über dem Boden schweben lässt.

»Vini–«, beginne ich.

»Ich mach nur Spaß!« Unvermittelt schließt meine beste Freundin mich in eine feste Umarmung, die mir die Luft aus den Lungen presst.

Gott sei Dank! Solange sie mich nicht erstickt, werde ich mich nicht beschweren, in ihren Armen zu liegen. Es wird ungewohnt werden, länger am Stück von ihr getrennt zu sein, weil wir das selten haben.

»Es ist schön, dich so zu sehen«, flüstert sie in mein Ohr. »Wenn Timon dir wehtut, kann er sich auf was gefasst machen. Meine Nachsichtigkeit hat ihre Grenzen.«

Im selben Moment tritt jener aus seinem Haus auf den Hof. »Habt ihr etwa über mich gesprochen?«

Keine Ahnung, ob er das sowieso fragen wollte oder ob er Vinita verstanden hat. Ich denke nicht, weil sie sehr leise war. Nichtsdestotrotz spüre ich, wie ich rot werde, was ihm ein breites Grinsen entlockt.

Vinita lässt mich los und verfolgt sein Näherkommen mit unbeeindruckter Miene. »Mach dir mal nicht zu viele Gedanken. Die Welt dreht sich weiter.«

»Woah!« Timon hebt die Hände. »Und nicht nur um mich, oder wie hast du das gemeint?«

»Das hast du nun behauptet.«

»Touché.«

Die zwei zusammen sind eine explosive Mischung, weil sie sich gleichermaßen ungern unterbuttern lassen.

Vinita scheint aber nun nicht in der Stimmung dafür, weiter herum zu albern. Täusche ich mich oder glitzern ihre Augen feucht? Normalerweise ist es nicht ihre Art, von so etwas wie einem Abschied derart mitgenommen zu werden. Das wäre mein Part.

»Also.« Sie blinzelt mehrere Male schnell hintereinander, wendet sich zum Wagen. »Ich sollte los. Wer weiß, wie der Verkehr ist. Irgendwann will ich ja ankommen.«

»Klar.« Ich drücke sie ein letztes Mal an mich und atme den vertrauten Duft ihres Parfüms nach Jasmin und Vanille tief ein. »Melde dich, wenn du in Dortmund bist und sobald du mit deiner Dozentin geredet hast.«

»Mache ich«, verspricht sie.

»Gute Fahrt«, sagt Timon, stellt sich neben mich und nickt ihr zu.

Vinita erwidert das Nicken und steigt ein, winkt noch mal, bevor sie vom Hof rollt. Als das Auto nicht mehr zu sehen ist, klatscht Timon in die Hände. Ich verdränge den Gedanken, dass sie aufgewühlt gewirkt hat und nehme mir vor, ihr später deshalb zu schreiben.

»Na dann.« Er wuschelt mir durch die Locken, bevor ich rechtzeitig zurückweichen kann. »Ich hoffe, du weißt, worauf du dich mit mir eingelassen hast«, verkündet er passend dazu.

»War das eine Drohung?«, finde ich meine Sprache wieder.

»Eine Warnung«, verbessert er mich.

Notdürftig versuche ich, meine Haare zu ordnen. »Tut mir leid, das geht so nicht weiter!«

Timon tut schockiert. »Bist du etwa eitel?«

»Nein!«, behaupte ich.

»Klar«, zieht er mich auf und das Wort gekünstelt in die Länge. Er mag recht haben. Was meine Locken betrifft, bin ich wirklich etwas speziell. »Eigentlich wollte ich damit ankündigen, dass wir Sonntagmittag bei meinen Großeltern zum Essen eingeladen sind. Meine Mutter wird auch dabei sein.«

Ich starre ihn an, kriege einen Herzstillstand, nur damit es danach in meiner Brust umso heftiger lospoltert. »Das sagst du mir jetzt?«

Wie kann er so was mal eben so droppen?

Andererseits … Wann hätte er es mir sonst mitteilen sollen? Wir sind noch nicht mal vierundzwanzig Stunden zusammen. Sind wir das überhaupt? Dass ich Timons Familie kennenlernen soll, spricht allerdings dafür, dass er mein fester Freund ist, mich als eben solchen betrachtet und mir vertraut. Zumindest sind wir auf dem besten Weg, ein Paar zu werden. Das letzte Mal, dass ich jemandes Familie vorgestellt wurde, war bei meinem Ex Fabian weit vor meinem Outing und der

Transition. Damals dachte ich ebenfalls, ich würde es nicht schaffen und seine Eltern müssten mich furchtbar finden. Was sie nicht taten. Kann ich als Freund überzeugen oder konnte ich das nur als Freundin? Diese Überlegung kommt aus dem Nichts, so wie die Panik, die mich von einer auf die nächste Sekunde im Griff hat. Werden nicht auch in romantischen Beziehungen an Männer andere Erwartungen gestellt als an Frauen?

Timon zuckt entschuldigend mit den Schultern. »Ich weiß es selbst erst seit vorhin. Oma hat mich im Treppenhaus abgefangen. Nun, da meine Höllenqualen ausgestanden sind, und sie maßgeblich ihren Anteil daran hatte, erwartet sie wohl, dass ich mich revanchiere.«

Hilflos lache ich auf. »Ich würde sagen, deine Großmutter ist cool. Trotzdem habe ich Bammel.«

Wenn ich an den grummeligen alten Herrn und die streng wirkende Frau denke, die Timons Mutter ist und ihn an unserem zweiten Tag hier über den Hof zu sich gerufen hat, stellen sich mir sämtliche Härchen auf. Ich bin nicht halb so taff wie ihr Enkel oder ihr Sohn. Es fällt mir schwer, etwas an mir abprallen zu lassen. Was, wenn ich denen total verweichlicht vorkomme, und sie meine Männlichkeit hinterfragen? Grundsätzlich akzeptieren sie Timons Beziehung mit einem Kerl vielleicht, nur gibt es da diese Leute, die es nicht mögen, dass jemand »zu schwul« ist. Womit sie letztendlich bloß veraltete Geschlechterrollen beibehalten wollen, mal wieder alles durcheinanderwerfen und ihre Scheintoleranz an die große Glocke hängen. Dennoch.

Wie war das: ich und wie ausgewechselt? Da war ich zu voreilig! Wachstum braucht Zeit und Rückschritte gehören zum Prozess. Zwei Schritte vor, einer zurück, oder so in der Art? Nur weil etwas mein Selbstvertrauen stärkt, heißt das nicht, dass mich nichts mehr erschüttern kann.

Timon schnippt vor meiner Nase mit den Fingern. »Hey, das wird!

Meine Oma ist richtig nett und Opa eher schweigsam. Meine Großeltern haben mich von Anfang an supportet und meine Mama hat sich inzwischen damit abgefunden, wer ich bin und wie ich liebe. Wir können einfach Spaß haben und erweitern damit ganz natürlich ihren Horizont.«

Ich versuche, meine Nerven zu beruhigen, will seiner Einschätzung glauben. Nur platze ich stattdessen mit einem »Hast du vor mir schon mal einen Typ mit nach Hause gebracht?« heraus.

Zu spät bemerke ich, dass ich mich dabei wie das Klischee von jemandem anhöre, der selbst nur auf ein bestimmtes Geschlecht steht und daher die Bi- beziehungsweise Pansexualität des Partners oder der Partnerin hinterfragt. Dabei zweifle ich nicht an, dass Timon auf Männer steht, sondern an mir, dieser Mann zu sein.

»Nein.« Er runzelt die Stirn. Mist. Solche Bedenken hört er bestimmt nicht zum ersten Mal. Bevor ich ihm erklären kann, wie ich das meine, tritt er auf mich zu und fasst mich mit beiden Händen an den Schultern an. Mein Mund wird trocken. »Doch das spielt keine Rolle. Jetzt bist du mein Mensch.«

Er betont jedes Wort auf die nachdrücklichste Weise, und ich glaube, so was Schönes hat noch nie jemand zu mir gesagt. Damit trifft er mich mitten ins Herz. Es zieht sich zusammen und fliegt ihm zu.

»Wenn du dir Sorgen machst, dass irgendwer homophob sein könnte«, fährt Timon fort, »let me tell you, ewig haben mich alle für lesbisch gehalten. Es ist für niemanden – einschließlich mir – etwas Neues, dass ich in einer Beziehung bin, die nicht als hetero durchgeht.«

Damit hat er mir etwas voraus, wenn ich die letztlich belanglosen Dates, die ich hatte, nicht mitzähle. Doch es ist, wie Timon gesagt hat. Das Einzige, worauf es ankommt, ist das Jetzt und nicht, was war. So oder so wäre es neu und aufregend, weil es *dieses* Wir noch nie gab.

»Okay.« Unwillkürlich stiehlt sich ein Lächeln auf meine Lippen, da er außerdem damit bestätigt, was ich mir seit gefühlten Ewigkeiten erhofft und zu finden fast schon aufgegeben habe.

»Wirklich?«

»Ja, auf jeden Fall.«

Was ist los mit mir? Mein Quasi-fester-Freund möchte mich seiner Familie vorstellen. Ich sollte keine Angst haben, höchstens etwas aufgeregt sein. Ein Teil von mir ist vor Glück überwältigt. Diesem Teil möchte ich Raum geben und die Führung überlassen.

Dementsprechend schürze ich die Lippen. »Jetzt frage ich mich nur, wie das mit dem *Spaß haben* konkret aussehen soll. Meinst du damit, was ich glaube, dass du meinen könntest?«

Timons Augen weiten sich in Anbetracht meines fast flirtenden Tonfalls. Das finde ich ziemlich gut. Ehe ich mich versehe, liegen seine Hände nicht länger auf meinen Schultern, sondern an meinen Hüften. Scharf ziehe ich die Luft ein, als er den Abstand zwischen uns verringert. Ich bin sicher, kein Blatt passt mehr zwischen uns. Das ist mir nur recht.

»Maybe, Baby«, bestätigt er und lächelt unwiderstehlich.

Seit unserem ersten Kuss am Bahnhof hat es keinen mehr gegeben. Meine Endorphine spielen völlig verrückt, als ich nun die Hitze seines Körpers spüre. Unser zweiter Kuss wird ein langsames, tiefes Verschmelzen. Ich kann den Früchtetee schmecken, den dieser Kaffeeverächter zum Frühstück hatte. Seine lila Haare, durch die ich mit den Fingern fahre, sind so weich wie seine Wangen rau. Jedes Mal, wenn sich unsere Münder für eine Zehntelsekunde voneinander lösen, suche ich erneut nach seinem, bis ich nicht mehr weiß, wo oben und unten ist.

Mein Transsein macht es nicht unmöglich, sich in mich zu verlieben. Hätte ich nur immer schon gewusst, wie leicht es mit dem Richtigen sein kann und dass es diesen Richtigen gibt. Wäre dies ein Film, würden sie die Szene mit *Stupid Deep* von Jon Bellion unterlegen, vom Hof zwischen den bunten Häusern in die Vogelperspektive rauszoomen und einen Schriftzug am strahlend blauen Himmel einblenden: *The End.*

Wenn die nächsten Tage genauso verlaufen, bin ich für alles gewappnet.

Erst als die Kinder einiger Gäste aus dem weißen Haus unter Getöse und mit ihren Rollern nach draußen stürmen, geben Timon und ich einander zeitgleich frei. Ihre gestresst wirkenden Eltern folgen ihnen auf dem Fuß.

Eines der Mädchen fragt, was wir *da machen.*

Mein Pulsschlag beschleunigt sich und mein Höhenflug flaut schlagartig ab.

KAPITEL 30

PHILIPP

Die Kleine zieht an der Hand ihres Vaters und glotzt uns ungeniert an, während er peinlich berührt zu sein scheint.

Eine Entschuldigung liegt mir auf der Zunge, obwohl wir uns zwar heftig geküsst haben, aber sicherlich in angemessenem Rahmen. Ich bin sicher, wären wir ein hetero Paar, wäre diese Frage nicht aufgekommen. Alternativ hätten die Eltern uns als »die Jugend von heute« oder »hach, die erste große Liebe« abgetan.

Auf einmal habe ich Angst, was der Mann als Nächstes tun wird.

»Tut mir leid«, sagt er schließlich zu uns und maßregelt seine Tochter. Er wirkt nicht wütend. »Starr die Jungs nicht so an, Kira.«

Ich atme auf.

Wahrscheinlich ist er kaum älter als Jule, meine große Schwester, nur dass die bisher keine Kinder hat. Eine Erklärung liefert der Mann Kira nicht. Scheinbar kann er sich nicht dazu überwinden, in Worte zu fassen, dass nicht nur Frauen und Männer einander lieben können oder er ist schlicht überfordert. Offen bleibt, wieso so eine Situation überfordernd sein sollte. Offenbar hat Kira noch nie zwei sich küssende Typen gesehen, was es erst so seltsam macht. Dabei ist daran gar nichts anormal.

Bevor ich dem Mädchen antworten kann, verschränkt Timon seine Finger mit meinen und zieht mich hinter sich her auf das rosa Haus zu.

»Lass es besser«, sagt er leise, und ich spüre, wie er beruhigend mit dem Daumen über meinen Handrücken streicht.

Schaudernd leiste ich keinen Widerstand und kriege daher nur noch mit, wie sich die Mutter mit einem kleinen Jungen auf dem Arm zu dem Mädchen hinunterbeugt. Sie murmelt etwas. Zu gern hätte ich gewusst, was. Ob sie Kira erklärt, wie es ist, oder die »Sehr gute Freunde«-Karte vorschiebt, was lächerlich wäre. Denn wie Kumpels haben wir garantiert nicht gewirkt.

Dann sind wir im Treppenhaus und …

… küssen uns weiter. Timon gibt sich Mühe, damit ich die Unterbrechung vergesse. Kaum dass die Tür hinter uns zugefallen ist, drückt er mich mit dem Rücken gegen die Wand. Überrascht keuche ich auf, als seine Zunge wieder in meinen Mund eindringt, während sich in meinem Unterleib etwas zusammenballt. Der glühende Knoten in meinem Bauch wächst und wächst und eine Sekunde ist mir das fast unangenehm. Das ging schnell! Vinita ist keine zehn Minuten weg, und wir fallen bereits übereinander her.

Ich weiß nur, dass es sich zu gut anfühlt, um aufzuhören, und es keinen Grund dafür gibt, solange Timon gleichermaßen wild darauf ist wie ich. Als er kurz Luft holt, stolpere ich ihm hinterher und auf die Treppe zu. Während wir Stufe um Stufe nehmen, küssen wir uns wieder und wieder, wodurch wir wahrscheinlich doppelt so lange brauchen, bis wir bei seiner Dachgeschosswohnung angekommen sind. Nichtsdestotrotz möchte ich keine Sekunde missen, in der wir uns um eine

Treppenbiegung nach der anderen jagen und dabei aus unerfindlichen Gründen vor uns hin kichern. So losgelöst war ich ewig nicht.

Nachdem Timon uns die Wohnung aufgeschlossen hat, sagt er jedoch: »Okay, ich muss zur Arbeit, bevor ich nicht mehr von dir loskomme.«

Das hatte ich völlig verdrängt. Dabei hätte mir klar sein sollen, dass er sich so spontan nicht würde abmelden können. Immerhin ist er wie ich außer Atem und macht keinen Hehl daraus, was unsere Küsse mit ihm anstellen. Seine Lippen wirken geschwollen und seine braunen Augen glänzen dunkel.

»Eine Ferienwohnung will weiter auf Vordermann gebracht werden und da ich Opa schon Anfang der Woche nicht unterstützt habe …«

»Nein, natürlich.« Hastig schüttele ich den Kopf und schiebe ihn plötzlich fast hinaus, weil ich ihn sonst zu bleiben bitten würde. Und wären es nur ein paar Minuten. Es ist wie Hölle und Himmel, alles auf einmal. »Du musst dich nicht rechtfertigen. Ist ja dein Job.«

Eigentlich ist es sexy, dass Timon seine Verpflichtungen so ernstnimmt. Rede ich mir ein. Und es gibt ein *Nachher*. Der Gedanke, dass wir später gemeinsam in seinem Bett schlafen werden, jagt mir eine wohlige Gänsehaut den Rücken hinunter. Wie wird das sein und werden wir …?

Er nickt und überreicht mir an der Türschwelle zwei Schlüssel, je einen für Haus und Wohnung. Ich muss mich anstrengen, bei der Sache zu bleiben. »Gegen siebzehn Uhr bin ich zurück. Wäre cool, wenn du dann da bist, damit ich reinkomme. Ansonsten kannst du mir immer schreiben oder anrufen, wenn irgendwas sein sollte.«

»Mache ich – wenn du diesmal antwortest«, merke ich an, worauf er das Gesicht zu einer Grimasse verzieht.

»Darauf kannst du zählen.«

»Ich nehme dich beim Wort.«

Ehe er sich umdreht, küsst Timon mich ein letztes Mal flüchtig auf den Mund. Mit einem Kribbeln im Bauch sehe ich ihm nach.

Da Vinita mehrere Stunden im Auto unterwegs sein und sowieso nicht auf ihr Handy gucken wird, würde es nichts bringen, sie anzuklingeln. Trotz Freisprechanlage ist es vermutlich besser, wenn sie ihre Gedanken und Gefühle erst mal allein sortieren kann. Bei Jule habe ich diesmal Glück und sie nimmt meinen Anruf bereits an, als mein Teewasser nicht mal kocht.

Meine Schwester im Ohr und die Tasse in der Hand setze ich mich mit dem Rücken an Timons Schreibtisch, von wo ich den perfekten Überblick über den in gemütlichem Durcheinander versinkenden Raum mit den knarzenden Dielen habe. Normalerweise hätte ich im Sommer niemals Tee getrunken, aber der fruchtige Geschmack erinnert mich an unsere Küsse, deren Fortsetzung ich nicht erwarten kann.

Als ich Jule erzähle, dass Timon, den ich hier gleich an unserem ersten Tag kennengelernt habe, sich als Ali herausgestellt hat und wir nun ein Pärchen sind, kreischt sie so laut, dass mir das Handy fast aus der Hand fällt. »Du verarschst mich!«

»Nein.« Ich grinse über ihre Ungläubigkeit, was sich auch in meiner Stimme niederschlägt. Wobei ich sie verstehe. Das klingt eben mehr nach einer guten Geschichte als dem wirklichen Leben, und ich bin mittendrin und endlich einmal nicht das Burgfräulein.

»Heftig. Das nenne ich mal eine Story.«

»Bin eben immer für eine Überraschung gut.«

»Oh, ja.« Sie kichert.

Um nicht endlos über Timon zu schwärmen, obwohl sie selbstredend jedes Detail erfahren will, necke ich sie irgendwann und frage, wann ihr Freund ihr wohl den von ihr herbeigesehnten Heiratsantrag machen wird. Jule stöhnt.

»Ich habe einen Plan entwickelt. Wenn er sich bis Weihnachten nicht traut, werde ich ihm einen machen.«

»Find ich super«, ermutige ich sie sofort. »Wieso auch nicht?«

»Ja, nicht wahr?«

Meine Schwester beklagt sich über die Arbeit im Büro und ihre überpenible Chefin, wie froh sie ist, endlich Urlaub zu haben, und wir verquasseln uns wie üblich.

Sicher hat Jule das Thema absichtlich umschifft, um mein Hoch nicht gleich wieder zu ruinieren. Aus einem plötzlichen Drang heraus verbringe ich den restlichen Tag, bis Timon Feierabend hat, jedoch damit, mir verschiedene Studiengänge im Internet anzuschauen.

Kaum habe ich auf den ersten Link geklickt, ist es, als wäre der Knoten geplatzt, der mich vorher davon abgehalten hat. Die Übelkeit, die zuletzt jedes Mal aufgewallt ist, wenn ich daran gedacht habe, was ich mit meinem Leben anfangen soll, lässt von Minute zu Minute nach.

Nun stöbere ich mich an meinem Smartphone durch alles, was sich für mich im Entferntesten interessant anhört. Dabei schrecke ich nicht vor örtlicher Entfernung zurück, wie ich es bislang getan habe. Ja, ich bin ein Mensch, der das Vertraute schätzt. Nach den Phasen im Internat war ich stets froh, zwischenzeitlich aus der Eifel nach Hause zu kommen. Unabhängig davon habe ich vor drei Jahren beschlossen, von da an als Mann weiterzuleben, und heute bin ich hier und fühle mich mit und bei Timon mindestens so wohl wie in meiner gewohnten Umgebung im Ruhrpott oder mit den üblichen Leuten. Scheint, als wäre ich zu weit mehr in der Lage, als ich mir mit achtzehn zugetraut habe?

Ich mache mir keinen Stress damit, mich für irgendetwas zu entscheiden, sondern genieße es, mir die verschiedenen Szenarien auszumalen und sie in Ruhe auf mich wirken zu lassen. Die Fächer, die in die engere Auswahl kommen, speichere ich mir ab, um sie mir die Tage im Detail anzuschauen. Geschafft haben es Psychologie, Soziale

Arbeit sowie verschiedene Optionen mit Erziehungs-, Bildungs- oder Medienbezug.

Zwischendrin ploppt eine Nachricht von Vinita auf meinem Handybildschirm auf, in der sie mir schreibt, dass sie die Fahrt überstanden habe. Nun sei sie mega geschafft. Wenn ich daran denke, wie taufrisch sie nach der Hinfahrt gewirkt hat, fällt es mir schwer, das zu glauben. Dennoch tippe ich: *Das schreit danach, dass du* Atypical *weitergucken solltest!*

Unvermittelt kriege ich unfassbare Lust darauf, *Dark Whisper* zu rewatchen. Das werde ich Timon gleich vorschlagen. Wie fantastisch wäre es, wenn wir nun live und in Farbe gemeinsam unsere Lieblingsserie schauen, die uns vor all diesen Jahren in das Fan-Forum und somit zusammengeführt hat?

Ich checke die Uhrzeit und gleich darauf geistesgegenwärtig Timons nicht vorhandene Vorräte. Habe bis zuletzt nicht gemerkt, wie ausgehungert ich bin. Nun, was habe ich erwartet? In Rekordgeschwindigkeit schaffe ich es zum Supermarkt und zurück, bevor er wieder auftaucht. Als es klingelt, bin ich dabei, die Lebensmittel auszuräumen. In null Komma nichts schlittere ich zur Tür, um ihm aufzumachen. Außerdem setze ich gedanklich drei Kreuze, wie gekonnt ich die Zeit ohne ihn rumgebracht habe.

Wie kann ich diesen Zustand bitte dauerhaft aufrechterhalten? Es ist schön, mal das Gefühl zu haben, alles läuft wie am Schnürchen und es wird irgendwie werden.

Fünf Minuten knutschen wir erst mal nur rum, machen da weiter, wo wir am Morgen aufgehört haben. Unmengen an Schmetterlingen flattern in meinem Bauch umher. Schließlich taumeln wir gegen die zweite Einkaufstasche, reißen sie um, weil ich die im Eingangsbereich abgestellt habe.

»Willst du etwa für mich kochen?«, fragt Timon entgeistert.

»Oder du für mich?«, schieße ich zurück.

Er hüstelt. »Außer Nudeln mit Tomatensauce oder Dosensuppe, vielleicht Tiefkühlpommes, kommt dann nur leider nichts dabei herum.«

Damit offensichtlich ist, dass ich nicht wirklich genervt bin, seufze ich übertrieben. »Alles klar. Ich koche für uns.«

Zwar bin ich selbst nicht der beste oder motivierteste Koch, aber ein paar Reste aus dem Hauswirtschaftskurs in der Schule sind mir in Erinnerung geblieben. Ein bisschen habe ich zudem bei Vinita abgekupfert.

»Was für ein Service.« Timon zwinkert mir zu.

Ich mache uns Avocado-Tomaten-Wraps mit Cashews, mit denen wir uns vor den Fernseher setzen und – wie ich es mir in meiner Idealvorstellung erträumt habe – *Dark Whisper* anschmeißen.

Zunächst wirkt Timon von meiner Idee überfordert, doch lenkt er ein. »Nur wundere dich nicht, wenn ich ganz emotional werde.«

Als ob mich das stört!

Hin und wieder kommentieren wir etwas und im Laufe des Abends schwärmen wir wie damals per Chat für den Halbhexer Lennox und regen uns jedes Mal über die Feenprinzessin oder Alistairs unsterbliche Liebe für diese auf. In echt ist das noch viel, viel besser. Unser Fazit bleibt dasselbe: Es ist uns schleierhaft, wie Alistair sich in Ava und nicht in seinen besten Freund vergucken kann. Nur ist das nicht der Trope, den die Serienmacher*innen im Sinn hatten.

Während wir Folge um Folge schauen, verändern wir wieder und wieder unsere Sitzposition auf dem Bett, wobei wir uns mal näher und dann wieder weniger nah kommen. Zuerst mache ich mir einige Gedanken darüber, wie es werden wird, sobald wir nicht mehr nur nebeneinander liegen, sondern schlafen. Im Endeffekt passiert das automatisch.

Irgendwann verharren wir eng ineinander verschlungen. Mein Kopf ruht in Timons Halsbeuge. Als die aktuelle Folge endet und ich den Kopf hebe, will er wissen: »Und wie liegt es sich auf meiner Designerbrust, Drachenkämpfer?«, worauf ich mich an einem Lachen verschlucke.

»Großartig«, beteuere ich auf der Stelle und mindestens ebenso ernst.

Dass ich mich mal mit meinem Partner humorvoll über das Transsein austauschen würde, hätte ich nie erwartet. Es ist grandios.

Nachdem wir uns nacheinander im Bad umgezogen und Schlafklamotten angezogen haben, kuschelt er sich bei mir an, um nun meine Brust *zu testen*. Nicht ohne vorher sicherzustellen, ob ich noch Schmerzen habe. Was ich verneine.

Gleich in den ersten fünfzehn Minuten der neuen Folge dämmert Timon weg, weshalb ich davon ausgehe, dass ich bestanden habe. Voller überbordender Glücksgefühle taste ich nach der Fernbedienung, die ich knapp erreiche, ohne mich zu stark zu bewegen, und schalte den Fernseher aus. Dann strecke ich mich nach der Nachttischlampe. Sobald das Licht erloschen ist, schlafe ich in Sekundenschnelle ebenfalls ein.

KAPITEL 31

PHILIPP

Weil Timon früh aufsteht, kriege ich nicht richtig mit, wie er zur Arbeit aufbricht. Was ich sicher weiß: Er haucht mir einen Kuss auf die Wange und verabschiedet sich mit einem liebevollen »Schlafmütze«. Darauf drehe ich mich – dem alle Ehre machend – wieder im Bett um. Der Raum flirrt vor Hitze. Ich wache erst wieder auf, als mein Handy so laut und anhaltend vibriert, dass ich es nicht mehr ignorieren kann.

Beinahe falle ich aus dem Bett, weil ich mich in der Decke verheddert habe, und muss es erst mal suchen. Schließlich finde ich es in meiner Hose, welche unordentlich halb in und neben meinem Koffer liegt.

Inzwischen hat Vinita aufgelegt und mein Smartphone nur noch fünf Prozent Akku. Nachdem ich schnell aufs Klo gehuscht bin und in einer Ecke des Zimmers eine Steckdose gefunden habe, rufe ich sie zurück.

»Hey, was gibt's?« Ich unterdrücke das Gähnen, denn immerhin haben wir fast Mittag. Dazu blende ich aus, dass es unbequem ist, so auf dem Boden zu hocken. Das Gerät muss nun einmal laden.

Völlig untypisch begrüßt meine beste Freundin mich nicht, indem sie meinen Namen trällert. Es folgt Stille, in der mein leerer Magen einen Purzelbaum schlägt.

»Vinita?«

»Hey«, antwortet sie endlich, klingt so kleinlaut, dass ich ihre Stimme fast nicht erkannt hätte.

»Was ist los?«, hake ich nach, bin spätestens jetzt hellwach und in Alarmbereitschaft. Ein unangenehmes Kribbeln macht sich in mir breit. Habe ich mich nicht getäuscht und ihre gedrückte Stimmung gestern war ein Vorzeichen – wofür?

Sie zieht die Nase hoch. Weint sie etwa?

»Hey«, wiederhole ich, so sanft es mir möglich ist. »Was ist denn passiert?«

Tief und zittrig holt sie Luft. »Ich habe die Klausur vergeigt und bin durchgefallen. War eben bei meiner Dozentin und muss den Kurs wohl wiederholen.«

»Mist«, rutscht es mir heraus. »Das tut mir leid!«

Ehe ich etwas hinterher setzen kann, um sie zu beruhigen, stammelt sie schon weiter. »Letzte Woche während der Prüfung hatte ich einen kompletten Blackout. Ich verstehe nicht, wie das passieren konnte.«

Sofort steigt eine Welle an Mitgefühl in mir auf. »Oh Mann.«

»Was, wenn sich das wiederholt?« Vinita klingt so außer sich, dass ich mich am liebsten auf der Stelle zu ihr gebeamt hätte, um sie zu umarmen. »Das darf es nicht!«

»Dazu kommt es bestimmt nicht«, versuche ich, ihre Ängste zu zerstreuen. »Hattest du solche Blackouts schon öfter?«

»Nein«, schnaubt sie. »Das ist es ja. Also wieso jetzt?«

Ihre Panik ist förmlich greifbar.

Fieberhaft überlege ich, wie ich sie beruhigen könnte. Ihre Sorge kann ich nachvollziehen.

»Vinita«, sage ich, nun mit mehr Nachdruck. »Ich weiß, wie wichtig es dir ist, in deinen Prüfungen die besten Ergebnisse zu erzielen. Letzten Endes sind es trotzdem nur Noten. Eine schlechte macht dich nicht zu einem schlechteren Menschen. Du bist nicht weniger genial oder liebenswert, wenn du mal nicht alles perfekt machst.«

»Ich dachte auch, ich könnte mein Versagen vergessen«, widerspricht sie, »indem ich mich auf etwas anderes konzentriere. Doch so sehr ich unseren Trip nach Pirna genießen und etwas Abstand zwischen mich und die Uni bringen wollte, ist nun alles wieder über mich hereingebrochen. Ich *kann* das nicht einfach abhaken.«

»Das verstehe ich.«

Das Geräusch der Katzenklappe und kleiner Krallen auf dem Parkett lenkt mich einen Augenblick ab. Der Kater stolziert in die Wohnung und geradewegs auf mich zu.

»Irgendetwas muss ich tun können«, regt Vinita sich auf. Ihre Verzweiflung zieht mir den Brustkorb zusammen. »Ich will nicht, dass es mir wieder so ergeht. Wenn ich nur daran und an die nächste Prüfung denke, kriege ich jetzt schon Schweißausbrüche. Dabei habe ich bisher auch immer alles –«

»Womöglich«, unterbreche ich sie, »ist es gerade das, und du setzt dich zu stark unter Druck. Es geht nicht, ständig und überall einhundert Prozent zu geben.«

Unvermittelt lacht meine beste Freundin auf. Eine Gänsehaut überzieht meine Arme, weil so viel Bitterkeit in diesem Geräusch mitschwingt. Mich beschleicht das Gefühl, etwas verpasst zu haben.

»Das stimmt«, sagt sie. »Es geht darum, überall *zweihundert* Prozent zu geben.«

Ich höre sie schlucken.

Bernd miaut und schmiegt sich an mich, worauf ich ihm den Rücken kraule.

»Wie meinst du das?«, bitte ich sie, mir zu erklären, worauf sie hinaus will, weil ich sie wirklich nicht verstehe, es aber auf jeden Fall möchte.

Vinita stockt. Mir entgeht nicht, dass sie die nächsten Worte Überwindung kosten. »Schau mich an«, fährt sie schließlich fort. »Ich bin braun. Ich bin muslimisch. Ich kann es mir nicht leisten, die Uni schleifen zu lassen. Ich muss doppelt so hart arbeiten, um ernstgenommen zu werden.«

Automatisch halte ich im Streicheln inne, was dem Kater gar nicht gefällt und mich trifft seine Tatze. Mein Magen verkrampft, während ihre Worte in mir arbeiten. Dabei bin ich immer noch nicht sicher, ob ich vollständig erfasse, was sie da anspricht.

»Denkst du«, deutet Vinita mein Schweigen korrekt, »Rassismus gibt es nur im Bus?«

Vor Verlegenheit wird mir heiß, weil ich nicht selbst darauf gekommen bin. Verdammt.

»Rassismus macht keinen Halt vor den Toren der Uni. Es ist eine Struktur. Ein roter Faden, der sich durch alle Institutionen, Vorlesungssäle und auch Noten zieht.«

Ich beiße mir auf die Zunge. Diese Zusammenhänge haben sich mir bisher nicht erschlossen.

»Da hast du natürlich recht«, lenke ich hastig ein. »Ich wusste nicht, dass … Ich meine, so habe ich nie darüber nachgedacht. Was für eine Scheiße. Danke, dass du mich darauf hingewiesen hast.« Ich zögere, ringe mit dem Kloß in meiner Kehle. Wieso ist so vieles nur so ungerecht? »Bloß wenn du dich zusätzlich fertig machst, wird das vermutlich das Gegenteil von dem bewirken, was du möchtest.«

Wieso ist es so schwer, in solchen Momenten die richtigen Worte zu finden? Lieber arrangiere ich sie sorgfältig wie in meinen Instagram-

Posts, mit denen ich regelmäßig andere auffange, tröste und ermutige. Dabei merke ich, dass ich auch im echten Leben mehr für meine Mitmenschen da sein und ihnen helfen möchte.

Vinita seufzt. »Alles leichter gesagt als getan.«

»Ja«, seufze ich zurück.

Nach einem Augenblick der Stille traue ich mich zu ergänzen: »Ich kann deine Situation nicht nachempfinden, weil ich nie in diese Lage kommen werde. Aber es ist so oder so in Ordnung, dass du die Prüfung nicht bestanden hast. Auch wenn du beim zweiten Versuch nicht die volle Punktzahl erreichen solltest. Okay?«

Sie atmet tief durch. »Okay«, spricht sie mir nach.

Logischerweise ist ihre Angst vor der nächsten Klausur und die Ungerechtigkeit des Systems damit nicht aus der Welt geschaffen. Immerhin weiß sie nun, dass sie sich mir anvertrauen kann, wenn sie etwas belastet und sich nicht dafür schämen muss, sofern mal etwas nicht rund läuft.

Wir plaudern noch ein wenig über andere Themen. Nachher wird Vinita mit ihrer Mutter shoppen gehen und am Abend wahrscheinlich eine extra Yoga-Session einlegen. Sie quetscht mich darüber aus, wie die erste Nacht mit Timon war und erinnert sich dann, dass sie ja Muffin-Zutaten besorgen muss, weil eine ihrer Kommilitoninnen morgen einen Brunch veranstaltet. »Das hätte ich fast vergessen bei dem Ärger«, murrt sie. Da Vinita sich nun etwas gefangen hat, fällt es mir nicht ganz so schwer, am Ende aufzulegen.

Durch das geöffnete Fenster höre ich das kreischende Geräusch einer Kettensäge, welches nun erst in mein Bewusstsein dringt.

Ob Timon da zugange ist?

Aus einer Laune heraus beschließe ich, runterzugehen und in der Werkstatt nachzuschauen. Eventuell kann ich ihm Gesellschaft leisten.

»Sorry«, entschuldige ich mich beim Kater, als ich aufstehe, die

Streicheleinheiten unterbreche und mein Handy vom Kabel ziehe. Ich lege mich ins Zeug dabei, betrübt dreinzuschauen.

Im hinteren Teil der Garage treffe ich Timon. Das Tor ist hochgeklappt, sodass ich vorne reingehen kann. Wegen der Säge, die meine Schritte übertönt, und weil er so in sein Tun vertieft ist, bemerkt er mich nicht gleich, sodass ich ihn eine Weile heimlich beobachten kann. Von seinem Großvater ist keine Spur zu sehen. Er schneidet ein Brett nach dem anderen auf der Werkbank zu und wirkt so routiniert und souverän, dass ich mit meinen Augen an jeder seiner Bewegungen hängen bleibe. Dabei trägt er zu meiner Enttäuschung Sicherheitskleidung. Oberkörperfrei wäre er mir lieber. Der hypnotischen Wirkung, die Timon auf mich ausübt, tut das jedoch keinen Abbruch. Wie kann mich sein Anblick so anmachen?

Erst als er mit den Brettern fertig ist und die Säge abstellt, schweift sein Blick zum Werkstatteingang. In dem Versuch, so zu tun, als wäre ich eben erst angekommen, winke ich ihm zu. »Hi!«

Timon zieht sich die Schutzbrille vom Kopf und lächelt.

»Was wird das?«, erkundige ich mich.

»Ein Hühnerstall für meine Großmutter.« Er deutet auf das, was von dem Gebilde bisher steht, und danach auf einen Plan an der Wand, wie es irgendwann aussehen soll. »Sie hat in zwei Wochen Geburtstag und will schon ewig Hühner haben. Wenn sie erst mal den passenden Stall für den Garten hat, wird sie sich diesen Wunsch sicher erfüllen. Ich muss ihr ja auch mal einen Stups geben und unseren Gästen gefällt das sowieso.« Er klingt so liebevoll, dass ich dahinschmelze.

»Wie cool!«

Timon tut, als wäre das eine Kleinigkeit, indem er es mit einer Handbewegung wegwischt. Trotzdem merke ich, dass er sich über meine Anerkennung und Faszination freut. Bescheidenheit steht ihm ebenfalls zu Gesicht. Gibt es irgendetwas, das ihm nicht steht? Wobei ich vermutet hätte, er würde spaßeshalber ein bisschen angeben. Ist sein Selbstvertrauen etwa angeknackst?

Wir verabreden, später zum geheimen Weiher für eine Abkühlung zu radeln. Diesmal nur wir zwei. Die Zeit bis dahin verbummele ich allein in der Innenstadt von Pirna, um nach Mitbringseln für meine Geschwister Ausschau zu halten. An meine Eltern schicke ich eine Postkarte. Danach setze ich mich in das Bistro, in dem Vinita und ich bei unserem ersten Besuch Crêpes gegessen haben. Dort schreibe und poste ich einen weiteren Instagram-Beitrag mit der Überschrift *Sätze, die du definitiv nicht mehr sagen solltest und was du stattdessen sagen kannst – trans* Edition*. Anschließend fahre ich mit dem Rad zum vereinbarten Treffpunkt.

Ich bin zuerst da. Mein Blick schweift über den sich in einer sanften Brise wiegenden Mais. Tief sauge ich den Sommer und die scheinbare Unendlichkeit, die er mit sich bringt, in mich hinein. Endlich kommt Timon den Feldweg entlang. Mit einem Mal verspüre ich die vollkommene Gewissheit, dass sich das Warten auf diesen Kerl so was von gelohnt hat.

Im Wald sind wir ungestört und unter uns, was bedeutet, dass alles andere schnell in den Hintergrund tritt. Wären unsere Fahrräder nicht im Weg, hätten wir die Finger wahrscheinlich nicht mehr voneinander lassen können. So kommen wir entgegen des Knisterns zwischen uns halbwegs zeitig am See an, der sich spiegelglatt und türkis leuchtend vor uns auftut. Heute werde ich reingehen und nicht nur zuschauen. Das habe ich mir fest vorgenommen. Wundersamerweise sind auf unserer Seite wieder keine anderen Badegäste da.

Timon fackelt nicht lange und rennt ins Wasser. Er ist aus seinen Klamotten gestiegen, bevor ich richtig anfangen kann, Komplexe wegen meines Körpers zu bekommen. Da er die Badeshorts schon anhatte, war das nur das weite Herrentanktop. Verdutzt und neidisch blinzele ich ihm hinterher. Deutlich langsamer schäle ich mich aus meiner Kleidung. Er hat es vorgemacht und ich werde es ihm nachtun. So schwer kann das nicht sein, oder? Mein Körper ist nicht schlechter als der eines cis Menschen. Ist er nicht. Wenn es andersrum wäre, würde ich ihm genau das sagen.

Als ich an Timons Struggle mit seinem Körper denke, möchte ich auf einmal sogar unbedingt, dass er mich sieht. So wie ich ihn an exakt diesem See zum ersten Mal als den, der er ist, gesehen habe.

Abrupt ziehe ich mir das T-Shirt über den Kopf und renne ihm nach.

KAPITEL 32

TIMON

Nach der dringend notwendigen Erfrischung im Weiher, einer Wasserschlacht und jeder Menge feuchten Küssen breiten wir die Handtücher am Ufer aus und fangen an, Fakten, die wir noch nicht voneinander wissen, auszutauschen. Philipp packt die angeblich peinlichste Geschichte aus, die ihm je widerfahren ist: Er ist mal gedankenversunken vor eine automatische Glastür gelaufen und hat sich dabei die Nase gebrochen. Natürlich lache ich nicht darüber, sondern spreche ihm mein Beileid aus.

Zugegebenermaßen hänge ich in der Erinnerung an die Schwerelosigkeit des Wassers. Statt für eine erneute Attacke hatte Philipp die Nähe vollkommen überraschend dafür genutzt, mir die Beine um die Hüften zu schlingen. Daraufhin hob ich ihn hoch, damit ich ihn so intensiv wie möglich spürte. So fiel es mir fast leicht, zu vergessen, dass er jemand Besseren als mich und die Wahrheit über Ali verdient hat.

Mit zuckenden Mundwinkeln wälze ich mich auf meinem Handtuch auf den Rücken und setze mir die pinke Sonnenbrille mit den mit Sternchen verzierten Bügeln auf die Nase, um meine Augen vor Philipp zu verdecken.

Je direkter ich ihm etwas vormache – wie bei unserer *Dark Whisper*-Seriennacht gestern –, desto furchtbarer fühle ich mich. Wie kann ich so etwas tun? Dazu ist meine Angst davor, mich zu verraten, umso größer, wenn ich ihm eine konkrete Lüge auftische. Schließlich habe ich keine Ahnung, worüber er sich mit meinem Bruder unterhalten hat. Mir könnte jederzeit etwas Unpassendes herausrutschen. Nein, mir ist klar, dass ich mich auf diese Weise immer tiefer in ein Lügenmeer verstricke. Noch mehr, wenn ich die Dinge nur verschweige. Falls möglich, halte ich mich daher an meine eigenen Erfahrungen und Gefühle, sobald Philipp mich nach irgendetwas aus der Vergangenheit fragt.

Als er mich jetzt darauf anspricht, wieso ich nicht mehr joggen gehe, antworte ich einsilbig. »Mir fällt es oft schwer, über die Zeit vor meinem Outing als trans* zu sprechen. Alles in allem denke ich nicht gern daran zurück.« Bis hierhin stimmt es. »Dabei warst du für mich immer ein Lichtblick.«

Philipp entschuldigt sich sogleich, ich beiße mir auf die Lippe. Statt die Farce zu beenden, bin ich froh, eine weitere kritische Situation abgewendet zu haben.

Um meine Gewissensbisse nicht zu intensivieren, teile ich völlig zusammenhangslos meine Überlegung mit ihm, für den Herbst auf grüne Haare umzusteigen.

»Was meinst du dazu?«

Er richtet sich auf, zieht die Beine im Schneidersitz zu sich heran und mustert mich kritisch. »Hattest du das schon mal?«

»Immer mal wieder. Im Grunde wechsele ich die Farbe ständig. Je nachdem, wonach mir der Sinn steht.«

»Das klingt wahrscheinlich voll versnobt«, überlegt er. »Ich hätte ja zu große Sorge, dass ich mir damit die Haare kaputtmache.«

Ich kann nicht behaupten, mich darüber zu wundern. Diese Antwort spiegelt Philipp so sehr wider, dass ich in mich hineingrinse.

»Wie war das, du bist nicht besessen von der Makellosigkeit deiner Frisur?«

»Entschuldige«, rückt er meinen Befund ins rechte Licht. »Ich glaube nun mal nicht, dass mir eine Glatze stehen würde. Der drohende Haarausfall durch das Testosteron stresst mich genug. Und sowieso bitte erst dann, wenn ich mir wenigstens alternativ einen richtigen Bart dazu stehen lassen kann.«

»Das kommt schon«, tröste ich ihn. »Bei mir hat der Bartwuchs auch über zwei Jahre gedauert.«

»Ich glaube nicht, dass sich da bei mir noch viel tun wird«, widerspricht er. »In dieser Hinsicht habe ich mir mehr von der Wirkung der Hormonbehandlung erhofft. Alles in allem ist das wahrscheinlich ein Luxusproblem. Immerhin gehe ich ohne Schwierigkeiten als Mann durch. Du hast keinen Haarfarbenfavoriten?«

Den erneuten Themenwechsel nehme ich nun meinerseits auf. Wenn er bei mir so rücksichtsvoll ist, will ich ja nicht in seinen Wunden stochern. »Außer *bunt* bin ich nicht festgelegt.«

Es ist mir unbegreiflich, wo der Freitag hin ist, als Philipp Stunden später meint, dass es etwas frisch werde. Sein T-Shirt hat er gleich nach dem Schwimmen wieder übergestreift, was ich schade fand. Nun schlingt er sich die Arme um die Schultern. Vom langen Liegen bin ich schläfrig geworden, obwohl mir keine Sekunde langweilig war, in diesem Kokon, in dem nur wir beide existierten.

Wir fahren zurück und gehen zu Hause gleich ins Bett. Meine Erschöpfung angesichts der verzwickten Lage, in die ich mich gebracht habe, kommt mir immerhin dabei zur Hilfe, zeitig einzupennen. Diesen Effekt finde ich fast nett.

Dafür kann ich dank meiner inneren Unruhe in aller Herrgottsfrühe nicht mehr weiterschlafen, obwohl meine Augen vor Müdigkeit brennen. Die Welt wirkt im Licht dieses Morgens farblos, Ton in Ton, und die Hoffnung, die mir ein neuer Tag sonst häufig schenkt, suche ich vergeblich. Wurde ich einmal zu oft enttäuscht?

Ich schiebe mir einen Arm unter den Kopf und tausche einen Blick mit meinem Plüsch-Oktopus Patrick, der am Bettende sitzt und genauso traurig dreinschaut wie ich. Das liebe ich an diesem Vieh.

Philipp schläft noch tief und fest und wirkt entspannt. Er hat mir den Rücken zugedreht, aber ich liege nah genug bei ihm, sodass seine Wärme mich durchdringt. Trotz der Temperaturen stört mich das gar nicht. Mittlerweile sind wir an diesem Punkt im Jahr angelangt, an dem man sich daran gewöhnt hat, meistens leicht verschwitzt zu sein. Es ist Sommer und das ist normal. Dass da dieser Typ, den ich mag, in meinem Bett liegt, erscheint mir irreal.

Ich schließe die Augen und versuche, meine Atmung an seine anzupassen. Ich will es ihm ja sagen. Ich weiß nur nicht, wie und wann. Es scheint nie der richtige Moment zu sein. Den gibt es wahrscheinlich gar nicht. Wann auch immer ich den Mund aufmache, werde ich alles, was gerade gut ist, in die Luft jagen. Hartnäckig übe ich mich weiter darin, das auszublenden und meine verkrampften Muskeln zu entspannen.

Wir starten gemeinsam gemütlich in den Tag. »Sicher, dass du keinen Kaffee möchtest?«, hakt Philipp mehrmals nach. »Du siehst aus, als könntest du einen vertragen.«

Ich lehne ab, rühre lustlos durch mein Müsli. Mehr überschüssige Energie, die ich nicht loswerde, kann ich nicht gebrauchen. Da mag ich noch so müde sein. Womöglich sollte ich in Andrés Fußstapfen treten und es mal mit Laufen versuchen?

Sieht aus, als könnte der allwöchentliche Samstagsspaziergang mit meiner Mutter für mich diesmal zu mehr taugen, als ein Punkt auf meiner To-Do-Liste zu sein, den ich abhake. Heute habe ich es mir darüber hinaus zur Aufgabe gemacht, etwas vorzufühlen, wie sie mit dem geplanten Essen bei meinen Großeltern klarkommt. Oma wird Mama darauf vorbereitet haben, dass Philipp dabei ist und was er mir bedeutet, doch sicher ist sicher. Die Nachrichten, die wir zuletzt bei WhatsApp ausgetauscht haben, klangen nicht verzweifelt, deshalb schätze ich, ist sie momentan relativ gefestigt, sodass sie mit meiner neuen Beziehung umgehen können sollte.

Ich verspreche Philipp, nicht zu lange wegzubleiben, was er mit einem »Okidoki« kommentiert.

»Was hast du vor?«, frage ich skeptisch, weil es fast wirkt, als *wollte* er mich loswerden. »Meine Wohnung auf den Kopf stellen?«

»Vorhin erst gesehen! Ich habe gestern, während wir am See waren, eine tolle Projektanfrage bekommen«, platzt er plötzlich hervor.

Ich bin irritiert über mich selbst, dass es mir bis jetzt entgangen ist, wie positiv aufgekratzt er wirkt. War zu sehr mit meiner Misere beschäftigt. Dieses Eingeständnis lässt mich den Nutzen meiner Lügerei nur stärker in Zweifel ziehen. Ich zwinge mich, meine volle Aufmerksamkeit nun Philipp zu widmen.

»Auf jeden Fall darf ich neben mehreren anderen Content-Creator*innen ein Video zu einer Mega-Aktion beisteuern«, erläutert er. »Das Ganze läuft unter dem Motto *trans rights are human rights* und es wird auch vor Ort in Berlin ein Eröffnungsevent geben. Ich weiß zwar nicht, ob ich mich traue, dahin zu gehen … Das überlege ich mir noch. Also wahrscheinlich gehe ich. Normalerweise hätte ich für alles direkt abgelehnt, weil mich allein diese Vorstellung so gestresst hätte, aber jetzt …«

»Ach, krass!« Seine Aufregung steckt mich an und ich merke, wie heftig ich mich für ihn freue. »Das wird großartig. Du wirst es bestimmt nicht bereuen.«

»Das denkt ein Teil von mir auch«, bestätigt er. »Ich wollte gleich anfangen, mich an ein Konzept zu setzen. Also nicht, dass es nicht schön wäre, wenn du bald zurück bist …«

»Ich verstehe.«

»Nein, ehrlich!«

»Ja, ja.« Damit räume ich das Feld, muss schmunzeln.

Ich finde es super, dass wir gleich unseren Alltag miteinander teilen und es ist attraktiv, wie Philipp für seinen Aktivismus brennt, er dafür sogar über seinen Schatten springt. Bei mir ist da leider diese unüberwindbare Blockade, sobald es darum geht, mir ein Schild mit der Aufschrift *queer* umzuhängen und somit bewusst eine Angriffsfläche zu bieten. Ich tu nicht so, als ob ich jemand anders wäre und ziehe an, was ich will, verhalte mich so, wie ich bin. Aber letztendlich existiere ich einfach und hoffe, dass ich entweder übersehen werde oder mein Queersein kommentarlos hingenommen wird. Damit mir das möglich ist, braucht es Menschen, die laut sind und sich in die Mitte des Raumes stellen. Wahrscheinlich sollte ich mich deshalb nicht schlecht fühlen. Nicht jede*r ist in der Position, gefahrlos aufzustehen, und wie könnte man es jemandem verdenken, schlicht sein, ihr oder xieses Leben leben zu wollen? Das ist es, was auch queere Menschen im Endeffekt nur möchten. Dennoch komme ich mir in meiner Unfähigkeit, das Dilemma mit meinem Bruder aufzulösen, nun noch unzulänglicher vor.

Mama ist erstaunt, dass ich zum zweiten Mal in Folge pünktlich bei ihr aufschlage. Wir ziehen das gleiche Programm durch wie jeden Samstag: am Friedhof vorbei in den Park zum Ententeich. Es läuft unspektakulär ab wie zuletzt im Grunde immer. Das verbuche ich als positiv. Erst als wir auf dem Rückweg sind, lässt sie mich von sich aus wissen, dass sie gespannt auf meinen Freund sei. Sie scheint es ehrlich und herzlich zu meinen. Das überwältigt mich so sehr, dass ich keinen Mucks zustande bringe. So etwas von ihr gesagt zu bekommen, wäre lange Zeit undenkbar gewesen.

»Dann bis morgen«, erwidere ich, lächele bloß vorsichtig, sobald wir bereits wieder vor ihrer Wohnungstür angelangt sind.

»Bis morgen«, gibt meine Mutter zurück. Fast wirkt es, als wollte sie mich umarmen oder ein »Schatz« hinzusetzen. Wahrscheinlich bilde ich mir das nur ein und es ist meiner Wunschvorstellung entsprungen. Nicht gleich zu viel auf einmal erwarten. Das gerade war schon ein großer Schritt für sie.

Bevor es richtig akward wird, weil wir beide es nicht gewohnt sind, offen miteinander umzugehen, haue ich ab. Soll sich noch mal einer wundern, woher André und ich unsere Kommunikationsschwierigkeiten haben.

Ihre lieben Worte hallen trotzdem in mir nach.

Als Philipp mich diesmal hereinlässt, werde ich innerlich unaussprechlich weich. Es ist schön, dass er mich hier erwartet und ich meine Wohnung nicht wie üblich leer vorfinde.

Zögerlich mache ich einen Schritt auf ihn zu, als könnte er sich in Luft auflösen, sollte ich zu stürmisch sein. Dabei wäre das nicht das erste Mal und auch das hat ihm gefallen. Er weicht nicht zurück. Zärtlich lege ich die Hände an seine Wangen und versinke in seinem Blick. Auch seiner haftet unbeirrt an meinem Gesicht.

»Hi«, sage ich und streiche ihm eine vorwitzige hellbraune Locke hinters Ohr.

»Hey.« Diesmal ist Philipp es, der die letzten Zentimeter zwischen uns überwindet und sich mir entgegen reckt, erst meinen linken, dann den rechten Mundwinkel mit Küssen bedeckt.

Nur bleibt es nicht dabei.

Auf einmal fährt er mit seinen Liebkosungen an meinem Kiefer entlang, zum Hals hinab, worauf ich den Kopf wie automatisch in den Nacken lege. Gott, ist das irre. Ein tiefer unbeherrschter Laut entweicht meinen Lippen, und Lust regt sich in mir. Ich halte mich an seinen Armen fest, sein Geruch hüllt mich ein.

Ist das der Augenblick, in dem ich es schaffe, loszulassen und mich ihm ganz und gar hinzugeben? Ich will ihn, das steht außer Frage. Wir müssen nichts überstürzen. Doch ist mir bewusst, dass ich ihm nicht ewig etwas vormachen kann.

Mit zittrigen Händen zupfe ich am Saum von Philipps T-Shirt. »Ist das okay?«

KAPITEL 33

PHILIPP

»Ja«, bestätige ich, als Timon fragt, ob er mir mein T-Shirt ausziehen darf. Meine Stimme ist beschlagen.

Als Timons kühle Finger direkt auf meine Haut treffen, durchläuft es mich heiß und kalt. Sie gleiten unter den Stoff, über meinen Bauch und fahren über die Härchen, die dort wachsen. Ich halte die Luft an, sobald er meine Brust erreicht. Dabei ist da nichts mehr zum Ertasten, das mir unangenehm sein müsste – bis auf vier schmale winzige weiße Striche aus Narbengewebe, die sich kaum merklich vom Rest meiner Haut abheben. Seit der OP hat mich dort niemand angefasst, so weit ist es nie gekommen. Wie heftig das ist, wird mir erst klar, als Timon mich dort so berührt, wie ich immer schon berührt werden wollte. Wie einen Mann, nicht wie man eine Frau anfassen würde. Er tut es sachte und forschend und gleichzeitig so, als wäre mein Oberkörper nie zuvor anders gewesen.

Obwohl Teile meiner Brust noch taub sind, ist das Gefühl derart überwältigend, dass sich ein Kloß der Rührung in meinem Hals bildet.

Die Emotionen reißen mich mit sich und ich weiche abrupt ein Stück zurück, um mich meines T-Shirts nun selbst zu entledigen.

Timon atmet hörbar ein, dabei hat er mich so schon am See gesehen. Er nimmt meinen Anblick gebannt in sich auf.

»Zu viel?«, versichere ich mich rasch, dass er nach wie vor okay ist und sich nicht in Zugzwang sieht.

Ein anbetungswürdiges Lächeln erfasst seine Gesichtszüge. »Alles bestens.«

Dass ich es bin, der ihn auf diese Weise zum Lächeln bringt, steigert die Wärme in mir ins Unermessliche. Als er sich ebenfalls von seinem schwarzen T-Shirt befreit und es zu Boden fallen lässt, kann ich nur noch mühsam einen klaren Gedanken fassen.

Timon geht zum Bett, setzt sich und zieht seine Vans aus.

Dass sich das hier so entwickeln würde, habe ich nicht vorhergesehen. Jedenfalls dachte ich nicht daran, als ich ihm vorhin geöffnet habe. Ich dachte nicht an Sex. Jetzt schon. Denkt er auch daran?

»Ich glaube, ich habe noch nie wirklich nüchtern mit jemandem geschlafen«, gesteht Timon mir plötzlich.

»Das ist …« Zuerst bin ich überfragt damit, wie ich den Satz beenden soll. Damit hätte ich nicht gerechnet, weil er meistens wirkt, als wüsste er exakt, was er tut und seine Annäherungsversuche nicht unerprobt scheinen. Was war mit seinen vorherigen Beziehungen? War er da etwa auch jedes Mal high oder betrunken oder beides?

»Armselig?«, schlägt er vor und breitet die Arme aus.

»Nein.« Ich schüttele den Kopf, resümiere: »Schade.«

… und klingt nach einer zweifelhaften Bewältigungsmethode. Ehrlicherweise hatte ich nie Schwierigkeiten, mit meinem Ex-Freund intim zu werden. Ich habe es genossen. Darf ich so was als trans* Person zugeben? Müsste ich nicht zumindest damals gehemmt gewesen sein? *Bin ich trans* genug …* Ein Thema für sich.

»Ich tue mich, wie du weißt, schwer mit Vertrauen«, seufzt Timon. »Also wenn ich es mir selber mache, ist alles fein. Sobald wer dazu kommt, weiß ich nur nicht mehr richtig, wohin mit mir. Nach ein paar Bieren sind die Hemmungen eben weg und ich muss nicht viel nachdenken.«

»Ich habe es dir schon mal gesagt«, rufe ich ihm ins Gedächtnis. »Kein Stress. Wir müssen nicht –«

»Würdest du herkommen?«, unterbricht er mich sanft. »Ich wollte nur, dass du weißt, das hier könnte eine Premiere werden.«

Mein Mund wird trocken. Ich tue, worum Timon mich gebeten hat. Mit rasendem Herz lasse ich mich von ihm auf seinen Schoß ziehen. Wie könnte ich widerstehen, wenn er mich so anschaut? Eine Sekunde befürchte ich, dass ich mich dadurch in die weibliche Rolle gedrängt fühlen könnte, die ich doch nicht mehr erfüllen wollte. Stattdessen merke ich, wie unsinnig dieser Gedanke war. Ihm so nah zu sein und dabei völlig befreit von Geschlechterklischees, ist für sich genommen bereits … wow. Wir sind zwei Männer und das zwischen uns ist echt und alles, was ich immer wollte.

Stirn an Stirn, Brust an Brust, atmen wir uns gegenseitig ein.

Nichts sonst.

Niemand sagt etwas und das ist auch nicht nötig.

So bleiben wir erst einmal lange sitzen, bis wir irgendwann nach hinten auf die Matratze sinken, uns mit den Händen zu erforschen beginnen. Ich streiche über Timons Schultern, spüre die Bewegung seiner Muskeln, seine Küsse an meiner Kehle, dem Schlüsselbein und knapp vor meinem Hosenbund. Zentimeter für Zentimeter lernen wir einander auf eine neue Weise kennen. Es ist so intensiv, ihn zu berühren, von ihm berührt zu werden, dass ich fast vergesse, überhaupt noch eine Jeans anzuhaben – bis er mich darauf anspricht. »Ist es in Ordnung für dich, wenn wir weiter gehen?«

»Himmel«, entfährt es mir. »Unbedingt!«

Er lacht. »Zu Befehl.«

Danach windet er sich ebenfalls aus seiner Hose. Unsere Boxershorts folgen gleich darauf.

Und dann vertrauen wir einander vollkommen und lassen uns gemeinsam fallen.

In dem Moment hätte mir klar sein sollen, dass wir es den restlichen Tag nicht mehr nach draußen schaffen würden. Verlockendes Wetter hin oder her. Nicht, dass ich das schade fände. Ich hätte ewig so weitermachen können. Timon behauptet, keine Ahnung zu haben, was er da tut, aber ich kann mir jetzt schon nicht mehr vorstellen, jemals wieder jemanden zu wollen, der nicht er ist. Denn mit ihm bin ich einfach Philipp – mehr als nur trans* – und das ist unfassbar viel wert. Ich hoffe so, ihm dasselbe Gefühl vermitteln zu können.

Sonst hatte ich immer Panik, der andere könnte mich nicht mehr für einen richtigen Mann halten, sobald er mich einmal so entblößt gesehen hätte. Spätestens angesichts der wortwörtlichen nackten Wahrheit fürchtete ich, mein Gegenüber würde feststellen, sich mit mir nur etwas »vorgemacht« zu haben. Als müsste er danach unweigerlich realisieren, dass *das* leider nicht ist, was er möchte. Mit Timon brauche ich diese Ängste nicht zu haben.

Erst am nächsten Morgen räumen wir das Bett endgültig. Dabei trödeln wir vor uns hin, bis wir eben noch genug Zeit haben, um uns für das Mittagessen mit seiner Familie vorzubereiten.

Bis eben war ich trunken von seiner Nähe und dem, was zwischen uns passiert ist. Von dieser Aussicht bin ich nur halb so begeistert, obwohl oder gerade *weil* das eine ebenso bedeutsame Sache wird.

»Cool«, sage ich. Nur meine ich dieses panische »Cool, cool, cool«, wie Cop Jake Peralta aus der Comedyserie *Brooklyn 99* es in einer ganz und gar nicht coolen Situation hervorkieksen würde. Meine Nervosität ist auf einen Schlag zurück.

KAPITEL 34

TIMON

Als ich aus dem Bad in den Wohnraum trete, blickt Philipp von seinem Handy auf und drängt sich danach mit einem Kleiderbündel im Arm an mir vorbei, um sich seinerseits präsentabel herzurichten. Ich finde, er sieht sowieso immer perfekt aus und müsste sich gar nicht so einen Kopf darum machen. Obwohl er mir logischerweise nicht gehört, bin ich ein bisschen stolz darauf, mit ihm so einen guten Fang gelandet zu haben.

Es ist zu bitter.

Das Essen mit meiner Family ist eine schöne Idee, was zu initiieren ich Oma verdammt dankbar bin. Nur bin ich nicht sicher, ob ich etwas runterkriegen werde. Mein Magen ist nach wie vor angeschlagen. Das passiert jedes Mal, wenn mich etwas belastet, und dazu bin ich mal wieder im Selbstzerfleischungsmodus. Immerhin merke ich inzwischen, wenn ich mich systematisch niedermache.

Ich würde ja versuchen, meine negativen Gedanken zu entkräften, wären sie in diesem Fall nicht mehr als angemessen nach dem, was ich mit meiner Lüge angestoßen habe. Als wäre das Ereignis, das ich Philipp verschweige, für sich genommen nicht schrecklich genug. Das ist es ja. Ein Teufelskreis.

Well done, Dude.

Meine Finger zucken. Ich sehe zu, dass ich die zerwühlten Bettlaken ausblende und etwas zu tun kriege, das mich davor bewahrt, meinen Kopf gegen die Wand zu schlagen. Schnell schnappe ich mir das moosgrüne Hemd, das über dem Bettende hängt, und ziehe es über das schwarze Shirt, welches ich bereits trage und das von einem Totenkopf aus Strasssteinchen geziert wird. Mein Verständnis von schick. Nach kurzem Überlegen lege ich dazu ein silbernes Armband um.

Ob ich mir gleich etwas hinter die Binde kippen kann? Etwas angetrunken, fällt es mir sicher leichter, mich daran zu erfreuen, dass ich als Mann den Kerl, an den ich mein Herz verloren habe, problemlos mit nach Hause bringen darf. Jahrelang wäre das nicht möglich gewesen, und das ist letztlich alles, was ich möchte. Ich schlucke. Verlange ich da zu viel? Ich bete, dass Oma Alk auffahren wird. Ich brauche dringend was zu trinken.

Die Badezimmertür geht auf und Philipps Erscheinung verschlägt mir die Sprache. Er könnte genauso gut ein Märchenprinz sein mit seinen geschmeidigen Locken und in dem weißen, mit winzigen dunkelblauen Kronen bedruckten Button-Down-Hemd, das er zu einer hellgrauen Stoffhose kombiniert hat.

»Du siehst toll aus«, sage ich, genieße es, wie er sich auf die Unterlippe beißt, und halte ihm den Arm hin.

Er hakt sich bei mir unter. »Selber«, erwidert er.

Dieser Augenaufschlag macht Dinge mit mir, von denen ich nicht wusste, dass mein Körper sie in petto hat.

Dabei müsste Philipp mit seinem stilsicheren Händchen meine

Klamottenauswahl rein logisch betrachtet für den reinsten Fehlgriff halten.

»Gehen wir?«, frage ich etwas heiser, obwohl ich die Zweisamkeit mit ihm gern weiter ausgekostet hätte. Allerdings glaube ich, dass ich von seinen Küssen ohnehin nie genug kriegen werde. Wie beängstigend dieses Gefühl auch ist, ist es zeitgleich genial, weil mir ewig nicht so lebendig und kribbelig zumute war.

»Gehen wir«, wiederholt Philipp.

Ich geleite ihn durchs Treppenhaus, bis wir vor der Wohnung meiner Großeltern stehen.

Nun gibt es kein Zurück. Je ernster ich das hier werden lasse, desto schwerer wiegt mein schlechtes Gewissen, mit gezinkten Karten zu zocken. Immerhin muss ich mir keine Gedanken darüber machen, dass irgendjemand André erwähnen und dadurch etwas ans Licht kommen könnte, für das ich nicht bereit bin.

Normalerweise vermeiden wir Eicherts es in stummer Übereinkunft, über meinen Bruder zu sprechen. Bevor ich mit Philipp über André rede, muss ich … ja, was? So ein richtiges Argument, ihm die Wahrheit weiter zu verheimlichen – außer dass ich Schiss hab und es immer schwerer wird, je länger er die Lüge glaubt – fällt mir nicht ein.

Ich betätige den Türklopfer. Es dauert keine Minute, bis meine Oma öffnet und uns überschwänglich hineinbittet. Ich versuche, mich darüber zu freuen. Mich herzt sie wie gewohnt. Philipp schüttelt sie zunächst die Hand, ehe sie ihn ebenfalls umarmt.

»Es ist so wunderbar, dich kennenzulernen!«, verkündet sie strahlend. »Timon hat einiges von dir erzählt. Ich bin Brunhilde. Und bitte duze mich.«

»Philipp.« Er lächelt schief, dadurch umso liebenswerter. »Die Freude ist ganz meinerseits.«

Oh, jetzt fängt er auch mit dem Prinzen-*Talk* an. Ob er das im

Internat gelernt hat? In diesem Augenblick bin ich heilfroh, dass nicht ich es bin, der Philipps Eltern vorgestellt wird. Sollte dieses Szenario je eintreten, muss ich mir irgendwas überlegen, damit ich mit ihm mithalten kann.

Oma bittet uns, in den Essbereich im Wohnzimmer durchzugehen, wo wir auf Opa und meine Mutter treffen. Nachdem Philipp zwei weitere Hände geschüttelt hat, setzen wir uns an den runden Tisch auf jene Stühle, die noch frei sind. Es duftet göttlich nach Kräutern und Käse. Ich bin gespannt, was meine Großmutter in der Küche gezaubert hat. Am Donnerstag habe ich sie lediglich darauf hingewiesen, dass Philipp Vegetarier ist und auf meine Nachfrage, was ihr vorschweben würde, wimmelte sie mich wiederholt mit einem »Überraschung!« ab.

Mein Großvater – der Menschenmuffel – gibt sich zu meinem Erstaunen sichtlich Mühe, eine Unterhaltung zu starten. Durch seine runde schwarze Brille blitzt er Philipp an. »Und was tust du so, Junge, wenn du deine Ferien nicht in Pirna verbringst?«

Mir wird flau. Das bedeutet mir die Welt, weil ich mir darüber im Klaren bin, dass Opa das für mich tut. Möchte er sich gar versichern, dass ich mir da wen Vernünftiges angelacht habe?

Nach einem flüchtigen Blickaustausch mit mir beginnt Philipp von seinem Studium in Kultur- und Sozialwissenschaften zu berichten, woraufhin meine Mutter mich interessiert mustert. Unwillkürlich knirsche ich mit den Zähnen und hebe eine Augenbraue.

Früher wollten sie und Papa unbedingt, dass mein Bruder und ich studieren, bis sie es gleichermaßen aufgegeben haben, irgendetwas von mir zu erwarten. Zwar kann Mama nichts dazu, was Andrés Tod und das Verhalten meines Vaters mit ihr angestellt haben. Aber ich finde es etwas mies, dass sie mich schlussendlich auf diese Weise davon abgehalten hat, meine eigentlichen Zukunftspläne in die Tat umzusetzen.

Kaum habe ich das gedacht, würde ich es am liebsten ungeschehen machen. Was bin ich für ein furchtbarer Mensch. Wer hat Mama denn in diese Lage gebracht?

Als Oma mit der Gemüse-Lasagne und wehender Schürze hereinrauscht, schlägt das Gespräch in eine andere Richtung um. Das Beste ist, es gibt Rotwein.

Sobald ich mir ein Glas eingegossen habe, registriere ich, dass meine Mutter wie ich ordentlich zulangt. Ich hoffe mal, dass sie es einfach ausnutzt, keine Antidepressiva mehr zu brauchen und daher feiert, wieder problemlos trinken zu können. Und ja, okay. Es ist ironisch, dass ich selbst trinke, um mich zu betäuben, obwohl mich dieses Verhalten bei ihr mit Besorgnis erfüllen würde.

Ich bemühe mich, die Lasagne in mich hineinzuschaufeln und mich hier und da mit ein paar Sätzen in die Unterhaltung einzubringen, die sich nun darum dreht, wie es Philipp hier gefällt, wie ihm Dresden gefallen hat. Ich möchte ihn nicht allein im Rampenlicht stehen lassen und Omas Mühe mit dem Essen wertschätzen. Bestimmt sehr überzeugend werfe ich ein, was ich ihm sonst so zeigen könnte. Den Barockgarten Großsedlitz oder eine Wanderung in der Sächsischen Schweiz. Philipp dankt es mir, indem er unter dem Tisch mein Knie drückt und bestätigt, dass das nicht übel klinge, er diese berühmte Felsformation und Brücke, von der alle reden, unbedingt noch sehen wolle.

»Nächste Woche Samstag ist auch der CSD in Dresden«, fällt mir da ein.

Meine Leute und ich haben in unserem Gruppenchat vor einer Weile darüber geschrieben, ob wir wie jedes Jahr gemeinsam hingehen, nur Genaueres wurde bisher nicht beschlossen. Der letzte Stand war, dass Paula, Leonies Freundin, da arbeiten müsse und sie fühle sich unwohl, wenn Leonie ohne sie dabei sei. Darüber hatte ich mich wiederum bei Matthias ausgelassen und beschwert, weil Paula sicher nur wegen mir so ein Theater veranstaltet. Sie kommt nicht besonders gut damit klar, dass Leonie und ich befreundet sind, obwohl wir mal zusammen waren.

Philipps blaue Augen leuchten auf. »Oh, tatsächlich? Ich war noch nie auf einer Pride Parade.«

»Was?«, verberge ich meinen Unglauben nicht. »Dann wird es Zeit!«

Er hüstelt in seine Serviette. »Wahrscheinlich. Das ist überfällig.«

Ich habe mich schon mal mehr im Reinen mit mir und meiner sexuellen und geschlechtlichen Identität gefühlt als aktuell. Doch die Aussicht, Philipp mit einem essenziellen Teil unserer Community und Erbe der queeren Geschichte vertraut zu machen, verlangt danach, dass ich meine eigenen Hemmungen hintenanstelle. André wollte, dass ich meine Queerness nicht verleugne, sondern sie offen nach außen trage. Dafür hat er sich eingesetzt.

Plötzlich schiebt Mama ihren Stuhl nach hinten, erhebt sich und geht wortlos aus dem Raum. Die letzten Minuten habe ich es mir erlaubt, nicht mehr immer wieder zu ihr zu schauen, um ihren Zustand im Auge zu behalten. Darum bin ich so überrumpelt, dass ich mehrere Sekunden bloß auf ihren leeren Platz glotze. Opa senkt die volle Gabel, die er eben erst zum Mund geführt hat. »Das hört sich nach einem abwechslungsreichen Programm an«, sagt er dafür.

Nur hat Philipp selbstverständlich bemerkt, dass etwas nicht stimmt. Fragend sieht er mich an. Ich kann ihm nicht antworten, stürze alternativ den Rest aus meinem Weinglas herunter.

In mir verhärtet sich alles.

Es war zu viel für meine Mutter. Ich hätte es wissen müssen! Das Gerede über den Christopher Street Day und womöglich auch schon, Philipp und mich als Paar zu sehen. Es muss sie daran erinnert haben, wie leichtsinnig ich damals war und was für Konsequenzen es hatte.

Ein Beben durchläuft mich.

Nur soll das von nun an immer so werden? Darf ich nie wieder glücklich sein, weil ich einmal nicht aufgepasst und mich im Taumel der Liebesgefühle mitreißen lassen habe? Das ist nicht fair. Habe ich etwa nicht genug dafür bezahlt?

Der Raum dreht sich. Entweder weil ich mich so aufrege oder weil ich die Wirkung des Weins unterschätzt habe. Früher standen eskalierende Streitereien mit meinen Eltern an der Tagesordnung, doch dachte ich, dass Szenen wie diese der Vergangenheit angehören.

»Ich sehe nach ihr«, entschuldigt Oma sich. Es erleichtert mich, dass sie sich darum kümmert. Denn ich könnte nicht, selbst wenn ich wollte. Dafür bin ich zu wütend und hätte meinen Frust womöglich an meiner Mutter ausgelassen.

»Entschuldige«, bringe ich endlich an Philipp gerichtet hervor, als meine Großmutter aus dem Zimmer ist. »Ich dachte, sie wäre weiter.«

Er nickt beruhigend. »Schon in Ordnung.«

Dabei kann er nicht wissen, was ich damit wirklich sagen möchte. Wieso sage ich überhaupt etwas, wenn es nie das ist, was ich meine?

Opa steht auf und legt eine neue CD in den Player ein. Mir ist nicht aufgefallen, dass die vorherige zu Ende war. Die instrumentalen Klänge klassischer Musik erfüllen die Stille. Leider übertönen sie nicht, wie meine Mutter mit meiner Oma diskutiert. Konkrete Worte kann ich nicht verstehen. Es folgt das Zuschlagen der Wohnungstür. Wenig später kehrt meine Großmutter zurück und verkündet, dass meine Mama sich nicht wohlfühlt und aus diesem Grund lieber heim gegangen ist.

»Möchte noch jemand Lasagne?«, versucht Oma die gedrückte Stimmung aufzufangen.

Opa nimmt nach, Philipp lehnt höflich ab.

Sei nicht gekränkt, rede ich mir ein. *Nimm es nicht persönlich.*

Dabei wäre das leichter. Nur ist Mama weder die Schurkin noch bin ich der Held. Daher tröstet mich wahrscheinlich niemand. Außer der unwissende junge Mann an meiner Seite, der wieder über mein

Knie streichelt und vermutlich davon ausgeht, meine Mutter sei nach wie vor nicht darüber hinweg, dass sie einen queeren trans* Sohn hat.

Eine Sekunde erwische ich mich dabei, mir zu wünschen, es wäre so wie vor Philipps und Vinitas Auftauchen. In meinem alltäglichen Schmerz hatte ich mich eingerichtet, kam damit zurecht.

Es dauert, bis ich mich wieder abreagiert habe. Selbstverständlich bereue ich nicht wirklich, Philipp begegnet zu sein. Danach nimmt das Essen dazu eine gelungene Wendung. Es fällt kaum noch auf, wie kaputt alles ist. Das kommt mir gelegen. Ich fand es durchaus etwas peinlich, vor Philipp mit seiner Vorzeigefamilie so derangiert dazustehen. Nun verbreitet Oma die positiven Vibes wie eine Weltmeisterin, was mich beeindruckt. Nachdem niemand mehr Hunger hat, packt sie die Reste der Lasagne in den Kühlschrank, und wir holen die Brettspiele raus, fangen mit *Catan – Das Spiel* an.

Erst gegen neunzehn Uhr verabschieden Philipp und ich uns nach oben.

»Wie schlimm war es?«, löchere ich ihn, sobald er die Tür meiner Wohnung hinter uns zugezogen hat. Ich lasse es wie einen Scherz klingen, innerlich halte ich die Luft an.

Mit beiden Händen fährt er sich durch die Locken. »Ich habe mich umsonst gesorgt. Logisch. Nur …« Er zögert, entscheidet sich dazu, weiter zu sprechen. »Das mit deiner Mutter tut mir leid.«

Großspurig wische ich es beiseite. »Wenn das alles ist … Was soll's?«

»Ja.« Er schenkt mir ein spitzbübisches Lächeln. »Sonst war es echt schön.«

»Das fand ich auch«, stimme ich zu, und blende die Tatsache aus, dass noch während die Worte meinen Mund verlassen, ein Bild meines Bruders vor meinem inneren Auge aufblitzt.

Ein stechender Kopfschmerz durchzuckt meine Stirn.

Wir schauen noch etwas *Dark Whisper* weiter, sind in Staffel zwei angelangt, ehe wir uns zum Schlafen hinlegen. Morgen wollen wir wandern gehen. Netterweise hat Oma mir frei gegeben. So können wir unseren Tagesausflug ins Elbsandsteingebirge an einem Montag unternehmen, weil es an Wochentagen dort weniger von Touris überlaufen ist.

Wie gern würde ich Philipp in die Arme schließen. Nur bringe ich das nicht mehr über mich. Denn wie ich so im Dunkeln an die Zimmerdecke starre und ihn neben mir atmen höre, bevor ich das Heben und Senken seiner Brust auch spüre, als *er* sich stattdessen an *mich* schmiegt, sehe ich auf einmal Leonie vor mir.

Leonie, wie sie in jener Nacht vor sechs Jahren, in der André gestorben ist, in High-Waist-Shorts und einem Jeanshemd an der Hauswand gleich neben mir und einem ANTIFA-Graffiti gelehnt hatte. André war im Kiosk gewesen, um uns Alkohol zu besorgen. Leonie machte eine Kaugummiblase, und ich konnte den Blick nicht von ihr abwenden. Wir waren erst seit vier Tagen zusammen. Es fiel mir schwer zu glauben, dass diese Hammerfrau nun meine feste Freundin sein sollte und ihr Interesse an mir nicht erloschen war, als ich mich zwei Wochen zuvor in meiner Freund*innen-Gruppe als trans* Mann geoutet hatte.

So sehr ich mich auch dagegen sträube und mich an Philipp festzuklammern versuche, überwältigen mich die Erinnerungen mit aller Macht.

Es ist, als wäre es gestern gewesen, und Wirklichkeit und Traum werden eins.

Ich linse zum Kiosk, in welchem mein Bruder vor geraumer Zeit verschwunden ist. Wo bleibt er? Hat er sich verschwatzt?

André ist so einer, der immer ein paar freundliche Worte für seine Mitmenschen übrig hat und andere zum Lachen bringt. Selbst mich heitert er zuverlässig auf, wenn ich mal wieder alles zu negativ betrachte.

Langsam wird die Stille unbehaglich.

Ich nehme die Hände aus den Hosentaschen, verschränke die Arme vor der Brust und winkele ein Bein an, in der Hoffnung, das würde wenigstens lässig wirken.

Matthias, der Leonie und mir gegenübersteht, daddelt auf seinem Handy herum und unternimmt keine Anstalten, mir bei einem Gesprächseinstieg unter die Arme zu greifen. Dascha und Nick verspäten sich.

Jetzt spuckt Leonie ihren Kaugummi aus, wickelt ihn in ein Papiertaschentuch und entsorgt ihn im nächsten Mülleimer, wofür ich sie nur mehr vergöttere. Selbstredend hat sie das Ding nicht mal eben auf den Boden gerotzt. Nicht Leonie. Als sie sich mir und Matthias wieder zuwendet, lächelt sie. Der laue Wind des Sommerabends weht ihr das blonde kinnlange Haar aus dem Gesicht und mein Herzschlag legt noch an Tempo zu.

Schließlich ist sie es, die wie bei unserem ersten Kuss die Führung übernimmt. Sie überwindet die paar Meter, beugt sich so abrupt vor, dass ich nicht mal instinktiv zurückzucken kann und küsst mich mitten auf den Mund. Ihre runden Wangen leuchten, als sie sich wieder von mir löst. »Das wollte ich schon die ganze Zeit tun.«

»Jetzt hast du's getan«, entfährt es mir, während in mir überwältigendes Glück aufbrandet.

Matthias reißt den Blick von seinem Smartphone. Seine mit Kajal umrandeten Augen sind geweitet. »Was zur Hölle? Seit wann … wie … Ihr habt es endlich auf die Reihe gekriegt?«

Es hätte wirklich komisch sein können, wie verdattert unser gemeinsamer Freund dreinblickt. Damit ist es wohl offiziell offiziell.

Dann hört es schlagartig auf, komisch zu sein.

Ein Pfiff ertönt, und ich drehe den Kopf.

Fünf Typen in Fußballtrikots – etwas älter als wir, um die zwanzig vielleicht –, sind auf uns aufmerksam geworden. Sie machen Kuss-Geräusche und obszöne Gesten, haben uns offenbar beobachtet.

Mir wird heiß. Selbstredend haben sie mich nicht für einen Jungen gehalten. Da kann ich mir mit meiner Kleidung so viel Mühe geben, wie ich will. Mein Körper mit seinen nicht zu übersehenden Rundungen macht mir da leider einen Strich durch die Rechnung. Selbst wenn. So wie die drauf zu sein scheinen, hätten sie sich sonst wahrscheinlich auf Matthias gestürzt und ihn angepöbelt, weil er Make-up trägt.

»Zugabe!«, ruft einer von ihnen zu uns herüber und die anderen fallen mit ein. Ihre Bierflaschen klirren, als sie sie aneinanderstoßen. »Küssen, küssen, küssen!«

Es ist vollkommen bescheuert. Als hätte unser Kuss ihrem Vergnügen gegolten! Mein Herz hört nicht auf zu rasen und die Alarmglocken in meinem Kopf schrillen. Sie kommen näher. Leonie, Matthias und ich weichen zurück.

In diesem Augenblick tritt André aus dem Kiosk, erfasst die Lage und eilt die drei Stufen vor dem Eingang hinunter. Sein gut gelaunter Gesichtsausdruck wechselt zu Ärger. Wie ich ist er vollständig in Schwarz gekleidet. Nur dass sein Band-T-Shirt sich über dem Bauch spannt, wogegen meines viel zu schlabberig sitzt. Auf diese Weise wollte ich meine Oberweite zusätzlich zum Binder kaschieren.

»Was ist hier los?«, verlangt er zu erfahren und baut sich mit seiner beachtlichen Größe vor den Kerlen auf. Allerdings wirkt André nicht besonders furchteinflößend.

»Ist schon gut«, höre ich mich sagen, in dem Bemühen, eine Eskalation zu verhindern. Meine Stimme zittert und klingt noch höher als sonst.

Andrés Kiefer mahlen. »Verpisst euch.«

Dafür erntet er ein bellendes Lachen.

Derjenige der Typen, der angefangen hat, Leonie und mich zu einem weiteren Kuss aufzufordern, rückt seine Cap gerade. »Sonst was?«, fragt er.

Als Nächstes spuckt ein anderer von ihnen meinem Bruder eine Beleidigung vor die Füße, garniert mit einer abfälligen Bemerkung über sein Gewicht.

»André …« Obwohl jetzt Wut in mir *hochkocht – dieselbe Wut, die wahrscheinlich in André hochgekocht ist, als Leonie und ich belästigt wurden – und ich ihn für seinen Mut bewundere, fasse ich nach seinem Arm, um ihn zurückzuhalten. »Es ist okay.«*

Da zückt einer der Kerle ein Klappmesser. Keine dreißig Sekunden später ist nichts mehr okay.

KAPITEL 35

PHILIPP

Etwas rumort in Timon vor sich hin. Was die letzten Tage nur aufgeblitzt ist, kann ich beim Frühstück am Montag nicht mehr ignorieren. Dabei sollte er ähnlich losgelöst und glücklich sein wie ich! Seine Augenringe sind heute dagegen so tief, dass ich mich frage, ob er vergangene Nacht überhaupt geschlafen hat. Auf jeden Fall hat er sich wiederholt unruhig hin und her gewälzt. Gern würde ich mir einreden, es läge nur an dem Vorfall mit seiner Mutter, doch war da – wenn ich genauer drüber nachdenke – schon vorher immer so eine Restanspannung in ihm.

»Wir können den Ausflug verschieben«, biete ich über den kleinen Beistelltisch hinweg an. Die Bastei und die lokale Natur laufen ja nicht weg.

»Ach, Quatsch.« Timon stützt das Kinn in die Hand. Träge blinzelt er zu mir. Was immer es ist, das ihn beschäftigt, er will mir lieber etwas vormachen, als mit mir darüber zu reden. Weil es etwas mit uns zu tun hat? »Gib mir Kaffee und ich bin im Nu wieder auf dem Damm.«

Nicht wirklich überzeugt und misstrauisch, dass er nun außerdem seine Prinzipien über Bord wirft, gieße ich ihm eine Tasse ein. Es ist wiederum witzig, ihm dabei zuzuschauen, wie sehr er das Gesicht verzieht, als er das schwarze Gebräu in sich hineinkippt. Ein Fan ist er wahrlich nicht. Danach schüttelt er einmal den Kopf und behauptet: »Let's do this! Ich bin für jeden Schabernack zu haben.«

Ich nicke zu dem angebissenen Schokocroissant auf seinem Teller, das wir im Ofen aufgebacken haben. »Und was ist damit?«

Einen Moment scheint Timon irritiert, steckt sich den Rest dann blitzschnell in den Mund. »So!«, nuschelt er und ich kann nicht anders, als über seine niedliche Verpeiltheit zu lachen.

Womöglich irre ich mich auch, weil der Pessimist in mir schlichtweg nicht wahrhaben kann, dass mal alles reibungslos verläuft. Irgendeinen Haken gibt es schließlich immer. Wo also ist er?

»Schön, schön.« Ich snacke noch eine Mini-Tomate, bevor ich es übernehme, uns ein bisschen was zum Essen zusammenzupacken und ein paar Brote schmiere.

Währenddessen starrt Timon ausdruckslos aus dem Fenster. Wahrscheinlich glaubt er, ich wäre zu beschäftigt, um zu merken, wie sein Grinsen, kaum dass er sich unbeobachtet fühlt, in sich zusammenfällt. Ich überlege, etwas dazu zu sagen, lasse es vorerst.

Dann geht's los.

Wir borgen uns das Cabrio von Timons Oma und auf der Fahrt über die kurvigen Straßen zwischen den kleinen hübschen Orten hindurch, die wir bis zum Parkplatz am Rande des Nationalparks durchfahren, blödelt er extra viel herum. Aber mich kann er damit nicht täuschen und das mulmige Gefühl in meinem Magen bleibt bestehen.

Weit haben wir es nicht bis zu den Basteifelsen. Von da, wo wir das Auto abgestellt haben, laufen wir am Berghotel und Panorama-Restaurant vorbei. Gleich dahinter beginnt der Wald. Die Wegweiser leiten uns über befestigte Wanderwege direkt auf die mittelalterliche Steinbrücke zu, die eine nicht minder imposante Schlucht überspannt.

Der Anblick des sechsundsiebzig Meter langen Bauwerks raubt mir den Atem. Es schmiegt sich zwischen die dunklen, zur Elbe hin nahezu senkrecht abfallenden Felsformationen und könnte locker in *Game of Thrones* auftauchen. Einst wurde es errichtet, um die Felsenburg Neurathen zu erreichen, wie Timon mir erklärt. Mein Drachenkämpfer-Herz ist überaus entzückt.

»Das ist schon beeindruckend«, befinde ich.

Mein Begleiter verdreht demonstrativ die Augen. »Die erste Basteibrücke bestand aus Holz«, erläutert er, »sodass man sie von der Festung aus zerstören konnte, wenn sich Feind*innen genähert haben. Die Schlucht wird daher Mardertelle genannt.«

Nach der nächsten Weggabelung gelangen wir selbst auf die Brücke. Während wir sie überqueren, werfe ich hier und da einen Blick über die Brüstung in die Tiefe. Bei dem Gedanken daran, wie hier einst Menschen in den Tod gestürzt sind, weil sie gegeneinander Krieg geführt haben, schüttelt es mich.

»Die eigentliche Bastei ist dieser 305 Meter hohe Felsen dort drüben«, verrät Timon mir und tritt dabei unerwartet dicht von hinten an mich heran, um auf das Naturwunder zwischen den Bäumen zu deuten. Er legt mir seine Hände auf die Schultern und löst damit dieses immer vertrauter werdende Kribbeln in mir aus. Ich folge seinem Zeig an meinem Gesicht vorbei und nicke.

Gleich darauf weichen wir weiter an den Rand zurück, um eine Wandergruppe vorbeizulassen. Die Leute schnattern miteinander und knipsen unentwegt Fotos. Insgesamt geht unser Plan jedoch auf und an einem Wochentag und um diese Uhrzeit ist ungeachtet der Sommerferien wenig los.

Die Wanderroute, die wir wählen, führt uns über menschengemachte

Plattformen und Leitern, die uns die tollsten Ausblicke bescheren. Auch wenn ich es interessant finde, dass Timon erstaunlich viele Fakten zu den Aussichtspunkten beisteuert, ist er abgesehen davon ungewöhnlich schweigsam. Ob er sich extra für mich ins Zeug gelegt hat, obwohl er das alles hier öde findet? Ich hoffe, ich versüße es ihm mit meiner Gegenwart.

Nachdem wir eine weitere schmale Stiege aus Stahl zwischen zwei Felsen hochgekraxelt sind, legen wir auf dem Plateau eine Pause ein, um zu verschnaufen.

Sobald sich mein Atem beruhigt und ich eine bequeme Sitzposition auf dem warmen Stein gefunden habe, frage ich Timon rundheraus: »Was hält dich eigentlich hier, wo du doch lieber woanders wärst?«

Das hatte er ja gleich bei unserer ersten Unterhaltung angedeutet, als wir mit dem Rad zum Gemischtwarenladen von Leonies Eltern gefahren waren. Und wer weiß, womöglich hat es was mit seiner schlechten Laune zu tun?

Timon fasst seine lila Haare soeben zu einem Zopf zusammen. Einen Moment kneift er die Augen zu, dabei kann ihn die Sonne nicht geblendet haben. Danach holt er tief Luft und faltet die Hände im Schoß, als wollte er beten oder beichten. »Mein Bruder.«

Da ich quasi nichts über Timons Bruder weiß und er ihn bisher kaum erwähnt hat, bin ich erst überfordert mit der Antwort. »Was ...« Ich stocke. »Was ist denn mit ihm?«

Auf einmal habe ich das Gefühl, dass ich längst nach diesem hätte fragen sollen. Nur bisher hatten wir genug Gesprächsstoff und es hat sich nie ergeben. Vermutlich habe ich dazu gespürt, dass er ungern über ihn reden wollte.

»Ich denke«, sagt Timon nun, wobei er merklich jedes Wort abwägt, »ich darf meine Ma, Oma und Opa nicht auch noch verlassen. Sie haben wegen André genug durchgemacht.«

Das bietet eine Menge Raum für Interpretationen und keine davon gefällt mir. Hat Timons Bruder sich wie sein Vater aus dem Staub gemacht oder ist er etwa … tot? Ich unterdrücke ein Frösteln, das mich trotz des wunderschönen Sommertages überkommt. Eines trifft so oder so zu: »Ich glaube nicht, dass es deine Aufgabe ist, diese Last zu tragen.«

Timon verzieht das Gesicht. »Lieb von dir, das zu sagen.«

»Abgesehen davon wärst du nicht aus der Welt«, füge ich hinzu.

»Na ja, mehrere Monate auf See kommt da schon nahe dran, sollte ich Schiffsmechaniker werden.«

»Aber«, erinnere ich ihn, »es ist dein Leben. Das weißt du?«

Was seine zeitweise Abwesenheit für mich persönlich bedeuten würde, lasse ich an dieser Stelle außer Acht. Wir werden sowieso erst mal eine Fernbeziehung führen, wenn der Sommer vorbei ist, nehme ich an. Grundsätzlich möchte ich ihn unter keinen Umständen davon abhalten, sich diesen Traum zu erfüllen.

Ein Schulterzucken. »Mag sein. Fühlt sich nur nicht so an.« Er macht eine Pause, in der er auf seiner Unterlippe herumkaut. »Ich dachte echt, irgendwann würde es das tun. Wofür habe ich diese ganze Scheiße sonst auf mich genommen?«, hadert er.

Die Heftigkeit in seinen Worten, lässt mich nicht kalt. Sie löst einen Stich in mir aus, wie er mir nur allzu bekannt ist. »Du meinst die Transition?«

»Das und die Outings und alles einfach.« Er gestikuliert wild. »Sorry! Geht's dabei nicht unter anderem genau darum, das eigene Leben zu leben und nicht mehr das eines Menschen, der man gar nicht ist?«

Er sieht mich an, irgendwie hilflos, als müsste ich die Antwort kennen.

»Letztendlich ist es nur ein Anfang«, teile ich den Schluss mit ihm, zu dem ich selbst gelangt bin. »Wenn auch für manche von uns ein essenzieller, auf dem wir anschließend aufbauen können – und müssen. Von selbst fügt sich auch danach nicht alles.«

Timon nickt und zupft an einem Stück Moos herum.

Eine Weile schauen wir schweigend auf die Tannen, die sich an den Hang klammern. Die Strecke, die wir gewählt haben, ist abenteuerlich genug, sodass sie etwas hermacht und trotzdem für laienhafte Naturliebhabende ohne Wander-Know-How und Ausrüstung problemlos zu bewältigen ist. Deshalb bitte ich Timon, bevor wir weitergehen, ein Foto von mir in Rückenansicht zu machen, auf dem ich in Denkerpose in die Ferne blicke. Darauf springt er fast überenthusiastisch an, weil es die düstere Stimmung zu vertreiben verspricht.

»Die Ähnlichkeit zum *Wanderer über dem Nebelmeer* ist nicht von der Hand zu weisen«, kommentiert er sein Ergebnis.

Er hält mir sein Foto und eine Abbildung des Gemäldes, auf das er sich bezieht, zum Vergleich hin. Zugegeben, so weit hergeholt ist das nicht. Schließlich hat dem Maler Caspar David Friedrich die Sächsische Schweiz für sein Motiv als Vorbild gedient.

»Es fehlt bloß der Nebel, der das Original ausmacht«, stelle ich fest.

»Jaja«, beschwert Timon sich über meine Kritik.

Als er keck ein Pärchenbild vorschlägt, halte ich mich beim Nörgeln zurück. Denn ich liebe es, wie er mich mit geschlossenen Augen auf die Wange küsst, während ich in die Kamera lächele. Es könnte mir nicht gleichgültiger sein, dass die Fotos ein bisschen verwackelt sind, er immer noch müde aussieht und meine Haut vor Schweiß leicht glänzt.

Ob er irgendwann bereit dazu sein wird, mir zu erzählen, was es mit seinem Bruder André auf sich hat und was ihn so bewegt?

Ich hoffe es, und dass zwischen uns alles gut ist.

KAPITEL 36

TIMON

Es erleichtert mich unheimlich, Philipp Andrés Existenz ins Gedächtnis gerufen und immerhin erste Andeutungen zu meinem Bruder fallen gelassen zu haben. Auf dem Heimweg vom Nationalpark bin ich optimistisch, dass es nun leichter werden wird, den Rest zu ergänzen. Bestimmt. Ich bin froh, es endlich angegangen zu haben. Besser spät als nie. Völlig egal, dass ich beim Autofahren spüre, wie sich Muskelkater anbahnt, weil ich zwar körperliche Anstrengung, aber Wandern nicht gewohnt bin. Der Trip hat sich sowas von gelohnt.

Was für ein Glück, dass sich der Moment auf dem Felsen ergeben hat. Wobei das Thema an sich nicht weniger schmerzt und der Tag nach der albtraumhaften Nacht umso beschissener begonnen hatte.

Beim Weckerklingeln dachte ich echt, ich halte es nicht mehr aus, das alles mit mir rumzutragen, und würde liegenbleiben. Nur irgendwie klappte es, trotz bleischwerer Glieder.

Auch Philipp beklagt sich jetzt darüber, dass ihm alles wehtut. Nach der nächsten Kurve löse ich daher eine Hand vom Lenkrad und drücke seine mitfühlend.

»Geht mir nicht anders.«

Mich tröstet es auf jeden Fall, dass ich nun nicht mehr der Einzige bin, der am liebsten schlafen möchte. Mehr als eine Folge *Dark Whisper* schaffen wir heute bestimmt nicht. Also reden wir besser morgen über André. Bis dahin noch mal durchatmen.

Es wird schon werden.

Ich sage es mir ein paar Mal in Gedanken vor und drehe die Musik lauter, als die Shuffle-Wiedergabe passend dazu einen der fröhlicheren Songs von Twenty One Pilots aus meiner Playlist auswählt.

Es wird schon werden.

Hat Philipp mir nicht oft genug bewiesen, dass man mit ihm über alles reden kann? Wahrscheinlich braucht er etwas, um die Ereignisse zu verdauen und mir zu verzeihen, dass ich ihm etwas vorgespielt habe. Das ist zu erwarten und habe ich mir selbst zuzuschreiben. Doch dann muss er verstehen. Er wird mich verstehen, wenn ich es ihm richtig erkläre. So kenne ich ihn.

Leider erweist sich meine hoffnungsvolle Annahme als falsch. Nicht was Philipp angeht, Gott sei Dank, sondern was mich betrifft. Den nächsten Schritt zögere ich glatt noch weiter hinaus.

Plötzlich haben wir bereits Samstag und somit steht der CSD vor der Tür und wir nebeneinander vor dem Spiegel im Bad, um uns unsere Pride Flaggen auf die Wangen zu malen. Dabei war eben erst Montag!

Es ist mir ein Rätsel, wie ich es ertrage, Philipps Blick zu begegnen. Auf der anderen Seite suche ich nach wie vor nach Ausreden, weshalb ich es ihm bisher nicht erzählen konnte: Durch meine Arbeit für die Ferienanlage hatten wir gar nicht viel Zeit zu zweit. Und war er nicht mit dem *Trans rights*-Projekt, dem er zugesagt hatte, Instagram und dem Schmieden von Studienplänen beschäftigt oder telefonierte mit

Vinita? Am Mittwoch hatten wir den Barockgarten besichtigt und am Donnerstag kam Matthias zum Chillen vorbei, während wir Freitag – also gestern – wieder bei meinen Großeltern zum Essen waren. Mama war diesmal nicht dabei, und das, obwohl heute unser Spaziergang wegfällt. Dafür hatte sie mir eine *Viel Spaß!*-Nachricht geschrieben.

Letzten Endes ist mir klar, dass ich genug Gelegenheiten hatte, mit Philipp zu sprechen, und wie daneben ich mich benehme. Das geht so nicht mehr. Nach Partymachen und mich – auf welche Weise auch immer – zu zelebrieren, ist mir daher gar nicht zumute.

Nur komme ich da nicht mehr raus. Weder möchte ich Philipp seine erste Pride Parade versauen noch meinen Freund*innen absagen, mit denen wir in Dresden verabredet sind. Paula hatte zuletzt sogar eingelenkt, sodass Leonie nun dabei sein wird. Darüber hatte ich mich kurzzeitig richtig gefreut.

Ich senke den Pinsel, würde mir die Farbe am liebsten sofort wieder aus dem Gesicht waschen. Mir ist schlecht. Wann habe ich das letzte Mal keine Übelkeit empfunden?

»So!«, triumphiert Philipp im Gegensatz zu mir darüber, dass ihm nach dem weißen und zwei rosa Strichen auch der letzte hellblaue Strich der Trans-Flagge einwandfrei gelungen ist. Ich selbst habe mich für die Pansexuellen-Flagge entschieden, bestehend aus den Farben Pink, Gelb und Blau. Ein kleiner Farbtupfer zu meiner dunklen Kleidung.

»Perfekt«, zwinge ich mich zu verkünden.

Mein wundervoller Freund, den ich belüge und betrüge, sieht so happy aus, dass ich kaum Luft kriege.

Was habe ich getan?

Rasch räume ich das Make-up weg, danach schnappen wir uns die großen Regenbogenflaggen aus Polyester und brechen auf.

Während wir zum Bahnhof gehen, pulsiert trotz der ungünstigen Umstände prickelnde, nicht gänzlich negative Aufregung durch meine Adern.

Wahrscheinlich ist dies der einzige Tag im Jahr, an dem ich mich traue, in so einem Aufzug das Haus zu verlassen. Der einzige Tag, an dem ich nicht insgeheim hoffe, als cis und hetero eingeordnet zu werden, damit niemand auf die Idee kommt, auf mich loszugehen. Wahrscheinlich wäre es sicherer, die Flaggen erst in Dresden rauszuholen, sobald wir auf andere CSD-Besucher*innen stoßen und somit mehr Rückendeckung haben. Doch habe ich es satt, immer aufzupassen. Es ist ungerecht, dass wir nach wie vor Angst davor haben müssen, uns so zu zeigen, wie wir sind. Auch deshalb gehe ich zumindest heute auf die Straße. Um darauf aufmerksam zu machen und dafür einzustehen, dass Angehörige der LGBTQIAP+ Community selbst 2022 noch nicht die gleichen Rechte haben.

Im Zug sind Philipp und ich nicht mehr die einzigen sichtbar queeren Menschen. Das beruhigt mich sofort. Zwei weitere Gruppen in den buntesten Farben und teilweise extravaganten Outfits befinden sich bereits im Waggon, als wir einsteigen. Sie haben Pappschilder dabei mit feministischen Sprüchen, tragen Crop-Tops, Glitzer oder lange künstliche Nägel. Es ist voll, weshalb wir Glück haben, dass wir Sitzplätze ergattern, sogar nebeneinander. Irgendwer lässt *Born this way* von Lady Gaga aus Handylautsprechern scheppern und mein Fuß bewegt sich automatisch im Takt. Dabei ist der Song fast ein queeres Klischee. Das ändert nur nichts daran, dass sich meine Mundwinkel heben, zumal auch jene Mitfahrenden, die ein anderes Ziel haben, von der guten Stimmung angesteckt werden.

Ein Mädchen, das sich die schwarz-grau-weiße-lila Flagge für A_sexualität wie ein Cape um die Schultern geknotet hat, winkt uns zu. Wir winken zurück. Schließlich nehme ich Philipps Hand, was dieser mit einem warmen Lächeln quittiert.

»Alles gut?«, frage ich.

»Ja«, sagt er ohne das geringste Zögern.

Mein Herz bricht ein wenig.

Ich hasse mich dafür, was ich ihm antue. Mildert das meine Taten ab?

»Und bei dir?«, erkundigt er sich.

Mechanisch bewege ich meinen Kopf von oben nach unten.

Spätestens am Hauptbahnhof erblicke ich – egal, wohin ich schaue – Menschen, die auf die Parade wollen. Selbst mich, der ich seit fast zehn Jahren dabei bin, überwältigt es, so viele von uns vereint zu sehen. Es ist jedes Mal aufs Neue unvergleichlich und besonders zu erleben, dass wir nicht allein sind, da es sich auf der anderen Seite zu oft danach anfühlt.

Philipp kommt gar nicht mehr aus dem Staunen heraus. Das finde ich so niedlich! Bevor wir Matthias, Leonie, Dascha und Nick vor dem Dresdner Hauptbahnhof treffen, bemüht er sich leider, nicht mehr ganz so offenkundig fasziniert alles in sich aufzusaugen.

Gleich neben dem Infostand für das Bühnenprogramm, welches zusätzlich zum Demonstrationszug im Alaunpark stattfindet, entdecke ich meine Freund*innen, die dort auf uns warten.

Unsere Begrüßung fällt angesichts der allgemein gelösten Stimmung überschwänglicher aus als sonst. Zu meiner Erleichterung ist es für mich nicht seltsam, meine Ex-Freundin nach dem Flashback von Andrés Tod wiederzusehen, obwohl der mich erst vor ein paar Nächten im Traum heimgesucht und heftig aufgewühlt hat. Wahrscheinlich betrachte ich Leonie nur länger, als es normalerweise der Fall gewesen wäre. Als sie mich mit einer hochgezogenen Augenbraue bedenkt, lächele ich schnell.

Auf dem Fußweg in die Altstadt, wo die Parade startet, begegnen wir einigen Menschen, die uns schiefe, abfällige oder neugierige Blicke zuwerfen. Sonst passiert nichts. Im Vergleich zu einigen anderen queeren Personen – wie jene mit den Hundemasken aus der Kink-Scene oder den kunstvoll aufgestylten Drag Queens – sehen wir sechs wirklich unauffällig aus.

Vor dem neuen Rathaus müssen wir etwas bis zur ersten Kundgebung warten. Philipp filmt die Paradenwagen, während immer mehr Menschen auf den Platz strömen. Wir knipsen mehrere Gruppenfotos. Matthias macht noch zwei von Philipp und mir, ehe eine Frau an ein Mikro herantritt und um Ruhe bittet.

Das heiße ich willkommen. Schon seit vorgestern argwöhne ich, dass mein bester Freund, der Matthias wohl ist, irgendwie ahnt, dass etwas bei Philipp und mir nicht mit rechten Dingen zugeht. Womöglich findet er einen Hinweis auf den Bildern und ich habe nicht breit genug gegrinst oder verliebt genug geschaut. Dabei bin ich verliebt. Ich bin so schrecklich verliebt in diesen Mann, dass ich nicht weiß, wie ich damit umgehen soll, wenn ich ihn verliere.

Meine Kehle schnürt sich zusammen. Viel kriege ich von der Rede zur aktuellen Situation und politischen Gesetzeslage von LGBTQIAP+ Personen in Deutschland und weltweit nicht mit. Meine Freund*innen hören dagegen aufmerksam zu. Anschließend applaudieren alle und die Wagen sowie die Menge setzen sich in Bewegung. Wir reihen uns ein und der Marsch beginnt.

Meine Laune ist allerdings im Keller.

Ich glaube, Philipp fragt mich, ob irgendwas ist. Abermals streite ich das ab, statt ehrlich zu sein. Jetzt wäre es doch unpassend, mit der Sprache herauszurücken, oder? Ich fühle mich fiebrig. Meine Finger seinen zu entwinden, kommt trotzdem nicht infrage. Sonst würde er nur noch misstrauischer werden. Seine Augen sind bereits verengt, wodurch das Blau um seine Pupillen dunkler wirkt. Oder ist das Besorgnis, gar Ärger, weil ich mich ihm nicht anvertraue? Ich bin ja nicht mit Scheuklappen geschlagen.

Während wir die Altstadt das erste Mal umrunden, wird zur Musik aus den Boxen getanzt, die den Zug begleitet. Gemeinsam mit unseren queeren Geschwistern brüllen wir die Sprechgesänge aus voller Kehle mit. Danach bin ich entgegen meiner Vorsätze, das heute durchzuziehen, kurz davor, mich zu entschuldigen und abzuseilen. Der zweite Redebeitrag – diesmal zu Rainbowwashing – endet gerade.

Philipp kann bei den anderen bleiben, er muss nicht mit mir zurückfahren. Ich behaupte, dass ich etwas ausbrüte und später kläre ich ihn über das eigentliche Problem auf. Vorausgesetzt, ich kriege es dieses Mal gebacken. Hier halte ich es nicht mehr aus.

Ein Schnauben entfährt mir und ich verschlucke mich. Mein Blick bleibt an einem der Bürotürme hängen, die am Rande der Altstadt aufragen. Dort arbeitet mein Vater in der Chefetage eines Energiekonzerns. Weil ich mich vor Husten vornüberbeugen und kurz stehen bleiben musste, laufen die übrigen Demonstrierenden um mich herum und ziehen danach an mir vorbei.

Schneller als gedacht, verliere ich Philipp und meine Freund*innen aus den Augen. Dass keine*r von ihnen gleich bemerkt, wie ich zurückfalle, versetzt mir einen Stich. Es bestätigt mir, dass die Verbindung zu ihnen durch meine Zurückgezogenheit beschädigt wurde. Letztlich werde ich immer alleine sein und bleiben, wenn ich mich nicht mal irgendwem öffne und mitteile. Dieser Schmerz in mir – aus einer anderen Zeit – ist noch immer riesengroß und scheint mir unüberwindbar. Zu groß, als dass ich ihm mit Worten gerecht werden könnte. Ich habe Angst, dass es nicht nur mich, sondern auch alle anderen um mich herum überfordert, wenn ich darüber spreche. Dann würden sie erst recht vor mir zurückschrecken. Andererseits verliere ich meine Menschen sonst auch, nur eben schleichend … Vielleicht würden sie doch bleiben?

Unvermittelt kocht in mir eine Wut hoch, wie ich sie lange nicht verspürt habe. Wer hat diese tiefgreifende Angst in mir gesät, dass ich falsch bin? Wer hat mir die Schuld an Andrés Tod gegeben? Wer hat mich derart drangsaliert, dass ich es nicht mal mehr über mich bringe, den Angriff – denn das war es – zu erwähnen?

»Okay, Papa«, murmele ich und schere kurzerhand aus dem Demonstrationszug aus. Ohne länger drüber nachzudenken und bevor die Zweifel in mir erwachen, laufe ich auf den Büroturm zu. »Wollen wir mal sehen, ob du immer noch so ein Workaholic bist, der selbst samstags arbeitet.«

Sollte er da sein, werde ich diesmal nicht zulassen, dass er vor mir die Flucht ergreift. Wir haben da nämlich etwas zu klären.

KAPITEL 37

PHILIPP

Ich bekomme gar nicht mit, wie Timon abhaut, weil ich dabei bin, mich mit Nick über Vinita zu unterhalten. Xier erkundigt sich nach ihr und ich erwähne gerade, dass sie heute das Juicy Beats Musikfestival besucht, als Leonie aus dem Nichts fragt, wo er hin ist.

Kollektiv bleiben wir stehen.

Die Leute hinter uns – drei Menschen, die sich eben noch an den Händen gehalten haben – bedenken unsere Gruppe mit einem Augenrollen, weil sie sich wegen uns loslassen müssen. Doch ich höre gar nicht, was sie sagen, sondern schaue mich, von plötzlicher Panik ergriffen, nach Timons lila Haarschopf um.

Wo ist er?

Mein Blick irrt suchend über die Menschenmasse, mein Herz klopft wild.

Die ganze Zeit schon hatte ich nicht das beste Gefühl, egal, wie sehr er mir beteuerte, dass er okay sei. Das Spiel läuft schließlich seit einer

Woche. Hin- und hergerissen, seine Grenzen zu akzeptieren, und ihm andererseits helfen zu wollen, war ich vorhin etwas pampig geworden. Wenn er keine Hilfe annehmen will, dann halt nicht! Ich bin es leid, weiter im Unklaren zu bleiben, obwohl auf der Hand liegt, dass irgendetwas nicht in Ordnung ist. Würden wir nicht auf dem CSD sein, wäre ich ihm gegenüber womöglich explodiert. Denn langsam reicht es. So hatte ich mich allerdings am Riemen gerissen und ihn wiederholt gewähren lassen.

Ich kann ihn nicht finden.

»Da!«, ruft Dascha auf einmal und ich folge der Geste.

Timon hat den Zug verlassen und hält zielstrebig auf irgendetwas zu. Ich kann nicht recht einordnen, wo er hin will. Auch sein Gesicht kann ich von hier nicht mehr erkennen. Jedenfalls blickt er nicht zurück.

Matthias löst sich zuerst aus seiner Starre. »Ich mach das«, murmelt er.

Ehe ich mich versehe, halte ich ihn an seinem tätowierten Arm zurück. »Lass *mich* gehen«, widerspreche ich.

Als Nächstes schlüpfe ich bereits vor einer Person mit einem Demo-Schild – *Kiss whoever the fuck you want* – unter der Absperrung durch, setze zu einem Spurt an und renne Timon hinterher.

Bei der Lautstärke, die die Parade verursacht, wäre es vergebene Mühe, ihn zu rufen. Aus den umstehenden Häusern schauen Leute aus den Fenstern. Die Faszination kann ich verstehen. Das Gefühl, Teil der Pride zu sein, ist mit nichts mir Bekanntem zu vergleichen. Es ist so bestärkend, und ausgerechnet jenen Menschen, der mir vor allen anderen gezeigt hat, dass ich es wert bin, habe ich scheinbar im Stich gelassen.

Ich beiße die Zähne zusammen und lege einen Zahn zu. Zum Glück kriege ich noch mit, wie Timon eines der Bürogebäude betritt. Trotz meiner Frustration hätte ich besser auf ihn achten sollen.

Verdammt, verdammt, verdammt.

Keuchend drücke ich kurz nach ihm die Drehtür nach innen und stolpere in die Eingangshalle. Die Luft ist kühl und abgestanden. Hektisch sehe ich mich um. Bis auf die Frau am Empfang, die sich mit zusammengezogenen Augenbrauen einen Telefonhörer ans Ohr presst, ist niemand außer mir in der Lobby. Unvermittelt fühle ich mich wie nackt im Scheinwerferlicht. In dieser Umgebung, die mehr nach Businesslook verlangt, komme ich mir ausgesprochen fehl am Platz vor.

Was will Timon an diesem Ort?

Zögerlich mache ich einen Schritt auf die Aufzüge zu, als mich die schrille Stimme der Empfangsdame zurückhält. »Was denkst du, wo du hin willst, junger Mann? Du kannst hier nicht einfach hereinspazieren!«

Vermutlich hat Timon genau das gemacht. Tja, könnte ich ihr darauf mal eine Antwort geben.

»Ist hier gerade ein Typ mit Regenbogenflagge vorbeigekommen?«, frage ich ehrlich, weil ich nicht den Mumm habe, sie zu ignorieren. Zumal es zu viele Stockwerke gibt, als dass ich einen Zufallstreffer landen könnte oder die Zeit hätte, sie alle abzufahren. »Wissen Sie, wo *er* hin wollte?«

Mein Gegenüber zieht ein Gesicht, als dächte sie: *Gott, noch so einer.*

Da scheint jemand am anderen Ende der Leitung ans Telefon zu gehen. Die Frau atmet sichtlich tief ein. »Na endlich! Es kommt Besuch für Herrn Eichert. Ich habe versucht, ihn abzufangen.« Pause. »Nein, nein, sein Sohn.« Stirnrunzeln. »Ich weiß. Das hat er behauptet.«

Ein Schauder rinnt meinen Rücken hinunter.

Timons Vater arbeitet hier und Timon will ihn sehen? Ich kann mir nicht vorstellen, dass das geplant gewesen ist. Oder hatte er schon länger vor, das hier durchzuziehen und deshalb ist er die Tage so angespannt gewesen? Wie lange haben sich die beiden nicht mehr gegenüber gestanden? Geschweige denn miteinander gesprochen? Ich kann mir schwer vorstellen, wie das nicht in einer Katastrophe enden soll, wenn ich mir ins Gedächtnis rufe, wie Timon mir die letzte Begegnung zwischen ihnen im Kaufhaus geschildert hat.

Ich muss ihm beistehen, wenn Herr Eichert ihn erneut von sich stoßen sollte. Dass er mich nicht dabei haben oder nicht mal einweihen wollte, schmerzt ein bisschen. Nun, wahrscheinlich ist das zum Teil schlicht seine Einzelkämpfer-Natur.

»Sie müssen mir sofort sagen, wo ich Timon finde«, stoße ich hervor und mache einen Schritt auf die Frau hinter dem Empfang zu. »Bitte. Es ist wichtig.«

»Und du bist …?«

»Sein Freund.«

Ich weiß nicht, ob sie es wie in *Boyfriend* versteht oder es ihr im Grunde egal ist. Meine Unruhe beunruhigt sie merklich. Sie scheint zu dem Schluss zu gelangen, dass ich eher Schadensbegrenzung betreiben werde, als die Situation zu verschlimmern, nun da sie es versäumt hat, Timon aufzuhalten. Sie nennt mir die Etage. Ich verliere keine Zeit damit, das weiter zu analysieren.

Für meinen Geschmack braucht der Aufzug viel zu lange. Als ich die zehnte Etage erreiche, stürze ich aus der Tür und eile in jene Richtung den Gang entlang, aus der Stimmen zu mir herüberhallen.

»Was fällt dir ein?«, schmettert ein Mann – wie ich vermute – meinem Freund entgegen. Das ist der erste Satz, den ich deutlich verstehe. »Ich verlange, dass du auf der Stelle verschwindest!«

Ich höre Timon lachen. Verbittert. Ein hässliches Geräusch, auf das sich mir sämtliche Härchen im Nacken aufstellen. »Damit du weiterhin so tun kannst, als ob ich nicht existierte? Klar, das gefällt dir.«

»Ich werde mich nicht wiederholen.«

Meine Schritte verlangsamend, bleibe ich in Hör-, aber außer Sichtweite stehen. Das ist schnell eskaliert und letztlich privat. Zwischen mir und den verschwommenen Silhouetten, bei denen es sich um Timon und seinen Vater handelt, ist eine milchige Glasscheibe, die sich von meinem Standpunkt schräg gegenüber im Flur befindet.

»Vielleicht«, spottet Timon, »würde es deinen Worten mehr Gewicht verleihen, wenn du mich denn mal ansehen könntest.«

Herr Eichert stößt geräuschvoll die Luft aus. »Oh, das tue ich! Glaub mir. Nur offenkundig siehst *du* nicht, was aus dir geworden ist. Ich will«, er wedelt mit der Hand in Timons Richtung, »*damit* nichts zu tun haben. Respektier das bitte. So wie ich respektiere, dass du diesen Weg eingeschlagen hast.«

Ich glaube, nicht richtig zu hören. Mein Magen zieht sich zusammen. Timon reagiert zunächst nicht. Ringt er um Fassung? Das könnte ich voll verstehen. Was für eine transfeindliche Scheiße ist das?

»Du respektierst mich?«, wiederholt er schließlich.

Ich bezweifle, dass ich an seiner Stelle Worte gefunden hätte. Hätte mein Vater so etwas zu mir gesagt, ich wäre wie erschlagen gewesen. Das kann man doch nicht wirklich sagen und vor allem nicht so meinen.

»Ich bin dein Kind, verdammt noch mal!« Timon wird lauter. Gott, ich will ihm versichern, dass er ohne diesen Menschen besser dran ist. Hundertprozentig. »Trotzdem hast du mich komplett aus deinem Leben ausgeschlossen.«

»Mein Sohn«, gibt Herr Eichert angewidert zurück, »ist tot. André ist tot. Dank dir. Genau wie meine Tochter. Und das weißt du. Was für eine Reaktion hast du darauf erwartet?«

Es herrscht Stille, während die Gedanken in meinem Kopf sich überschlagen. Dann stimmt, was ich schon mal in Erwägung gezogen habe? Timons Bruder André ist nicht mehr am Leben. Und scheinbar hat Timon dazu beigetragen?

Mein Herz pocht schneller, dabei hatte es nach der Rennerei eben erst wieder etwas runtergefahren.

»Nein.« Timons Stimme klingt erstickt, als er zu einer Erwiderung ansetzt.

»Nein?«, hakt Herr Eichert nach, auf einmal fast neugierig. Auch ich lausche gebannt, obwohl nichts hiervon für meine Ohren bestimmt ist. Ungeachtet dessen will ich für Timon da sein, falls er mich brauchen sollte, und nun zu gehen, bringe ich nicht über mich. Nicht, nachdem ich von dieser Sache weiß. Selbstverständlich glaube ich keine Sekunde, Timon könnte seinen Bruder getötet haben. Aber da ist dieses Gefühl in mir, jetzt kommt etwas, durch das ich ihn besser verstehen werde.

»Ich bin immer noch hier«, sagt Timon, »nur nicht so, wie du mich gern hättest, *Papa*. Und André ist nicht wegen mir gestorben. Er ist gestorben, weil es Leute gibt wie dich, die nicht in der Lage sind, über ihren eigenen Tellerrand hinauszuschauen. Die Welt ist vielfältig.«

Er holt tief Luft und zu meiner Überraschung fällt sein Vater Timon nicht ins Wort.

»Meine Freundin und ich haben uns in dieser Nacht lediglich in der Öffentlichkeit geküsst.«

Shit.

Ich ahne bereits, was kommt.

Das macht es nicht weniger entsetzlich, als Timon es ausspricht. »Dass diese Typen uns angepöbelt haben, weil sie uns für zwei Mädchen hielten, ist nicht unsere Schuld. André wollte uns helfen. Er hat uns in Schutz genommen, denn es war das Richtige, und er hat immer das Richtige getan. Der Kerl, der daraufhin mit einem Messer auf ihn losgegangen ist, hat ihn umgebracht. Nicht ich. Und wenn du das nicht erkennst, möchte ich mit dir sowieso nichts mehr zu schaffen haben.«

Meine Bewunderung für Timon und seine Stärke wächst und wächst. Wie kann er sich angesichts dieser Ereignisse so aufrechthalten und zu sich stehen? Wie schafft er es, seinem Vater gegenüber ruhig zu bleiben?

Er schüttelt den Kopf. »Schlimm genug, dass du uns nach Andrés

Tod verlassen hast. Selbst wenn ich dir egal bin. Ist dir klar, was du Mama damit zusätzlich zu allem anderen angetan hast?«

Als Herr Eichert nichts sagt, fragt Timon: »Dazu fällt dir nichts ein?«

»Es steht dir nicht zu, so mit mir zu reden«, droht Timons Vater. Der Kerl hat echt Nerven.

»Ach, ja?«

»Ich sage es ein letztes Mal«, schnauzt er. »Du solltest jetzt geh–«

»Na, na.« Timon hebt eine Hand. »Lange werde ich dich nicht mehr aufhalten. Komm runter. Nur damit ich auch das erwähnt habe. Manchmal kann ich den Selbsthass, den ich empfinde und den du durch dein Verhalten noch verstärkt hast, kaum ertragen. Seit sechs Jahren schleppe ich ihn mit mir rum. Manchmal ist er so heftig, dass er mir sogar die guten Dinge kaputt macht.«

Er spricht immer schneller. Am Beben in seinen Worten merke ich, dass die Emotionen nun wieder in ihm aufbranden, ihn mit sich reißen.

Oh, Timon.

Automatisch bewege ich mich auf die milchige Glasscheibe zu, wie um ihm näher zu sein und ihm Kraft zu spenden. Damit er es bis zum Ende schafft.

»Übrigens bin ich ein Mann«, stellt er als Nächstes klar, »ob du es wahrhaben willst oder nicht. Und ich bin jetzt mit einem anderen Typ zusammen.«

»Und?« Herr Eichert ist zu kühlem Desinteresse übergegangen. »Du erzählst mir das aus welchem Grund?«

Die nächsten Worte brechen in einem Schwall aus Timon hervor. Als hätte er sie zu lange ungesagt mit sich herumgetragen. Als hätte er nur auf einen Anstoß wie diesen gewartet, der die Lawine unaufhaltsam in Bewegung versetzt. »Weil ich mich vor Philipp gewissermaßen als mein Bruder ausgegeben habe. Ich wollte nicht, dass er die Wahrheit erfährt.«

Sekunde. Was?

Jetzt werde ich von der Lawine überrollt.

Mein Herz setzt kurz aus und mir wird eiskalt.

Hat er das wirklich gesagt? Was bitte soll das heißen? Welche Wahrheit?

Bevor mein Gehirn mögliche Optionen bereitstellt, was Timon damit gemeint haben könnte, liefert er mir die Antwort. »Ich habe Philipp glauben lassen, *wir* hätten eine Internet-Freundschaft miteinander geführt, obwohl er und André es waren. Ich schaffe es nicht, ihn darüber aufzuklären, dass der Angriff, den ich verursacht habe, der Grund für den Kontaktabbruch gewesen ist. Ich fürchte nämlich, wenn ich Philipp sage, wie ich in Andrés Tod verwickelt bin, wird er mich hassen. So wie du mich dafür hasst. Und diesen Schmerz wollte ich uns beiden ersparen, nur natürlich funktioniert das so nicht. Danke, dass du diesen Gedanken in mir gesät und mich so abgefuckt hast!«

Die Bedeutung dessen, was Timon seinem Vater da in einem letzten Aufbäumen entgegengeschleudert hat, dringt erst mit ein paar Sekunden Verzögerung zu mir durch. Als sie bei mir ankommt, fühlt es sich an, als hätte mir jemand einen Tritt in den Magen verpasst. Vor Schmerz krümme ich mich zusammen. Irgendwo tief in mir explodiert etwas und Übelkeit wallt an mir auf.

Timon hat mich belogen. Er ist nicht Ali, nie gewesen.

Ich war all die Jahre in seinen Bruder verknallt.

Und André ist tot.

Wie konnte Timon mir das vorenthalten und mir die ganze Zeit über etwas vormachen?

Zu spät presse ich mir eine Hand auf den Mund. Das Wimmern dringt schon zwischen meinen Lippen hervor. Der Schock gräbt sich durch meine Eingeweide. Wie der Verrat.

Timons Verrat.

Keine Ahnung, ob er sowieso gerade aus dem Bürozimmer hinausstürmen wollte oder ob er mich gehört hat. In diesem Moment gleitet die milchige Glasscheibe zur Seite.

Timons Augen weiten sich angesichts meines Anblicks. Er prallt vor mir zurück. »Philipp?« Die Panik schraubt seine Stimme in die Höhe. »Was … Was tust du hier?«

»Ich wollte nach dir sehen«, ist alles, was ich hervorbringe. »Du bist einfach weggelaufen.«

Nur komme ich mir plötzlich lächerlich vor. Während er mich derart hintergangen hat, wollte ich für ihn da sein.

Ich starre ihn an, diesen Mann, in den ich mich verliebt habe. Auf einmal ist mir, als hätte ich ihn nie zuvor gesehen. Wie von selbst mache ich einen Schritt nach hinten.

»Hey.« Er folgt mir, hebt beschwichtigend die Hände. »Es ist nicht so, wie sich das eben ange–«

»Oh, ich glaube doch«, unterbreche ich Timon. Eine Träne läuft mir über die Wange. Wütend wische ich sie weg. »Ich glaube, ganz genauso ist es.«

Er widerspricht mir nicht noch mal. Stattdessen wirkt es, als wiche sämtlicher Lebenswille aus ihm. Ein Stich durchzuckt mich. Zusehen, wie er zusammenbricht, kann ich jetzt nicht, und erst recht nicht mehr ihn auffangen. Mein eigener Schmerz ist kaum auszuhalten, zumal er es ist, der ihn verursacht.

Timon verschwimmt, als meine Augen sich erneut mit Tränen füllen. Diesmal sind es zu viele, um sie aufzuhalten. Weil von ihm nichts mehr kommt, fahre ich auf der Stelle herum, bevor ich haltlos losschluchze. So schnell ich kann bringe ich den größtmöglichen Abstand zwischen uns.

KAPITEL 38

TIMON

Um zu wissen, dass Philipp fort ist, muss ich kein Genie sein. Ich hatte es befürchtet. Als ich den Hof der Pension betrete und ihn nicht auf der Türschwelle unseres Hauses sitzen sehe, löst sich der letzte Rest meiner Hoffnung in Luft auf. Er wartet nicht auf mich, weil ich den Schlüssel habe. Mir wird klar, dass ich ihn nie wiedersehen werde. Weshalb hätte er auch hierher zurückkehren sollen, nun, da er weiß, was ich ihm verschwiegen habe und wie er von mir getäuscht wurde?

Eine Zentnerlast drückt mich zu Boden. Ich habe keine Ahnung, wie ich es bis zum Haus, geschweige denn die Treppen hoch in meine Wohnung schaffen soll. Es fällt mir auch schwer, zu rekonstruieren, wie ich aus Dresden zurück nach Pirna gelangt bin.

Ich bleibe stehen, stütze mich vornüber gebeugt auf meinen Oberschenkeln ab und versuche, ruhig weiter zu atmen und keine Panikattacke zu bekommen.

Nachdem Philipp sich im Büro weinend von mir abgewendet hatte, war ein Piepen in meinen Ohren ertönt. Seitdem kommt mir alles wie durch Watte gedämpft vor. Mein Vater hatte noch irgendwas gesagt, was, habe ich nicht verstanden. Es kümmert mich auch nicht – nicht mehr. Mit diesem Arschloch bin ich fertig, ein für alle Mal. Was mich eine Sekunde zuvor mit Triumph erfüllt und sich wie ein Befreiungsschlag angefühlt hatte, war mir dann gleichgültig geworden. Dabei hatte es so gut getan, ihm mal die Meinung zu sagen und ihm zu zeigen, dass er mich mit seinem Verhalten nicht verletzen kann, es nie wieder wird. Er hat nicht länger die Zügel über mich in der Hand. Nur hätte Philipp das mit André nicht auf diese Weise erfahren dürfen.

Auf welche dann?, schaltet sich eine gehässige Stimme in meinem Kopf ein. *Du hattest genug Chancen, es ihm nahezubringen. Nur hast du's halt anders nicht gepackt. Sei doch froh, dass es jetzt raus ist.*

In die Knie sinkend kralle ich meine Hände in meine Haare, bis es so sehr ziept, dass es wehtut.

Wenn Philipp nicht hier ist, ist er direkt in den nächsten ICE gestiegen, um zurück nach Dortmund zu fahren, nehme ich an. Darf ich ihn bitten, mir zu schreiben, wenn er wieder daheim ist oder wäre das zu viel verlangt? Irgendwas muss ich auch mit dem Zeug machen, das er durch seinen überstürzten Aufbruch nicht mitnehmen konnte. Mir graut davor, seine Sachen gleich in meiner Wohnung zu sehen, in dem Wissen, dass sie alles sind, was mir von ihm bleibt.

Ich habe nicht den Eindruck, dass diese Überlegungen zu irgendetwas führen, außer dass ich mich noch schlechter fühle, und sämtliche Atemübungen, die ich probiere, sind eh umsonst. Mein Brustkorb scheint sich schraubstockeng zusammengeschnürt zu haben.

Erst als ich den Anhänger meiner Kette, der aus meinem T-Shirt-Ausschnitt gerutscht ist, fest mit einer Faust umfasse, kann ich wieder besser atmen. Die silbernen Flügel bohren sich in meine Haut und verankern mich mit der Realität.

Irgendwie gelingt es mir, mich letztlich aufzuraffen. Als Nächstes liegen Patrick, der Plüsch-Oktopus, und ich nebeneinander in meinem Bett und starren Löcher in die Luft. Es ist nach wie vor total warm, nur zittere ich. Ich habe die Decke bis zur Nasenspitze hochgezogen und mich seit Stunden nicht bewegt. Außerdem hängt Philipps Geruch in den Laken, sodass es fast ist, als würde er mich gerade umarmen. Mittlerweile ist es dunkel. Nicht nur draußen, auch drinnen, weil es mich zu viel Anstrengung kosten würde, das Licht einzuschalten. Der CSD mit seinen leuchtenden Farben und der Mega-Stimmung könnte ebenso gut Ewigkeiten her sein, dabei war das heute Mittag.

Als mein Handybildschirm aufleuchtet, warte ich, bis er wieder erlischt. Wer könnte mit mir reden wollen? Ich bin ein schrecklicher Mensch, und Philipp ist es sicher nicht, der mich anruft. Obwohl Papa jede Menge falsch gemacht hat, bin ich im Endeffekt selbst dafür verantwortlich, dass ich es so weit habe kommen lassen. Das kann ich ihm nur bis zu einem gewissen Grad vorwerfen und mir noch so sehr wünschen, es verhielte sich anders.

Meine Gedanken drehen sich im Kreis. Ich fühle mich unendlich einsam, und etwas anderes verdiene ich gar nicht. Ich schlucke, ein Kloß bildet sich in meinem Hals. Habe ich nicht eben erst mit voller Wucht zu spüren bekommen, wozu es führt, wenn ich das, was in mir vorgeht, nur mit mir ausmache?

Mein Handy leuchtet wieder auf. Es wäre so leicht, mich wieder nicht zu rühren. Diesmal gebe ich mir dementgegen einen Ruck und greife nach dem Smartphone, sinke erschöpft von diesem im Grunde simplen Bewegungsablauf sofort zurück gegen mein Kissen.

Es ist Matthias.

Am oberen Bildschirmrand blinkt noch eine Nachricht von einer mir unbekannten Nummer – neben jenen, die mir meine Freund*innen bereits geschrieben haben. Ich werde etwas wacher. Meine Freund*innen, die mich nie aufgeben. Dankbarkeit wallt in mir auf. Ich liebe diese Leute inbrünstig. Auf keinen Fall möchte ich das, was sie für mich tun, weiter mit Füßen treten.

Zuerst klicke ich jedoch auf die Message von der fremden Person.

Philipp ist jetzt wieder bei mir. Schick seine Sachen bitte an die unten aufgeführte Packstation. Danke. Vinita

Mir entschlüpft ein halb leidender, halb amüsierter Laut. Vinita ist knallhart. Nur kann ich ihr das verübeln? Gleichzeitig bin ich froh, dass ich jetzt wenigstens Gewissheit darüber habe, wo Philipp steckt. Bei seiner besten Freundin ist er gut aufgehoben. Dass sie mir nicht mal ihre Adresse nennt, zeigt mir ohne jedes Schönreden, wie schlimm es wirklich um Philipp und mich steht. Er muss am Boden zerstört und so enttäuscht von mir sein. Ich kapier ja selbst nicht mehr, was ich mir dabei gedacht habe, so zu tun, als ob ich Ali gewesen wäre.

Während ich Matthias' Anruf annehme, löse ich mich in Tränen auf. Jenen Tränen, die bisher nicht laufen wollten und nun in einem Schwall aus mir hervorsprudeln. »Fuck! Ich habe es mit Philipp so richtig verbockt.«

Matthias seufzt, als wüsste er exakt, wovon ich rede. Dabei kann er nicht mal ahnen, was für Ausmaße diese Geschichte angenommen hat. Ein dumpfer Kopfschmerz kündigt sich hinter meiner Stirn an.

»Bist du zu Hause?«

Ich nicke, schniefe, als mir einfällt, dass er das nicht sehen kann. »Ja.«

»Leonie und ich sind auf dem Weg.«

Ohne mir Zeit zum Protestieren zu geben, legt er auf.

Dieser Mistkerl!

Entgeistert gucke ich mein Telefon an. Ich glaube nicht, dass ich irgendwen sehen möchte. Trotzdem werde ich die beiden gleich hereinbitten, wenn sie extra herkommen, und das weiß Matthias. Wie spät haben wir überhaupt? Es ist fast Mitternacht. Mit dem Arm wische ich mir übers Gesicht, versuche, nicht noch mehr zu heulen, weil ich in Wirklichkeit erleichtert bin, dass Leonie und er ohne das geringste Zögern für mich da sind.

Als sie eintrudeln, habe ich mich noch nicht vollends gefangen. Sie scheinen bei Leonie gewesen zu sein, denn ich muss nicht mal zwanzig Minuten warten. Ich vermute, Matthias wollte heute bei ihr übernachten, nachdem er letztens erst bei Dascha gepennt hat.

»Alter, siehst du beschissen aus«, begrüßt mich meine Ex-Freundin mit großen Augen. Zu meinem eigenen Erstaunen schert es mich kaum, dass es mir nicht mal mehr gelingt, einen halbwegs passablen Eindruck zu machen. Was hat es mir auch gebracht, stets so zu tun, als käme ich klar? Jetzt ist so oder so alles im Arsch und meine Fassade in sich zusammengefallen.

»Schön, dass du da bist, Leo«, murre ich.

Sie stapft an mir vorbei und reißt das Fenster auf. Die frische Luft ist Balsam für meine Seele, bloß will ich nicht, dass wir hier gleich Heerscharen von Mücken drin haben, nun da das Licht an ist. Ich renne zu ihr und knalle das Fenster wieder zu. Sie öffnet es erneut. Da schaltet Matthias sich in unsere »Pipifaxen« ein und dreht mir einen Beruhigungstee an. Wahrscheinlich bin ich wirklich überdreht. Ich stehe ziemlich neben mir. Dass ich lieber einen durchgezogen hätte, behalte ich daher für mich. Auch weil die Gesichter, in die ich über den Rand der Tasse schaue, ohnehin bereits furchtbar besorgt sind.

Matthias setzt sich zu mir aufs Bett. Leonie schnappt sich einen Stuhl, den sie zu uns umdreht.

»Habt ihr euch gestritten?«, fragt sie schließlich, wobei sie an den Bündchen ihrer Strickjacke herumzupft. Die Angewohnheit ist mir nur zu vertraut, dass ich innerlich noch weicher werde.

Ich beiße mir auf die Zunge. »Das ginge ja.«

»Getrennt?«, rät Matthias.

»Schlimmer.«

Ich muss mir eingestehen, dass die zwei wissen, wie sie mich in die Mangel nehmen müssen, um mich zum Reden zu bringen. Wahrscheinlich bin ich nicht so undurchschaubar, wie ich es gern wäre. Ob das bedeutet, dass auch Oma und Opa ahnen, worüber ich mir in Bezug auf meine Wünsche wiederholt den Kopf zerbreche? Rechnen sie womöglich damit, dass ich meinen Traum, Pirna zu verlassen und die Meere zu besegeln, irgendwann an sie herantragen werde? Und werde ich das? Die Vorstellung bringt mein Herz dazu, schneller zu schlagen.

»Bitte denkt nicht zu schlecht von mir«, setze ich mit Blick in meine Teetasse an, Leonie und Matthias in mein falsches Spiel Philipp gegenüber einzuweihen.

Ich bitte darum, dass wir das Licht wieder ausschalten, weil es mir auf diese Weise leichter fällt, zu reden. Als würde die Dunkelheit meine Worte verschlucken und sie kämen deshalb gar nicht bei den anderen an. Immerhin muss ich so ihre Reaktionen nicht ungefiltert miterleben. Dass ich nun mit ihnen reden muss, steht außer Frage. Denn der Punkt, an dem es mich mehr Anstrengung kostet, das zu unterlassen, als es zu tun, ist erreicht. Das spüre ich.

Angefangen beim Todestag meines Bruders rolle ich die Ereignisse erneut auf. Dabei spare ich nicht aus, mit welchen Gedanken und Gefühlen ich mich diesbezüglich seitdem bis heute herumgequält habe. Irgendwann weinen wir drei gemeinsam und liegen einander in den Armen. Längst ist Leonie zu Matthias und mir unter die Bettdecke gekrochen. Es stellt sich heraus, dass es ihnen in mancher Hinsicht ganz ähnlich geht wie mir. Schließlich haben sie ebenfalls einen sehr guten Freund verloren. Wie ich haben sie diese Nacht vor sechs Jahren überlebt und mussten zusehen, wie André es nicht tat.

Plötzlich schwelgen wir in Erinnerungen an diesen einen Menschen, der uns zu früh genommen wurde. Dadurch erwecken wir ihn noch mal zum Leben. Wie mein Bruder uns allen ständig Nachhilfe geben musste. Nicht selten waren diese Lernsessions eskaliert, statt produktiv zu sein. Ein Wunder, dass wir es durch die Schulzeit geschafft haben. Wie wir uns zu jeder Gelegenheit – sei es Karneval, Halloween, Mottopartys oder der Gamescom – aufeinander abgestimmte Gruppenkostüme überlegten und unzählige Stunden mit der Umsetzung verbrachten, wobei Andrés immer am besten aussah. Wie hatte er das gemacht? Wie er es nie lassen konnte, Songs mitzusingen, obwohl seine Stimme dabei wirklich grauenhaft klang. Selbst die Dinge, in denen er nicht gut war, schaffte er es, auf seine eigene Weise zu rocken.

Wie wehmütig mich das macht, ist schwer auszuhalten. Es tut weh, und es ist wundervoll, mal wieder ohne Hemmungen über meinen Bruder zu reden, sich die Gedanken an ihn nicht zu verbieten. Es gibt mir neue Kraft, gleichzeitig zu akzeptieren, dass diese Dinge obwohl sie unwiderruflich der Vergangenheit angehören, dadurch nicht weniger schön und wertvoll werden.

Ich erkläre Leonie und Matthias, dass auch Philipp André in dieser Nacht verloren hat, dass die beiden eine jahrelange Internet-Freundschaft verband und es das war, was Ersteren diesen Sommer nach Pirna geführt hat. Ich erzähle, wie ich das erkannt habe, und von meiner Angst, Philipp die Wahrheit zu sagen, dem Missverständnis und meiner Entscheidung, nicht richtigzustellen, wer Ali eigentlich war. Zum Schluss schildere ich, wie ich vor lauter Frustration über meine innere Blockade spontan bei meinem Vater im Büro aufgekreuzt und ausgetickt bin und dass Philipp das mitangehört hat.

»Krasser Scheiß«, lautet das Fazit meines besten Freundes.

Leonie nickt.

Auch wenn mich ihre Einschätzung interessieren würde, traue ich mich nicht, danach zu fragen, ob die beiden glauben, dass Philipp mir jemals verzeihen kann.

Hinter meinen Rippen ziept es.

Fürs Erste bin ich froh, dass mein Geheimnis raus ist und Leonie und Matthias nicht von meiner Seite gewichen sind. Direkt fühle ich mich leichter. Wahrscheinlich muss das irgendwie reichen.

»Danke, Leute«, flüstere ich, als ich gar nicht mehr sicher bin, ob sie noch wach sind, weil wir so lange geschwiegen haben.

Da dreht Leonie sich im Bett zu mir um. Die Matratze quietscht, und auf einmal sehen wir einander in die Augen. Ich könnte schwören, sie verdreht ihre. »Ich meine«, sagt sie, »solange du das wieder ausbügelst …«

Möglicherweise bilde ich mir das auch nur ein, weil ich meine Lider kaum mehr offenhalten kann. Dass ich das sollte, ist mir klar. Und wäre es nicht einen Versuch wert? Leider kann man manche Fehler nicht mehr geraderücken, geschweige denn sie ungeschehen machen. Es gibt Fälle, in denen bleibt nur, für die Zukunft daraus zu lernen. Noch mal möchte ich nicht so auf die Schnauze fallen. Ich möchte fliegen. Und mit Philipp glaubte ich eine Zeit lang, es zu können.

KAPITEL 39

PHILIPP

Als ich Vinita sagte, ich wolle ausgehen, um auf andere Gedanken zu kommen, geschah das in einem Anflug von Trotz. Nicht weil ich ernsthaft glaubte, es würde helfen, mich in einem Klub auf der Tanzfläche zwischen haufenweise verschwitzten Körpern zu wummernden Beats hin und her zu bewegen. Um ehrlich zu sein, hilft es gar nicht. Nur wollte ich nicht schon wieder jemandem die Macht zugestehen, mich derart aus der Bahn werfen zu können, sodass ich nicht mal mehr das Haus verlasse. Denn so etwas sollte mit unserem Ausflug nach Pirna ein Ende finden. Und macht man das nicht so, feiern, um den Ex-Freund abzuhaken?

Ich habe das Gefühl, auf einen Schlag vier Wochen zurückgeworfen worden zu sein. War ich da nicht auch völlig am Boden wegen eines Kerls? Nur diesmal heißt der Übeltäter Timon statt Hannes, und es ist ungleich schlimmer. So furchtbar war es nie, denn so verliebt wie in Timon bin ich bisher nicht gewesen, und das, was er da abgezogen hat, macht mich schlichtweg sprachlos. Mir ist nicht mal mehr danach, über das Scheitern meiner Beziehung auf Instagram zu bloggen. Mal abgesehen davon, dass Timon es dort lesen könnte. Und ich will nicht, dass er weiß, wie sehr ich leide.

Ich streiche mir eine Locke aus den Augen, die mir in die Stirn gefallen ist, versuche, nicht daran zu denken, wie er das – wäre er hier – für mich übernommen hätte. Gerade möchte ich mich zu Vinita vorbeugen, um ihr mitzuteilen, dass ich mal zur Bar gehe, um eine Pause einzulegen. Da läuft ein neuer Song an. Ich erkenne ihn sofort: *Happy Ending* von MIKA.

Die Lyrics erwischen mich von der ersten Zeile an. Das perfekte Lied, um meinem perfekten Märchen hinterher zu trauern. Zugegeben, ich war naiv. Es wäre zu filmreif gewesen: mit dem Forum, den Nachrichten und wie wir uns nach all den Jahren wiederfinden. Nun weiß ich gar nicht mehr, wer Timon ist, wer Ali war und manches wird vermutlich für immer offenbleiben.

Während einige Menschen um mich herum lauthals mitsingen, wird das Chaos in mir vervollständigt. Als Vinita merkt, dass ich aufgehört habe zu tanzen, bleibt sie ebenfalls stehen, greift nach meinen Händen und zieht mich mit sich raus aus der Disco in die Nacht. Einziger Zwischenstopp ist die Garderobe. Erst draußen merke ich, dass meine Wangen feucht sind.

Wir warten nicht auf den Bus, sondern laufen die halbe Stunde aus der Dortmunder Innenstadt zu unserer WG zu Fuß. Die Straßen sind bis auf ein paar andere Partymenschen leer, fast verwaist. Die Geschäfte in der Fußgängerzone liegen dunkel da.

Wie viele Tränen ich Timon in diesen sieben Tagen, die seit meiner überstürzten Abreise vergangen sind, hinterher geweint habe! Viel zu viele, dafür, dass er mich in dieser Sache, von der er ohne Zweifel wusste, was für eine Bedeutung sie für mich hat, grausam belügen konnte. Wer weiß, ob er mich nicht noch in anderer Hinsicht belogen hat? Und André. Immer wieder André, den ich schlussendlich auch nie richtig kennengelernt habe und der ausgerechnet Timons Bruder war.

»Das Bescheuertste ist ja«, sage ich unvermittelt und Vinita betrachtet mich abwartend von der Seite, »dass ich trotz allem Mitgefühl für Timon habe. Wie schwer das für ihn gewesen sein muss mit der Ablehnung und Schuldzuweisung durch seinen Vater. Und er hat es mir immerhin nicht aus böser Absicht verheimlicht. Er hatte Angst.«

Suche ich etwa wieder mal nach Entschuldigungen für ein Arschloch, dem ich im Endeffekt doch nicht so viel bedeutet habe, wie ich zwischenzeitlich glaubte? Habe ich nichts dazu gelernt, obwohl ich kürzlich erst das Gefühl hatte, innerlich ein großes Stück weitergekommen zu sein?

Vinita wiegt den Kopf hin und her. »Er hätte dich so oder so nicht so behandeln dürfen. Er hätte wissen müssen, dass er es für dich dadurch nicht besser macht, sondern schmerzhafter. Wie hätte nicht irgendwann rauskommen sollen, wer Ali wirklich war?«

Ich vergrabe die Hände in den Taschen meiner Cordjacke und zucke mit den Schultern. Wir kommen an einer Dönerbude vorbei, die aus irgendwelchen Gründen noch geöffnet hat. Der Geruch des Essens verursacht mir Übelkeit. Mein letzter Drink dreht sich in meinem Magen.

»Was ist das Schlimmste für dich an der Situation?«

Gott, muss Vinita mir solche Fragen stellen? Hätte sie nicht freundlicherweise wenigstens damit warten können, bis ich wieder nüchtern bin?

Die Antwort ist für mich allerdings überraschend klar. Ich zögere sie jedoch hinaus, bis wir die Innenstadt hinter uns haben und das Kaiserviertel erreichen.

»Dass ich Ali jetzt wieder vermisse, ihn quasi erneut verloren habe«, räume ich dann ein. »Nur Timon vermisse ich mehr.«

Mein Eingeständnis fällt in die zwischen uns entstandene Stille.

»Das musst du mir genauer erklären«, bittet Vinita nach einem weiteren Moment des Schweigens.

»Ich weiß nicht«, stammele ich, nun noch sicherer, dass ich etwas Unmögliches von mir gegeben habe. Meine Wangen erhitzen sich. »Ich dachte immer, diese Gefühle für meinen Internet-Freund wären etwas Exklusives. Dass ich nie wieder für irgendjemanden so etwas empfinden könnte. Komplett albern. Aber Ali war eben der erste Junge, in den ich mich verliebt habe. Da hat es nichts geändert, dass wir uns nur auf Grundlage von Chatgesprächen und langen Textnachrichten kannten.«

»Okay.«

Okay? Erkennt Vinita nicht, was mit mir nicht stimmt?

Ich verpasse mir einen Tritt in den Hintern und spreche meine größte Sorge aus. »Müsste ich nicht zumindest ein bisschen damit hadern, wie unsere Suche ausgegangen ist?«

»Wenn es dir nichts ausmacht, wieso glaubst du, dass es das sollte?«

Ich stutze. »Weil … kann ich Timon einfach so verzeihen?«

»Das kann ich dir nicht sagen.«

»Vinita!«, mache ich meiner Verzweiflung ungehemmt Luft.

Na ja, wahrscheinlich verwendet sie bereits genug Energie darauf, meine Seelsorgerin zu mimen. Deshalb war ich umso froher, dass wir nach meiner Rückkehr auch noch mal über ihre Prüfungsangst gesprochen hatten. Sie vertraute mir an, dass sie überlege, sich diesbezüglich professionelle Hilfe zu holen. Darin konnte ich sie nur bestärken und mich so immerhin etwas revanchieren.

Ich horche in mich hinein. Natürlich bin ich wütend, schockiert und verletzt, dass Timon mir nicht genug vertraut hat. Dass *er* geglaubt hat, ich würde ihn wie sein Vater verurteilen, wenn ich von Andrés Tod erfahre. Dabei war nicht ich es, der Timons Ängste verursacht hat, und sie hatten wahrscheinlich nichts mit mir als Individuum zu tun. Ist das kompliziert!

Ich stöhne auf, muss ins Bett. Wieso bin ich noch gleich nicht von Anfang an dort geblieben? Fest steht, es ist unfassbar viel auf einmal, das in mir arbeitet.

»Schlaf noch mal drüber«, befindet Vinita, als hätte sie meine Gedanken gelesen und kramt ihren Schlüsselbund hervor.

Erst jetzt merke ich, dass wir vor unserem Wohnhaus angelangt sind. Unsere Altbauwohnung ist der Hammer, weshalb ich mich hier auch ewig verkrümeln könnte. Nur um mir selbst etwas zu beweisen, gehe ich nicht sofort in mein Zimmer. Meine Chucks stelle ich in der Diele neben den Schuhschrank, auf dem Vinitas Elefantenfuß aufragt. Die Blätter der Pflanze sind wie üblich ein bisschen gelblich, weshalb ich ihn demnächst mal wieder retten sollte. Ich weise sie darauf hin, was sie mit einem »Jaja« abtut. Danach putze ich mir brav die Zähne. Kurz darauf kommt Vinita ins Bad, schiebt sich ebenfalls ihre Zahnbürste in den Mund und den Duschvorhang beiseite, um sich auf den Wannenrand zu setzen.

»Ich muss meine Füße entlasten«, erklärt sie. »Diese Pumps sind auf Dauer unbequem.«

Könnte ich das hier und vor allem meine beste Freundin je zurücklassen, um woanders neu anzufangen? Bei dieser Überlegung regt sich Beklemmung in mir. Ich habe nicht mehr darüber nachgedacht, wie und wo es mit meinem Studium weitergehen soll, seit ich erneut damit beschäftigt bin, erst mal einen Tag nach dem anderen auszuhalten. Dachte ich echt, ich wollte weggehen, ich könnte das, ohne sogleich von Panik zermalmt zu werden, ob ich das hinkriege?

Auch hier wieder die Frage: Was *möchte* ich und bei was denke ich nur, dass ich es müsste?

Timon, antwortet ein Teil in mir auf der Stelle.

Ich verschlucke mich, spucke aus und spüle nach, um mich danach doch hastig mit einem genuschelten »Gute Nacht« zu entschuldigen. Vinita ruft mir ein »Schlaf gut!« hinterher.

Wie erbärmlich von mir.

Als ob ich keine anderen Probleme als ihn hätte!

Wie wäre es zum Beispiel mal damit, wegen André zu trauern?

In meinem Zimmer streife ich die nach Zigarettenrauch riechenden Klamotten aus. Ich weiß, wieso Partys nicht meine Szene sind. Immerhin habe ich nun das Gefühl, ich hätte irgendetwas unternommen, statt mich dem Kummer in mir willenlos hinzugeben. Das ist besser als nichts.

Vor dem Spiegel über dem Sideboard halte ich inne, als ich mich im Vorbeigehen darin erhasche. Es gab eine Zeit, in der resultierten solche Augenblicke ständig darin, dass ich mich detailliert unter die Lupe genommen habe, um die maskuline Wirkung meines Erscheinungsbilds zu prüfen. Ob ich es wollte oder nicht, ich konnte nicht anders. Als ich mir nun mit der Hand in den Nacken fahre und das Gesicht verziehe, stehen mir dagegen Timons Küsse vor Augen, wie er sie dort und an zahllosen anderen Stellen meines Körpers platziert hat. Hauchzart und zeitgleich so bestimmend, als wollte er sicherstellen, dass jede seiner Berührungen sich für immer in mein Gedächtnis brennt. Ich kriege eine Gänsehaut.

In einer Ecke des Spiegels steckt eine Postkarte. Sie steckt schon ewig da. Der Spruch, der drauf steht, könnte dennoch mal wieder nicht treffender sein: *If we don't talk again, remember I love you*. Das bringt meine Persönlichkeit in Sachen zwischenmenschlicher Beziehungen und meinen Hang zur Überdramatik auf den Punkt. Mein Spotify-Rückblick am Jahresende wird die Aura der von mir gehörten Musik wie üblich als »hoffnungslos romantisch« einordnen.

Seit wir auseinandergegangen sind, habe ich kein Wort von Timon gehört.

»Soll ich noch mal mit ihm reden?«, frage ich mein Spiegelbild und atme hartnäckig gegen den Kloß an, der mir die Kehle verstopfen will.

Ich erhalte keine Antwort.

»Wir könnten uns über André unterhalten. Wer sonst könnte mir so viel über ihn erzählen wie Timon?«

Wen versuche ich hier mit meiner fadenscheinigen Argumentation zu veralbern?

»Dann wäre diese Sache immerhin geklärt«, fahre ich unbeirrt fort. »Ich wollte alles über Ali in Erfahrung bringen, was geht. Nicht wahr?«

Weil Timon auch bestimmt mit mir über seinen Bruder reden möchte. Wie scharf er darauf ist, hat mir sein Schweigen scheinbar nicht eindrucksvoll genug demonstriert.

Frustriert drehe ich mich vom Spiegel weg und lege mich ins Bett. Schwach schimmert das Licht einer Straßenlaterne durch die Ritzen meiner Jalousien. Ich werde noch mal darüber schlafen, wie Vinita mir geraten hat. Nur nichts überstürzen.

Was gäbe ich darum zu wissen, wie es Timon geht?

Leidet er wie ich oder dachte er von vornherein, dass das mit uns nichts Ernsthaftes werden würde? Hätte er geglaubt, dass wir eine Zukunft haben, hätte er dann so lange geschwiegen? Ist es an ihm, sich zuerst zu entschuldigen, oder müsste ich nun auf ihn zugehen, weil ich abgehauen bin?

Als mich am Montag das Paket erreicht, in dem er mir kommentarlos den Koffer mit meinen Klamotten zugeschickt hat, ist es, als hätte er mir mit beiden Händen einen Dolch in die Brust gerammt. Mir wird klar, dass ich mir die Verbundenheit zwischen uns eingebildet habe. Es ist nicht das erste Mal, dass mir so etwas passiert. Ein Zucken läuft über mein Gesicht. Es ist immer dasselbe. Wie könnte es jemals anders sein? Das war's also? Alles klar.

Mein Herz zerbricht in tausend Scherben.

KAPITEL 40

TIMON

»Sie machen das schon.« Die Stimme der Psychologin, aus deren Praxis in Dresden-Strehlen ich gerade komme, begleitet mich auf dem Weg zur S-Bahn-Station. Auch auf der Heimfahrt denke ich weiter darüber nach, was sie gesagt hat. Dabei habe ich da bereits wieder meine Kopfhörer und Scouting For Girls mit *This Ain't a Love Song* auf den Ohren. Draußen zieht die Umgebung in derselben Geschwindigkeit an mir vorbei wie die Bilder vor meinem inneren Auge, mit denen mein Kopf sie übermalt.

Ein bisschen viel Optimismus für meinen Geschmack. Trotzdem bin ich froh, die Notfalltherapiestunde in Anspruch genommen zu haben. Zumal mir Frau Ries im selben Atemzug versichert hat, dass ich mich andernfalls jederzeit wieder bei ihr melden könne, was mir ein Gefühl von Sicherheit vermittelt. Das letzte Mal, das ich vor ihr in dem alten Ledersessel gesessen habe, ist bestimmt drei Jahre her. Bei ihr habe ich die vorgeschriebene Begleittherapie im Zuge meiner Transition abgeleistet. Und so kam mir das damals auch vor. Wie etwas, das ich tun musste. Ich war mir längst sicher gewesen, dass ich trans* bin und brauchte keine Unterstützung, um zu wissen, was ich wollte. Dadurch entging mir jedoch, wie ich nun kapiere, was ich darüber hinaus aus den Stunden bei Frau Ries hätte mitnehmen können.

Auf Matthias' und Leonies Rat hin – oder auch Drängen – habe ich mich heute dazu breitschlagen lassen, mit ihr wegen Philipp und André, meinen Eltern und Großeltern zu reden. Dadurch, dass ich die Therapeutin bereits kenne und eine Vorstellung davon habe, wie so etwas abläuft, ist die Überwindung nicht ganz so groß. Wobei ich wirklich ungern innerhalb kürzester Zeit schon zum dritten Mal in Dresden aufgeschlagen bin. Vielleicht hatten meine Freund*innen recht. Vielleicht haben sie recht, und ich kann das gebrauchen.

Ich tippe zwei Nachrichten, um mich bei Leonie und Matthias zu bedanken, drehe die Musik lauter.

Wieso den Ballast ohne jede Hilfe schleppen, wenn es Menschen gibt, die dir einen Teil abnehmen können oder zumindest bessere Tragetechniken vermitteln?

Das klingt total logisch, nur bis vorhin fand ich das abwegig. Schließlich kam ich klar, funktionierte noch, war nicht wie meine Mutter 24/7 komplett weggetreten und zwischendrin konnte ich sogar Freude empfinden.

Die vergangene Woche bekam ich allerdings nur das Nötigste auf die Reihe. Alles, was neben der Arbeit ging, steckte ich in die Fertigstellung von Omas Hühnerstall, den ich ihr pünktlich zum Geburtstag fertig überreichen konnte. Sie freute sich unheimlich, als ich das Tuch wegzog und ihr mein Werk präsentierte. Bald werden wir also Hühner haben. Der erste gute Tag seit der Trennungsscheiße.

Hätte ich mich früher um meine eigenen Verletzungen gekümmert, hätte ich Philipp dann erst gar nicht so wehgetan?

Ich nehme es fast an.

Woran misst sich Leid? Muss ich erst voll im Eimer sein, um mir Hilfe suchen zu dürfen? Nein, und noch mal nein. Das hatte Frau Ries mir gleich bestätigt, als ich ihr sagte, ich komme mir heuchlerisch vor, ihre Zeit zu beanspruchen.

Auf einmal ist mein Mund wieder wie ausgetrocknet, als ich mich an Philipps entsetzten und zutiefst betroffenen Gesichtsausdruck auf dem Bürogang erinnere. Ich wollte das alles nicht. Vor allem nicht so. Alles, was ich wollte, war, dass er bei mir bleibt. *Fuck.*

Muss ich mich also erst mal um mich selbst kümmern?

Wie aufs Stichwort öffne ich, wenn auch in Zeitlupe, den Internetbrowser an meinem Handy und gebe zwei Wörter in das Google-Suchfeld ein: *Ausbildungsplätze Schiffsmechaniker*in.*

Die Anzeigen nur zu überfliegen führt bereits dazu, dass sich mein Herzschlag in freudiger Erwartung beschleunigt. Wenn ich mir überlege, dass ich in einem Jahr ein Schiff besteigen und meinen Traum leben könnte, wird mir ganz anders. Wie faszinierend muss es sein, in die Funktionsweise der technischen Anlagen eingeführt zu werden? Das Bedienen, Reparieren und Warten der Maschinen? Die Sicherheit an Bord zu garantieren? Womöglich bin ich nur eine Bewerbung davon entfernt. Bis zum Ausbildungsbeginn hätte ich genug Zeit, um das mit meiner Familie zu regeln.

Ich will das so unbedingt, dass ich darüber sogar einen Augenblick Philipp vergesse.

Das Lächeln, das zuvor schon an meinen Mundwinkeln gezupft hat, breitet sich auf meinem Gesicht aus, als ich darüber hinaus auf eine Ausschreibung für ein bezahltes Praktikum stoße. Meine Aufregung steigert sich noch einmal. Das. kann. Unmöglich. Echt. Sein. Es klingt *zu* gut!

Wieder und wieder lese ich das Gesuch: sechs Monate in der internationalen Schifffahrt bei verschiedenen Kooperationspartner*innen und das schon ab *diesem* September. Einzige Voraussetzungen sind Seediensttauglichkeit, handwerkliches und technisches Interesse sowie Grundkenntnisse in Mathe und Englisch.

Mein Kopf steckt derart in den Wolken, dass ich beinahe meine Haltestelle verpasse. Gerade noch rechtzeitig raffe ich meinen Rucksack an mich und schlüpfe durch die sich schließenden Türen auf den Bahnsteig in die sengende Hitze, mit der der August uns wie der Juli weiterhin beglückt.

Ich rechne es durch. Heute ist der zwölfte August. Die Anzeige für das Praktikum ist seit drei Tagen online. Wahrscheinlich ist jemand kurzfristig abgesprungen. Ich muss mich auf den Praktikumsplatz bewerben. Es nicht zu tun, ist ausgeschlossen. Das ist mir auf der Stelle klar.

So schnell wie mich meine Beine tragen, schaffe ich es vom Bahnhof in Pirna in unter zehn Minuten nach Hause. Obwohl ich mich sofort an den PC setzen und eine Bewerbung runter tippen möchte, bleibe ich im Flur vor der Wohnung meiner Großeltern hängen.

Ich könnte die Treppe hochgehen und mir mein Ticket in die Freiheit schnappen. Denn so kommt mir die Anzeige vor. Als müsste ich zugreifen, so schnell es nur geht, bevor der Rettungsring, der mir zugeworfen wurde, wieder eingeholt wird. Weil ich nicht auf mich aufmerksam gemacht habe und lieber weiter ertrinke. Nur hält mich jetzt wieder etwas davon ab. Dieselbe Sache, die mich die letzten Jahre noch jedes Mal zurückgehalten hat.

Aber, höre ich Philipp mahnend in meinem Kopf das wiederholen, was er mir während unseres Wanderausflugs in der Sächsischen Schweiz in Erinnerung gerufen hat, *es ist dein Leben, das weißt du?*

Meine Hände ballen sich zu Fäusten. Ich hole tief Luft. »Es ist mein Leben, und es ist nicht meine Schuld«, sage ich laut.

Ich muss nicht für etwas büßen, das ich nicht verbrochen habe. Tief in meinem Inneren ist mir bewusst, dass Oma und Opa und meine Mutter sehr wahrscheinlich wollen, dass ich glücklich werde. Sie würden nie verlangen, dass ich darauf verzichte, meine Träume zu verwirklichen, um stattdessen bei ihnen zu bleiben. Sie wissen, dass ich da sein werde, wenn sie mich brauchen und dass ich niemals vollständig verschwinden könnte. Ich weiß das auch. Denn dafür sind sie mir zu wichtig. Der Abschied wird hart, aber notwendig, und damit sind mir alle Ausreden abhandengekommen.

Ich betätige den Türklopfer, beschließe: Wann auch immer ich letztlich gehe, ich werde jetzt mit ihnen reden. Noch ist nichts sicher, doch ich möchte sie von nun an mitnehmen und in die Dinge, die eine Bedeutung für mich haben, einweihen. Je öfter ich den Mund aufmache, desto leichter scheint es mir zudem zu fallen. Ich muss anfangen, mich jenen Menschen anzuvertrauen, die da sind. Auf André kann ich mich leider nicht mehr stützen.

»Huch«, begrüßt Opa mich, als er öffnet. »Mit dir haben wir nicht gerechnet.«

Ihm und Oma gegenüber habe ich nach dem CSD erst mal wieder in den Schildkrötenmodus geschaltet. Kopf einziehen und niemanden an mich heranlassen. Dass Philipp nicht mehr da ist, haben sie selbstverständlich mitbekommen. Details behielt ich aber für mich, weil ich mir unabhängig von Leonies und Matthias' Reaktion nicht sicher war, was meine Familie von meiner Lüge bezüglich Alis Identität halten würde. Und nun soll es erst mal um meine Zukunftspläne gehen.

»Hi«, gebe ich zurück.

»Ist das Timon?«, ruft Oma. Ehe ich antworten kann, steckt sie den Kopf aus der Küche. »Lass ihn da nicht im Flur stehen, Albert«, tadelt sie ihren Ehemann und winkt mich zu sich. In der anderen Hand schwingt sie einen Kochlöffel. Nun rieche ich auch, dass Oma wieder zaubert. Naheliegend, denn es ist Zeit fürs Abendessen. Meine Sitzung bei Frau Ries war die letzte, die sie heute hatte. Dort konnte sie mich reinquetschen.

Ich trete ein und gehe, Opa im Schlepptau, in die Küche, wo ich in die Töpfe linse. Es gibt Klöße mit Kartoffeln und Rotkohl.

»Kommt Mama noch?«, frage ich.

In letzter Zeit hat sie sich häufiger selbst versorgt. Grundsätzlich ist sie auf einem guten Weg, wie ich mir vor Augen halte. Das müsste mir Mut machen. Dass sie während des Essens mit Philipp plötzlich abgehauen ist, war ein schwacher Moment, weil sie von den Erinnerungen überfordert war, die mein neuer Freund in ihr geweckt hat. So hatte Oma es mir im Nachhinein erklärt. Ich sollte nicht denken, sie würde sich nicht für mich freuen. Mama selbst hatte zwar nicht noch mal das Gespräch mit mir gesucht – abgesehen von ihrem *Viel Spaß!* vor der Pride Parade, aber davon wurde ich nicht überrascht. Sie wird auch klar kommen, wenn ich mehr als nur ein Stockwerk entfernt bin.

»Sie sollte gleich hier sein«, sagt Oma.

»Gut«, murmele ich und mache mich daran, den Tisch zu decken.

Dann warte ich, bis meine Mutter da ist, bevor ich das Thema Praktikum und meinen Traum, auf einem Schiff zu arbeiten und mehr von der Welt zu sehen, anspreche. Meine Hände werden schwitzig, mein Herzschlag klingt überlaut in meinen Ohren. Nervöser bin ich nur vor meinen Coming-outs gewesen.

Ich denke an Philipp und daran, wie sehr ihn mein Schweigen verletzt hat. Ich denke an unsere erste Begegnung. Er war etwas zerknautscht von der Fahrt, mit wirren Locken und diesem vorsichtigen, etwas misstrauischen Gesichtsausdruck. Ich denke daran, wie er seine Unsicherheiten nach und nach abgelegt hat und so wundervoll aufgeblüht ist. Ich denke an Philipp, und wie dringend ich von vorn anfangen möchte, um es dieses Mal besser zu machen.

Kaum haben sich meine Großeltern, Mama und ich am Esstisch versammelt, spüle ich den bitteren Geschmack in meinem Mund mit einem Schluck Wasser hinunter. Im nächsten Moment springt Bernd auf meinen Schoß, obwohl er das während des Essens nicht darf. Spürt er, dass ich Unterstützung brauche? Ich halte den Kater daher fest, statt ihn auf dem Boden abzusetzen, und streiche wie hypnotisiert über sein Fell. Und dann – dann packe ich aus: was ich will und wieso ich bisher geglaubt habe, ich dürfte mir das nicht erlauben.

Sofort halten alle inne.

Ich erwähne die Kreuzfahrt, die damals als Kind meine Begeisterung für das Meer geweckt hat, und unsere Bootstouren auf der Elbe, Gisela, mein Modellflugzeug, welches ich mit Opa gemeinsam gebaut habe und wie ich meine Reisesehnsucht nie stillen konnte. Sie sollen verstehen, dass dieser Wunsch nicht erst seit gestern in mir schlummert.

Je mehr ich rede, desto lockerer wird der Knoten in meinem Bauch, bis er sich vollends löst und verschwindet, als Oma meint: »Ich wusste die ganze Zeit, dass da irgendwas ist. Ich bin froh, dass du es uns endlich gesagt hast.«

»Um Gottes Willen«, schließt mein Großvater sich ihr an. »Junge, tu, was du möchtest. Ich bitte darum, dass du uns hier nicht versauerst.«

Meine Großmutter setzt ein Lächeln auf. »Besser hätte ich es nicht ausdrücken können.«

Ihr beider Zuspruch rührt mich fast zu Tränen.

Ich spüre, wie ich rot werde, lache ein bisschen. »Also hätte ich das geahnt …«

Langsam traue ich mich, meinen Blick weiter wandern zu lassen und auf meine Mutter zu richten. Sie weint nahezu lautlos in sich hinein.

Mir sinkt das Herz und meine Erleichterung gerät ins Wanken. Nein, nein, nein. So wollte ich sie nie wieder sehen!

»Mama«, fange ich an, »wenn du möchtest, dass ich blei–«

Da schüttelt sie heftig den Kopf, sodass ihr die dunkelbraunen, fast schwarzen Haare ums Gesicht peitschen. Es ist dasselbe fast schwarze Braun, wie es meine Haare hätten, wenn ich sie nicht stets in den buntesten Farben tragen würde.

»Es tut mir so leid«, bringt meine Mama hervor. Plötzlich geht eine ungeahnte Energie von ihr aus. »Es tut mir so leid, dass du dich für Andrés Tod und alles, was danach passiert ist, verantwortlich gefühlt hast. Diese Last wollte ich dir nie aufhalsen.«

»Das hast du nicht«, werfe ich sofort ein, obwohl ihre Worte etwas in mir in Bewegung bringen. Etwas Gutes. Ich wusste nicht, wie ich mich danach gesehnt habe, sie das aussprechen zu hören. »Du konntest nicht anders«, ergänze ich.

Sie nickt. »Hätte ich gekonnt, wäre ich für dich da gewesen. Bitte glaub mir das.« Auch diese Worte sauge ich in mich auf. »Du hättest nicht in diese Situation kommen dürfen, in der du stattdessen für mich da sein musstest. Immerhin bin ich deine Mutter.«

Scheiße, was sagt man zu so was?

Unbehaglich rutsche ich auf meinem Stuhl hin und her, worauf Bernd sich maunzend aus meiner Umklammerung löst und davon hopst, als hätte er seinen Part nun erledigt. »Es ist okay.«

»Ist es nicht.« Mama hebt einen Finger, damit ich sie nicht erneut unterbreche. Sie sucht meinen Blick, und ich schaudere, so intensiv ist ihrer. »Ich konnte das erst nicht zugeben, weil das hieß, mir meine eigene Schwäche, mein eigenes Versagen und meinen eigenen Irrtum einzugestehen. Und dann war da nach dem einen Jahr, das ich in der Klinik war, schon diese Kluft zwischen uns, die ich immer größer habe werden lassen, um dich nicht noch mehr zu belasten. Dabei bin ich dir so dankbar und ich liebe dich genauso, wie du bist. Ich hätte dir nie das Gefühl geben dürfen, dass es anders ist. Nur musste ich erst einiges lernen. Indem du das getan hast, was sich für dich richtig angefühlt hat, hast du mir vieles beigebracht. Ich könnte nicht stolzer auf dich sein. Also bitte hör an dieser Stelle nicht damit auf. Ja?«

Spätestens jetzt bin ich baff. Keine Worte könnten beschreiben, was sie damit in mir auslöst. Und sie sagt das nicht nur so daher. Es ist keines dieser erzwungenen Zugeständnisse, die sie sich irgendwie abringt, weil sie nun mal keinen anderen Sohn mehr hat. So hat es sich für mich sonst meistens angefühlt, wenn überhaupt mal Zuneigungsbekundungen von ihr kamen.

»Ich weiß nicht, was ich sagen soll«, gebe ich zu.

Ich hatte mich so daran gewöhnt, nichts mehr von meiner Mutter zu erwarten, dass das hier mich heillos überfordert. Das war uns beiden gegenüber wahrscheinlich unfair, nur war es nun mal so.

»Du musst nichts sagen. Du hast genug getan«, versichert Mama mir. Auf einmal kommt es mir wieder vor, als wäre sie die Erwachsene und ich ihr Kind. »Und ich habe so viel falsch gemacht.«

»Das … nein«, stottere ich. Endlich kann ich diese Unsicherheit ihr gegenüber zeigen, habe nicht mehr das Gefühl, sie verbergen zu müssen. »Du hast alles gegeben, damit es dir nicht mehr so geht. Auch wenn ich nicht leugnen kann, wie hart es für mich war, mit meiner eigenen Trauer und der Schuld zurecht zu kommen und immer stark sein zu müssen. Wir konnten ja nicht beide auseinanderfallen. Und jetzt kommst du wirklich klar?«

»Das werde ich. Ich bin stabil, das sagen auch meine Ärzt*innen. Eine Weile werde ich weiterhin zu meinem Therapeuten gehen. Konzentrier du dich nun auf dich.«

»Wir sind ja auch noch da«, mischt Oma sich ein.

»Maria hat seit ein paar Wochen auch wieder einen Job«, verkündet Opa, worauf sowohl Mama als auch ich ihn ungläubig anstarren, dass ausgerechnet er, der sonst nicht der Gesprächigste ist, diese Neuigkeit ausplaudert.

»Hast du?«, wende ich mich meiner Mutter wieder zu. »Und wieso erfahre ich erst jetzt davon?«

»Ich helfe ein bisschen in einem Secondhandladen in der Altstadt hier im Ort«, bestätigt sie mit einer entschuldigenden Handbewegung. »Ich wollte es dir nur nicht zu früh verraten, falls es doch nicht klappt und dich dann enttäuschen. Bisher läuft es gut.«

»Das freut mich«, sage ich.

Es stimmt. Ich freue mich für sie.

Mir wird ein wenig schwindelig.

Ist das wirklich wahr? Habe ich dieses Gespräch, das mir solche Angst gemacht hat, überstanden?

»Ihr Lieben«, fragt Oma in die Runde, »soll ich euer Essen noch mal warm machen?«

Oh. Daran hatte ich gar nicht mehr gedacht!

Mama lacht. Sie wirkt dabei gelöst, so wie ich es bin. »Bitte, ja.«

Ich blinzele die Tränen der Rührung aus meinen Augen und schließe mich ihr an, verspüre sogar so etwas wie Appetit.

Das Glück scheint auf einmal zum Greifen nahe. Nur leider ist Philipp nicht hier, dabei würde ich es gerne mit ihm teilen. Soll ich ihm schreiben? Mich entschuldigen?

Scheiß auf die Zweifel, die mir einreden, dass es sowieso nichts mehr bringt. Es ist nie zu spät, etwas zu wagen, oder?

KAPITEL 41

PHILIPP

Die Nachricht erreicht mich zwei Wochen und einen Tag nach dem CSD in Dresden. Ich schwinge in der Hängematte im Garten meiner Eltern vor und zurück und versuche hartnäckig, nicht an Timon zu denken. Das ist im Grunde meine tägliche Hauptbeschäftigung und nach wie vor bin ich darin nicht besonders erfolgreich, weshalb ich gehofft habe, ein Tapetenwechsel könnte etwas bringen. Leider tut er das nicht.

Als ich seinen Namen auf meinem Handydisplay lese, glaube ich zuerst, dass ich eingedöst bin und träume. Mein Herz klopft dagegen augenblicklich schneller. Zeitgleich kocht Ärger in mir hoch. Wut. Enttäuschung und Verrat. Schmerz. Liebeskummer.

Wieso hatte ich das Ding schon wieder in der Hand?

Instagram-Content habe ich zuletzt nur sehr müßig produziert und vor allem auf das, was ich an Fotos und Texten vorbereitet hatte, zurückgegriffen. Obwohl ich meinen Abonnent*innen keine Erklärung schulde, wieso ich momentan auf Sparflamme laufe, wird mein Bedürfnis zusehends größer, sie einzuweihen und mich wie gewohnt transparent und nahbar zu geben. Für mehr Realität auf Instagram und so.

Am liebsten will ich Timon inzwischen auch entgegen brüllen, was er mit mir gemacht hat. Ich will ihn fragen, wie er einfach so tun kann, als wäre das mit uns nicht schrecklich schiefgelaufen. Ich will sein Lachen noch einmal hören, das freche Funkeln seiner Augen sehen und spüren, wie sich seine Finger mit meinen verhaken.

Meine Hände zittern.

Ich will auf diese Nachricht klicken und gleichzeitig gar nicht wissen, was er mir plötzlich zu sagen hat. Hätte ihm mal früher einfallen können! Wie kann er es wagen, wieder anzukommen?

Unauffällig blicke ich mich in meiner Umgebung um, um sicherzustellen, dass ich unbeobachtet bin. Keine Ahnung, was Timons Worte mit mir machen werden. Schon der Eingang dieser Nachricht erschüttert mich. Darauf, die Story um mein letztes Liebesdrama vor meiner Familie zu vertiefen, habe ich keine Lust. Die ständigen Jungsgeschichten und ihr Scheitern sind mir mittlerweile ein bisschen peinlich, zumal die Sorgen meiner Lieben mit jedem Mal wachsen.

Mein Bruder Max, der heute wie Jule und ich zu Besuch ist, wirft mit Papa Körbe auf den Basketballständer, während meine älteste Schwester und meine Mutter am Tisch auf der Terrasse sitzen und das inzwischen vierte Hochzeitsmagazin durchblättern. Plötzlich ging alles schneller als erwartet, und Jules Freund – nun Verlobter – hat sie mit einem Antrag überrascht. Es ist wahnsinnig schön, sie so happy zu sehen. Nach Zeitschrift Nummer drei hatte ich trotzdem erst mal genug von ihrer übersprudelnden Verliebtheit.

Niemand hat ein Auge auf mich. Ich fasse mir ein Herz und rufe Timons und meinen Chat auf. Länger hätte ich es, wenn ich ehrlich bin, wahrscheinlich so oder so nicht ausgehalten, damit zu warten.

Mit rasendem Herzen lese ich seine Nachricht.

Philipp, ich weiß nicht, wo ich anfangen soll. Es gibt wenig, was ich so sehr bereue, wie dich angelogen zu haben. Ich wollte nie, dass es so ein Ende nimmt. Ich wollte überhaupt nicht, dass das mit uns endet. Das war ja der Grund, wieso ich es dir nicht sagen konnte. Ich wollte dir nicht wehtun, dich nicht verlieren. I'm so freaking sorry!

Du hast mich mal gefragt, ob ich ein Kindskopf wäre. Die Antwort lautet: zu oft. Ich habe dich wegen deiner Gutgläubigkeit aufgezogen, aber male mir die Welt ständig so, wie ich sie gern hätte. Und dann bin ich überrascht, dass die Dinge in Wirklichkeit anders funktionieren.

Jahrelang habe ich viel zu viel Verantwortung übernommen für Ereignisse und Menschen, für die ich nicht verantwortlich war. Kann sein, dass es mir deshalb so schwerfällt, jetzt zu sagen: Okay, das *habe ich* echt *vermasselt.*

Mein Fehler war, alles immer nur wegzudrängen und mir zu denken, wird schon irgendwie werden. Dabei will ich nicht mehr, dass es nur irgendwie *wird. Ich habe da ja auch ein Wörtchen mitzusprechen. Dank dir habe ich das erkannt.*

Bitte gib mir die Chance, noch mal mit dir persönlich zu sprechen. Ich erwarte nicht, dass du mir verzeihst und werde dich nicht um Verzeihung anflehen. Keine Sorge! Doch ich kann mir vorstellen, dass dich Fragen bezüglich André umtreiben, die ich dir beantworten möchte – wenn ich kann. Wie es sich anfühlt, von innen heraus von etwas zerfressen zu werden, weiß ich. Du solltest das vernünftig abschließen, und darum möchte ich dich nicht gebracht haben.

Timon

Wie in Zeitlupe schüttele ich den Kopf. Meine Hand mit dem Handy sinkt in meinen Schoß. Was Timon da schreibt, ist genau das, was ich mir jeden Tag seit unserer Trennung gewünscht habe von ihm zu hören.

Ein Beben durchläuft meinen Körper, während ich tief Luft hole. Ich fühle eine Mischung aus Überraschung und Skepsis, Euphorie und Hoffnung.

Wir waren nicht *nichts*. Er und ich – das hatte eine Bedeutung, die hatte es. Zur Hölle mit meinen Selbstzweifeln. Außerdem klingt es, als hätte er wirklich erkannt, was er falsch gemacht hat, als wollte er sich bessern und als täte es ihm ehrlich leid.

Wieso ich weder heule noch auf der Stelle aufspringe, um am besten heute wieder bei Timon zu sein, kann ich mir demnach kaum erklären. Woher kommt dieses unangenehme Ziepen in meiner Magengegend statt der Freude?

Glaube ich ihm nicht? Hat er mein Vertrauen in sich so tief erschüttert? Müsste er meine Sorgen hiermit nicht effektvoll beiseite gewischt haben, sodass es nun an mir wäre, mich für eine tränenreiche Versöhnung in seine Arme zu werfen?

Ich überfliege Timons Nachricht erneut, wobei ich die Hängematte anhalte und mich aufsetze, um festen Boden unter den Füßen zu haben. Das brauche ich, denn nun dämmert es mir.

Es ist etwas zwischen den Zeilen. Da klingt es, als hätte *er* im Gegensatz zu mir eine finale Entscheidung für seine Zukunft getroffen. Eine Entscheidung, etwas anzugehen, bei dem ich nicht vorkomme. Bei seinen Plänen spiele ich keine Rolle. Vielleicht will Timon mich nicht unter Druck setzen oder glaubt, dass ich ihm nicht so schnell vergebe. Vielleicht musste ich ihm auch nur den benötigten Anstoß verpassen, damit er für sich selbst einstehen kann. Und damit ist die Aufgabe erledigt, welche mir das Schicksal in seinem Leben zugedacht hat. Weil zwar Liebe da ist, bloß das Timing miserabel.

Ich starre mein Handy an, wünschte, es würde mir verraten, woran ich bin oder ob ich übertreibe und mich in etwas reinsteigere.

Sollte Letzteres zutreffen, weiß ich nicht, ob es eine gute Idee ist,

Timon wieder gegenüberzutreten. Kann ich das? Mit ihm über André reden und dann gehen? Ich fürchte nein. Es würde mich killen.

»Philipp!«, ruft Jule und am Tonfall meiner Schwester erkenne ich, dass sie mich nicht zum ersten Mal gerufen hat.

Obwohl ich absolut keinen Kopf dafür habe, zwinge ich mich, ihr meine Aufmerksamkeit zu schenken. »Ja?«

Weitere Fragen durchzucken mich. Wird Timon sich endlich die Welt ansehen? Wo bleibe ich bei dieser Reise? Soll dieses Treffen, von dem er spricht, ein Abschied werden?

Meine Schwester macht eine auffordernde Handbewegung, bedeutet mir, dass ich zu ihr und Mama rüberkommen soll. »Ich brauche deinen Rat!«

Seufzend erhebe ich mich und tue wie geheißen.

Timon hat sich die Zeit gelassen, die er brauchte, bevor er sich bei mir gemeldet hat. Letzten Endes bewundere ich das. Womöglich sollte ich mir ein Beispiel an ihm nehmen und ebenfalls das tun, was für *mich* das Richtige ist, unabhängig davon, was er tut oder was das mit uns war oder noch sein kann. Das ist kein Egoismus, sondern Selbstfürsorge. Ein *Ja!* zu mir ist überfällig, wenn auch aus anderen Gründen als bei Timon.

Nur wie zur Hölle finde ich heraus, was es ist, das mich glücklich macht?

»Ganz wichtige Frage«, sagt Jule, bevor ich überhaupt mit meinem Stuhl nah genug zu ihr herangerückt bin, um in die Hochzeitszeitschrift zu schauen. »Soll ich einen Schleier tragen?«

»Was spricht dagegen?«

Sie rollt mit den Augen. »Das war nicht besonders aufschlussreich.«

»Wahrscheinlich musst du das mal ausprobieren«, bemühe ich mich, etwas Sinnvolleres zur Unterhaltung beizutragen. »Also im Geschäft.«

»Das habe ich auch gemeint.« Unsere Mutter lächelt mir zu.

Jule schnaubt. »Ihr sollt mir sagen, wie ihr darüber denkt.«

»Im Endeffekt muss es dir gefallen«, beharrt Mama.

Da winkt meine Schwester schon Papa und Max heran, um sich nun ihre Meinung einzuholen.

Das mit dem Ausprobieren ist wahrscheinlich auf lebensverändernde Überlegungen zu übertragen. Ein Anfang wäre es, mich um Dinge zu kümmern, von denen mich zuletzt nur der Herzschmerz abgehalten hat. Mein Konzept für das Video für die Social Media-Kooperation ist bald fällig und es fehlt noch einiges. Dabei kriege ich ein Honorar und abgesehen davon ist das eine unglaubliche Chance, um mehr Sichtbarkeit für meinen Kanal und insbesondere meine Themen zu erlangen. Das darf ich unter keinen Umständen in den Sand setzen.

Meine Themen.

Am Rande kriege ich mit, wie Max und Jule eine Diskussion über den Schleier zum Brautkleid vom Zaun brechen. Schmunzelnd beobachte ich, wie Papa schnellstmöglich den Rückzug antritt, bevor er da mitreingezogen wird. Meinerseits nutze ich die Gelegenheit, um mich ins Haus davonzustehlen und mir in der Küche etwas zu trinken zu holen.

Wie ich so vor dem Kühlschrank stehe und ihn gleich wieder schließe, weil mich nichts darin anspricht, bleibt mein Blick an einer Weißweinflasche neben der Herdplatte hängen. Doch ich will mich nicht betrinken, um die Schwere auszublenden.

Nein, ich möchte einen Toast aussprechen.

Völlig unerwartet fühle ich Stolz.

Seine Zeit mit mir hat Timon dazu ermutigt, zu ändern, was ihn unglücklich macht. Es gibt nichts, das mich derart erfüllt, wie Menschen zu helfen. Das möchte ich weiterhin tun. Insbesondere wenn sie es schwerer haben, weil sie auf irgendeine Weise von der gesellschaftlichen Norm abweichen. In diesem Wunsch haben die letzten Wochen *mich* bestärkt. Ich sollte das nicht mehr nur nebenher machen.

Dann dreht sich bei mir eben einiges um Queerness oder das Anderssein. Ist okay, solange ich mir darüber im Klaren bin, dass mich selbst mehr ausmacht. Ich bin ein Mensch mit unzähligen Facetten, interessiere mich darüber hinaus für Nerdkram, Fotografie und Mode, Politik und die Umwelt. Das alles fließt längst in meine Alltagsgestaltung mit ein! Von nun an will und werde ich die Hilfestellung für andere Personen jedoch in den Fokus meines Schaffens rücken. Eventuell kann ich eines Tages bei einer Beratungsstelle arbeiten. Damit bleibt jetzt nur noch festzulegen, *wo* ich Soziale Arbeit studiere, ob hier im Ruhrgebiet oder woanders.

Meine Lungen weiten sich. Fast hätte ich über diese unerwartete Erkenntnis gelacht.

War das echt so schwer?

Ich hole ein Glas aus dem Schrank, öffne die Flasche und gieße mir einen Schluck Wein ein. Ein Foto davon sende ich an Timon, auch wenn das nicht wirklich an seine vorherige Nachricht anknüpft. Dazu schreibe ich: *Stoßen wir darauf an, dass Dinge besser werden?*

Er reagiert prompt mit einem: *Ja* ☺ Und dann schickt er mir noch eine Musikempfehlung hinterher: *Here's to Us* von Halestorm.

Mir wird warm. Ich stecke mir meine Kopfhörer in die Ohren, spiele den Song ab und grinse in mich hinein, während ich den Wein trinke.

Ach, verdammt.

Wer wäre ich, wenn ich Timon aufgeben würde, weil er diesen Bullshit erlebt hat? Ich bin nicht mehr sauer auf ihn wegen der Lüge, obwohl das unfassbar scheiße von ihm war. Womöglich ist es egal, ob wir zusammen sind oder nicht und wie viele Kilometer zwischen uns liegen. Nie werde ich *nichts* für ihn empfinden. Er wird mir immer etwas bedeuten. So wie sein Bruder.

Kann ich dich anrufen?, fragt Timon, als das Lied zu Ende ist.

Damit überrumpelt er mich wie so oft.

Jetzt?, hake ich plötzlich atemlos nach.

Mein Körper beginnt überall zu kribbeln, dabei hat er mir nur eine Frage gestellt und ich habe nicht mal seine Stimme dabei gehört. Doch ich vernehme seine Worte klar und deutlich in meinem Kopf und kann mir bestens vorstellen, wie amüsiert er drein schaut angesichts der Tatsache, wie ich mich ziere.

Ich meinte, so im Allgemeinen.

Darauf gibt es nur eine Antwort: *Jederzeit.*

Mein Handy beginnt zu klingeln.

Dieser Kerl! Das ist so typisch Timon.

Ich nehme den Anruf an.

KAPITEL 42

TIMON

Ich werde zu einem Vorstellungsgespräch für das Praktikum eingeladen. Als ich die E-Mail öffne, schlage ich mir eine Hand vor den Mund, um nicht laut aufzujauchzen. Unvermittelt bleibe ich mitten in der Fußgängerzone der Pirnaer Altstadt stehen, sodass ich fast mit einer anderen Person zusammenpralle.

Vor fünf Minuten war ich noch bei meiner Mutter im Secondhandladen. Ich wollte unbedingt mal während einer ihrer Schichten dort hereinschneien. Zum einen, um das zwischen uns neu geknüpfte Band zu festigen. Zum anderen musste ich mich wahrscheinlich selbst davon überzeugen, dass sie dort gut aufgehoben ist.

Dass ich nun eine Runde weiter bin und in die engere Auswahl für den Praktikumsplatz komme, könnte grandioser nicht sein. Ich führe ein kleines Freudentänzchen auf, worauf mich einige Passant*innen komisch anschauen. Was soll's, so etwas hat mich nie gestört. Keine Sekunde darauf mache ich auf dem Absatz kehrt, um die Neuigkeit mit

Mama zu teilen und sie so stürmisch zu umarmen, dass sie gar keine Gelegenheit hat, die Distanz zu wahren. Ich denke nicht darüber nach, wann wir uns das letzte Mal so nah waren und wie außergewöhnlich das hier ist. Gerade bin ich zu euphorisch. Kein Plan, wohin mit mir und den Endorphinen!

»Wofür war das denn?«, will Mama wissen, als ich mich von ihr löse und sie mir etwas unbeholfen über den Rücken gerieben hat.

»Ich fahre morgen nach Kiel«, verkünde ich. »Die Reederei will mich kennenlernen. Es gibt auch direkt die Untersuchung für die Seediensttauglichkeit bei einem der zugelassenen Ärzte und einen Impf-Check. Also denke ich, meine Chancen stehen echt gut.«

Es ist mir egal, dass es womöglich nur der Zeitdruck ist, der mir in die Karten spielt, weil die unbedingt jemanden finden wollen, der spontan einspringt. In der Hoffnung auf diese Entwicklung habe ich bereits mit meinem Endokrinologen wegen der Hormonbehandlung gesprochen. Zur Überbrückung, bis ich wieder in Deutschland bin, um die nächste Testosteron-Spritze zu erhalten, werde ich mich erst mal mit dem Gel begnügen, das ich selbstständig jeden Tag auftragen kann. So hervorragend organisiert kenne ich mich kaum. Als wäre ich plötzlich voll im Rennen und hätte bis vor kurzem so eine Art Winterschlaf gehalten.

Mamas Augenbrauen wandern in die Höhe. Sie gratuliert mir, indem sie mich ein zweites Mal drückt. Vor Rührung schlucke ich und wenig später noch mal. Auch von meinen Freund*innen in unserer WhatsApp-Gruppe erhalte ich nichts als High Fives und Anfeuerungsrufe. Meine Großeltern wollen gleich feiern, als sie von meinem ersten kleinen Etappensieg erfahren. Es gelingt mir, sie davon abzuhalten. Denn noch könnte ich scheitern, und das ist schließlich meine eigentliche Superpower. Zumindest kam es mir meistens so vor. Nicht zu voreilig handeln und davon ausgehen, dass sich nun alles fügt.

Den Abend verbringe ich damit, meine Reisetasche zu packen, denn ich werde einmal in der Hafenstadt übernachten. Wenn ich dann allen Ernstes ausgewählt werde, sind es nur noch vierzehn Tage, bis es losgeht! Von Kiel durch die Ostsee nach Dänemark über Norwegen, England, Frankreich und Spanien bis nach Marokko. Danach die Straße von Gibraltar ins Europäische Mittelmeer.

Ich kann es fast vor mir sehen und schmecke Vorfreude und Melancholie zeitgleich auf der Zunge. Gedankenversunken ziehe ich den Reißverschluss meines Gepäcks zu und setze mich anschließend mit angewinkelten Beinen auf die Fensterbank. Von dort schaue ich hinunter auf die leere Schaukel, die an unserem Apfelbaum hin- und herschwingt. Ich erinnere mich daran, wie ich dort nach Philipps und Vinitas Ankunft in Pirna geschaukelt bin und vor mich hingeträumt habe. Bezüglich der nahenden Veränderung hatte ich einen sehr exakten Riecher.

Entschlossen ziehe ich mein Smartphone aus der Hosentasche und wähle seine Nummer.

Philipp und ich haben nach meiner Entschuldigung ein paar Mal miteinander telefoniert. Sobald ich ihm wiederholt versichert hatte, wie leid es mir tue, und er mir, dass er es verstehe, fragte er mich, was ich nun vorhabe. Ich sagte es ihm.

»Das ist toll«, befand Philipp daraufhin. Doch ich hörte ihn schlucken oder wollte glauben, dass er mich vermissen würde, wenn ich zur See fahre. Ziemlich selbstsüchtig, ich weiß.

Meistens unterhielten wir uns über Alltägliches. André war dabei nie Thema. Genauso wenig kam ein erneutes Treffen zwischen uns zur Sprache.

Er erklärte mir nur, er brauche Zeit, um sich zu sortieren und sich über manches klar zu werden. Und wie hätte gerade ich ihm das verweigern sollen? Dass Philipp überhaupt noch mit mir spricht, ist mehr, als ich zwischenzeitlich zu hoffen gewagt habe. Dass er es aufs Neue mit uns versuchen will, erscheint mir dagegen abwegig. Außerdem habe ich versprochen, ihn nicht anzubetteln, zu mir zurückzukommen. Daran werde ich mich halten. Soll es mich eben zerreißen.

Jetzt reibe ich mir über das Brustbein, hinter dem es schmerzhaft pocht, und seufze, weil mein Anruf unbeantwortet bleibt. Das Gefühl, dass mir neben all den Sachen, die ich auf einmal habe und womöglich erleben darf, etwas nicht minder Wertvolles durch die Finger gleitet, wird immer stärker.

Wenn ich gehe, falls … Es sind *nur* sechs Monate. Vorerst. Wie auch immer. Wäre es nicht am besten für uns beide, davor eine richtige Aussprache zu haben – egal, was am Ende dabei rauskommt?

KAPITEL 43

PHILIPP

Sie nehmen mich!!!! ☺ ☺ ☺

Genauso gut hätte Timon mich mit einem Eimer Eiswasser überschütten können. Trotzdem schicke ich ihm sofort mehrere Konfettitüten-Emojis als Antwort, ehe ich die Pop-up-Benachrichtigung wegstreiche, um zu meiner Bildergalerie am Handy zurück zu gelangen.

Nur schaue ich mehr oder weniger durch den Bildschirm vor mir hindurch. Mein Kopf fühlt sich übervoll an, meine Knie werden schwach. Ich sinke auf eine steinerne Bank in der U-Bahn-Station Reinoldikirche, die praktischerweise zur Stelle ist. Vinita packt sofort ihr eigenes Handy weg und redet auf mich ein. Durch den Schleier, der mich umgibt, reagiere ich nur leidlich mit einem: »Timon hat die Stelle.«

Bis eben hatte ich fast nicht mehr daran gedacht, dass er auf die Rückmeldung für den Praktikumsplatz wartet und war damit beschäftigt, die Bilder von unserem Shooting durchzuschauen.

Nach ihrem Termin bei der psychologischen Studienberatung hatten meine beste Freundin und ich verschiedene Foto-Locations im Dortmunder Kreuzviertel abgeklappert. Vinitas Gespräch lief okay. Sie konnte ein paar Tipps und neue Bewältigungsstrategien mitnehmen, um beim nächsten Mal einem Blackout in der Prüfung vorzubeugen.

»Immerhin fühle ich mich nun nicht mehr ganz so hilflos«, hatte ihr Fazit gelautet. Danach bot sie mir an, mich bei den neuen Aufnahmen für meinen Instagram-Account zu unterstützen. »Ich will jetzt erst mal an etwas anderes denken.«

Also zogen wir los. In meiner wiederentdeckten Motivation hatte ich sogar mehrere Outfits zum Wechseln mitgenommen, um alles aus dem jungen, urbanen und hippen Setting und den verbleibenden Sommertagen herauszuholen.

Oder wollte auch ich mich ablenken?

Ich war so aufgeregt, wie es bei Timon ausgehen würde. Je mehr Zeit verstrich, desto überzeugter war ich, dass sie ihn womöglich ablehnen wollten und er einen Rückschlag kassieren würde. Davor hatte ich schon etwas Angst. Aber nichts da! Er hat es geschafft.

Das bringt mich zum Grinsen.

Ich ergänze die Konfettitüten um ein: *Ich freu mich so für dich!* Wie könnte ich das nicht, nun, da sein größter Wunsch in Erfüllung geht? Ich gönne es ihm aus tiefstem Herzen, wenngleich das für mich bedeutet, ihn ziehen lassen zu müssen. Wenn ich eines auf keinen Fall möchte, dann ist es, der neue Grund dafür zu sein, aus dem er entgegen seines inneren Drängens bleibt, wo er ist. Er hat es verdient, nun seinen eigenen Weg einzuschlagen, und ich halte es für unwahrscheinlich, dass er merken könnte, dass das Leben an Bord und der Beruf entgegen seiner Vorstellung nichts für ihn ist.

Vinita setzt sich neben mich. Sie zieht mich in eine halbe Umarmung. Dabei weine ich nicht mal. Äußerlich bleibe ich gefasst, denn ich habe ja damit gerechnet. Umso erleichterter bin ich, dass ich den

Abstand zwischen uns gewahrt habe. Ich habe auf mich geachtet, und es zahlt sich aus.

Mit einem leisen Pling kündigt mein Handy eine weitere Nachricht an: *Ich konnte sogar schon welche aus der Mannschaft kennenlernen und die Leute waren richtig nett.*

Ist ja cool!, erwidere ich.

Es plingt erneut.

Danke, Drachenkämpfer <3

Meine Kehle schnürt sich zu, als Timon mich so nennt.

Wie war das mit dem Weinen?

Oh. Oh.

Wieso tut er das, wenn er nicht ebenfalls an mir hängt? Auf einmal macht dieses *Nichts Halbes und nichts Ganzes* mich doch wahnsinnig, statt dass es mich entlastet.

Timon schreibt … Und schreibt …

Die U43 fährt ein, Vinita und ich bleiben, wo wir sind. Die Bahn rumpelt ohne uns weiter.

Was ist?, verlange ich plötzlich ungeduldig zu erfahren.

Kommst du zu meiner Abschiedsfeier?

Ich zucke zusammen. Dabei wollte ich es wissen.

Bisher hatte er mich nicht mehr gefragt, ob ich ihn wiedertreffen möchte. Das hatte ich bewusst abgeblockt und er meine Grenzen respektiert.

Wann ist die denn?

Kaum habe ich die Gegenfrage abgeschickt, fühle ich mich wie ein Vollarsch. Timon ist sicher genauso klar wie mir, dass das nicht das ist, worum es mir in Wirklichkeit geht. Nur dachte ich, ich käme darum herum, ihm noch mal zu begegnen und somit auch mit meinen Gefühlen konfrontiert zu werden, die ich nach wie vor für ihn hege.

Wie auf Kommando branden diese bedrohlich in mir auf. Nur mit einiger Anstrengung kann ich sie im Zaum halten. Fast hätte ich etwas Dummes getan, wie meine Selbstbeherrschung in den Wind zu schießen und alles stehen und liegen zu lassen, um Timon aufzuhalten, indem ich ihm mein Herz zu Füßen lege.

Einer von uns muss es ja tun.

Jup, wenn das hier ein kitschiger Liebesfilm wäre.

Bleib realistisch, weise ich mich zurecht.

Am achtundzwanzigsten, gibt Timon zurück. *Das ist der letzte Sonntag im August. Ab 18 Uhr.*

Ich zeige Vinita die Einladung, die sie stumm in sich aufnimmt.

»Was soll ich ihm sagen?«

Meine beste Freundin schürzt die Lippen und macht dieses Ding mit ihrer Brille, wodurch sie besonders tadelnd aussieht. »Ich denke, er hat genug geschmort.«

Mir klappt der Mund auf. Ich bin ehrlich schockiert, habe geglaubt, Vinita würde mein Durchhaltevermögen angemessen würdigen. »Das war nicht meine Intention!«

Ich wusste, nein, *weiß* einfach nicht, wie und ob das mit Timon und mir funktionieren kann, wenn er auf Dauer immer irgendwo in der Welt umherreist.

»Schon klar«, beschwichtigt Vinita mich. Ihre Hand schließt sich um meine, sie drückt sanft zu. »Du liebst ihn eben.«

»Ja.«

So ist es.

Ich halte mich an ihr fest.

Es ist nicht so, dass ich ihn nicht sehen will. Selbstverständlich will ich ihn sehen. Nur kann ich nicht mir nichts dir nichts auf seiner Party auftauchen und einen netten Abend mit ihm, seiner Familie und seinen Freund*innen verbringen, nach dem, was zwischen uns vorgefallen ist. So läuft das nicht. Fahre ich hin, werden wir reden müssen. Über seinen

Bruder. Über uns. Wir werden alles wieder aufwühlen und sowieso kann ich für nichts garantieren, wenn ich ihm so nah bin. Fahre ich nicht … Was dann? Schleichen wir weiter umeinander herum? Wohl kaum. Wir werden endgültig in verschiedene Richtungen driften. Nur dass mein Herz dabei keine Extrarunde durch den Fleischwolf gedreht wird.

Mir gefällt das alles nicht.

Kann ich mir das noch überlegen?, bitte ich feige.

Timons Reaktion fällt so knapp aus, dass ich förmlich spüre, wie er mir jetzt schon entgleitet.

Tu das.

Autsch. So ein Mist.

KAPITEL 44

TIMON

»Als ob Philipp noch auftaucht.« Keine Ahnung, wie oft ich das heute gedacht habe, doch um kurz nach dreiundzwanzig Uhr gebe ich auf und mache meiner Frustration Luft.

Ich sinke hintenüber in die Wiese, verschränke die Hände unter dem Kopf und sehe zu den leuchtenden Lampions hoch, die meine Großeltern für die Feier aufgehängt haben. Es ist windstill, nur merkt man den Temperaturen an, dass fast September ist. Deshalb musste ich mir vor einer Weile einen Hoodie überziehen. Ohne die Sonne kühlt es sich schnell ab.

Matthias neben mir bläst eine Rauchwolke in den dunklen Himmel, bevor er die Zigarette im Aschenbecher ausdrückt und es mir nachmacht. »Tut mir leid, Mann.«

Er ist der Letzte meiner Gäste. Alle anderen haben sich früher verabschiedet. Es war wunderschön. Meine Lieblingsmenschen versammelt auf einem Haufen. Gutes Essen, gute Musik, die weltbeste Aussicht. Die

Geborgenheit, die diese Stunden in mir hervorgerufen haben, möchte ich in mir abspeichern und für jene Zeiten verwahren, in denen ich weit weg von hier sein und ein bisschen Heimweh haben werde.

Ist eine Abschiedsparty nicht genau dafür da?

In dieser Hinsicht war der Abend ein voller Erfolg. Nur jetzt, da es um mich herum ruhiger geworden ist, werden die Gedanken in mir wieder lauter. Meine Gedanken an Philipp. Und dazu die Traurigkeit, gepaart mit Enttäuschung, dass ich tatsächlich von ihm sitzen gelassen wurde. Nachdem er mich um weitere Bedenkzeit gebeten hatte, hat er sich nicht mehr gemeldet. Irgendwann war es mir zu blöd geworden, nachzuhaken, wie es jetzt aussieht. Die Stille sprach letztlich für sich. Ob ich es wahrhaben wollte oder nicht.

»Ich weiß ja, dass es vorher schon zu Ende war«, seufze ich. »Ich wünschte bloß, wir wären nicht so auseinandergegangen, wie wir auseinandergegangen sind.«

Ein Monat ist das und die Konfrontation mit meinem Vater nun her. Auch das kann ich kaum glauben. Es fühlt sich nach wie vor frischer an.

»Sieh es mal so«, wirft Matthias ein, »dafür hast du nun sämtliche Freiheiten.«

Er wackelt mit den Augenbrauen, wofür ich ihn gegen den Oberarm boxe.

»Alter!«, beschwert er sich.

»Laber nicht so eine Scheiße«, maßregele ich ihn halb ernst, halb im Spaß. »Ich liebe den Typ, okay?«

Zu seiner Verteidigung versucht mein Kumpel es mit einem Schmollmund. Als er checkt, dass das bei mir nicht zieht, setzt er nach. »Ich bin betrunken. Nimm mich nicht für voll.«

Und ich bin es nicht.

Ich wollte klar im Kopf bleiben, falls Philipp überraschenderweise doch kommt. Würde das nicht zu ihm passen? Ich reiße einen Grashalm nach dem anderen aus. So krass, wie ich ihn vermisse, tut jeder Atemzug weh, nun da sich endgültig abzeichnet, dass es kein Wiedersehen geben wird.

Matthias bleibt noch etwa eine halbe Stunde, in der wir wenig reden. Dass er danach abhaut, verübele ich ihm nicht. Meine Stimmung ist immerhin unterirdisch. Ich biete ihm an, bei mir zu schlafen. Er lehnt dankend ab, weil nun Nick an der Reihe wäre, um ihm Unterschlupf zu gewähren. Xier habe ihm eben schon die Wohnungsschlüssel dagelassen, damit er später nachkommen kann. Dieser Logik will ich mich nicht verwehren. Ehrlicherweise bin ich gern noch für mich alleine, um die heutigen Eindrücke zu verarbeiten und zu fühlen, was immer gefühlt werden will.

Ein letztes Mal möchte ich zurückschauen – jedenfalls was Philipp betrifft –, und ab morgen dann nach vorne. Ich möchte unbedingt in Erinnerung behalten, was mir die Zeit mit ihm gegeben hat. Mag sie auch noch so kurz gewesen sein – zu kurz. Nichtsdestotrotz kann ich die eng damit verknüpfte Last nicht weiter mit mir herumtragen. So weit der Plan in der Theorie.

Nachdem Matthias weg ist, überlege ich, den Garten aufzuräumen, verwerfe den Gedanken allerdings gleich wieder.

Ich wende mich zum Haus, als ich hinter mir das Quietschen des Gartentors höre. Das muss ich vor dem Praktikum unbedingt ölen. Ich mache mir eine gedankliche Notiz dazu und drehe mich um.

»Hey, hast du was vergess–?« Der Rest des Satzes bleibt mir im Hals stecken.

Es ist nicht Matthias, der umgekehrt ist.

Mein Herz stolpert.

»Entschuldige, dass ich so spät dran bin.« Philipp schließt das Tor hinter sich, macht drei Schritte auf mich zu und bleibt unter den Lampions stehen.

Er ist hier.

Er ist gekommen.

Ich starre ihn an, als wäre er ein Geist. Vielleicht sollte ich ihn anfassen, um zu prüfen, ob er real ist. Nur deshalb natürlich.

Meine Kehle ist staubtrocken.

Das Licht malt seine hellbraunen Locken fast golden an. Über einem gestreiften Hemd trägt er eine Cordjacke, dazu hellblaue Jeans. Im Grunde sieht er nicht anders aus als vor vier Wochen, aber ich finde, er war nie schöner. Seine Finger umklammern den Riemen eines Rucksacks. Er wirkt verunsichert. Auch das ist nichts Neues und hilft mir dabei, meine Sprache wiederzuerlangen.

»Das macht nichts«, sage ich vorsichtig, erinnere mich daran, außerdem zu atmen. »Jetzt bist du ja da.«

Was immer das bedeutet.

Was bedeutet es?

Ich schaudere.

Philipp nickt. »Ich war mir bis zuletzt nicht sicher, ob ich wirklich in den Zug steige.«

Dieses unerwartete Geständnis trifft mich härter als gedacht, und es erklärt, wieso er nicht früher hier gewesen ist. Er muss heute den letzten ICE genommen haben, der von Dortmund aus nach Dresden durchfährt. Ob ich mir die Zugverbindung die Tage öfter angeschaut und mir ausgemalt habe, doch selbst die Initiative zu ergreifen? Nein, niemals.

»Was hat dich zögern lassen?«, frage ich und halte mich dazu an, an Ort und Stelle zu verharren. Dabei kann ich mich kaum beherrschen, den Abstand zwischen uns nicht augenblicklich zu überbrücken. Nur was er da andeutet, hört sich weniger gut an. »Was hat dich dazu gebracht, einzusteigen?«

Philipp sucht meinen Blick.

Wie soll ich damit leben, nie wieder in diese Augen zu schauen?

»Du wirst gehen«, stellt er fest.

Ich unterdrücke ein Auflachen, als mir bewusst wird, dass die Antwort zu beiden meiner Fragen passt. Nicht besonders zielführend. Wahrscheinlich ist er wegen André gekommen und um ein paar letzte Dinge zu klären. Vernünftigerweise. Ich sollte mich benehmen und konzentrieren.

»Ja«, bestätige ich rau.

Auf einmal blinzelt Philipp schnell hintereinander und redet ebenso schnell weiter. Nicht dass das verhindert, wie jedes seiner Worte mich erschüttert. »Ich musste dich noch mal sehen. Koste es, was es wolle. Ich weiß nicht, was das nun gebracht hat. Es wird danach umso mehr wehtun, oder?«

»Wonach?«, versichere ich mich entgegen meiner eben erst gefassten Vorsätze.

Bisher ist ja nichts passiert.

In mir schreit alles: *Ich habe ihm gefehlt! Ich bin ihm nicht egal! Ich bedeute ihm noch was!* Und: *Du fehlst mir. Du fehlst mir. Du fehlst mir, selbst jetzt, wo du direkt vor mir stehst.*

Ich merke nicht, wie ich mich auf ihn zu bewege. Oder hat er sich mir genähert? Die Spannung zwischen uns ist nicht mehr auszuhalten.

Der Kuss, zu dem unsere Münder keine Sekunde später zueinander finden, ist absolut unvermeidlich. Ich presse meine Lippen auf seine und er kommt mir genauso zügellos entgegen. Wie sehr ich mich nach Philipp verzehrt habe, erkenne ich erst jetzt, da er meine Sehnsucht stillt.

Endlich, endlich.

Seine Hände gleiten in meine Haare. Ihm entfährt ein leises Stöhnen. Sein Atem streift mein Ohrläppchen. Philipps Herz pocht hart gegen meines.

Ruckartig löse ich mich von ihm.

Ich schüttele heftig den Kopf.

Mach nicht wieder denselben Fehler, ermahne ich mich. *Nicht noch ein voreiliger Kuss, der eine verhängnisvolle Wirkung entfaltet.*

Nein, diesmal nicht.

Diesmal werde ich alles richtig machen. Nicht so wie am Bahnhof, als ich Philipp die Lüge über Ali aufgetischt habe.

Ich hole tief Luft.

KAPITEL 45

PHILIPP

»Ich will eine Beziehung mit dir«, sagt Timon, bevor ich mich dafür entschuldigen kann, ihn geküsst zu haben.

»Was?«

Ich bin sicher, ich habe ihn falsch verstanden, so laut, wie mir das Blut in den Ohren rauscht. Dieser Kuss war ein Tornado und ich mittendrin, nur um gleich danach auf dem Boden der Tatsachen aufzuschlagen. Der Aufprall war hart, und das jetzt muss ein Irrtum sein. Hat er nicht eben erst den Kopf geschüttelt? Bereut er schon, womit ich mich die nächsten Jahre – so wie ich mich kenne – verzweifelt über Wasser halten werde? Im Gegensatz zu meiner Befürchtung bin ich gerade froh und dankbar, dass wir hatten, was wir hatten, selbst wenn es nicht weiter andauert.

Dennoch muss ich es wissen.

»Was hast du gesagt?«, wiederhole ich zittrig.

Timon beginnt damit, wie ein eingesperrtes Tier auf und ab zu laufen. Ich weiche ein Stück zurück, um ihm Platz zu machen.

»Mir ist klar, dass ich Mist gebaut und dein Vertrauen missbraucht habe«, murmelt er. Fast klingt es, als schimpfte er. Auf sich oder auf das Universum. »Mir ist klar, dass meine Verbindung zu André kompliziert ist und für dich bestimmt total seltsam. Mir ist klar, dass ich jetzt tun muss, worauf ich jahrelang gewartet habe. Nur ändert das nichts!«

»Woran?«

Abrupt fährt er zu mir herum.

Mein Atem stockt.

»Daran, dass ich dich will. Dich brauche.« In seinen warmen braunen Augen steht nichts als die Wahrheit und ein feuchter Schimmer. »Wahrscheinlich ist es ironisch, dass mein Bruder uns auf diese Weise zusammengeführt hat. Wahrscheinlich ist es irgendwie falsch. Das ist mir egal. Ich möchte glauben, dass es für ihn okay gewesen wäre. Denn so war André.«

»Ja«, bestätige ich zu meiner eigenen Verwirrung wie von allein. »Er war wundervoll, falls ich das sagen darf.«

Und *Timon* will mit mir zusammen sein.

Ich schiebe den Gedanken hastig weit, weit von mir, denn sonst verfalle ich wahrscheinlich in Panik.

»Darfst du«, bestätigt er. »Ich kann nichts anderes behaupten. Gibt es etwas, das du wissen möchtest? Über ihn, meine ich.«

Wieder muss ich kaum nachdenken.

»Das Wichtigste weiß ich. Ich weiß, was für ein Mensch André war. Ein guter. Wenn das, was er für dich getan hat, nicht *der* Beweis dafür gewesen ist … Wobei du ihn logischerweise besser als ich gekannt hast.«

Darüber denkt Timon einen Moment nach. »Du hast ihm viel bedeutet.«

Diese Behauptung bringt mich zum Erröten. Ja, die Situation ist merkwürdig. So richtig hatte ich *das* noch gar nicht auseinanderklamüsert.

»Hat er mit dir über mich geredet?«, frage ich.

»Kaum.«

Ich bin unentschlossen, ob mich das beruhigt oder nervöser macht. Wobei André mir über Timon ja auch fast nichts erzählt hat.

»Ich würde nur gern verstehen«, gebe ich zu, »wieso er möglichst anonym bleiben wollte.«

»Ich fürchte«, sagt Timon und fährt sich durch die Haare, »mir ist da leider einiges entgangen. Ich habe Andrés Unsicherheiten gekonnt übersehen. Mir haben schlicht und ergreifend die Kapazitäten dafür gefehlt bei meinen eigenen Problemen.«

Dass mich das enttäuscht, kann ich nur schwer verbergen.

»Er war der perfekte große Bruder«, fügt Timon daraufhin hinzu. »Jedenfalls hat er die Fassade beständig aufrechterhalten. Mir bleibt nur, zu spekulieren. Natürlich hat er wie ich Druck von unseren Eltern bekommen und wollte diese Rolle womöglich gar nicht spielen. Nur dass er sich dem, anders als ich, gebeugt hat. Beziehungsweise mir wurde dann der schlechte Einfluss vorgeworfen. Sie hatten damals sehr klare Vorstellungen davon, wie wir zu sein haben und was für ein Leben wir führen sollen.« Er verdreht die Augen. »Gute Noten, gutes Studium, guter Job. Heiraten, ein Haus kaufen, Kinder … Der ganze Entwurf wie aus dem Vorzeigekatalog.«

Ich hebe die Brauen. »Ein bisschen veraltet, würde ich meinen. Also versteh mich nicht falsch, dagegen ist ja erst mal gar nichts einzuwenden«, stelle ich klar. »Wenn es denn den eigenen Wünschen entspricht.«

Timon seufzt. »Das ist der Punkt. Das hat für keinen von uns richtig gepasst. Aber davon wollten Mama und Papa nie was hören. Wir haben beide immer mehr dicht gemacht, versucht, uns zu distanzieren und auf unsere Weise damit umzugehen.«

Er macht eine Pause.

»Einmal«, Timon stockt, setzt neu an. »Einmal hat André irgendwelche Pillen eingeworfen und einen Horrortrip erlebt. Spätestens da hätte ich wahrscheinlich erkennen müssen, dass er auch nicht so gut mit allem klarkam, wie ich zeitweise dachte.«

Eine Gänsehaut überzieht meine Arme. So etwas hatte ich früher immer mal wieder als Grund vermutet, dass Ali sich strikt von Drogen ferngehalten hat.

»André hat danach nie wieder was genommen«, betont Timon, als hätte er meine Gedanken gehört. »Ironischerweise wurden wir von den Zeitungen und in den Nachrichten als Mitglieder eines Drogenrings abgehandelt. Die Fußball-Hooligans, die Leonie und mich angepöbelt haben und anschließend auf André losgegangen sind, scheinen nicht nur betrunken gewesen zu sein. Das ist der Berichterstattung nur rechtgekommen. So konnten sie den Hass gegenüber queeren Menschen, der eigentlich hinter der Attacke gesteckt hat, elegant ausklammern.«

Da erinnere ich mich an den Artikel aus der Dresdner Onlinezeitung, auf den ich vor einer Weile gestoßen bin. Die Messerstecherei vor dem Kiosk wurde dort als Streitigkeit zwischen zwei Drogenbanden eingeordnet. So greift zu guter Letzt alles ineinander. Die Ruhe, die dieses Wissen in mir auslöst, ist wohltuend, obwohl mich die Grausamkeit des Ereignisses für sich genommen und diese Verschleierung von Tatsachen noch immer und sprachlos macht. Ich meine, was?

»Abgesehen von den typischen Struggles, wie sie alle Teenager haben, wurde André von ein paar Kids wegen seines Körpergewichts gemobbt«, schließt Timon zähneknirschend ab. »Der übliche Dreck, weil er dick war. Na und? Letztendlich war er auch nur ein Mensch wie jeder andere, der seinen Platz in der Welt gesucht hat.«

Da hat er bestimmt recht.

Ob André den fiesen Stimmen geglaubt hat und fürchtete, es würde etwas an unserem Verhältnis verändern, wenn ich wüsste, wie er aussieht? Ich schlucke. Das wäre so traurig, obwohl ich selbstverständlich verstehe, wie tief sich so etwas eingraben und das eigene Selbstwertgefühl untergraben kann. Ich wünschte, wir hätten uns nur einmal außerhalb des Internets treffen können …

»Danke für deine Offenheit«, sage ich und bemühe mich, mich nicht zu sehr an dieser vertanen Möglichkeit festzuklammern.

Timon hüstelt verlegen. »Finally, yay!«

Das wische ich mit einer Handbewegung beiseite. »Ich bin dir, wie gesagt, nicht mehr böse. Statt auf Abstand zu bleiben, hätte ich früher wieder auf dich zugehen können. Das tut mir nun leid.«

»Wenn du möchtest, kann ich dir morgen Fotos von meinem Bruder zeigen«, bietet er an. »Eventuell sogar welche von uns beiden. Falls du noch da sein solltest.«

Wahrscheinlich schiebt er das nach, weil ich nicht direkt antworte. Dabei freue ich mich unglaublich über diesen Vorschlag! Zumal das für Timon bedeutet, sich mir auf den Bildern vor seiner Testosteronbehandlung zu präsentieren, da er die erst nach Andrés Tod begonnen hat. Das wird ihn Überwindung kosten. Ich werde ihm versichern müssen, dass er sich nicht dazu gezwungen fühlen sollte, wenn er sich damit nicht gut fühlt. Dabei geht es ohnehin nur um Äußerlichkeiten. Möglicherweise kriege ich alternativ ein paar Anekdoten über ihn und seinen Bruder aus ihm heraus oder wir könnten das Grab besuchen … Nur bemerke ich da, dass ich mir – so spontan wie ich nach Pirna gefahren bin – bisher nicht überlegt habe, wo ich heute Nacht unterkomme.

»Irgendwo müsste ich nur übernachten«, äußere ich meine Bedenken.

»Ich besitze eine Luftmatratze.«

»Die würde ich gern in Anspruch nehmen.«

Timon hebt die Augenbrauen.

Ja, okay. Dieser Wortwechsel klang in seinen Ohren offenbar so awkward wie für mich.

Plötzlich dehnt sich Schweigen zwischen uns aus.

Immer unruhiger trete ich auf der Stelle.

Es ist Timon, der es bricht.

»Erwähnte ich«, er ringt mit sich, »dass ich dich will?«

Es durchläuft mich siedend heiß.

Ich hatte gleichzeitig gehofft und befürchtet, er würde nicht mehr darauf zurückkommen.

»Ich will dich, Drachenkämpfer. Noch immer. Trotz allem. Auch wenn ich gehe. Ich will dich.«

Nun bin ich es, der den Kopf schüttelt.

»Uh, fuck!« Er schlägt sich an die Stirn. »Merke, beim vierten Mal kommt es nicht mehr romantisch, sondern creepy rüber. Ich werde in der Werkstatt schlafen. Sorry dafür.«

Darauf lache ich hilflos auf. »Man kann nicht alles haben, Timon.«

»Wieso nicht?« Er spuckt die Frage förmlich aus.

»So ist das Leben, schätze ich.«

Gott, wieso tue ich mir das an? Wieso erklärt er mir nicht, dass es nicht reicht, egal, wie sehr er mich mag? Damit könnte ich mich arrangieren. Dieses Luftschloss, das er da erbaut, ködert mich. Wofür braucht man Wände und Böden und …

Stopp!

Timon tritt wieder an mich heran, ergreift meine Hände. »Ich will jede einzelne Hürde gemeinsam mit dir überwinden.«

»Wie soll das gehen?«, hauche ich, zögere, den Kopf zu heben, damit sich unsere Blicke nicht begegnen. Damit ich stark bleibe. »Ich will nicht, dass du meinetwegen auf irgendwas verzichtest, und so wie ich das verstehe, wird die Entfernung zum Normalzustand werden. Die Phasen, in denen wir uns sehen, die Ausnahme.«

Das nimmt Timon vorerst den Wind aus den Segeln.

Na bitte.

Ich warte.

Wenn er es nicht beendet, muss ich es tun?

Scheiße.

Mein Kiefer fängt an zu schmerzen, so fest beiße ich die Zähne aufeinander. Das schaffe ich nicht. Es gelingt mir nicht mal, meine Hände aus seinen zu lösen. Kann ich nicht einfach ewig hier mit ihm stehen, in dieser Spätsommernacht unter den Lampions, und mich vollständig fühlen, an nichts anderes denken?

Timon räuspert sich. »Kannst du das nicht, willst du das nicht oder hast du Angst?«

Unwillkürlich sehe ich nun doch auf, weil aus mir unerfindlichen Gründen ein Lächeln in seiner Stimme mitschwingt. Oder täusche ich mich? Shit, er lächelt wirklich, und das bringt mich durcheinander. Wie kann er lächeln?

»Ich weiß nicht«, stammele ich. Meine Augen brennen.

»Ich weiß auch nicht, ob es funktioniert«, sagt Timon ruhig. »Das können wir nur auf eine Weise herausfinden.«

Wow. Okay. Mein Pulsschlag beschleunigt sich. So klingt es fast easy. Wie viel ein Perspektivwechsel manchmal ausmacht! Könnte es nicht auch schiefgehen, wenn er bliebe?

Er hebt eine Hand und berührt meine Wange, wischt mir mit dem Daumen eine Träne weg. Meine Haut prickelt unter seiner Fingerkuppe.

»Bist du dabei?«, will er wissen.

Seit wann bin ich eigentlich der Realist und er der Träumer?

Auf einen Schlag verflüchtigen sich meine Zweifel. Denn ich *will*, dass wir das hinkriegen. In diesem einen Punkt bin ich mir einhundertprozentig sicher. Wenn schon bei sonst nicht viel. Uns die Chance darauf von vornherein zu verwehren, kommt nicht infrage.

In einer fließenden Bewegung, die ihn in ihrer Bestimmtheit zu überraschen scheint, lege ich meine Arme um Timons Nacken.

»Also wenn du jetzt nicht *Ja* sagst …«, nuschelt er warnend.

Ich recke ihm das Kinn entgegen, Millimeter für Millimeter, bis meine Lippen seine beinahe streifen. »Ich bin dabei. Keine Sorge.«

»Dein Glück!« Timon lacht vor Erleichterung.

Sein Atem kitzelt meinen Mund. Und dann küsst er mich noch einmal.

EPILOG

PHILIPP

EIN HALBES JAHR SPÄTER

Mit klopfendem Herzen stehe ich am Ostseekai und lasse meinen Blick über den betriebsamen Hafen wandern. Obwohl ich seit meinem offiziellen Umzug nach Kiel Mitte Februar ein paar Mal hier war, beeindruckt mich die gigantische Anlage mit ihren Kreuzfahrt- und Frachtschiffen, Fähren und Seglern nach wie vor. Während ich mir die Strickmütze tiefer über die Ohren und die salzige eiskalte Seeluft in meine Lungen ziehe, vergegenwärtige ich mir, dass ich nun wirklich hier lebe.

Vinita behauptet, sie vermisse mich unheimlich, hat aber untrüglich Spaß daran gehabt, ein WG-Casting abzuhalten. Dass sie eine passende neue Mitbewohnerin gefunden hat, freut mich. Gleichzeitig fehlt es mir, sie nicht mehr jeden Tag um mich zu haben. Immerhin konnten wir noch gemeinsam vor Ort feiern, als sie die Klausur, die sie wiederholen musste, erfolgreich bestanden hat.

Nun, lange werde auch ich nicht mehr alleine bleiben. Vor Aufregung bin ich zu früh aufgebrochen, daher ungeachtet des Windes die Uferpromenade entlangspaziert und nun ordentlich durchgefroren. Doch ich bereue nicht, mich dazu entschieden zu haben, den Norden zu meiner neuen Wahlheimat zu machen. Mal abgesehen davon habe ich alles vorbereitet, was es vorzubereiten gibt. Ich brauche nicht nervös zu sein. Meine – nein, *unsere* – Wohnung ist geputzt, aufgeräumt und ich habe mich bemüht, eine heimelige Atmosphäre zu schaffen.

Ich bin bereit. Ich bin so was von bereit, Timon in die Arme zu schließen und dafür, dass das Warten ein Ende hat.

Denn das wird es.

Unabhängig von den winterlichen Temperaturen breitet sich Wärme in mir aus, als ich den rot-blauen Schlepper mit der weißen Schrift, nach dem ich Ausschau gehalten habe, am Horizont entdecke.

In den vergangenen sechs Monaten haben wir so oft wie möglich telefoniert. Sobald Timon an Land war und eine freie Minute hatte, rief er mich an und wir redeten und redeten, egal zu welcher Tages- oder Nachtzeit. Allerdings gab es auch Wochen, in denen ich nichts von ihm gehört habe und immer wieder darüber nachgrübelte, was er wohl tat, wie es ihm ging, ob er mich vergessen oder gar eine andere Person gefunden hatte, die er lieber mochte. Oder war ihm etwas zugestoßen? Bisweilen konnte ich diese Gedanken nicht abschalten.

Zwischendurch schickte er mir Karten und Briefe – aus Alexandria, Athen, Marseille, Neapel und Tel Aviv. Das hatte schon was und brachte mich wiederholt zum Dahinschmelzen, wenn ich Post von ihm im Briefkasten vorfand. Am Anfang war es besonders schwer. Irgendwann wurde es leichter. Und schließlich wieder schwerer. Die Videocalls konnten daran leider nichts ändern.

Jetzt greife ich nach meinem Handy und tippe mit steifen Fingern und einem Grinsen im Gesicht: *Ich sehe dein Schiff.*

Timons Reaktion ist ein trauriger Smiley, gefolgt von einem: *Ich dich noch nicht.*

Wie lange können sich Minuten ziehen?

Himmel, ich glaube, ich platze gleich vor Vorfreude!

Ich nutze die Zeit, um das Telefonat erneut durchzuspielen, das mir diesen wundervollen Moment hier beschert hat.

»Ich habe nachgedacht«, hatte Timon irgendwann zu mir am Telefon gesagt. Er befand sich in Zypern und es war spät am Abend. Erst war ich überzeugt davon, dass er nun Schluss machen würde. Ich hatte bald ins Bett gehen wollen, wurde schlagartig wieder hellwach. »An welchen Unis bewirbst du dich zum Sommersemester für Soziale Arbeit?«

»Vinita ist der Meinung, es wird mich nach Berlin verschlagen«, entgegnete ich und schloss das Videoprogramm an meinem Laptop.

Bis eben hatte ich ein Video zum Thema *male privilege* geschnitten, in dem ich davon spreche, wie anders ich inzwischen als Mann behandelt werde als zu der Zeit, in der man mich noch als Frau wahrgenommen hat.

Dass ich aus Dortmund weg und mal etwas anderes erleben will – immerhin vorübergehend –, wurde mir klar, je mehr Timon mir davon vorgeschwärmt hatte, was die Welt ihm gerade bietet. Neidisch war ich nicht direkt geworden. Dafür hatte ich angefangen, mich ein bisschen zu langweilen.

Die erfolgreiche Kooperation und das Event in der deutschen Hauptstadt hatten mir zudem jede Menge neue Connections mit genialen Leuten beschert, so dass ich seitdem an weiteren aktivistischen Gemeinschaftsprojekten teilnehmen konnte. Außerdem ist die queere Community in Berlin riesig! Hinzuziehen war eine Überlegung wert.

Aber nein.

»Ich denke«, hatte Timon als Nächstes verkündet und mir damit ein emotionales Schleudertrauma der positiven Art verpasst, »ich brauche auf Dauer etwas anderes als die Reiserei. Ab April könnte ich in Kiel in einer Schiffswerkstatt anfangen.«

Der Rest ergab sich danach wie von selbst. Ich bewarb mich vor Ort an der Fachhochschule und bekam einen Platz für meinen Wunschstudiengang. Wie es sein sollte. So erscheint es mir. Was auch immer die Zukunft bringt, jetzt bin ich genau da, wo ich hingehöre, mit dem Richtigen an meiner Seite. Es könnte sich nicht besser anfühlen.

Der Schlepper kommt immer näher, manövriert und legt an.

Mittlerweile kann ich Timon sehen und er mich. Er stützt sich auf die Reling. Den schwarzen Schal hat er bis über die Nase hochgezogen, sodass ich sein Lächeln nicht erkenne. Dafür strahlen seine Augen bis zu mir. Sein blasslila Haar ist länger geworden und am Ansatz dunkel nachgewachsen, was seinen rebellischen Look jedoch nur vervollständigt. Er wirkt älter. Wahrscheinlich liegt das an der Ruhe, die ihn heute anstatt der Getriebenheit von damals umgibt.

Nachdem er von Bord gestiegen ist und sich von den anderen aus der Mannschaft verabschiedet hat, sind da endlich nur wir zwei. Er und ich. Das Rauschen der Wellen, in der Ferne der Schrei einer Möwe.

»Hi«, sagen wir fast zeitgleich.

Ich liebe es, wie es klingt, wenn sich unsere Stimmen – seine etwas höher, meine tiefer – dabei übereinanderlegen.

Zugegeben, ich liebe alles an ihm. An uns, zusammen.

Als Timon mich umarmt, wünsche ich mir, dass ich nie wieder darauf verzichten muss. Trotz der Jahreszeit riecht er nach Sonnenschein und Sommer.

»Philipp.« Timon seufzt.

Ein wohliger Schauder durchrieselt mich.

Ich drücke ihn noch fester, so fest.

»Willkommen zu Hause«, flüstere ich.

GLOSSAR

Allosexualität, allo, allosexuell: Allosexuelle Personen empfinden im Allgemeinen sexuelle Anziehung gegenüber anderen Menschen. Das Gegenteil von *a_sexuell.*

A_sexualität, a_sexuell: Überbegriff für Personen, die keine oder wenig sexuelle Anziehung gegenüber anderen Menschen empfinden.

Binder: Ein enganliegendes, top-ähnliches Kleidungsstück, das dazu dient, die Brust abzuflachen. Es wird vor allem von trans* Männern und nicht-binären Personen getragen, denen bei der Geburt das weibliche Geschlecht zugewiesen wurde, um das mentale und emotionale Wohlbefinden zu steigern. Insbesondere bei trans* Männern soll dies ein männlicheres Erscheinungsbild bewirken.

Bisexualität, bi, bisexuell: Sexuelle und romantische Orientierung, bei der sich eine Person zu zwei oder mehr Geschlechtern hingezogen fühlt (z.B. zu Männern und Frauen).

cis: Überbegriff für Personen, die sich mit dem Geschlecht identifizieren, das ihnen bei der Geburt zugewiesen wurde. Das Gegenteil von *trans**.

CSD: Abkürzung für den Christopher Street Day, ein Fest-, Gedenk- und Demonstrationstag der queeren Community. In Deutschland werden so auch die Pride Paraden bezeichnet.

Deadname: Bezeichnung für den alten, abgelegten Vornamen einer trans* und/oder nicht-binären Person, den diese nicht weiter verwenden möchte. *Deadnaming* bezeichnet das versehentliche oder absichtliche Ansprechen einer trans* und/oder nicht-binären Person mit ihrem alten Namen oder wenn mit dem alten Namen über eine trans* und/oder nicht-binäre Person gesprochen wird.

Gender: Wissenschaftliche Beschreibung für das soziale Geschlecht, oft in Abgrenzung zu biologischen Merkmalen. Dabei geht es um die gesellschaftliche Konstruktion, was als männlich und was als weiblich gilt (z.B. bei Geschlechterrollen). Im alltäglichen Sprachgebrauch und auf persönlicher Ebene wird der Begriff auch synonym für die Geschlechtsidentität einer Person verwendet.

Geschlechtsdysphorie: Körperliches und soziales Unwohlsein, das trans* und/oder nicht-binäre Personen empfinden, wenn sie von ihrer Umwelt in einem falschen Geschlecht wahrgenommen werden oder die eigenen Vorstellungen von ihrem Geschlecht nicht zu ihrem Aussehen, Auftreten oder Verhalten passen.

Geschlechtsidentität: Der Begriff beschreibt, mit welchem Geschlecht sich ein Mensch identifiziert. Neben den Geschlechtern *männlich* und *weiblich* gibt es weitere Geschlechtsidentitäten, z.B. *nicht-binäre* Menschen.

Heteronormativität, heteronormativ: Ein System, das davon ausgeht, dass nur zwei Geschlechter (Mann und Frau) existieren und Heterosexualität als das »Naturgegebene« betrachtet. Alles, was diesen Kategorien nicht entspricht, gilt laut dieses Systems als etwas Negatives und hat darin keinen Platz.

Hormonersatztherapie: Eine Hormonersatztherapie oder auch die gegengeschlechtliche Hormonbehandlung ist für viele trans* und/oder nicht-binäre Personen ein wichtiger medizinischer Schritt auf dem Weg zu sich selbst. Ziel ist es, mit der Einnahme von Sexualhormonen die äußeren sekundären Geschlechtsmerkmale an das eigene innere Empfinden anzugleichen.

Label: Ein Label ist die Bezeichnung, mit der eine Person die eigene Sexualität und/oder Geschlechtsidentität beschreibt. Nicht alle Menschen möchten sich labeln oder einer Kategorie zuordnen.

LGBTQIAP+: Buchstabenkombination, mit der alle Identitäten im queeren Spektrum abgebildet werden sollen. Jeder Buchstabe steht dabei für eine sexuelle, romantische oder geschlechtliche Identität (lesbisch, gay/schwul, bi, trans* und nicht-binär, queer, questioning, inter, a_sexuell, poly, pan). Da eine vollständige Aufzählung unmöglich ist, folgt am Ende das +.

Mastektomie: Chirurgischer Eingriff, bei dem Brustgewebe bzw. die vollständige Brust entfernt wird. Im Zuge einer Transition bei trans* Männern und/oder nicht-binären Personen, denen bei der Geburt das weibliche Geschlecht zugewiesen wurde, handelt es sich hierbei um eine geschlechtsangleichende Operation. Auch kurz und umgangssprachlich *Mastek* genannt.

Misgendering: Man spricht von *misgendern*, wenn eine trans* und/ oder nicht-binäre Person mit den falschen Pronomen angesprochen oder nicht als ihr tatsächliches Geschlecht bezeichnet wird.

nicht-binär: Überbegriff für Personen, die weder eine (eindeutig) männliche noch weibliche Geschlechtsidentität haben. Nicht-binäre Menschen können sich dabei u.a. zwischen diesen beiden Geschlechtern einordnen, sich außerhalb davon oder komplett als geschlechtslos verstehen. Die Geschlechtsidentität kann sich auch im Fluss befinden und fluide variieren. Eine nicht-binäre Person muss sich nicht androgyn präsentieren.

Pansexualität, pan, pansexuell: Sexuelle und romantische Orientierung, bei der sich eine Person unabhängig von Geschlecht zu einem Menschen/zu allen Geschlechtern hingezogen fühlt. Der Mensch mit seiner Persönlichkeit steht bei der Anziehung im Vordergrund (im Gegensatz zu körperlichen Merkmalen oder Gender).

Passing: Die Fähigkeit einer Person, von ihrer Umwelt als das Geschlecht wahrgenommen zu werden, mit dem sie sich identifiziert. *Cis Passing* bedeutet, dass eine trans* und/oder nicht-binäre Person als cis durchgeht.

Pride Month: Der Juni gilt weltweit als Pride Month, ein Monat, in dem die LGBTQIAP+ Community zusammenkommt, um ihre queere Identität sowie die erreichte Freiheit zu feiern, aber auch auf noch bestehende Missstände aufmerksam zu machen.

Queerness, queer: Überbegriff für Menschen, die mit ihrer sexuellen, romantischen und/oder geschlechtlichen Identität von der gesellschaftlichen Norm abweichen.

trans*: Überbegriff für Personen, die sich nicht oder nicht vollständig mit dem Geschlecht identifizieren, das ihnen bei der Geburt zugewiesen wurde. Das Sternchen kann als Platzhalter für die zahlreichen und vielfältigen Identitäten verstanden werden, die unter den Begriff fallen können (z.B. transgender, transident, transmaskulin, transfeminin …).

trans* Frau: Eine Frau, der bei der Geburt das männliche Geschlecht zugewiesen wurde, die sich aber mit dem weiblichen Geschlecht identifiziert.

Transition: Prozess, bei dem eine trans* und/oder nicht-binäre Person soziale, körperliche und/oder juristische Änderungen vornimmt, um in ihrem wahren Geschlecht zu leben und diesem Ausdruck zu verleihen. Dies kann eine Hormontherapie und Operationen umfassen, aber auch bloß eine neue Frisur oder einen neuen Kleidungsstil. Nicht alle Schritte werden von allen trans* und/oder nicht-binären Personen gewünscht.

trans* Mann: Ein Mann, dem bei der Geburt das weibliche Geschlecht zugewiesen wurde, der sich aber mit dem männlichen Geschlecht identifiziert.

Transsexuellengesetz (TSG): Deutsches Gesetz über die amtliche Änderung von Vorname und Personenstand bei trans* und/oder nichtbinären Personen. Es beinhaltet aktuell einen Gerichtsprozess, bei dem mithilfe von Gutachter*innen und einer detaillierten Befragung die Geschlechtszugehörigkeit einer Person ermittelt werden soll. Das TSG steht seit Jahren in der Kritik. Ein neues Selbstbestimmungsgesetz, das noch diskutiert wird, könnte den Änderungsprozess erleichtern. (Stand März 2022)

Xier: Ein deutsches Neopronomen, welches als geschlechtsneutrale Alternative zu den Pronomen *sie* und *er* verwendet werden kann. Im Deutschen gibt es viele verschiedene geschlechtsneutrale Pronomen und keine einheitliche Variante. Im Englischen wird meistens das *singular they* verwendet.

DANKSAGUNG

Die Arbeit an »In den buntesten Farben« war für mich mit vielen Zweifeln verbunden. Nach »A New Season – My London Dream« war erst mal unklar, wo und wie es für mich als Autor weitergehen würde. Dazu hatte ich eine kreative Flaute. Als mir die Idee für Philipps und Timons Geschichte kam, fühlte es sich zwar richtig an, über die beiden zu schreiben, nur begleitete mich lange Zeit dieser Gedanke: Wer will das überhaupt lesen? Meine Angst, eine Lovestory zwischen zwei trans* Männern könnte »zu queer« sein, um genügend Menschen anzusprechen, war sehr groß. Dabei gibt es so etwas wie »zu queer« gar nicht. Ich meine, kann es jemals queer genug sein? Spaß beiseite. Ich wusste, dass ich diese Geschichte erzählen muss. Denn letztlich geht es auch hier schlichtweg um eines: das Leben und die Liebe in all ihrer Vielfalt.

Vielen Dank an den LAGO Verlag für das herzliche Willkommen. Danke, Karina, dass du meinen Jungs und mir, dem ganzen Projekt, von Anfang an so offen und begeistert gegenübergestanden hast. Ich freue mich nach wie vor riesig darüber, endlich meinen richtigen Namen auf einem Buchcover zu lesen und die Illustration ist einfach toll geworden.

Danke an meine Lektorin Nina vom Lektorat Zeilenkleid. Die Arbeit am Text mit dir hat mir viel Spaß gemacht und »In den buntesten Farben« definitiv bereichert.

Danke an meine Sensitivity Readerin Sherin, für die neuen Perspektiven sowie spitzfindigen und derart feinfühligen Kommentare zu Vinita.

Danke an meinen Testleser und Schreib-Buddy Elias. Du lieferst nicht nur den besten Input für meine Manuskripte, sondern in jeder Lebenslage. Ernsthaft. Danke, Mann!

Danke, Mama, weil du alle meine Bücher und Geschichten verschlingst, mir ehrlich deine Meinung sagst und immer nur Gutes für mich im Sinn hast.

Danke, Felix, dass wir im Sommer 2018 zusammen dort waren. Du bist der ungeschlagene Reiseplaner und ich freue mich auf unser nächstes Abenteuer.

Danke an den Typ, der den endgültigen Anstoß für dieses Buch gegeben hat. R., das mit uns war schön und wichtig für mich, auch wenn es leider keine Zukunft hatte.

Zum Schluss danke ich euch, meinen Leser*innen, die ihr meine Bücher liebt, weiterempfehlt und mir die wundervollsten Nachrichten schreibt. Danke, dass ihr mich wieder und wieder daran erinnert, wofür ich das hier tue. Ich hoffe, wir lesen uns bald wieder!

Alles Liebe
Euer Marius

Mehr zu mir und *meinem* Leben als trans* Mann findet ihr auf Instagram @derunbekannteheld